WO

Arv

GUIDO EEKHAUT

WOLVEN
Arveladze

Manteau

THRILLER

Standaard Uitgeverij nv, Mechelsesteenweg 203, 2018 Antwerpen
www.standaarduitgeverij.be
info@standaarduitgeverij.be

www.eekhaut.com
guidoeekhaut@yahoo.co.uk

Omslagontwerp: Johny Vandevyver
Omslagfoto: Phile Deprez
Auteursfoto: Filip Naudts

ISBN 978 90 223 2476 9
NUR 330
D 2010/0034/191

Proloog

Verhoorkamers zijn vanwege hun bestemming weinig opbeurend. Ze dienen de verdachte eraan te herinneren dat hij of zij beter alle hoop laat varen zodra de drempel is overschreden. In een verhoorkamer geldt daarom een simpele architecturale regel: vorm wordt bepaald door de functie. Een verhoorkamer moet indruk maken, moet aangeven dat alles wat er gebeurt ernst is, en dat de betrokkene geen hulp van buitenaf hoeft te verwachten. Het is de voorlopig nog gekoelde hel van Dante, waar de temperatuur makkelijk kan stijgen in evenredigheid met de bewijslast tegen de beklaagde.

In deze specifieke verhoorkamer hadden de voorbije maanden en jaren geregeld mannen en vrouwen water en bloed gezweet, en sommigen hadden misdaden bekend, maar de man die nu tegenover commissaris Thomas Verhaege zat zweette niet. Dat had Thomas ook niet verwacht. De bijnaam van de man was Vadim de Verschrikkelijke, en die bijnaam had hij niet gekregen omdat hij op een historische Russische figuur leek of omdat hij op een straathoek de stoere bink uithing. Officieel heette hij Vadim Arveladze – tenminste, dat was de naam waarmee hij in sommige delen van de beschaafde wereld door het leven ging. In andere delen van de wereld heette hij waarschijnlijk anders, en misschien had hij van zijn vader niet die naam meegekregen. Maar zoals veel met betrekking tot Arveladze waren zijn biologische oorsprong, zijn ware identiteit en zijn nationaliteit veeleer een kwestie van speculatie dan van absolute kennis. Hij cultiveerde die verwarring. Als hij al ergens documenten achterliet – en dat gebeurde slechts in uiterste nood – bleken ze altijd vals.

Thomas leunde achterover op de achterste poten van de stoel, het soort stoel dat een toevallige passant sneller zou plaatsen in een toonzaal van designmeubelen dan in de verhoorkamer van een politiepost. Maar dit was niet zomaar een politiepost. Dit was een deel van het kantoor van Ecofin, de economische en financiële cel van de gerechtelijke politie in Antwerpen. Het kantoor was gelegen in de Stynenbuilding, net terzijde van de Van Rijswijcklaan en de Ring, en het interieur was wat beter verzorgd dan dat van andere politie-eenheden, als een soort compensatie voor de soms gruwelijk lange uren die de rechercheurs op deze plek doorbrachten. Sommigen wilden liever hun flashy kantoor inruilen voor wat meer familieleven – of toch degenen die een familieleven hadden – maar het bleef doorgaans bij wishful thinking.

De verhoorkamer en de daarnaast gelegen cellen keken echter niet uit op het weidse Antwerpse panorama van de vijfde etage, waar het kantoor van Ecofin zich bevond. Wie ondervraagd werd kwam op min twee terecht, in het souterrain van het gebouw, waar er geen ramen waren en dus geen uitzicht, behalve op het smoelwerk van cipiers of rechercheurs.

De assistent die naast Thomas zat schoof een document naar Arveladze toe. Die boog voorover, keek een ogenblik lang naar het vel en gebruikte ten slotte de balpen die tussen hen op tafel lag om een slordige handtekening te zetten op de laatste pagina, onderaan.

'Zo,' zei Thomas met een sarcastisch lachje dat hij zich meende te kunnen veroorloven, 'dat is het dan. Ik denk dat uw bedje in de Begijnenstraat al gespreid is. We zullen u er met plezier naartoe brengen.'

Als een veer die zich plots ontspande sprong de Rus rechtop, en voor een van beide politiemannen kon reageren had hij zich naar de muur van de kamer gericht en sloeg hij hard met zijn vuist op het beton. Thomas bleef verstomd zitten. Arveladze hield zijn vuist in zijn richting, de geschaafde en bloedende knoken vooruit. In het Russisch zei hij: 'Kijk maar eens goed, vriend. Zo zul jij er weldra ook uitzien, dat zweer ik.'

Thomas begreep het Russisch niet, maar het was duidelijk

genoeg dat Arveladze hem geen prettige dag en evenmin een goede gezondheid toewenste. Dat zag hij aan de ogen van de man, en niet voor de eerste keer begreep hij waarom hij Vadim de Verschrikkelijke werd genoemd. Het verhaal ging dat hij ooit een portier in een nachtclub had neergeslagen, en dat de man zich niet had durven te verdedigen terwijl Arveladze op hem bleef meppen, omdat hij – naar eigen zeggen – anders later in de Schelde zou worden teruggevonden. En dat was nog het minst gewelddadige wat de Rus op zijn kerfstok had.

De deur ging open en twee cipiers kwamen binnen, alsof iemand een afgesproken teken had gegeven. Thomas pakte het dossier van Arveladze op en zag dat er een dikke bloeddruppel op terechtgekomen was. Hij nam een doekje uit de doos die op de tafel stond en veegde de druppel weg, wat alleen maar voor een nog grotere veeg zorgde.

Hij keek op. Achter de twee cipiers was een andere man binnengekomen. Onwillekeurig gingen de haartjes in de nek van Thomas overeind staan. Arveladze was een geweldenaar en een uiterst gevaarlijke misdadiger, maar deze man was in zekere zin nog veel gevaarlijker. Hij was advocaat en heette Weckx, en als er in de Scheldestad een misdadiger voor de rechter moest komen stond hij voor veel geld klaar om de beschuldigde uit de problemen te lullen. Met veel geld en natuurlijk ook met zijn gladde praatjes en zijn uitstekende kennis van de wetteksten. Hij had een vast klantenbestand in die kringen, een bestand dat jaren terugging. Het probleem was dat Weckx niet vies was van een aantal weinig propere trucjes. Hij paste er wel voor op altijd binnen de lijnen van de wet en van de orde van advocaten te kleuren, maar zelfs dan had hij een ruime marge.

Nee, dacht Thomas, ik stel dit te mooi voor. Weckx was een stuk ongedierte dat soms ver voorbij de grenzen van de wet stapte om ander ongedierte uit de handen van het gerecht en buiten de poorten van de gevangenis te houden. Jammer genoeg was Weckx zo sluw dat hij zelf nooit gepakt kon worden.

Enfin, voorlopig nog niet.

Weckx keek de commissaris aan. Hij glimlachte innemend, maar het was alleen zijn mond die meespeelde. Zijn ogen bleven uitdrukkingsloos, alsof hij daar al een tijdje dood was. 'Mijn beste commissaris Verhaege', zei hij met gespeelde uitbundigheid. 'Wat een hoop moeite voor niks. U weet toch dat mijn cliënt voor dit dossier hooguit twee jaar voorwaardelijk krijgt, meer niet. Er is echt niet veel wat u hem ten laste hebt kunnen leggen. Voor u het weet loopt hij weer vrij rond.'

Thomas liet zich niet van zijn stuk brengen. 'We zien wel, meester', zei hij. 'De prijzen worden altijd aan het eind van de rit uitgedeeld.'

'Niks prijzen, commissaris', hield Weckx aan. 'Jullie methodes laten zoveel te wensen over dat ik makkelijk een paar procedurefouten kan vinden. Dan staat hij nog sneller buiten.'

Thomas was niet van plan daarop in te gaan. Hij won niks bij een twistgesprek met de advocaat. Daar was die te glad voor. En ergerlijk ook nog. De afrekening kwam later nog wel, dat beloofde hij zichzelf.

Hij gaf een teken aan de twee cipiers. Die namen Arveladze elk bij een arm vast en maakten aanstalten om hem naar buiten te begeleiden. Maar in de deuropening draaide de Rus zich weer om en keek naar Thomas. In het Nederlands zei hij: 'En wanneer ik vrijkom, mijn beste Thomas, dan hoef je mij niet op te wachten aan de poort van de gevangenis. Ik zal jou wel komen opzoeken. Ik weet waar je woont.'

En daarmee verdween hij. Weckx keek nog even triomfantelijk naar Thomas, en de commissaris weerstond de aandrang om de man door de kamer te slaan.

Niet de grijns van Weckx baarde hem zorgen, wel de uitspraak van de Rus. Wat bedoelde hij? Hem opzoeken? Adressen van politiemensen werden zorgvuldig geheimgehouden, om evidente redenen. Hoe wist de man waar hij woonde?

De ochtend erop stapte een man van midden dertig in een netjes gesteven pantalon en een streepjeshemd, maar zonder das of jas, het paadje op naar het huis van het gezin Verhaege. Hij belde aan. In zijn handen hield hij een vel papier en een zwart notitieboekje. Toen de deur openging stond er een jongetje van een jaar of acht in de deuropening. 'Dag meneer', zei het opgewekt, alsof het het gewend was deuren te openen voor vreemden.

'Dag jongen', zei de man op een beleefde maar neutrale toon, alsof hij daarop afgerekend werd. 'Is je papa thuis?'

'Mmm', zei de jongen, ostentatief ja knikkend. 'Mama is ook hier. Ze bakt pannenkoeken.'

'Kan ik even...' zei de man.

Vanuit de gang verscheen Eva Verhaege. Ze droogde haar handen af aan een blauwe keukenhanddoek en duwde haar natuurlijke blonde haar wat in de plooi. 'Ruben', zei ze, 'er ligt een pannenkoek voor je klaar. Ga die maar gauw opeten.' En toen de jongen naar binnen rende, keek ze de man aan. 'Wat kan ik voor u doen, meneer?'

'Ik ben deurwaarder Stoffels', zei de man. 'Ik heb een dagvaarding voor uw man. Thomas Verhaege, toch?'

'Ja, dat is hij. Zal ik hem even roepen?'

'Graag.'

Eva boog zich naar achteren en riep Thomas. 'Hij komt zo dadelijk', zei ze tot de deurwaarder. 'U vindt het toch niet erg hier even te wachten?'

'Nee, mevrouw', zei de man. 'Ik wacht wel even.'

Verhaege was meteen beneden. 'Deurwaarder Stoffels, meneer Verhaege. Wilt u hier even aftekenen? Dit is de dagvaarding.' Thomas zette zijn handtekening in het boekje en bekeek het papier. 'Nog een prettige dag, meneer', zei de deurwaarder.

Binnen zat Ruben van zijn pannenkoek te eten. Zijn beide wangen zaten vol en hij leek op een hamster. Eva keek Thomas verbaasd aan. 'Waarom een dagvaarding?' vroeg ze. 'Heb je wat uitgespookt? Toch niks met het werk te maken, hoop ik?'

Thomas keek op van het blad. Ze zag meteen dat er iets mis was. 'Het is Arveladze', zei hij.

Ze kende de naam. Thomas praatte niet vaak over zijn werk,

maar die naam had ze al eerder gehoord. En wat ze erover hoorde deed haar nu rillen, ook al had Thomas over hem alleen in algemene termen gesproken. Ze wilde die naam eigenlijk niet in dit huis uitgesproken hebben. Ze wilde niet dat haar huis vuil werd van de zonden en misdaden van zo'n man. 'Komt dat van hem? Kan dat zomaar?'

Thomas schudde meteen zijn hoofd. 'Je hoeft je je geen zorgen te maken, Eva. Het heeft niks te betekenen.'

Zo makkelijk kwam hij niet weg. 'Die gevaarlijke misdadiger laat jou dagvaarden en ik hoef me geen zorgen te maken?'

'Volgens zijn advocaat heb ik een fout gemaakt tijdens het onderzoek. Dat betekent dat ik strafbaar ben. Vandaar de dagvaarding.'

'En wat bereikt hij daarmee? Ook al heb je iets fout gedaan? Moet je dan zelf voor een rechtbank komen?'

'Het is een manier om mij onder druk te zetten, Eva. Als je tegen iemand een dagvaarding laat opstellen, dan moet het adres van die persoon in de officiële documenten komen. En Arveladze kan die documenten inzien.'

Het duurde even vooraleer Eva iets zei. Ze keek naar Ruben, die zich een weg had gebaand door zijn pannenkoek en die zo meteen met zijn lege bord zou komen aanzetten. Hij was acht, en was een goede eter. Zeker wanneer er pannenkoeken op tafel kwamen. 'Ons adres', zei ze. 'Hij weet dus waar we wonen. Ondanks alle veiligheidsmaatregelen.'

'Ja', zei Thomas. 'Dankzij zijn advocaat. Dat stuk vreten van een Weckx!'

'En dat allemaal omdat jij hem te pakken kreeg. Hij is een gevaarlijke misdadiger, een moordenaar, een verkrachter, uitschot eigenlijk, en nu zijn wij...'

'Er is geen sprake van dat we bang moeten zijn', zei Thomas. 'Hij gaat voor een tijdje achter de tralies. Daarna zien we wel. Ik laat me niet afschrikken door dit soort bedreigingen.'

En ik wel, dacht Eva. Thomas pakte haar vast en hield haar een tijdje zo. Ruben, die in de gaten had dat er niet meteen een tweede pannenkoek aankwam, wurmde zich tussen hen in. Als er geknuffeld werd, zo vond hij, mocht hij ook meedoen.

Hoofdstuk 1

Enige tijd eerder

Teo Bechor, die eruitzag alsof hij allang de dertig gepasseerd was, en dan nog onder betreurenswaardige omstandigheden, had sinds zijn veertiende geweten dat hij nergens anders terechtkon dan bij familie van zijn verre oom Noam Haddad. Daar vond hij de bescherming die hij nodig had en, beter nog, vond hij ook regelmatig een goedbetaald klusje. Hoe ver die oom van hem verwijderd was bleef hem een raadsel. Zelfs zijn moeder kon zich niet precies de bloedverwantschap herinneren die haar verbond met de beruchte Noam Haddad. Hij was in elk geval een soort van oom, zowel voor Teo als voor haar. Logisch was het niet, maar dat had je in die uitgebreide families.

Die relatie kwam goed uit, want in de Shehunat Hatikvahwijk van Tel Aviv had je niet veel mogelijkheden voor opwaartse sociale en financiële mobiliteit. Als je geen familie met invloed had, was je er een schlemiel en werkte je op de straat of in de fabriek, of je ging in de leer bij een maffioso, met het gevaar dat je carrière én je leven even kort bleken te zijn. Teo had dus wat dat betreft mazzel.

Hij stond op de hoek van de Ben Yehudastraat en keek in de richting van het noorden, waar zich op een paar honderd meter van hem vandaan het hoofdkwartier van de Democratische Partij Israël bevond. Het was een fantasieloos betonnen gebouw dat eruitzag alsof het in staat was een paar Palestijnse zelfmoordaanslagen te weerstaan en dat tijdens het voorbije decennium ook had gedaan, maar daarbij niet helemaal onbeschadigd was gebleven. Zoals mensen zeiden over de DPI: het doet er niet toe hoe het eruitziet, als er maar geld aan te verdienen valt. In zekere zin was dat de enige motivatie voor Teo om zich hier op deze straathoek op te houden. Hij lette er wel op dat hij niet te veel opviel, want hij wist dat de politie deze buurt in de gaten hield. Dat had te maken met mogelijke zelfmoordenaars, maar ook met allerlei andere louche figuren die de neiging hadden binnen te willen dringen in het gebouw. Zonder uitnodiging.

Ook Teo was van plan het gebouw binnen te dringen. Maar hij zou dat niet met geweld doen. Hij had zelfs geen criminele plannen. Toch niet in de zin waarin sommige leden van de DPI dat begrepen. Hij had wel een uitnodiging.

Hij haalde een pakje Amerikaanse sigaretten uit de borstzak van zijn losse hemd en stak er eentje op. Als je in Tel Aviv zaken deed op het niveau van Teo, dan rookte je Amerikaanse sigaretten. Ze volgden de omgekeerde weg van de drugs, waren evengoed illegaal, maar je werd niet opgepakt omdat je er een paar sloffen van in je bezit had. De politie had wel iets anders te doen. En trouwens: bij de politie rookte iedereen precies dezelfde Amerikaanse sigaretten.

Hij keek opnieuw naar het gebouw. Ervoor hingen wat mannen rond, zo te zien lijfwachten, en verderop stond een half dozijn zwarte personenwagens geparkeerd, Mercedessen en SUV's, waarschijnlijk allemaal gepantserd. Er was geen enkele politicus van enige betekenis, of geen enkel belangrijk lid van een misdaadorganisatie, die vandaag met iets anders op straat kwam dan een gepantserde auto. Vroeger werden misdaadbazen discreet omgebracht en bleef alles onder elkaar, ook de vetes en de moorden. Vandaag was dat niet langer het geval. Niet meer sinds Ya'akov Alperon, de godfather van de Alperonfamilie, een jaar of zo geleden door een autobom gedood was, waarbij ook drie omstanders omkwamen. Niet sinds twee Wit-Russische huurmoordenaars enkele weken later een rechter vlak voor zijn huis doodschoten. Teo wist best dat het oude tijdperk al een tijdje daarvoor ten einde was. Nieuwe bazen, nieuwe methodes, en vooral nieuwe technieken om snel rijk te worden. Maar vandaag was Israël een soort oorlogszone waar het geweld niks meer te maken had met de Arabieren of de Palestijnen, maar alles met de georganiseerde misdaad.

Teo nam een besluit, drukte de sigaret uit met zijn voet en stapte de straat over. Hij wandelde rustig maar gedecideerd in de richting van het DPI-gebouw. Hij merkte dat tussen de taxi's aan de overkant twee witte bestelwagens stonden, maar hij weerstond de neiging om in die richting te wuiven. De politie zou dat gebaar niet waarderen en ze zouden hem later oppakken voor het een of andere idiote vergrijp. Wat deed hij die dag in Ben Yehuda? Met wie had hij een afspraak? Waar was hij de avond ervoor geweest? Waar had hij die Amerikaanse sigaretten vandaan?

Belachelijk, gewoon. Alles was een goed voorwendsel voor een arrestatie, en als gevolg daarvan bleef je een tijdje van de straat weg en verdiende je geen geld. Het schaadde je reputatie niet, maar je was je inkomsten kwijt. Dus was Teo toch maar voorzichtig en negeerde hij de bestelwagens en hun inzittenden. Maar daar had je het: de overheid – of het niet-corrupte deel ervan – had al een tijdje in de gaten dat de grootste bedreiging voor de staat niet meer kwam van Palestijnse zelfmoordcommando's maar van in haar eigen achtertuin gegroeide misdaadfamilies.

Een beetje laat, dacht Teo.

Hij knikte in de richting van de lijfwachten alsof hij hier thuishoorde – dat was in zekere zin ook zo – en negeerde het feit dat ze hem kil aankeken zonder zijn bestaan op een beschaafde manier te erkennen. Heel wat onder hen waren veteranen van de Israeli Defense Force. In dat geval kwamen ze zonder uitzondering uit eenheden die tegen de Palestijnen of in Libanon gevochten hadden, en dat waren nooit propere oorlogen geweest. Dus bleef hij uit hun buurt.

In de hal van het gebouw hing een muffe, bijna doodse sfeer, alsof hier meteen duidelijk werd gemaakt dat de democratie en het reguliere politieke proces geen deel meer uitmaakten van de praktijk van de partij. Teo gaf daar niet om.

Hij gaf niet om reguliere politieke processen en hij gaf niet om democratie. De staat had niks voor hem of zijn familie gedaan en zou dat ook nooit doen. De staat was er om de rijken te beschermen, om de grote bedrijven geld toe te stoppen, om de gewone mens onder de duim te houden. Daar maakte hij zich geen illusies over. Ooit was Israël een socialistische staat geweest, maar die tijd was voorbij. Ooit konden burgers gewoon hun werk doen en genoeg geld verdienen om hun gezin een toekomst te bieden. Nu was er armoede bij veel van die burgers, en wie geen armoede wilde lijden zocht allerlei slinkse manieren om te overleven. Nu ging het om poen scheppen. En de nieuwe rijken, die allemaal leefden van misdaadgeld, hadden veel poen te scheppen. Dat had je wanneer de overheid toestond dat alle economische sectoren geprivatiseerd werden.

Maar politiek was een vreemde omgeving voor Teo. Hij kwam hier niet omdat hij iets met politiek te doen had.

Zelfverzekerd stapte hij naar de balie.

'Goeiemorgen', zei hij zo ongedwongen mogelijk. 'Ik ben Teo Bechor en ik ben hier om mevrouw Mizrahi te zien. Zij verwacht mij.'

De juffrouw achter de balie gunde Teo nauwelijks een blik. Ze keek naar een scherm. Ze had een smal gezicht en de ogen van een Arabische. 'Mevrouw Mizrahi is in haar kantoor. Ik breng haar op de hoogte.' Ze toetste een nummer in en wierp dan pas een blik op hem terwijl ze in een microfoontje sprak. 'Meneer Teo Bechor voor de senator', zei ze. Ze luisterde. Knikte dan. Ze richtte zich weer tot Teo: 'Men komt u zo meteen halen', zei ze. 'Gaat u daar even zitten. Het duurt niet lang.'

Teo nam plaats op een stoel. Op het tafeltje tegenover hem lagen Israëlische en Amerikaanse weekbladen, die hij negeerde. Hij was hier omdat hij een belangrijke naam kon noemen aan de balie. Zelfs vandaag kon de naam Mizrahi niet zonder respect uitgesproken worden. Haar man, Uisrael Mizrahi, bijgenaamd Alice, was een half jaar eerder om het leven gekomen toen een van op afstand bediende bom ontplofte onder zijn

Mercedes SUV waarbij het stuurwiel weggerukt werd en het lichaam van Mizrahi aan stukken werd gescheurd, terwijl het chassis en de wielen van het voertuig intact bleven. De politie noemde het een professioneel uitgevoerde aanslag maar vond geen daders. Ze zochten waarschijnlijk ook niet.

Een mollige vrouw van rond de veertig, haar kroezende donkerbruine haar opgestoken, gekleed in een donkergroen mantelpakje, kwam dichterbij. 'Meneer Bechor? Mevrouw Mizrahi verwacht u.'

Hij volgde haar een lift in, drie omhoog, een gang die er comfortabeler uitzag dan de hal beneden, een anonieme houten deur. De vrouw hield de deur voor hem open. Hij kwam terecht in een groot kantoor dat eruitzag als een decor uit een jarenzeventigfilm. Veel glad fineerhout tegen de muren, stalen handvatten op de kastdeuren, matglazen panelen, ongemakkelijk uitziende strakke fauteuils. Maar zijn aandacht werd meteen getrokken door mevrouw Mizrahi, senator, die van achter het bureau overeind kwam en haar hand naar hem uitstak. 'Meneer Bechor', zei ze. 'Laten we in het salon gaan zitten. Dank je, Zivah', zei ze. 'Ik zorg wel voor de koffie.' En tot Teo: 'U drinkt toch wel koffie, neem ik aan?'

Hij knikte en liet zich in een van de fauteuils zakken. Die waren overtrokken met een ruwe, flets groene stof en zaten inderdaad ongemakkelijk. Hij dronk koffie wanneer hem die aangeboden werd. Hij dronk elke ochtend twee of drie espresso's in de bar om de hoek waar hij naar het laatste lokale nieuws luisterde.

'U hebt nog voor wijlen mijn man gewerkt, is het niet?' vroeg de senator, een vrouw van onbestemde leeftijd, vrij groot, slank, al de veertig gepasseerd. Ze sprak deftig, maar je hoorde het toch dat ze van bedenkelijke afkomst was. Ze was al lang lid van de DPI, en nu zat ze in het parlement. Dan deed haar afkomst niet meer ter zake. Toch probeerde ze die te verdoezelen.

'Dat klopt, mevrouw. Ik werkte inderdaad voor uw man. Enkele jaren geleden al. Vóór dat onfortuinlijke voorval.'

'Mooi. Dan hoeven we elkaar niks wijs te maken. Ik weet dat u Engels spreekt, meneer Bechor, en ook Nederlands.'

'Mijn familie komt uit Amsterdam, mevrouw.'

'Zijn ze vóór de oorlog uitgeweken?'

'Nee, ze kregen de gelegenheid niet. Ze zaten tijdens de oorlog ondergedoken, sommigen zijn opgepakt. Een paar gingen zelfs in het verzet. Nee, ze kwamen pas in de jaren tachtig hiernaartoe.'

'Dankzij connecties.'

'Uiteraard, mevrouw.'

'Goed, dat wilde ik eventjes verduidelijkt zien. Ik wil u naar België sturen.'

Hij liet zijn verbazing niet merken. Naar België? Wat was er in godsnaam in België? Laat eens kijken. Chocolade, diamanten, de Europese Unie, slechte porno, en de rest kon hij zich niet herinneren. Oh ja, stripverhalen. 'Ja, mevrouw. België.'

'Dat lijkt u te verbazen?'

'Het is geen voor de hand liggende...'

'Geen voor de hand liggende bestemming voor een jongen uit Tel Aviv? Ah, toch wel, meneer Bechor. Toch wel. In België en in Nederland bevinden zich de grootste ecstasylabs ter wereld. Dat hoort u te weten.'

'Ecstasy is niet mijn terrein, mevrouw.'

Ze glimlachte op een innemende manier die hij verontrustend vond, alsof ze hem voorbereidde op wel erg slecht nieuws. 'Een ambitieuze jongeman als u hoort te weten dat alles zijn terrein is. Maar u hoeft zich geen zorgen maken over die pillen. U hoeft die dingen niet te slikken. U hoeft ze zelfs niet eens aan te raken of te verkopen. Er moet gewoon iemand naar ginder om de zaken netjes te houden.'

'Netjes.'

'Ja. Wij hebben de doorvoer in handen en dat moet ook zo blijven. Geen pottenkijkers en zéker ook geen concurrenten. Wat we nodig hebben is iemand die de geldstromen in de gaten houdt. We hebben zelden problemen met de productie omdat iedereen die pillen wil hebben. De grondstoffen zijn in België en Nederland zonder veel problemen in overvloed verkrijgbaar. Maar de geldstromen, dat kan voor heibel zorgen.

Die hebben in het verleden al voor problemen gezorgd, dus passen we dubbel op. Wij willen onze eigen man daar, en dat bent u.'

'Dat is duidelijk, mevrouw.' Bechor dronk van de koffie. Zijn mond en keel waren droog. Dat lag aan de airco van het gebouw, maar ook aan de plotse opwinding. Dit was een belangrijke opdracht. Vooral voor een jongen van de straat was dit een bijzondere opdracht. Hij had de voorbije tien jaren een hele reputatie opgebouwd, en nu wilden ze hem hebben vanwege die reputatie. De familie vertrouwde hem voldoende om hem deze opdracht toe te vertrouwen. Dat bood op z'n minst één geweldig voordeel. Hij kon wég uit Israël. Hij kon naar België. Waarschijnlijk leek België op het Nederland uit zijn jeugd. Dat zou voor hem een hele verbetering zijn.

Senator Mizrahi zei: 'Mensen die ik goed ken zeggen dat ik op u kan rekenen, Teo Bechor. Is dat zo? Kunnen wij op u rekenen?'

'Ja, mevrouw', zei hij beleefd. 'Dat is zo. Ik bedoel: u kunt op mij rekenen.'

'Let wel, u krijgt niet die hele operatie daar in België onder uw bevoegdheid. U bent alleen maar de oppasser. U zorgt ervoor dat er niet afgeroomd wordt. Dat er geen fondsen verloren gaan. Dat alle schulden op tijd betaald worden. Is dat duidelijk?'

'Dat is duidelijk, mevrouw.' Hier zette hij geen brutale bek op. Hier sprak hij heel beleefd mevrouw de senator aan. Hij had voor haar man gewerkt. Hij kende de achteloosheid waarmee deze familie omsprong met het leven van kleine medewerkers.

Hij bedankte voor dat lot. Vleeshaak en zo.

Mevrouw Mizrahi kwam overeind. Hij deed hetzelfde. Deze keer gaf ze hem geen hand. Ze ging hem voor tot aan de deur. 'U krijgt morgen een pakket met alle nodige informatie', zei ze. Natuurlijk overhandigde ze hem dat hier niet. Niet in haar kantoor. Ze was niet gek. Dit gesprek had nooit plaatsgehad, zijn naam kwam niet voor in het register van de bezoekers, en hij was er zeker van dat de camera's in het gebouw zijn aanwezigheid niet weergaven. Hij werkte ook al niet voor haar, maar alleen voor zijn oom.

De twee witte bestelwagens buiten, dat was een ander probleem. Die hadden nu zijn foto, zoals ze die hadden van iedereen die hier binnenkwam. Maar over enkele dagen was hij in België. Dan had de politie het moeilijker om hem te vinden.

Achter hem sloot Mizrahi de deur van haar kantoor opnieuw. Ze ging zitten achter het bureau en drukte op een toets. 'Laat de volgende bezoeker binnen, Zivah', zei ze.

Teo stapte uit de lift en liep naar de uitgang van het gebouw. Vanuit de andere richting kwamen een jonge vrouw en een man naar de lift toe. Even ging zijn blik over het gezicht van de jonge vrouw. Dan keek hij naar de man. Die keek hem aan. Teo wist meteen dat hij er goed aan deed het gezicht van deze man meteen weer te vergeten. Hij deed er goed aan te vergeten dat hij de man hier, in dit gebouw, gezien had. Hij deed er goed aan elke gedachte aan die man weg te duwen in een deel van zijn geest waar hij er geen toegang meer toe had. En hij had de sterke intentie deze man ook nooit meer te ontmoeten, zelfs niet per toeval.

Hoofdstuk 2

Commissaris Thomas Verhaege verheugde zich niet op een gesprek met hoofdcommissaris Perseyn, de leider van het Ecofinteam en in veel opzichten zijn pseudovaderfiguur. Onder andere omstandigheden was een gesprek met zijn baas geen probleem. Ze wisten allebei wat ze aan elkaar hadden, ook al waren hun werkmethode en hun houding tegenover hun job verschillend. Perseyn was oude garde. Hij was vóór de fusie tussen de politiediensten bij de rijkswacht geweest, en had die nog meegemaakt voordat ze gedemilitariseerd werd. Sommige oudere politiemensen hadden na zoveel jaren nog altijd een probleem, zowel met de fusie als met de demilitarisatie, maar Perseyn had dat soort onderscheid allang van zich afgegooid. Zijn karakter kon hij echter niet veranderen, al kwam dat in zekere zin de werking van het team tegemoet. De berekenende vaderfiguur en de jonge – of soms wat minder jonge, want Thomas was achtendertig – frivole, losgeslagen speurders. Maar dat was, zoals alles in het leven, een karikatuur.

Thomas wist wat hij aan Perseyn had, en kende hem als een baas die als het nodig was voor zijn mensen door het vuur ging.

Niet dat dit laatste meteen nodig was. Maar ergens verderop in de tijd, in de loop van het een of andere onderzoek, zou die eigenschap van Perseyn van pas komen.

'Tarik', zei Perseyn. Hij en Verhaege zaten in zijn kantoor, dat over de stad uitkeek. Elk deel van de locatie van Ecofin keek uit over de stad of daarbuiten, want overal waren ramen. Toen Léon Stynen begin jaren zestig dit gebouw, toen nog voor British Petroleum, ontwierp en realiseerde, legde hij waarschijnlijk de nadruk op de transparantie door zo veel mogelijk binnenmuren weg te laten. De hele verdieping waar Ecofin gevestigd was, was één grote open ruimte, van de plottingroom die naar het noorden gericht was tot aan het kantoor van Perseyn, wiens raam in oostelijke richting uitzicht bood.

Thomas moest toegeven dat die idee hem wel aanstond: de geheimhouding verbonden aan hun functie in contrast met de volledige fysieke transparantie naar buiten. Hij zou het niet in zijn eigen huis willen, al die ramen en de inkijk, maar hij was ingenomen met de voortdurend wisselende lichtinval die zijn vaak sombere dagen op kantoor begeleidde. Als hij stevig wilde nadenken over een zaak, dan stond hij vaak voor een van de ramen naar de stad te kijken. Binnen het team ging het grapje dat je aan de verkeersdrukte op de Ring kon zien hoe laat het was.

'Ik weet dat hij al eerder undercover is geweest, en dat zal hij nog eens moeten doen', zei Thomas, die bedenkelijk naar het altijd perfect zittende grijze kapsel van zijn baas keek. 'Maar we moeten de risico's overwegen. Ik heb de indruk dat jij hém altijd de straat opstuurt. Is het vanwege zijn donkere kop?'

Perseyn fronste. Hij wist dat Thomas meestal beheerst was. Een doelgerichte politieman die tegelijk ook de problemen weleens voor zichzelf durfde te houden. Ze kenden elkaar al een tijdje. Van toen Thomas uit de politieschool duikelde – hoe lang was dat nu al geleden? 'Thomas, ik weet dat je dat soort opmerkingen niet meent.'

'Tarik is een Marokkaan, dat valt moeilijk te ontkennen. Ik heb geen probleem met Marokkanen, maar ik kan moeilijk een blanke van hem maken.'

Perseyn zuchtte. 'Hij valt niet op. Ik wil hem de volgende dagen op de uitkijk in de haven. Als er weer van die pakketten pillen opduiken, wil ik het als eerste horen. Die Amerikanen van de Drug Enforcement Administration hebben ons al vaak genoeg gemeld op welke schepen ze gevonden werden, en er wordt verwacht dat we iets doen. Ze beginnen het daar in

Amerika danig op de heupen te krijgen. Alsof wij hier een bananenrepubliek zijn, verdomme.'

Thomas wist dat Perseyn zich zelden opwond. Als dat nu wel gebeurde was daar een goede reden voor. 'Als we op voorhand wisten op welke schepen...'

'Dat weten we niet, Thomas, en klaag daar nu niet over. We hebben een spoor nodig dat ons naar deze kant leidt, naar de labs.'

'In het rustige, diepe Kempenland, bijvoorbeeld.'

'Ja.'

'Of in *de* Limburg. Daar zijn er genoeg afgelegen boerderijen.'

'Oké, oké, al goed, Thomas. Ons land heeft een hele reputatie op dat gebied, dat weten we ondertussen allemaal. Om de een of andere reden zijn we zo ongeveer dé exporteur van ecstasy. We kunnen die reputatie missen.'

'Handig als je midden op de voornaamste transportroutes van Europa ligt, chef. We kunnen moeilijk ons land oppakken en verplaatsen. Maar wie zit er nog meer op dat dossier?'

'De douane, de gerechtelijke van Brussel, en misschien zelfs de staatsveiligheid.'

'Shit, die ook al.'

'Ons team is te klein voor zo'n operatie, Thomas. Met z'n vijven.'

'Hier in Antwerpen kunnen we het wel klaren, chef.'

Perseyn knikte. Hij wist wanneer hij de mening van Thomas moest aanvaarden zonder verdere argumentatie. In hun verschillen erkende hij ook hun sterktes. 'Jij licht Tarik in?'

'Ik doe dat. Heb je nog iemand anders vrij?'

'Iris heeft zonet die zaak van belastingontduiking afgerond. Ik dacht haar mee op de dossiers van Lena te zetten. Die kan hulp gebruiken.' Lena Beckers was ondertussen hoofdinspecteur hoewel ze nog maar achter in de twintig was, en voor Thomas was zij de meest complexe persoonlijkheid van het team. Precies daarom ook was zij de meest intrigerende. Ze was uitbundig en gedreven om de beste te zijn, maar inwendig kwetsbaar – het type tegenstelling dat al te vaak voorkomt bij mensen met een moeilijke jeugd. Iris de Witte, die tegen de veertig aanliep, was even gedreven, maar zij had net als Thomas een gezin. Haar droom was eindeloos te mogen verdwalen in het Louvre of in Tate Modern. Ze was de estheet en kunstkenner van het team, een eigenschap die haar bij sommige onderzoeken van pas kwam.

'Ik denk dat je commissaris De Witte het beste in reserve kunt houden voor deze zaak, Thomas', zei Perseyn. 'Als er internationale transacties moeten worden uitgeplozen, kost dat weer heel wat tijd. En als er honderden pagina's met cijfers moeten worden geanalyseerd is zij daarvoor het geschiktst.'

Thomas knikte. 'Maar ik vermoed dat we niet zonder meer op jacht zijn naar pillen en labs. Dat is meer iets voor de drugbrigade.'

Perseyn speelde bedachtzaam met zijn vulpen. 'Wij volgen zoals altijd het geld, Thomas. Pillen in de ene richting, geld in de andere. Die laboranten en hun boekhouders houden de zaak blijkbaar eenvoudig: pillen maken in België, centen ontvangen in België.'

'Banken genoeg.'

'Precies. Daarna gaat alles naar de gebruikelijke onzichtbare rekeningen op onzichtbare eilanden, maar hier bij ons zijn er knooppunten.'

'We hadden vorig jaar toch al een aantal van die gasten gepakt toen ze valiezen met biljetten aan het overladen waren op dat binnenschip?'

Perseyn perste zijn lippen samen. 'Dat was mooi. Maar de zondvloed laat zich niet stoppen door één enkel schip. De DEA en de agenten van het Department of Treasure laten ons weten dat we binnenkort grote sommen kunnen verwachten, gezien de intensiteit van de contacten tussen de kopers en de verkopers. Ik heb het hele dossier in je mail geperst.'

'Goed, ik bekijk het meteen. We gaan dus tijd spenderen in bankgebouwen, neem ik aan. Of in elk geval met onze kop gebogen over rekeninguittreksels.'

'Ja, dat zal onvermijdelijk zijn.'

Thomas wist hoe dat zou gaan. Met een gerechtelijk bevel

op zak zou hij vier of vijf regionale directies van grote of kleine banken verplichten de afschriften van tientallen en misschien zelfs honderden rekeningen te bezorgen, en die informatie werd dan geleverd op papier, lijsten met duizenden transacties. Het had geen zin die allemaal te bekijken, en daarvoor bestond de tijd ook niet. Maar het team wist ondertussen uit ervaring waarnaar te zoeken. Je gooit het papier onder een scanner en laat de software erop los. Met zo'n dertig variabelen sorteerde die de verrichtingen op volgorde. Wat die volgorde was, werd bepaald door het team. Maar je zocht onder dergelijke omstandigheden naar grote bedragen die naar obscure banken gingen op verre locaties en naar bedrijfsklanten. Dat reduceerde de informatie al tot een doorgaans handelbare hoeveelheid.

Misdadig geld door het internationale financiële systeem loodsen was een kunst, maar het systeem zelf droeg bij tot het gemak van een dergelijke operatie. Er was gewoon te veel van alles. Er waren te veel banken en te veel operaties en er was te veel geld in omloop. Misdaadorganisaties werkten met duizenden tussenpersonen en met evenveel valse firma's, en hele stukken van hun ondernemen bestonden zelfs uit bonafide bedrijven. Om die reden kochten zij zich in bij banken, beursmakelaars, verzekeringsmaatschappijen en handelaars in onroerend goed. Iedereen die om perfect legale redenen grote sommen geld verhandelde, was een interessante partner voor misdaadorganisaties.

Soms kwam er ergens cash bij te pas, voornamelijk in euro's en in dollars, de enige valabele munten die nog geloofwaardigheid hadden bij misdadigers. Soms had de politie geluk en onderschepte ze een lading bankbiljetten. Dat waren de uitzonderingen. Het was zoals bij drugsvangsten: ondanks de poeha die de politie dan telkens maakte betekende zo'n vangst niks op de schaal waarmee grote kartels werkten. Die konden het zich veroorloven een paar ton van het spul te verliezen.

En ook nu was de situatie simpel: drugs in de ene richting, geld in de andere. Het kwam erop aan het geld te vinden, dan hield de stroom drugs ook op. Eventjes maar.

Hoofdstuk 3

Vadim Arveladze stapte een taxi in en gaf een adres in Ramat Aviv aan de chauffeur. 'En zet die verdomde jengelmuziek uit', zei hij in het Arabisch. De chauffeur wierp een geschrokken blik op zijn passagier en zette meteen de radio uit. Arveladze had geen hekel aan Arabieren, toch niet meer dan aan andere mensen, maar met dat soort muziek kon hij niet eens denken. Hij begreep ook niet hoe jongeren door het leven konden met die oortjes en de eeuwige muziek. Autistische cultuur, dacht hij. En natuurlijk was hij oud, oud genoeg om te weten dat er weinig dingen in de cultuur van die jongeren te vinden waren die hem konden boeien.

De taxi laveerde door het verkeer naar het noorden, en de chauffeur leek zich te willen uitsloven om zijn vrachtje zo snel mogelijk op zijn bestemming te brengen. Of anders wilde hij snel van de man af. Hij had de blik van de man gezien, en hij kende de reputatie van zijn soort. In Tel Aviv stelde je geen vragen en wreef je niemand tegen de haren in, tenzij je goed beschermd was en desnoods gewapend.

Tien minuten later was Arveladze op zijn bestemming. De villa, gelegen in de Bordetskystraat, dicht bij de universiteit, stond tegen een heuvel aan en eromheen liep een hoge betonnen muur, bekroond met prikkeldraad. Arveladze telde makkelijk een tiental camera's, waarvan er nu twee op hem en op de taxi gericht waren. Deze nieuwe, paranoïde levenswijze drong overal in Israël door, nu geweld altijd met geweld werd beantwoord, en geweld de enige taal van deze klasse mensen was geworden.

Arveladze wist wat er scheelde. Deze mensen – de huidige generatie van professionele misdadigers – waren hun traditie kwijtgeraakt. Die traditie zei hun dat een conflict ergens moet eindigen. Die traditie vertelde hun dat de weg van het woord meer opbrengt dan die van het zwaard. Niemand van deze generatie wist nog wat dat betekende. Ze waren gewoon allemaal veel te jong om iets van tradities af te weten.

Hij betaalde de chauffeur en gaf hem een flinke fooi. De man reed snel weg.

Arveladze bleef een ogenblik op het trottoir staan. Hij keek naar de andere kant van de straat waar er geen huizen stonden. In de verte kon hij de zee zien, en de rest van de stad. Andrés Abutbul wist waarom hij deze locatie had uitgekozen voor zijn privéwoning, die tegelijk het officieuze hoofdkwartier was van zijn op familiebanden gebaseerde organisatie. Hij hield het makkelijk: wonen en werken in één enkel gebouw, dat leek aantrekkelijk, maar het was natuurlijk ook veilig. En veiligheid, daar was het Abutbul om te doen. Hij was het voorbije jaar twee neven en een zoon kwijtgeraakt aan de concurrentie, en dat zelfs zonder een al te grote mond op te zetten. Natuurlijk had hij enkele van de opdrachtgevers gevonden. Ze lagen niet ergens op een kerkhof begraven. Andrés Abutbul zorgde ervoor dat de lijken van degenen die hem ergerden niet gevonden werden. Alleen hun hoofd stuurde hij op naar hun familie. 'Laat ze die lelijke kop dan maar begraven', zei hij.

Arveladze knikte, omdat hij zijn eigen gedachten bevestigd zag. Ooit zou hij ook zo'n huis hebben, maar niet in Israël. Dan ging hij wel terug naar Rusland. Of naar Spanje. Het maakte niet uit, zolang het maar niet Israël was.

Hij belde aan, alsof hij een gewone loopjongen was. Alsof hij de pizza kwam bezorgen. En dat terwijl de twee camera's de inwoners van het huis al hadden verteld wie hij was. Waarom kwamen ze niet gewoon opendoen? Waarom moest hij aanbellen? Dat soort achteloosheid ergerde hem. Wanneer dingen hem ergerden trok hij zich terug in een andere realiteit.

Hij dacht aan een stad, ver weg in de Kaukasus, waar een jongetje van acht of negen met een kalasjnikov op hem schoot. De kogel raakte hem net onder het linkersleutelbeen. Het jongetje had er onschuldig uitgezien, maar het was met haat opgevoed. Elke soldaat was een monster, had iemand het jongetje verteld. Daarom schoot het jongetje met een wapen dat veel te groot voor hem was. Het maakte zich klaar voor een tweede schot. Maar toen de kalasjnikov weigerde, pakte het jongetje een fles die naast hem stond, een fles waarvan de hals omwikkeld was met een lap stof. Hij stak de lap stof aan en gooide de fles in de richting van de soldaat, en Arveladze voelde een intense blauwe vlam over zich heen gaan, als de hand van God, en daarna lag hij in een ziekenhuis, vijftig kilometer verderop, en raakte een andere hand hem aan, de hand van een verpleegster die hem vertelde dat hij gauw iets tegen de pijn zou krijgen.

Zijn geheugen speelde een spel met hem. De Kaukasus, het jongetje, de blauwe vlam en de verpleegster bestonden al lang niet meer. Ze bestonden alleen nog wanneer hij zijn zelfbeheersing verloor.

Twee mannen kwamen uit een wit bijgebouwtje tevoorschijn en wandelden rustig in de richting van de poort. Ze droegen elk een zomers pak van lichte stof, beige en grijs respectievelijk, en aan hun schouders en kop kon je zien dat ze niet met hun hersenen werkten. Ze droegen ook allebei een zonnebril, het uniform bij uitstek van de lijfwacht. 'Wie mag het zijn?' vroeg de ene in het Hebreeuws.

'Vadim Arveladze. Ik heb een afspraak met meneer Abutbul. En haast jullie. Ik heb gehoord dat jullie baas niet graag wacht.'

'Dat zal dan toch jouw probleem zijn', zei de ene, die het hek opendeed.

Arveladze stapte naar binnen. Het hek ging meteen achter hem weer dicht. 'Ik maak er jullie probleem van, nichtenneukers', zei hij. 'Komt er nog wat van?'

De ene lijfwacht keek de andere aan. Dan richtte hij zich tot de Rus. 'We moeten je fouilleren. Tegen de muur met die handjes, hophop.' Hij stak zijn hand uit naar de schouder van Arveladze.

Die maakte een snelle beweging, greep de pols van de man en draaide. De man spande zijn spieren maar was net te laat. Zijn pols liet een vreselijk gekraak horen. De man gromde. De andere zette een stap achteruit en greep naar zijn gordel.

'Haal je wapen tevoorschijn en ik stop het in je kont', zei Arveladze. De man aarzelde. Arveladze stompte de eerste lijfwacht tegen zijn hoofd. Die ging neer en bleef liggen. De tweede, nog steeds met de hand op zijn heup, zei: 'Je kunt niet winnen, zakkenwasser. Je komt hier ook niet levend meer buiten.'

'Je baas verwacht me. Komt er nog wat van?'

De man keek zijn maat op de grond aan, haalde zijn hand van zijn heup en trok zijn jasje recht. 'Naar de rechterkant. Ik blijf achter je. Als je een wapen pakt, ben je dood. Rotzak.'

Arveladze grijnsde. Zo dwong je respect af. Je ging meteen voor het maximale resultaat, dan verplichtte je de gewone soldaten meteen in de maat te lopen. Hij zou niet gefouilleerd worden. Niet hier. Dat hoefde ook niet. Hij had zijn voorzorgen genomen en droeg geen wapen.

Hij stapte een trap op, gevolgd door de lijfwacht. Een andere camera volgde hun bewegingen. Big Brother speelde, onder de een of andere vorm, mee. Die speelde altijd mee. Een deur in de zijgevel van de villa ging automatisch open. Arveladze stapte naar binnen en merkte dat de lijfwacht hem niet volgde. Hij werd opgewacht door twee andere exemplaren die uit dezelfde mal gemaakt leken. Zelfs binnen droegen ze een zonnebril. 'Volg ons', zei de ene. Ze bleven uit zijn directe buurt. Hij had zonet bewezen wie hij was.

Samen liepen ze een trap op, en Arveladze vermoedde dat dit een dienstingang was. Geen sprake van dat hij via de officiële ingang binnengelaten werd. Van zijn leven niet. Hij was een klusjesman. En dat werd hem op deze manier duidelijk gemaakt.

De villa leek gebouwd door een leerling van Albert Speer. Vooral de binnenkant verried een sterke neiging tot fascisme. Sovjetarchitecten kenden daar ook wat van. Arveladze had zijn kindertijd doorgebracht in een communistisch paradijs, een complex van zeventien flatgebouwen aan de rand van Kiev, waar tienduizend mensen – vermoedde hij – probeerden te overleven. Officieel bestond daar niet zoiets als misdaad. Die kwam alleen voor in kapitalistische landen. Er waren onaangepasten, maar dat lag aan persoonlijke psychische afwijkingen. Het was geen sociaal fenomeen. De overheid noch de ideologie was daar verantwoordelijk voor. Mensen die stalen en moordden en verkrachtten deden dat omdat ze ziek in hun hoofd waren. Met de gemeenschap was alles in orde. De gemeenschap hoefde niet genezen te worden, en aangepast al evenmin.

Nog steeds in het zwijgzame gezelschap van de twee lijfwachten kwam hij één hoog terecht in een ruime hal, waar dikke tapijten op de vloer lagen. Hij herkende het Afghaanse motief. Bizar, eigenlijk, een Joodse *crime lord* die Afghaanse tapijten op zijn vloer legde. Maar wie gaf daarom? Wie hier in dit huis zou een Afghaans tapijt herkennen? Gebrek aan traditie weerom.

'Hier wachten', zei een van de lijfwachten. De andere opende een deur en verdween. De eerste bleef, handen over elkaar, Arveladze observeren. Arveladze observeerde terug. Ze bleven elkaar een tijdje aanstaren. De man zou hem meteen doodschieten als het bevel kwam. Arveladze zou evenmin aarzelen, maar hij had geen wapen.

De eerste lijfwacht kwam terug en hield de deur open. 'Eind van de gang', zei hij.

Arveladze liep de gang in en stond tegenover een tweede deur. Hij opende ze meteen. Hij was aangekondigd en hoefde dus niet te kloppen. Hij bevond zich in een salon met overmaatse leren fauteuils, kussens, dikke draperieën langs de hoge ramen, meesters uit de achttiende eeuw tegen de muren, een bescheiden boekenkast met oude boeken, een Louis XIV-tafel aan het ene eind met een lelijke moderne leren bureaustoel erachter, en in die stoel de zoals steeds ernstig geklede gestalte van Andrés Abutbul, de peetvader van een hele familie en de echte vader van een drietal nog in leven zijnde verwende en verwaande zonen die elk hun deel van Tel Aviv onveilig maakten. Onder de bescherming van hun vader, uiteraard.

'Vadim!' zei de man uitbundig, alsof hij zonet zijn vierde zoon – of vijfde, in aanmerking genomen dat er een dode zoon was – terugzag, na een lange en complexe reis en vele avonturen. 'Het doet mij altijd genoegen je terug te zien. En in goede gezondheid dan nog.' Abutbul kwam overeind en gebaarde in de richting van de fauteuils maar drukte Vadim niet de hand. 'Laten we gaan zitten en koffie drinken en praten over de problemen die we samen kunnen oplossen.'

Ze gingen zitten en Abutbul schonk voor hen beiden koffie in, voegde ongevraagd melk en suiker toe en overhandigde Arveladze een kopje. 'Het lijkt me een tijd geleden sinds ik je voor het laatst zag. We waren toen allebei een stukje jonger.' Abutbul had geen overheersende gestalte. Hij was zelfs nogal klein, een beetje te uitbundig rond het middel, en zijn zwarte haar had jaren geleden al de strijd opgegeven tegen de oprukkende kaalheid. Maar Abutbul was, ook al zag hij er zo niet uit, snel van geest en sluw. Hij erkende meteen de juiste kwaliteiten in mensen, maar kon zich ook zonder meer van hen ontdoen als ze nutteloos waren geworden. Hij leefde in een wereld waar mensen alleen erop uit waren om het verschil te maken met anderen, een wereld waar de grootst mogelijke winstmarge het enige doel van de echte zakenman was.

'Het is inderdaad even geleden, meneer Abutbul', bevestigde de Rus. 'Dat komt omdat ik even in het buitenland was.'

'Ah, de zaken overzee behartigen voor de familie Mizrahi. Dat is uitstekend. Ik ben blij dat de senator goede zaken doet. En met haar gezondheid gaat het ook goed, hoop ik?'

'Kan niet beter', zei Arveladze. Die wist van de aanslepende rivaliteit tussen de twee families. Rivaliteit was dan nog een eufemisme.

'Natuurlijk, natuurlijk. Jammer dat haar man het niet allemaal meer mag meemaken. Een zwaar verlies voor iedereen en voor de gemeenschap. Hij zou trots geweest zijn dat zijn vrouw senator is geworden. Je kunt je het nauwelijks voorstellen. Zij in de politiek. Wat verandert de wereld snel.'

'Ik kan het me heel goed voorstellen, meneer Abutbul', zei Arveladze, die verkoos de ironie van de man te negeren.

'Natuurlijk. Jij ziet haar regelmatig, zo hoor ik. Ik niet, en dat is jammer. We hadden een goede verstandhouding, wij beiden, mevrouw Mizrahi en ik, bedoel ik. Maar ik heb de indruk dat er recent wat problemen zijn... Een paar pijnlijke misverstanden en enkele transacties die niet naar wens verliepen. Een haar in de soep, zogezegd.' Hij wuifde het probleem achteloos weg, alsof hij er helemaal geen aanstoot meer aan nam.

'Zogezegd', herhaalde Arveladze, die een slok koffie nam. Het was sterke Turkse koffie, waarvan hij de kwaliteit kon waarderen. Tijdens zijn jeugd had hij alleen een soort gekookte modder gedronken die in Rusland voor koffie doorging.

'Maar zulke problemen kunnen ook gauw weer opgelost worden, daar ben ik van overtuigd', zei Abutbul vlotjes. 'Uw aanwezigheid getuigt van haar wil om de problemen op te lossen. Mag ik dat zo interpreteren?'

Waarom, vroeg Arveladze zich af, doet de man zoveel moeite? Hij was de mogul van een van de drie grootste misdaadfamilies in de stad, terwijl Mizrahi een veel kleiner imperium beheerde. Ze was weliswaar senator, maar dat betekende niks in een politiek systeem dat door en door corrupt was en waar zetels in de Senaat en in de Kamer gekocht werden voor niet meer dan enkele tienduizenden dollar. Een systeem waar je senator werd als je maar genoeg stemmen verzamelde tijdens een partijcongres. Opnieuw gekochte stemmen, uiteraard. Precies wat in haar geval was gebeurd. En niet alleen in haar geval.

Het betekende dus niets. Of precies wel: de houding van Abutbul duidde op een andere relatie, waarbij hij ervoor oppaste mevrouw Mizrahi niet tegen de haren in te strijken. Maar wat er in de man omging was iets waar Arveladze zich niet om kon bekommeren. Hij hield zich niet bezig met de motieven van zijn opdrachtgevers. Hij verdiende zelf goed geld met allerlei activiteiten, en liet zich goed betalen voor zijn diensten ten voordele van anderen. Geld kocht bij hem stilte en anonimiteit. Zijn opdrachtgevers wisten dat. Abutbul wist dat evengoed.

Anders, als hij niet discreet was, had hij al lang niet meer geleefd.

‘Uw probleem is veertig miljoen dollar groot’, zei hij. Hij had het terloops willen zeggen, maar zelfs hij was wat onder de indruk van het bedrag.

Kijk, dat was nu precies het type opdrachten dat hij kreeg. Een eenvoudige boodschap overbrengen aan een andere partij, meestal in verband met grote sommen geld die deze andere partij nog te betalen had. Als die intentie ook meteen gevolgd werd door een uitvoering, en het geld meteen van eigenaar kon veranderen, dan was er geen probleem. In dit geval wilde het zeggen: als Abutbul meteen kon regelen dat een som van veertig miljoen dollar aan mevrouw Mizrahi overhandigd werd – uiteraard via de gebruikelijke veilige kanalen – dan was zijn opdracht volbracht en was er geen nood aan onregelmatigheden van welke aard dan ook.

In het andere geval verliet hij het pad van de zuivere diplomatie en begaf hij zich waar zijn slachtoffers hem liever niet zagen bewegen. Dan begaf hij zich op een pad dat niet zelden tot bloedvergieten leidde, en in een aantal gevallen tot de dood.

Zo eenvoudig zat zijn wereld in elkaar.

‘Meneer Abutbul?’ vroeg hij. Hij was ervan overtuigd dat de man de boodschap gehoord had. En natuurlijk wist Abutbul waarom Arveladze hier was. Hij was niet hier op beleefdheidsbezoek. Hij was niet hier voor de koffie. En het kleine incident met de lijfwacht aan de poort kwam de Rus goed uit. Hij had meteen getoond dat hij nog steeds zijn reputatie waard was. Dat hij nog steeds zwaar genoeg woog.

De jongen met de molotov had eveneens uitstekend werk geleverd. Hij had de soldaat bevrijd van elke neiging tot sentimentaliteit.

‘Uw opdrachtgeefster’, zei Abutbul, nu op een heel andere toon, ‘moet beseffen dat wij niet in staat zijn het bedrag in één keer te voldoen.’

‘Moet’, zei Arveladze.

Abutbul keek verbaasd. ‘Pardon?’

‘U zegt: moet. Mijn opdrachtgeefster moet niets, meneer Abutbul. Het werkwoord is alleen op u van toepassing. Ik nam aan dat u dat al wist.’

Abutbul haalde diep adem, alsof zijn geduld op was. 'Vadim,' zei hij, 'er is geen enkel probleem. Mevrouw de senator hoeft zich nergens zorgen om te maken. Ze kent toch mijn reputatie? Precies. Maar fondsen zijn dezer dagen minder liquide dan vroeger. En jou hoef ik dat niet uit te leggen, jij kent die markt goed.'

'Natuurlijk', zei Arveladze. 'Dat is begrijpelijk.' Het waren woorden die hij niet meende. Zijn opdracht was duidelijk genoeg: we hebben te lang gewacht op ons geld, Abutbul moet meteen over de brug komen. En nu leek Abutbul daar niet toe geneigd.

'En dus', zei de man, 'verzoek ik mevrouw Mizrahi om enig geduld. Laten we zeggen...'

'Morgenmiddag', zei Arveladze.

'Dat is, vrees ik, onmogelijk', zei Abutbul. Hij sprak de woorden traag maar neutraal uit. Hij sprak ze uit met een zweem van autoriteit, alsof het een regel vanwege God zelf was dat het geld er morgen niet kon zijn.

Arveladze kwam overeind. Hij haalde een enveloppe uit de binnenzak van zijn jasje en legde die op het bureau. 'Dit zijn de instructies', zei hij.

Abutbul keek hem woedend aan.

'Ik ben alleen maar de boodschapper', zei Arveladze.

'De boodschapper', herhaalde Abutbul bedachtzaam. Alsof hij aan een grondige analyse van het woord toe was.

'Vandaag,' zei Arveladze, 'vandaag ben ik alleen maar de boodschapper. Morgen speel ik een andere rol. Meneer Abutbul. Morgen speelt u ook een andere rol, tenzij u deze instructies precies opvolgt.'

Diepe fronsen verschenen op het voorhoofd van Abutbul. 'Klootzak. Denk je dat je immuun bent voor...'

'Ik ben immuun', zei Arveladze. 'Ik heb de littekens om het te bewijzen.'

Abutbul zei niks meer.

De dag erop, in de late namiddag, zat Arveladze weer in het kantoor van senator Mizrahi. Hij besteedde geen aandacht aan het interieur en nauwelijks aan het aanbod van koffie en halvah. Mevrouw Mizrahi begreep dat de Rus meteen tot de orde van de dag wilde komen. 'Nee', zei ze op zijn vraag.

'Dus u wilt dat ik in actie kom.'

Mizrahi liet haar blik van hem wegglijden, alsof hij een moment lang uit haar gedachten en uit haar plannen was verdwenen. Arveladze merkte dat haar rechterhand trilde. Hij kende het fenomeen. Mensen verraden zich altijd wanneer ze bang of opgewonden zijn, en hij had geleerd de tekens te lezen als een boek. Senator Mizrahi was bang. De zaak was misgelopen.

'Hij wil niet betalen', constateerde hij.

'Nee, hij wil niet betalen. Hij verklaart de schuld nietig. Dat is erg genoeg, een man met zijn reputatie die plots een schuld niet meer erkent. Maar het is erger...'

Arveladze zei niks.

De senator zuchtte. 'Het is erger dan dat, Vadim. Hij heeft twee contracten uitgeschreven.'

De Rus hoefde niet veel uitleg. Het ging niet over commerciële contracten. Hij wist maar al te goed over wat voor contracten het dan wél ging. Twéé?

'Misschien moet ik politiebescherming inroepen', zei ze. 'Dat zou ironisch zijn, niet? Maar ik ben senator, en zelfs vandaag en in dit land is de politie verplicht om officiële gezagsdragers te beschermen.'

Hij ging haar niet vertellen wat hij dacht over de efficiëntie van politiebescherming in een geval als dit. Abutbul zou geen problemen hebben om die bescherming te ontwijken. Misschien werkten die agenten ondertussen al voor hem.

'Het tweede contract?' vroeg hij. En zijn gedachte was: laat mevrouw de senator zelf haar problemen oplossen. Maar het antwoord op zijn vraag wist hij al. Het tweede contract droeg zijn eigen naam.

'Ik stuur je naar het buitenland', zei ze zonder hem aan te kijken, alsof ze in de verte dat buitenland zag lonken. 'Ik heb daar een opdracht voor jou.'

'Dit contract stopt niet aan de grenzen van Israël', zei hij. 'Je loopt er minder in het oog. Ik wil dat je voor ons naar Antwerpen gaat.'

'Wat is er in Antwerpen?'

Nu keek ze hem weer aan. 'Diamanten, mijn beste Arveladze. Diamanten. Je kent Antwerpen toch? Hoe lang heb je daar gewoond?'

Hij negeerde haar vraag. 'Ga ik diamanten smokkelen?' Het vooruitzicht trok hem helemaal niet aan. Smokkel was werk voor muilezels en voor kleine dealers. Zelfs diamanten. Het betekende dat hij naar Afrika moest. Hij hield niet van Afrika. En hij ging niet meer dat soort werk doen. Zelfs niet in Antwerpen.

'Nee', zei ze.

'Wat dan?'

'Wie diamanten zegt, zegt diamantairs.'

'Ja?'

'En die hebben veel geld. De Partij, mijn beste Arveladze, heeft veel geld nodig. Ze is van oordeel dat die Joden in het buitenland veel te weinig bijdragen tot de ontwikkeling van Israël. Dus hebben we iemand nodig die hen ervan kan overtuigen een deel van hun verdienste af te staan aan deze goede zaak. De zaak van de Partij.'

'Ach zo', zei Arveladze. Hij sprak opeens weer Russisch, maar Mizrahi begreep heel goed wat hij zei.

'Het is een kwestie van overleven', zei ze.

Hij kon niet uitmaken of ze het over zijn overleven had of dat van de Partij. Hij vermoedde dat ze dat laatste bedoelde. Ze was niet geïnteresseerd in zijn overleven. En hij, eerlijk gezegd, evenmin in het hare.

Maar hij zou de opdracht natuurlijk wel aannemen.

Hoofdstuk 4

'Ofwel ben je Marokkaan en familie, ofwel ben je een flik! Een van beide!' Misschien waren dat niet de laatste woorden die Tarik Idbalkassm van zijn broer Ibrahim hoorde, maar het waren in elk geval de laatste die hij zich kon herinneren. En die woorden waren hem bijzonder bijgebleven, want ze hadden hem pijn gedaan. Ibrahim had geweten hoe hem met woorden pijn te doen. Er was geen code of plicht die hen bond, behalve het feit dat ze familie waren, wat heel wat betekende in de Joods-Marokkaanse traditie die zelfs hier in België nog zo sterk doorwoog. Nu ontkende zijn broer die familiale relatie.

Tarik had in zijn jeugd, samen met zijn broer, heel wat uitgevreten. Ze waren beiden op weg geweest naar zwaardere criminaliteit, maar toen had Tarik afgehaakt. Hij had afstand genomen van zijn onherroepelijke lot en had zelf zijn leven omgekeerd. Nu was hij een flik en stond hij meteen aan de andere kant van een maar al te duidelijk zichtbare barrière. Maar in hun snotjaren waren ze precies het cliché van wat autochtonen zagen in Marokkaanse jongetjes: boefjes. Uitschot zelfs.

Hij wist wie hij nu was en waar hij nu voor stond. Het verleden bleef echter aan hem vastkleven. Zag hij nu jonge Marokkanen in de Antwerpse straten, dan wilde hij zeggen: jullie hebben alles nog voor het grijpen. Alle wegen liggen nog voor jullie open. Maak de juiste keuze.

Hij wist ook dat veel Vlamingen niet openstonden voor een multiraciale samenleving. De Vlaamse ziel had haar donkere kanten. Dit land had veel oorlogen en invasies gekend, en daarom was achterdocht tegenover vreemden bijna aangeboren.

Maar dat latente racisme had eigenaardige uitwassen. Donker was in de ogen van veel Vlamingen altijd slecht, maar ze importeerden wel Filipijnse vrouwen om mee te trouwen of Senegalese meisjes om in de bordelen of bars te werken. Donker was niet noodzakelijk slecht, maar het was minderwaardig. Als ze controle over je konden uitoefenen, dan maakte het niet uit welke kleur je huid had en of je haar kroesde. Maar als je zelfstandig was en als je die zelfstandigheid bevestigde, dan was je aangeschoten wild.

Hij haalde diep adem en herinnerde zich de woorden van een wijze man: we zijn allemaal racisten. Als we de kans krijgen verdrukken we allemaal onze medemens. En als het vernis van de beschaving dun genoeg wordt, dan doen we nog veel ergere dingen. Maar de leden van de naburige stam zullen altijd onze vijanden blijven, hoe beschaafd we ook worden.

Zijn huidskleur kwam hem nu echter goed van pas. De twee mannen die tegenover hem in het steegje stonden twijfelden er niet aan dat hij een nu al volwassen boefje was, dat zocht naar een flinke bijverdienste om zijn dure gewoontes te onderhouden. Of zoiets. 'Ik kan voor contacten in de bankwereld zorgen', zei hij.

'Daar heb je de juiste kop niet voor', zei het ene type. Tarik schatte hem vijfentwintig, maar blijkbaar was hij al danig geschonden door het leven. Een litteken liep van over zijn voorhoofd links in de richting van zijn neus. Wat hem ook was overkomen, het had zijn neus niet ontweken, die er vreemd scheef uitzag. Een mooie jongen was hij niet. Hij had zich voorgesteld als Patrick. Tarik wist dat dit zijn echte naam was. Maar meer dan een voornaam kreeg hij niet te horen. De andere man was een paar jaar ouder, droeg een nieuwe zwarte leren jekker en een donkerblauwe jeans en leek regelmatig te fitnessen. Zijn zwarte haar was kort en hij keek om zich heen alsof hij op zoek was naar vrouwen. Patrick had hem aan Tarik voorgesteld als Johnny. Johnny leek op school niet het meest oplettende type geweest te zijn.

'Ik kan goed lullen', zei Tarik opgewekt. 'Niet alleen met

vrouwen, maar ook met mensen die in banken werken. Net omdat ik een Marokkaan ben, letten ze wat beter op wanneer ik met geld en met een mooi verhaal aankom. En ik heb dit soort klusjes vaker gedaan.'

'Mmm', zei Patrick. 'Valt te proberen. Een paar mensen zeggen goeie dingen over je.'

'Wat moeten jullie?'

'We zullen wel zien', zei Patrick, die duidelijk niet van plan was enige informatie met Tarik te delen. 'Je hebt een reputatie, maar dat is voor mij niet genoeg.'

'Oké', zei Tarik. 'Het is een kwestie van vertrouwen.'

'Veel geld', zei Patrick. 'Dat is waar het hier om gaat.'

'Te veel voor één man?'

'Er moeten rekeningen geopend worden in verschillende banken. Onder verschillende namen en firma's. Da's niet zo makkelijk. Je moet de hele tijd goed uitkijken dat je de dingen niet door elkaar haalt.'

'Ik weet hoe dat werkt', zei Tarik. 'Ik zei het al: het is niet mijn eerste keer.'

'Oké', zei Patrick, die kennelijk snel een beslissing moest nemen. 'Over twee weken heb ik papieren voor een dozijn bedrijven en private rekeninghouders, en dan moeten de rekeningen open. Twaalf bedrijven en privépersonen, allemaal gevestigd in Antwerpen, Gent en Brussel. Hoeveel mensen zijn daarvoor nodig?'

'Alleen ik', zei Tarik. 'Ik loop de ene na de andere bank af. In Antwerpen liggen ze meestal in dezelfde straat.'

Patrick knikte. 'Een brave Marokkaan die Nederlands en Frans spreekt en die onder verschillende namen bedrijven opricht.' Johnny, zo te zien, had geen commentaar.

'Geen haan die ernaar kraait', zei Tarik. 'Zelfs geen Vlaamse leeuw.'

'Vooruit dan maar. Ik bezorg je de details. We zien elkaar hier over twee weken?'

'Dat moet lukken.'

Patrick knikte en kwam in beweging. Gevolgd door Johnny

verliet hij het steegje en stapte verderop in een donkergrijze BMW M3. Tarik noteerde mentaal de nummerplaat. Veel deed hij er niet mee. Ze wisten wie Patrick was. Patrick was niet het doel van deze operatie.

'Als ze allemaal zo snugger zijn als die twee gasten,' zei hoofdinspecteur Lena Beckers, 'begrijp ik niet hoe ze internationale operaties van deze omvang kunnen organiseren. Godverdomme, hebben we niet genoeg om hen meteen op te pakken?'

'Nog even niet, Lena', zei Perseyn. Hij streek met de palm van zijn hand over zijn colbert. 'Ze hebben nog niets strafbaars gedaan, en voor een intentie kunnen we hen niet lang genoeg in de gevangenis houden. Tarik heeft nu twee weken de tijd om die bedrijven en hun rekeningen te organiseren. Laten we daarna zien of we de grote vissen kunnen vangen, samen met de echte buit.'

'Ondertussen brouwen ze altijd maar meer van die pillen...'

Ze stonden in het kantooreiland samen met Tarik en Verhaege. Lena leunde tegen een van de zeshoekige tafeltjes die ze als bureau gebruikten. Tarik balanceerde op een hoge gifgroene stoel. Buiten druilde het. Een eind verderop waren de landingslichten van een vliegtuig dat Deurne naderde te zien. Perseyn zei: 'Ik weet dat je ongeduldig bent, maar ik wil de hele bende oppakken. Dit netwerk is een stuk groter dan alleen die Patrick en zijn maatje. We willen het ding met wortel en al aanpakken.'

Tarik zei: 'Ik zorg ervoor dat die rekeningen geopend kunnen worden, en laat papieren opstellen voor nepfirma's. Het moet allemaal echt zijn, voor het geval die Patrick besluit om na te vragen of ik mijn werk wel goed deed.'

'Geen probleem', zei Perseyn. 'Het zal heel erg echt lijken.' Hij keek naar Lena Beckers en wist waar haar aandrang vandaan kwam om de pillen en de andere drugs meteen van de straten te halen. Ze had haar jeugd in instellingen en bij pleeggezinnen doorgebracht omdat haar verslaafde moeder niet voor haar kon zorgen. Pas toen ze als pleegkind bij het echtpaar Merckx terechtkwam, na zoveel mislukkingen, was het goed gekomen met haar.

Het was die inzet en die gedrevenheid die van haar een onmisbaar onderdeel van dit team maakte, wat Perseyn aanging. Die gedrevenheid hadden de andere officieren ook, maar elk op hun manier waren ze anders. Neem nu Thomas: een gedreven flik maar tegelijk een gezinsmens, gelukkig getrouwd en een zoontje dat hij aanbad. Lena was totaal tegengesteld: uitbundig en cynisch, maar in haar persoonlijke en sociale leven een ramp. Ze leefde zowat in het kantoor, en voor zover Perseyn wist – hij hoorde dat soort dingen te weten over zijn mensen – had ze geen relaties, behalve met haar stiefvader.

'Twee weken', zei Lena uitdagend. 'Eens kijken, hoeveel drugs is dat? Hoe snel werken die labs?'

'Zo gaat het wel weer', zei Thomas. 'We pakken ze uiteindelijk toch. Maar Perseyn heeft gelijk: we pakken ze op een spectaculaire manier. Oké?' Hij keek om zich heen. Tarik en Lena knikten. 'Vooruit dan maar. Lena, ik wil je nog even spreken.'

Tarik keek Lena aan en fronste alsof hij wilde zeggen: dat wordt een hele preek, meid. Lena vertrok haar mond en volgde Thomas naar de plottingroom, naast het kantooreiland waar ze zonet stonden. Daar hadden ze iets meer privacy. Perseyn en Tarik wandelden terug naar de andere kant van de verdieping. 'Shit, Thomas', zei ze gedempt, terwijl ze tegen het bureau in het midden van de kamer leunde.

'Dit is geen bolwassing', zei hij.

'Nee, maar het blijft *shit, Thomas*', zei ze. 'En gewoon omdat we nu al een jaar achter die gasten aanzitten. Een jaar. De lokale politie heeft vier druglabs gesloten, in Limburg. Maar er zijn er waarschijnlijk nog tientallen andere. Grote en kleintjes. Je las toch dat er vorig weekend een jongen van achttien aan te veel pillen is doodgegaan?'

'Ja', zei Thomas.

'Dat hadden we kunnen voorkomen.'

'We kunnen alle misdaden voorkomen, als we alle jongeren opsluiten bij vader en moeder, als we iedereen die zelfs maar een beetje verdacht is in de gevangenis gooien en wanneer we alle financiële transacties boven het bedrag dat nodig is voor het wekelijkse huishouden verbieden. Niet in deze wereld, Lena. Het gebeurt niet.'

'Thomas...'

'Wíj delen geen drugs uit en verkopen ze niet aan minderjarigen. Het is niet onze schuld dat mensen verslaafd zijn aan dat smerige spul. Dit is geen nieuws, zelfs niet voor jou, Lena. Je bent al lang genoeg flik om te weten dat de grote smeerlappen altijd door de mazen glippen. Wel, deze keer gaan we ervoor zorgen dat een paar grote jongens in het net achterblijven. Maar dan moeten we voorzichtig te werk gaan. En geduldig.'

Ze bewoog haar mond en slaagde erin allerlei woorden binnen te houden.

'Niet akkoord?' vroeg hij. 'Neem het dan op met Perseyn.'

Ze wist dat hij wist dat ze dat niet zou doen. 'Hij zegt wat jij zegt.'

'Ja, dat komt omdat wij afspraken maken over hoe deze operaties gerund worden. Hervat jezelf, Lena. Komaan. Laat Tarik zijn werk doen.'

'Oh,' zei ze, 'het gaat niet om Tarik. Het spijt me, Thomas. Ik ben erg...'

'Ja,' zei hij, 'ik weet het.'

Ze haalde diep adem. 'Ik denk dat ik een eindje ga lopen.'

'Buiten?'

'Ja, waar anders? We hebben hier geen loopband.'

'Het regent.'

'Ja? Nou, dan in de regen...'

Ze meende het. Hij wist dat ze het meende. Ze speelde geen spelletjes, tenzij ze die strikt onder controle had. Ze was bij de politie gegaan – dat had ze hem toevertrouwd – omdat ze geweten had dat ze de slimste en de sterkste van haar klas was. Maar daaronder, als je die branie zorgvuldig en voorzichtig afpelde, kwam iets van de ware Lena kijken, onzeker en bang om alleen achter te blijven in die verschrikkelijk eenzame wereld.

Je ontsnapt nooit aan je jeugd, wist Thomas.

Lena moest daarover nadenken, nadien, nadat ze haar zelf opgelegde vijf kilometer door de regen liep, naar huis ging, een hete douche nam en andere kleren vond in wat voor een kleerkast moest doorgaan. Zijn we bezig met het voorkomen van misdaden, vroeg ze zich af, of maken we alleen plannen op lange termijn? Probeerden ze de grote misdaad een halt toe te roepen, of was het een spel van politiek en economie?

Ze kende de strategie van Perseyn. Hij had die tijdens hun wekelijkse vergaderingen maar al te duidelijk uiteengezet. Het was het soort visie dat bij een strateeg van zijn kaliber hoorde, de oudere generatie van de rijkswacht die zorgvuldig plannen opmaakte en hoopte niemand voor het hoofd te stoten, en al zeker niemand van de gevestigde orde.

Geduld, Lena, zei ze tegen zichzelf. Geduld, meisje. Behoud je geloof in de gelukkige uitkomst van elke goede zaak. Dat was wat het redelijke deel van haar brein haar vertelde. Maar dat kleine en rationele stemmetje won vaak niet de innerlijke discussie. Ze ging te veel uit van een buikgevoel, en ze wist dat zoiets gevaren met zich meebracht. Ze respecteerde Perseyn als haar baas, maar ze had geen geduld met politiek. Ze geloofde in het team, dat wel. Maar ze was ervan overtuigd dat iedereen zijn eigen agenda had, ook Perseyn en ook Thomas.

Ze keek op het klokje van het fornuis, haalde haar schouders op, schoof een diepvriespizza in de oven en zette het toestel aan. Ze haalde een fles water uit de koelkast en dronk, staand naast het aanrecht. Ze voelde de frisheid tot diep in haar maag doordringen, en dat deed goed. Dan keek ze omhoog, naar de zoldering van de flat. Misschien moest ze het appartement opnieuw schilderen, of iemand vragen dat voor haar te doen. Niet dat het belangrijk was, niet dat er ooit bezoek kwam, maar gewoon omdat het niet gezond was om de boel te laten verloederen.

Ze nam een besluit, haalde bord, glas en bestek uit de keukenkast en dekte voor zichzelf in de eetkamer, aan de ronde tafel die geschikt was voor vier. Niet dat er in haar flat ooit vier mensen kwamen eten. Niet dat er in haar flat zelfs maar ooit vier mensen samen op bezoek waren geweest.

Er hoorde een fles wijn bij, maar ze had geen wijn in huis.

Ze at de pizza helemaal op, dronk het water, zocht in het badkamerkastje naar vitaminepillen, ontdekte dat ze een wasmachine en waspoeder had en slaagde erin haar vuile was samen te brengen voor een grondige beurt. Dan keek ze opnieuw op de klok. Ze besefte zelf niet dat ze dat deed. Wat maakte de tijd voor haar uit? Buiten de kantooruren die ze nooit respecteerde had ze geen verplichtingen. Ze ging nergens naartoe en niemand wachtte op haar. Behalve Guy, haar stiefvader. Hij was de grote ankerplaats in haar leven, haar reddingsboei. Maar hij was druk bezig met zijn bedrijven en hij vond daar zijn enige uitlaatklep, zo ongeveer zijn enige bestaansreden sinds Marisse was gestorven. Ze wilde met hem ergens gaan eten, een van de komende dagen. Ze wilde een uurtje rust, samen met hem, gewoon om te kunnen praten over kleine dingen die haar tot niets verplichtten. Ja, dat moesten ze afspreken.

Hoofdstuk 5

Zijn paspoort meldde de buitenwereld dat hij een Fransman van Russische oorsprong was en David Minevski heette, en dus kon Arveladze, nu hij in zijn nieuwe valse vaderland was aangekomen, vrijelijk tussen de Schengenlanden reizen. Nadat hij in de luchthaven Charles de Gaulle uit een vliegtuig van Egyptair was gestapt en achteloos door de controle en voorbij de douane kuierde, nam hij de trein naar Parijs en vandaar de Thalys naar Brussel. De Thalys zat grotendeels vol, maar hij reisde eerste klasse en dus viel dat wel mee. Hij las een paar kranten, vond geen nieuws van enig belang, en hield de andere passagiers in de gaten. Zakenlui voornamelijk, vooral bankiers die alleen maar oog hadden voor hun met grafieken gevulde computerschermen. En een paar bemiddelde toeristen, en nogal wat lege plaatsen ook. Was Parijs niet meer in de mode?

Tegen de avond nam hij een douche in zijn kamer in het Brusselse Bedford Hotel, kleedde zich in een net pak en ging bij een Italiaan eten. Hij bekeek zonder veel interesse de gasten, at traag en dronk twee glazen wijn waarvan hij vond dat hij ze verdiend had. Hij nam nog een koffie en een cognac toe en betaalde met een groot bankbiljet. De ober kreeg tot zijn verrassing een flinke fooi. Dan liep Arveladze het eindje terug naar het hotel, door een miezerige hoofdstad die hem niet aansprak. Hij had nooit veel tijd in Brussel doorgebracht en was dat ook niet van plan, er waren te veel Noord-Afrikanen naar zijn zin, en de straten waren er verre van gezellig. Hij ging vroeg naar bed en was ervan overtuigd dat er in het restaurant niemand op hem had gelet en dat niemand hem gevolgd was.

Niemand kon hem echter totale anonimiteit beloven, ook de bejaarde vervalser niet die in Tel Aviv voor zijn paspoort had gezorgd, noch de medewerkers van senator Mizrahi die voor hem zijn tickets hadden gekocht. Zijn valse identiteit was niet méér waard dan de zwijgzaamheid van mensen die hij niet kende en over wie hij geen controle had. Onder andere omstandigheden zou hij er niet aan denken op die manier te werken. Nu, onder de dekmantel van een familie uit Tel Aviv, was hij bereid het risico te lopen.

Maar voorlopig achtte hij zich veilig. De tentakels van mensen zoals Abutbul strekten zich ver uit, over landsgrenzen heen, maar almachtig was de man niet. Internationaal had hij nauwelijks enig gewicht. En vaak waren de mensen die hij tewerkstelde verre van intelligent. Arveladze sliep dus zorgeloos en zelfs zonder wapen in zijn buurt. Voor een wapen moest hij wachten tot hij in Antwerpen was. Daar vond hij nog wel een goede leverancier.

De dag erna huurde hij een auto en reed naar Antwerpen, vond een rustig hotelletje, en enkele dagen later huurde hij een eigen huis, in een voorstad waar de iets betere middenklasse zich met haar eigen zaken bemoeide. Zo'n kleffe, zelfingenomen voorstad was altijd de perfecte plek om je te verstoppen. En je vond er makkelijk iets te huur. Wat je al niet gedaan kreeg met relaties en met een aangenaam dikke portefeuille.

Maar hij bleef op zijn hoede. Hij liet zich niet in slaap wiegen door het gemak waarmee de zaken tot dan toe liepen. Hij had tijdens zijn loopbaan veel lessen geleerd. Een ervan was dat het leven plots een aanvang nam en dat het meestal ook plots eindigde. Dat was wat hem betrof aanvaardbaar. Hij kon zich makkelijk met die plotse finaliteit verzoenen. De dood mocht voor hem onaangekondigd komen. Hij wilde niet in een ziekenhuis sterven met een buis in zijn neus en een andere in zijn rectum. En volgepompt met pijnstillers, en altijd een norse verpleegster in de buurt. Dat trok hem niet aan. Het mocht wat hem betrof snel gaan. Maar vandaag zou hij zich niet door de dood laten verrassen. Zijn tijd was nog niet gekomen.

Tijdens de daaropvolgende dagen zat hij vaak in de buurt van de De Keyserlei een koffie te drinken of 's avonds te eten in een van de plaatselijke restaurants. Hij hield de omgeving in de gaten. Hij was hier al eerder geweest, een paar jaren geleden, en er was behoorlijk wat veranderd. In zijn ogen niet ten goede. Zijn Russische landgenoten in de buurt van het Falconplein hadden grotendeels plaatsgemaakt voor Georgiërs, Israëli's en Bulgaren, maar volgend jaar zouden het Oekraïners zijn en misschien zelfs Libanezen. Dat was betreurenswaardig, maar fundamenteel maakte het niet veel verschil. De markt bleef dezelfde, de activiteiten ook: vrouwen, drugs, geld, wapens, diamanten. Er was meer vertier dan dat in de stad, en andere opportuniteiten, maar je kon als nieuwe partner altijd in een van die sectoren aan het werk. Vooropgesteld dat je connecties had. Als je een deel van de koek wilde had je geen connecties maar gewapende lijfwachten nodig.

Natuurlijk handelde iedereen in de eerste plaats in geld. Geld – tegenwoordig de digitale versie, hoewel er nog steeds rijkelijk met bankbiljetten gestrooid werd – was de basisgrondstof van deze anonieme en vooral alternatieve economie, die naarstig genoot van de globalisering van financiële processen en diensten. In deze kringen klaagde niemand over de wereldwijde markten en afzetgebieden. Niemand wilde terug naar de periode van gesloten markten, gesloten politieke systemen en gesloten grenzen. Open grenzen waren een deugdzame uitvinding van de westerse wereld. Het idee dat de buitengrenzen van de Europese Unie sterk genoeg waren om illegale activiteiten te stoppen, was natuurlijk een illusie. Vandaag, meer dan ooit, was Europa het speelterrein van iedereen die snel rijk wilde worden. En je werd snel rijk met diensten en goederen te verhandelen die veel opbrachten omdat ze aan elke officiële aandacht ontsnapten. Er waren natuurlijk veranderingen en modes: dit jaar waren vooral de gesmokkelde Amerikaanse sigaretten in trek die via Albanië naar Italië gingen zonder dat er accijnzen werden betaald, gisteren Aziatische vrouwen voor de Duitse prostitutie, morgen valse horloges voor Nederland.

En drugs. Altijd drugs. Dat was een markt waar iedereen al sinds decennia mee bezig was.

Al die goederen en diensten kwamen er vanuit alle continenten samen in Europa. België was bij uitstek een ideale draaischijf. Het land bood veel voordelen die de politici jammer genoeg niet toepasten op de officiële economie. Het was een klein land, mensen spraken er verscheidene talen, politie en gerecht waren er zowel laks als corrupt, je viel er als buitenlander in de grote steden niet op, transportmogelijkheden waren er zat, de banken waren er van een uitstekende kwaliteit en altijd bereid tot een dienst.

België was in veel opzichten ideaal. Nederland viel ook mee. In het Nabije Oosten had je Libanon en Israël, in het Verre Oosten Singapore en Bangkok. Over de hele wereld waren er metropolen en groeizones waar het goed was zaken te doen, en waar de overheid alleen maar bezig was de oorlog met de alternatieve economie te verliezen.

Hij was een tijdje weg geweest, en nu was hij terug, maar niet om voor zichzelf te werken – hoewel hij uiteraard meer dan een paar graantjes zou meepikken van deze opdracht. Er vielen altijd graantjes mee te pikken die door de grote spelers over het hoofd gezien werden. Het eerste wat hij moest doen, was zorgen voor medewerkers. In zijn hoofd zaten de namen en adressen van een tiental mensen in de stad die hem konden helpen met zijn plannen. Hij liep niet meteen naar hen toe. Dat zou voorbarig en onvoorzichtig zijn. Hij wist niet of hij hen nog kon vertrouwen. Hij was trouwens aan een nieuw netwerk toe. Het oude kon gecompromitteerd zijn. Het nieuwe zou bovendien ook goedkoper zijn.

Eerst wilde hij de sfeer in de stad proeven. Zelfs senator Mizrahi kon hem niet dwingen overhaast te werk te gaan. Hij wilde nagaan hoe veilig de buurt was, welke gezichten hij het vaakst zag, en wat voor handeltjes er gedreven werden, en daarom was de De Keyserlei en de hele Antwerpse binnenstad een ideaal platform voor zijn observaties.

Op alle terreinen werd aan zijn nieuwsgierigheid voldaan.

Het bleef hem verbazen dat zoveel klein geboefte nog altijd niet de dure les van de discretie had geleerd. Drugs werden bijna openlijk verhandeld op de terrasjes en in de straten van de stad, alsof er geen politie of verklikkers bestonden. De iets grotere dealers zaten koffie te drinken en staken één of twee mensen een stevige enveloppe toe, en ze waren altijd in gezelschap van jongemannen die waarschijnlijk een carrière als beroepsbokser waren misgelopen.

Misschien zag hij dingen die anderen niet zagen. Dat was in het verleden ook zo geweest. Het had hem bij een aantal gelegenheden het leven gered. Het steeltje van een contactmijn dat tussen kiezelstenen uit de bodem stak, of de fijne stalen draad die tussen twee struiken gespannen was, of de weerkaatsing van de zon op het telescoopvizier van een scherpschutter een kilometer verderop. Hij had zijn leven te danken aan die opmerkzaamheid. En soms geloofde hij dat hij een extra zintuig had. Het had zijn leven gered, ook al waren mensen in zijn directe omgeving niet altijd zo gelukkig geweest. Of niet zo opmerkzaam. Hij kende de straf van achteloosheid en vooral van domheid. Een landmijn rukte je benen van je lijf en scheurde je onderlichaam open, en je had net genoeg tijd om te beseffen wat er gebeurde en om de schroeiende pijn te voelen voordat je stierf. Het ergste was, veronderstelde hij, de zekerheid dat je stom was geweest en dat je over enkele ogenblikken dood zou zijn. Dat afgrijzen had hij gelezen in de stervende ogen van soldaten.

Als hij doodging wilde hij dat het in een flits zou zijn. Hij hoefde de dood niet in de ogen te kijken, want hij wist dat hij daarin alleen maar het grote niets zou zien.

Na vier dagen van observatie en van schijnbaar nietsdoen wist hij welke diamantairs elke ochtend gehaast langs de Pelikaanstraat of de De Keyserlei passeerden, waar ze hun kantoren hadden en hoe het met hun gezondheid gesteld was. Hij zag de kleine tekens die wezen op achterdocht en op stress. Soms zag hij hen wanneer ze afscheid namen van hun gezin, en dacht hij: neem afscheid alsof het de laatste keer is dat je ogen hen zien. Hij had zelf op die manier afscheid genomen van zijn familie toen hij als jongeman naar het leger ging. Elke dag kon de laatste zijn. Elke dag dat hij op patrouille ging tussen de ruïnes van een stad kon de laatste dag van zijn leven zijn. Elke avond telde hij de overlevenden en schrapte hij namen op een lijst. Elke nacht schreef hij brieven naar familieleden om te vertellen hoe dapper hun zoon was gestorven. De brieven die hij schreef waren altijd dezelfde, en ze bevatten ook altijd dezelfde leugens.

Hij herkende een tiental middelgrote dealers van gezicht maar zorgde ervoor dat hij niet opviel, en hij wist ook dat drie mannen die vaak in de buurt rondhingen tot de sterke arm van de wet behoorden. Niemand leek aandacht aan hem te besteden.

Daarna belde hij met Asher Levi, die een reisbureau had in de Reyndersstraat. 'Met de groeten van senator Mizrahi, meneer Levi', zei Arveladze beleefd. Dat kon hij zich veroorloven. Hij kon het zich veroorloven beleefd te zijn en tegelijk de naam van Mizrahi te noemen. 'Ze wil u eraan herinneren dat u uw lidmaatschap van de Partij nog niet hebt betaald.'

Het was een moment lang stil aan de andere kant van de lijn. Dan zei Levi, duidelijk achterdochtig: 'U hebt het wel degelijk over mijn lidmaatschap? En hoe was uw naam?'

'Ik heb u mijn naam niet genoemd, meneer Levi. En ja, ik heb het wel degelijk over uw lidmaatschap, dat u nog niet hebt betaald.'

'Misschien kunnen we dat beter onder vier ogen bespreken', zei Levi. 'Ik bedoel, ik wil u daarover zien. Over dat lidmaatschap en zo.'

'Uiteraard', zei Arveladze. 'Laten we zeggen in De Vagant, vanmiddag om twaalf uur? Dan kunt u mij een lunch betalen.'

'Afgesproken', zei Levi, en hij verbrak de verbinding.

Arveladze kuierde nog wat rond. Hij vond Antwerpen best een leuke stad, omdat er altijd zoveel zorgeloze mensen rondliepen voor wie consumeren de enige bekommernis leek. Er waren echter een paar details die hem minder goed lagen. Naar zijn zin waren er te veel immigranten. De Belgen zouden er goed aan doen wat strenger te zijn met hun immigratiebeleid. Maar de Belgische overheid was noch streng noch efficiënt. Daarom was het zo interessant om hier zaken te doen, vooral in Antwerpen, dat hét Europese knooppunt van vele vormen van handel was. En je kon er goed eten ook. Die multiculturaliteit had zo haar voordelen.

Hij keek op zijn horloge en stapte dan gedecideerd in de richting van De Vagant.

Hij kende Levi alleen maar van een foto, maar de foto was kortgeleden genomen. De man zat in een hoek aan het raam, zo ver mogelijk van andere mensen vandaan, met een kop koffie voor zich. Er lag een opgevouwen krant op de stoel naast hem. Meneer Levi beet op een vingernagel. Arveladze bleef even staan en observeerde de man. Hij observeerde altijd zijn slachtoffers voordat hij dichterbij kwam. Levi was wel geen slachtoffer, voorlopig toch nog niet, maar dat maakte niks uit. Arveladze vroeg zich af of er een pistool in die opgevouwen krant verborgen zat. Waarschijnlijk niet. Levi leek hem niet het soort man dat met een wapen op stap ging. Je kon natuurlijk nooit weten.

Zelf had hij nog geen wapen. Dat werd zijn eerste prioriteit.

Hij stapte naar de man toe. 'Meneer Asher Levi?' vroeg hij beleefd, in het Hebreeuws.

De man keek verbaasd op. 'Wie bent u?' vroeg hij, in het Nederlands.

'David Minevski. U verwacht mij. U spreekt geen Hebreeuws?' Arveladze pakte de krant op – er zat geen wapen in –, legde ze op het tafeltje en ging zitten. 'We zouden het hebben over uw lidmaatschap.' Hij wuifde naar de ober. 'Twee koffie!' Hij had plots geen zin meer in de lunch die hij zichzelf beloofd had.

'Meneer Minevski', zei Levi, en hij klonk een beetje opgelucht, alsof hij verwachtte dat de politie hem zou oppakken.

Waarom zou de politie jou oppakken, vroeg Arveladze zich af. Je runt een reisbureau. Het ergste wat je waarschijnlijk deed was wildparkeren. Maar hij wist beter: de man had waarschijnlijk een paar dingen op zijn kerfstok. Anders was zijn naam niet in Tel Aviv gevallen.

De ober bracht twee koffie. Arveladze stak hem een briefje van tien euro toe en wuifde het wisselgeld weg. De ober vertrok meteen weer.

'De specialiteit van deze kroeg is jenever', zei Levi.

'Het lidmaatschap', zei Arveladze.

'Als we elkaar willen vertrouwen,' zei Levi, 'dan moet ik uw echte naam kennen. Is Minevski uw echte naam?'

'U weet waarom ik hier ben?' vroeg Arveladze.

'Nee', zei Levi. 'Dit werkt zo: de boodschapper heeft de boodschap bij zich. Hij vertelt mij waarom hij hier is en wat er van mij verwacht wordt. Zo zijn er geen lekken. Het is een eenvoudige procedure, die al jaren goede diensten heeft bewezen. Zo weinig mogelijk boodschappen, zo weinig mogelijk sporen.'

'Natuurlijk', zei Arveladze. 'Dat begrijp ik. Iedereen wil voorzichtig zijn.'

'Onderschat de politie hier niet', zei Levi.

'Dat doe ik niet, meneer Levi. Ik heb niet veel respect voor de politie in dit land, maar onderschatten doe ik ze nooit. Zelfs u onderschat ik niet. Ook ik maak gebruik van eenvoudige methodes. Iedereen die niet aan mijn verwachtingen voldoet beschouw ik als een persoonlijke vijand. En het is mijn ervaring dat niemand mijn vijand wil zijn. Tenminste niemand die nog wat gezond verstand overheeft. Mijn echte naam is Arveladze. U kunt die beter meteen kennen. Vadim Arveladze. Kunnen we nu over zaken praten?'

Levi keek Arveladze aan en knikte. Als hij al eerder van de Rus had gehoord, liet hij dat niet merken. Ver keerde generatie, dacht Arveladze. Ben ik werkelijk zo lang weg geweest?

'Wat is', vroeg Levi, 'de bedoeling van deze ontmoeting?'

'Kunnen we naar een veilige plaats gaan?'

Levi spreidde zijn armen. 'Is dit niet veilig genoeg?'

Arveladze keek om zich heen. 'Ik zie minstens twee agenten

in burger die af en toe langs dit terras passeren, meneer Levi. Ik ben ervan overtuigd dat een gerichte microfoon elk woord dat wij wisselen opvangt. Ik neem een risico alleen al door u mijn naam te vertellen. Kunnen we nu naar een veilige plaats gaan?'

Levi dronk zijn koffie op. 'Vooruit dan maar.'

Het leek Arveladze niet veel zaaks bij wijze van onderkomen, maar het achterkamertje van het reisbureau waar Levi werkte was volgens de man veilig genoeg. 'Ik controleer regelmatig op microfoons en camera's. Ze hebben trouwens geen reden om mij in de gaten te houden. Ik beheer een reisbureau. Hoe zit het met dat lidmaatschap?'

'Daar gaat het precies om', zei Arveladze. Hij zat ongemakkelijk op de plastic stoel en het was muf in het kamertje omdat er geen raam was. 'Lidmaatschap.'

'In welke zin?'

'Ik geef u de beknopte versie van het verhaal, meneer Levi. De Partij heeft geld nodig. Er is haast bij. Er zijn verkiezingen op komst, daar in het moederland.' Jouw verdomde moederland, dacht Arveladze. Niet het mijne. Als het mijne zijn problemen wil oplossen, hoeven ze mij niet meer te bellen. Ik heb mijn ding gedaan.

Levi grijnsde onbeschaamd. 'De Partij heeft altijd geld nodig. Dat komt omdat senators zoals mevrouw Mizrahi met hopen geld gooien om verkozen te raken. Wat kost zo'n zetel in de senaat vandaag? Het is dus niet de Partij zelf die geld nodig heeft, maar sommige van haar... eh, vooraanstaande leden. Zoals mevrouw Mizrahi.'

'Het is geen goed fatsoen om in haar afwezigheid op die manier over haar te praten.'

'Op welke manier?'

'Op een laatdunkende manier, meneer Levi. Ze is senator. Leden van de Partij moeten haar en anderen dankbaar zijn omdat zij de belangen van de Partij verdedigt, ook in deze bijzonder moeilijke tijden.' Zo, dacht Arveladze, laat hem daarover maar nadenken. Zelf geloofde hij er geen woord van, maar hij deed zijn best om overtuigend te klinken.

Levi snoof maar onthield zich van commentaar.

'Ik ben', vervolgde Arveladze, 'hiernaartoe gestuurd om lidmaatschap te innen.'

Levi grinnikte. 'Het mijne? Daar zal de Partij geen grote brokken mee maken.'

'Nee, meneer Levi', zei Arveladze ongeduldig. 'Niet het uwe. Er zijn in deze stad heel wat brave Joden die nog maar weinig hebben bijgedragen tot de vooruitgang van de staat Israël en van de Partij in het bijzonder. Het wordt dus tijd dat iemand met hen praat over dit tekort aan inzicht en dit gebrek aan eerbied.'

'Oh, iemand die hen moet overhalen alsnog hun bijdrage te leveren.'

'Een financiële bijdrage', zei Arveladze.

Levi knikte. En hij luisterde aandachtig naar wat Arveladze te zeggen had. In de blik van de man zag hij dat die niet zomaar een zware jongen was die een opdrachtje kwam doen en dan weer naar Israël zou verdwijnen. In de blik van deze man zag hij een gekwelde geest die op een rationele manier alle mogelijke dwalingen van mensen wist uit te buiten. In de blik van deze man zag hij koude berekening. Hij luisterde, en tegelijk vroeg hij zich af waarom hij dit deed. Waarom hij contactpersoon speelde voor dit soort mannen.

Hij wist waarom hij het deed. Hij wist hoeveel geld hij schuldig was aan mannen zoals deze Arveladze, geld dat hij nodig had om zijn zaak in leven te houden en zijn handen te doen stoppen met trillen. Want meneer Levi had dure persoonlijke zonden. Het waren zonden waar zijn vrouw niets van afwist. Waar ook zijn familie niets van afwist. En meneer Levi zou er alles voor overhebben om die onwetendheid ook in stand te houden. Vandaar dat hij geld nodig had – geld dat hij niet op een normale en wettelijke manier kon verdienen. Hij was dus als was in de handen van bepaalde dubieuze figuren.

'Diamantairs', zei hij. Dat zou niet makkelijk zijn. Hij wist hoe achterdochtig die lui waren, hoe ze een besloten gemeenschap vormden die geen vreemden en geen pottenkijkers duldde, en hoe ze zichzelf beschermden en lieten beschermen na de racistische aanslagen van twee jaren geleden. 'Het ligt niet voor de hand', zei hij.

'Nee?' vroeg Arveladze. 'Wij zijn beiden Israëli en Jood. Wij kloppen bij hen aan met een eenvoudig verzoek. Hebben zij dan geen tijd om ons te ontvangen? Zullen zij weigeren ons te zien wanneer de toekomst van de staat Israël op het spel staat?'

'Deze mensen dragen al bij tot het welzijn van...' begon Levi.

'En dus zullen ze bereid zijn een extra inspanning te leveren. Israël is in gevaar. De democratie is in gevaar. We bedenken ons verdere verhaal wel ter plekke. Wij vragen hun zelfs een aanzienlijke inspanning, want wij kennen hun winstmarges en hun omzet, en we weten dat het hun, zelfs in deze crisistijden, niet aan fondsen ontbreekt. Dus...'

'Dus?'

'Kan er geen probleem zijn', zei Arveladze, de handen dramatisch spreidend.

Levi keek even om zich heen naar het interieur van het kamertje. Fondsen. Precies een van de woorden die hij wilde horen. Er waren andere woorden die hij wilde horen: geld, bijvoorbeeld. Poen. Rijkdom. Dat soort woorden. Die hoorde hij graag. Als die woorden hun potentieel realiseerden, dan was hij uit de problemen. Dan kon hij die *loan sharks* afbetalen en de moeilijke jaren achter zich laten. Dan kon hij zijn vrouw en gezin en familie weer onder ogen komen zonder angst dat zijn pijnlijke geheim onthuld werd. Iets waar hij elke dag opnieuw bang voor was.

Maar een dergelijke samenzwering betekende dat het probleem zich alleen maar verplaatste. Ze hadden het over afpersing, niets meer en niets minder. Waarom zou hij dat woord niet gebruiken? Het was afpersing, en dat het om de Partij of om de staat Israël ging deed uiteindelijk niks ter zake. Als er ooit politie en gerecht bij kwamen kijken deed dat allemaal niks ter zake. Dan belandde hij van de regen in de drup. Erger eigenlijk. Dan kon hij opgepakt worden als terrorist.

'Wat doen we?' vroeg hij. Een samenzwering in een hokje als dit, dat leek belachelijk. Samenzweringen van deze orde werden gesmeed in dure hotelkamers, in de lobby van een chic hotel, of in een ondergrondse installatie met veel hightech.

Levi was met zijn tijd mee. En daarom leek een samenzwering waarvan de opties besproken werden in een groezelig achterafkamertje hem een beetje ondermaats.

Maar de man die tegenover hem zat had helemaal niets ondermaats. Zoveel had hij ondertussen al begrepen.

'Het is niet moeilijk', zei Arveladze.

'Nee?'

'Nee. U maakt de nodige afspraken met de heren uit de business, en dan bezoeken wij hen, netjes gekleed, en we leggen hun de situatie uit.'

'En als ze niet willen meewerken?'

'Dan zullen we heel overtuigend moeten zijn. Daarom moet u voor mij eerst de privéadressen van al die diamantairs vinden, zodat ik hen kan observeren. Ze hebben allemaal families, kinderen, een huis, dat soort dingen.'

Levi wist dat hij deze weg onherroepelijk had ingeslagen. Hij wist dat hij geen andere keuze had dan deze man te volgen.

'Kunt u me ook aan een wapen helpen?' vroeg Arveladze plots.

Hoofdstuk 6

'Kun je zijn gezicht niet duidelijker zien? Als je zijn gezicht niet duidelijk kunt zien, hoe pikte de computer hem er dan uit?'

Lena en Iris stonden samen over een van de schermen in het kantooreiland gebogen en keken naar een nogal vlekkerige foto, waarop mensen te zien waren die door een veiligheidsbarrière stapten. De foto was vanuit de hoogte genomen en gedeeltelijk in profiel. Op een insert was een deel van de foto vergroot, het gezicht van een van de mensen, een man met een kaal hoofd. Dezelfde foto stond ook op het smartboard, tegenover hen. Alleen de foto. Iris had nog geen naam om erbij te noteren.

'Daarvoor heb je nu eenmaal computers', zei Iris. 'Ze pikken er bepaalde kenmerken uit, en combinaties van kenmerken, zowel met betrekking tot portretten als op basis van vluchtgegevens.' Ze kon een heleboel dingen doen met computers waar andere mensen geen benul van hadden. Ooit had ze geleerd dat computers fundamenteel verschillend zijn van mensen. Dat inzicht was gekomen terwijl ze nog als een jonge twintiger aan haar eerste eigen computer knoeide, en die nooit kon laten doen wat ze wilde. Iedereen behandelde 'hen' als menselijk, door hen nukkig en traag te noemen, door ertegen te spreken en wat nog meer. In haar ogen was dat gedrag belachelijk. Een computer was een machine. Als die niet naar verwachting functioneerde was daar een duidelijke en logische reden voor, en mensen waren in staat die reden te vinden – als ze lang genoeg zochten en genoeg van computers kenden. Die machines stelden haar nooit teleur. Dat was een eigenschap die alleen mensen bezaten.

'En nu moeten wij die man natrekken? Waar is dat voor nodig? Voor zover we weten is hij nog altijd in Frankrijk.'

Iris schudde het hoofd. Ze was de week ervoor naar de kapper geweest en had haar haren kort gehouden. De kapper had haar gevraagd of ze niet voor een kleuring ging, maar dat had ze niet gewild. Het natuurlijke grijs stond haar goed, vond ze. En zelfs als het haar niet goed stond, dan moest de omgeving het er maar mee doen. In haar jeugd had ze bepaalde modetrends gevolgd. Niet bepaald stijlvolle modetrends, besefte ze nu, maar dat waren dan ook de late punkjaren geweest, toen het goed stond om rebel en antiglobaliste te zijn, haren zwart te verven en zwarte make-up te gebruiken, dat soort dingen. Ze had zelfs speed gesnoven en spul gerookt waarvan ze de naam niet meer wist. Maar die periode was voorbij. Haar beste vriend stierf aan een overdosis en Iris kapte ermee. Dat was twintig jaar geleden. Het achtervolgde haar soms nog wel, maar nu was ze iemand anders.

Ze drukte op twee toetsen en een andere foto verscheen op het smartboard. Een andere locatie, maar dezelfde man. Nu was er een trein op de achtergrond te zien. Een stuk van een perron met passagiers en bagage.

'De Thalys naar Brussel', zei ze. 'De Franse politie gaf ons daarom deze coördinaten door. Omdat hij op zeker moment in Brussel van die trein is gestapt. Daarna zijn we zijn spoor kwijtgeraakt.'

'Geen camera's in Brussel Zuid?' vroeg Lena.

'Jawel, camera's genoeg, maar hij is nergens op te zien. Nu ja, dat is niet zo gek. Gewoon veel te veel volk in dat station.'

'Geweldig, die internationale samenwerking', zei Lena. 'En identificatie?'

'We twijfelen nog. Er zijn een dozijn mogelijkheden. Hij is geen Egyptenaar, voor zover we weten. Maar de mogelijkheden zijn niet eindeloos. Er zit een agent van de Mossad tussen de lijst, maar dan wel undercover.' Met nog een druk op een toets verscheen een lijst met namen en bijbehorende foto's op het grote scherm. Geen van de mannen op de lijst leek op de man van Charles de Gaulle.

'Die vent lijkt helemaal op niemand', zei Lena.

'Op het blote oog niet. Maar de computer besluit dat hij op allemaal lijkt.'

Lena snoof maar zei niks. Ze was niet van plan om tussen Iris en een computer in te gaan staan. De kans was groot dat zij dan het pleit verloor. Ze bekeek de namen. Ze wees naar een van de foto's van de lijst. 'Die kennen we toch al?'

'Ja', zei Iris. 'Die kennen we inderdaad.'

Vadim Arveladze was het product van de jaren zeventig en tachtig. Zijn levensverhaal liep parallel met de grote omwentelingen die deze decennia, en vooral het einde daarvan, kenmerkten. Terwijl hij opgroeide, volgens sommigen in een kolchoz een paar honderd kilometer ten zuiden van Moskou, kwam het indrukwekkende Sovjetrijk tot de ontdekking dat zijn economie steeds meer achterliep bij die van het Westen, en dat militaire macht een illusie was waarin alleen de legerleiding geloofde. Het verrottingsproces had niks te maken met de ideologie, maar alles met het geloof erin. Stalin kon in zijn dagen nog een dictatuur in stand houden en miljoenen mensen laten vermoorden terwijl hij als een god vereerd en gevreesd werd. Zijn opvolgers echter leenden zich uit noodzaak tot een demystificatieproces dat uiteindelijk, enkele tientallen jaren later, zou leiden tot het plotse einde van het complete concept van de Sovjetstaat. Een implosie, werd er gezegd. Omdat de macht wegviel, en de ideologie, en het hele ding inklapte.

Terwijl Arveladze zich een weg zocht in verscheidene militaire organisaties en leerde dat oorlog en dood een toevallig bijproduct waren van zowel het imperialisme als het communisme, werden de tekenen aan de wand steeds duidelijker: de immense kolos die sinds de eerste decennia van de eeuw de wereldpolitiek had beïnvloed, was geen duizendjarig bestaan beschoren. Zelfs de eeuwviering zou hij niet halen. Hij werd ingehaald door economieën, zoals de Japanse, die deze voormalige reus in beschamend snel tempo terugwezen naar de status van derdewereldland. Zelfs bondgenoot Hongarije zocht clandestien toenadering tot het Internationaal Monetair Fonds om lid te worden van die kapitalistische tempelorde.

Ook in communistisch China, de andere rivaal, kwam langzaamaan een dooi tot stand die voordien, onder de oude vereerde leider, niet mogelijk zou zijn geweest. De nieuwe god was Deng Xiaoping, en hij begreep dat communisme en kapitalisme niet noodzakelijk vijanden hoefden te zijn. De rest van de wereld ontdekte de globalisering en de vrije financiële en economische markten.

Arveladze zelf voelde zich niet bedreigd door die veranderingen. Waarschijnlijk wist hij er zelfs niets van. Hij maakte carrière bij speciale paramilitaire eenheden van het ministerie van Binnenlandse Zaken, en daarna bij de militaire inlichtingendienst, waar mannen zoals hij altijd welkom waren. Mannen zoals hij, dat wilde zeggen: mannen die intelligent genoeg waren om te weten dat bevelen moesten worden uitgevoerd, intelligent genoeg om zelf initiatieven te ontwikkelen in crisissituaties, intelligent genoeg om niet het noodlottige einde van een operatie af te wachten.

Hij zag delen van de Sovjet-Unie en delen van de wereld waar geen toeristen hem zouden volgen, waar mensen alleen haat kenden en waar er meer wapens voorhanden waren dan voedsel. Hij maakte kennis met lieden die drugs gebruikten als enige handelswaar, en mensen als afschrijfbaar transportmiddel. Arveladze leerde allerlei soorten wapens gebruiken, liefst nog degene die in staat waren meteen te doden.

Terwijl zijn natiestaat de weg insloeg naar zijn eigen ondergang, terwijl het Rijk van het Kwaad zich klaarmaakte om gereduceerd te worden tot een verzameling gefaalde staten, terwijl de wereld zich klaarmaakte voor oorlogen om olie, maakte ook Arveladze zich gaandeweg los van de formele organisatie waarvoor hij werkte. Hij werd een onafhankelijke operator – een term die in die kringen van alles kon betekenen, maar doorgaans inhield dat elke opdracht voor goed geld zijn persoonlijke opdracht was.

Hij had in verscheidene oorlogen gevochten, maar geen daarvan voor zichzelf. Het waren oorlogen die zelden de westerse kranten haalden, en waarover de kranten van zijn eigen land alleen maar leugens vertelden. Hij hield er littekens aan over, niet alleen op zijn lichaam.

Toen de Muur viel, en even daarna het communisme als leidende ideologie werd afgezworen door de leider van zijn natie, smeedde Arveladze bondgenootschappen met mensen die misschien ooit zijn tegenstanders waren geweest. Ze waardeerden hem om zijn ervaring en kennis. Hij opende geheime rekeningen in westerse landen waar banken zijn naam niet hoefden te weten. Met dat geld deed hij niks. Hij hoefde geen eigendommen en luxe. Het was zijn verzekering voor de toekomst.

Terwijl West-Europa feestte en het Rijk van het Kwaad wegzonk in het moeras van armoede en corruptie, bewoog Arveladze zich naar het zuiden en naar het oosten, waar er nieuwe opdrachtgevers waren. Hij hoefde niet ver te reizen. Hij hoefde zich alleen maar ten dienste te stellen van een nieuwe groep mensen. Die nieuwe groep stond op de ruïnes van een door economisch wanbeleid te gronde gerichte verzameling staten en besefte dat nieuwe mogelijkheden zich aan hen aanboden. Ze zagen dat de levensstandaard in het Westen snel steeg, dat de open grenzen in Centraal- en Oost-Europa helemaal tot in Azië reikten, en dat ter plaatse de overheden – of wat daarvan over was – niet in staat waren de bevolking onder controle te houden. Die mensen zagen zichzelf niet als criminelen maar als opportunistische zakenlui. Ze leefden volgens de wetten van vraag en aanbod, net zoals de zakenlui in het Westen. Ze vertoonden zich met de al snel verkregen symbolen van hun rijkdom: dure gepantserde auto's, lijfwachten, jonge vrouwen, Italiaanse maatpakken, Zwitserse horloges, grote motorjachten, villa's aan de Franse zuidkust en in Miami.

Tegelijk, en even snel, groeide de instabiliteit in de ruime Balkanregio. Die instabiliteit breidde zich uit naar de Kaukasus, naar het Nabije Oosten en tot in Pakistan en het westen van China. Voor de handel was dat voordelig, vooral de handel in illegale goederen, in mensen en in zeldzame en dus bedreigde grondstoffen. Plunderen was een beter woord, in sommige gevallen.

Om hun zich snel uitbreidende minirijken in stand te houden hadden die zakenlui een aantal ondersteunende factoren nodig. Ze moesten in staat zijn snel en veilig grote hoeveelheden geld naar financiële instellingen in het Westen over te brengen. Ze moesten in staat zijn illegale goederen en diensten te kunnen afzetten in West-Europa en in Noord-Amerika, maar ook in, bijvoorbeeld, Japan. En ze wilden grote hoeveelheden wapens kopen uit de voorraden van de voormalige Sovjet-Unie en haar vazallen, wapens die ze daarna verkochten aan oorlogvoerende partijen over de hele wereld.

Daarom hadden ze operatoren zoals Vadim Arveladze nodig. Hij zorgde voor het frictieloos verloop van de meest uiteenlopende verrichtingen. Hij verzorgde het transport van belangrijke goederen en diensten, en van informatie. Hij overtuigde andere partijen ervan dat het een goed idee was om met zijn meesters in zee te gaan. Hij bood zijn werkgevers de zekerheid dat hun economische belangen niet gehinderd werden door westerse politiemachten en inlichtingendiensten.

Wat dat laatste betrof werd hij geholpen door een eigenaardige kronkel in de geest van veel, zo niet alle westerse beleidsmensen. Zeker na 9/11 waren die ervan overtuigd dat het internationale terrorisme – en dan specifiek het terrorisme geïnspireerd door de Koran – de Vijand Nummer Eén was. Ze begrepen maar niet dat dit terrorisme, hoe spectaculair ook, op wereldschaal maar een minieme splinter was in het oog van de wereldeconomie. De internationale misdaad, daarentegen, is veel schadelijker en veel omvangrijker dan het terrorisme, en beïnvloedt op een veel negatievere manier de stabiliteit van regimes. Toch houden beleidsmensen vol dat *The War on Terror* de hoogste prioriteit heeft, ervoor zorgend dat er heel wat minder middelen voorhanden zijn voor de misdaadbestrijding.

Maar een man als Arveladze kende de zeer eenvoudige verklaring voor dat fenomeen. Misdaadorganisaties zelf hadden op z'n minst onrechtstreeks zeggenschap in het beleid van veel en misschien wel alle westerse landen. Terroristische organisaties hadden die invloed niet.

Arveladze leende zich niet tot terrorisme. Hij had de staatsvorm daarvan meegemaakt, voornamelijk in zijn eigen vaderland. Een mensenleven betekende niet veel, dat wist hij, maar te moeten doden voor een bijgeloof, voor zoiets esoterisch als een religie of een god, dat deed hij niet.

'Advocaat Weckx', herhaalde Levi. Arveladze bleef verbaasd kijken, alsof hij nog altijd niet begreep waar Levi het over had. Dat wist hij natuurlijk wel. Hij wist maar al te goed wie Weckx was.

'Ik begrijp niet', zei hij, 'waarom wij er die advocaat bij moeten halen.'

'Werkt die niet voor u?' vroeg Levi. 'Tijdens dat laatste proces...'

'Ik sta op zijn klantenlijst, voor het geval ik hem nodig heb. Ik sta al jaren op zijn klantenlijst. Ik wil hem hier niet bij betrekken.'

'Weckx kent heel wat mensen in de diamantsector. Hij kent gewoon heel wat mensen hier in Antwerpen. Dat is handig. Hij kan mij als het ware aanvullen.'

'Aanvullen', zei Arveladze. Deze ontwikkeling stond hem niet aan.

'Ik vertel hem alleen maar wat hij moet weten, Vadim', zei Levi vertrouwelijk. 'Uiteraard komt hij niks te weten over de Partij, en je kunt zelfs je schuilnaam gebruiken.'

'Ik gebruik helemaal geen schuilnaam en ik heb geen zin in Weckx. Als ik ergens van beschuldigd word, dan kan hij opdraven. Eerder niet.'

'Die diamantairs zijn erg wantrouwig, Vadim', drong Levi aan. 'Zelfs ik kom niet verder dan de receptie van hun kantoor. En je kunt daar al zien hoeveel camera's er op je gericht zijn. Als je hen wilt spreken over een gevoelige materie – in dit geval hun lidmaatschap bij de Partij – dan moeten we dat in een andere en veiliger omgeving doen. Veilig voor ons.'

'Je wilt uitgenodigd worden op een bar mitswa', zei Arveladze. Het beviel hem niet dat Levi hem nu al vertrouwelijk met zijn voornaam aansprak. Daar zou hij iets aan doen, maar nu even niet.

'Niet noodzakelijk, maar à la limite moet zelfs dat mogelijk zijn. Op vertrouwelijke voet, Vadim. En ik hoopte dat Weckx ons daarbij zou kunnen helpen.'

'Je hoopt', zei Arveladze. Hij wist dat je mensen zenuwachtig maakt door te herhalen wat ze net zeiden, alsof je dat in twijfel trok.

'Jawel', zei Levi, die al een beetje aan het zweten was.

'Maar je hebt Weckx nog niet over onze zaak gesproken.'

'Nee... wel, ja, toch een beetje.'

'Je bent bij Weckx gaan opscheppen dat je een reuzebaantje hebt, met iemand uit Israël.'

'Nee nee, zo is het niet. Ik ken hem van vroegere zaakjes en hij heeft...'

'Je vroegere zaakjes wil ik niet leren kennen, Levi. Ik leef in het hier en het nu. Ik nam aan dat jij me hier in de stad toegang kon bieden tot diamantairs, en nu blijk je daarvoor nog iemand anders nodig te hebben.'

'Een advocaat heeft overal toegang, Vadim', zei Levi met een grijns. Hij had niet in de gaten dat Arveladze zich ergerde, of het kon hem niks schelen.

'Weckx zal zich al snel herinneren dat hij met ons sprak, en als daarna een van die diamantairs in het nieuws komt zal hij een en ander aan elkaar kunnen koppelen. Hij is een voorzichtig man. Wat hij ook doet, hij laat zich nooit in met de activiteiten van zijn klanten. Ik vind het geen goed idee.'

'Ik ben voorzichtig, Vadim.'

'Je bent niet voorzichtig genoeg, en je doet pas iets nadat je het met mij besproken hebt. Laat dat duidelijk zijn.'

'Het spijt me, Vadim.'

'Met spijt kopen we geen eeuwigheid of gemoedsrust', zei Arveladze.

Hoofdstuk 7

'Onze oude vriend Vadim Arveladze', zei Perseyn goedkeurend. 'Wat leuk dat hij zich de moeite getroost ons nog eens met een bezoek te vereren.' Hij ging zitten op een van de stoelen in het kantooreiland. 'Hij is niet eens ouder geworden. Ziet er zelfs nog goed uit voor zijn leeftijd. Zijn verblijf in het buitenland heeft hem blijkbaar goed gedaan. Waar kwam hij vandaan? Rusland?'

'Egypte', zei Thomas. 'Maar niet onder zijn eigen naam. Het spoor leidt in elk geval naar Israël.'

'Iets anders zou me verbaasd hebben', zei Perseyn. 'Hij heeft dus een tijdje in zijn andere vaderland doorgebracht, en blijkbaar zijn sommige Israëli's er nog altijd van overtuigd dat hij hun zaak steunt.'

'Nee, zo naïef zullen ze wel niet zijn', opperde Thomas. 'Maar hij is zoals altijd erg bruikbaar, en van zijn kaliber zijn er niet zoveel kandidaten.'

'Welk kaliber is dat?' vroeg Lena.

'Onrustwekkend', zei Perseyn.

'Bijzonder gewelddadig', zei Thomas. 'Je gaat met hem geen confrontatie aan. En elk gerucht dat je over hem hoort is waar. We pakten hem al op in... Wanneer was dat?'

'Vijf, zes jaar geleden', zei Perseyn.

'Hij heeft hier een hele poos in de cel gezeten. Niet dat hij zich wat te beklagen had. Hij had een cel voor hem alleen, met zoveel luxe dat je je in een hotel waande. Er stonden tienduizenden euro op zijn gevangenisrekening. Andere gevangenen knapten klusjes voor hem op. Echt verrijkend als je dat na al die maanden onderzoek te horen krijgt en als je weet wat hij uitgevreten heeft.'

'Hij is niet de enige met zo'n regime', zei Iris.

'Nee, maar dat alleen zou voor ons geen probleem zijn. Erger is dat hij daarna gewoon naar buiten wandelde en weer in het ware leven stapte. Hij zat opzettelijk zijn tijd uit omdat hij achteraf geen begeleiding wilde. Hij kon gaan en staan waar hij wilde. En toen vertrok hij opeens. Voor we het goed beseften zat hij in Israël, en dan weer in Libanon, in Syrië, terug in Israël.'

'Waar ze hem lieten begaan.'

'Wat dacht je? Hij was vrij, hij had zijn straf uitgezeten. Er was geen aanhoudingsbevel meer op zijn naam.'

Het team was nu bijna compleet: Thomas Verhaege, Perseyn, Lena en Iris. Alleen Tarik ontbrak, omdat die een andere rol speelde en daaruit niet gewekt kon worden. Lena had net haar kilometertjes gelopen en had een douche genomen in de kleine badkamer van het kantoor. Telkens als ze dat deed vroeg ze zich af waarom ze nog een flat had. Thuiskomen in die flat was niet iets waar ze naar uitkeek. Thuiskomen deed ze eigenlijk maar op één plek. Nee, op twee, dit kantoor incluis. En ze wist zelfs waar ze zich het beste thuis voelde. Dat was bij haar stiefouders geweest. Dat was geweest toen Marisse nog leefde, toen zij en haar man Guy haar opnamen en met haar dat moeilijke, voor alle partijen pijnlijke experiment in sociale aanpassing begonnen.

Marisse leed er erg onder dat ze geen kinderen kon krijgen. Dat zag je niet aan haar, en het duurde een behoorlijke tijd vooraleer Lena dat begreep. Ze was zelf nog te jong om dat te beseffen toen ze voor het eerst in het huishouden Merckx werd opgenomen. Twaalf, net geen dertien. Voordien waren de instellingen en pleeggezinnen niet te tellen geweest, en ze hadden slechts dat ene feit gemeen: de korte duur die ze Lena verdroegen voordat ze weer de deur werd gewezen.

Dat kwam ervan zonder echte ouders te zijn opgegroeid, de kleinste van de klas te zijn en vooral ook de slimste. Apart is elk van die drie fenomenen nog te verdragen. Gooi ze samen en je kreeg Lena Beckers, koppige en hardleerse rebel, schenenschopper, het meisje dat met acht jaar een grotere jongen een bloedneus sloeg omdat hij haar pestte.

Maar bij Marisse en Guy Merckx lukte uiteindelijk wel wat bij andere pleegouders nooit lukte. Dat lag niet aan haar. Ze deed aanvankelijk geen moeite om hen voor hun geduld en liefde te belonen – of zelfs maar in te zien hoeveel liefde en geduld ze aangereikt kreeg. Beiden vergaven haar keer op keer haar fouten, plukten haar van de straat, haalden haar telkens weer op bij de politie, brachten haar naar de spoedafdeling met een gespleten bovenlip, een gebroken pols, een gekneusde rib. Er leek geen eind te komen aan het geduld en de zorg van Marisse en Guy. Uiteindelijk begreep Lena dat ze haar niet zouden laten gaan. Ze begreep dat ze aan deze mensen vastzat, dat ze haar als hun persoonlijke heiligmakende project zagen. Ze zou gered worden, ze zou van de straat gehouden worden, ze zou erkennen dat voor haar niet alles verloren was.

Lena besefte dat ze uiteindelijk een thuis gevonden had.

Dat besefte ze op een donderdagochtend om halfzeven ergens in het hartje van de winter toen ze tegen beter weten in uit haar bed kroop, in de kille kamer, naar het raam stapte en naar de sneeuw in de tuin stond te staren. Alsof ze nog nooit sneeuw had gezien.

En dat was ook zo. Ze had nog nooit sneeuw gezien. Ze had nog nooit sneeuw op deze manier gezien. Voordien was sneeuw een pest: koud, glad, nat, en daarna een bruine smurrie. Nu zag ze sneeuw voor het eerst zoals sneeuw overal ter wereld is voordat mensen er zich mee bemoeien: op een rustige en afwachtende manier wit, afwachtend tot de dooi komt.

Die ochtend besefte ze dat ze niet zo verder hoefde te leven. Ze besefte dat ze haar ouders gevonden had. Ze barstte in tranen uit daar aan het raam. Ze stond daar een hele poos te huilen, tot Marisse het hoorde en bezorgd de kamer in kwam, om door Lena vastgegrepen te worden om zich te laten knuffelen. En Marisse knuffelde en stond zelf te huilen, al wist ze eigenlijk niet waarom.

Minder dan drie jaar later stierf Marisse.

'Laten we ons die ene, allerbelangrijkste vraag stellen', zei Iris.

'Waarom is hij teruggekomen?' vulde Thomas aan. 'Dat is inderdaad een goede vraag. Hij zal jou vertellen dat hij het fundamentele recht heeft om te reizen. En als hij een geldig paspoort heeft...'

'Het zal wel vals zijn', zei Perseyn.

'Als hij een geldig paspoort heeft,' vervolgde Thomas, 'dan gaat en staat hij gewoon waar hij wil. Op zijn leeftijd en met zijn staat van dienst zou ik naar Florida gaan...'

'Florida!' zei Iris met afschuw. Ze was in Florida geweest. Ze was er ooit één keer geweest met haar man, en daarna nooit meer. Pastelkleurige flatgebouwen, gepensioneerden, lelijke rijke mensen, Disneyland, enorme auto's die benzine zopen, dure hoeren op straat, slecht pseudo-Europees eten. 'Toch niet naar Florida.'

'...of naar Hawaï, maar niet naar Frankrijk en dus, in het verlengde, naar België.'

'Waarom is hij hier?'

'Er is geen onderzoek tegen hem aan de gang', herhaalde Perseyn koppig. 'Hij gaat en staat waar hij wil.'

Thomas schudde het hoofd en wierp een laatste blik op de foto. 'Ik denk niet dat hij op bezoek is bij zijn notaris.'

'Ik wil weten waar hij uithangt en wat hij van plan is', besliste Perseyn. 'We kunnen geen Arveladze hebben die zomaar hier in Antwerpen rondloopt zonder dat wij weten wat hij uitspookt. Lena, trek jij de registratie van de hotels na...'

'Waarschijnlijk huurt hij een flat', zei Iris. 'Dat deed hij eerder ook al. Ik zal nakijken of ik iets kan vinden.'

'Maar ik wil Lena op deze zaak, Iris', zei Perseyn. 'Als je wat vindt, geef het dan aan haar.'

'Zal ik doen', zei Iris.

Perseyn trok zich terug in zijn kantoor, maar Thomas kwam hem meteen achtera, bezorgd kijkend. 'Is dit wel een goed idee?'

'Wat, Thomas?'

'Lena alleen op Arveladze uitsturen.'

'Ze moet alleen maar uitzoeken waar hij is, meer niet, Thomas. Ik denk niet dat ze daarmee risico loopt. Sinds wanneer ben jij haar engelbewaarder?'

'Dat ben ik niet. Ik merk alleen maar dat we te veel als individuen werken en te weinig als team. Dat zint me niet, en je weet waarom.'

Perseyn nam de kritiek op zijn beleid rustig aan. 'Dat is omdat we te veel zaken te behandelen hebben. Tarik is ondergronds, Iris heeft die...' Hij keek Thomas aan. 'Je kunt nog altijd met Lena de straat op.'

'Het heeft niks met mij te maken.'

'Ik onderschat die Arveladze niet, Thomas. Denk niet dat ik dat doe. Dat hij hier weer rondloopt is slecht nieuws. Hij zal zijn oude contacten opzoeken. Misschien vindt hij nog een intact netwerk.'

'Zou me verbazen', zei Thomas. 'We hebben alles zo'n beetje opgeruimd, vorige keer.'

Perseyn knikte. 'Precies. Maar dat maakt van die Rus een gevaarlijke eenzaat. God weet wat hij ondertussen allemaal uitgevreten heeft. Ik onderschat hem niet, ook al is hij ouder geworden.'

Thomas knikte. Het argument was goed. Waarom wilde hij in godsnaam Lena beschermen? Ze was zo goed als hij. Kon keihard zijn.

Teo Bechor besefte al gauw dat je Antwerpen niet met Tel Aviv kon vergelijken. Het leven was er om te beginnen veel meer geordend. Aan de oppervlakte was het een stad waar rust en kalmte heersten, waar mensen zonder gevaar voor hun leven in de winkelstraten konden wandelen, en waar de verschillende etnische groepen moeiteloos met elkaar omgingen. Dat was het oppervlak. Hij wist ook hoe bedrieglijk het uitzicht op zo'n oppervlak kon zijn, als een rustige oceaan van immense diepte. Het schijnbaar ontbreken van misdaad betekende niets. Het betekende zéker niet dat politie en gerecht er efficiënt werkten. Het betekende evenmin dat de rijkdom hier goed verdeeld was. Het was als beweren dat er geen zwarte zwanen zijn omdat je er geen ziet.

Gauw genoeg kreeg hij de ware aard van deze samenleving te zien. Hij zag de hongerige blik in de ogen van passanten die voor winkelramen bleven staan, een honger die niets met voedsel te maken had. Hij zag de blik die een donkere jongen op een blank meisje wierp terwijl zij hem negeerde, hij zag de blik van een ouder blank echtpaar in de richting van een groepje allochtone jongeren, hij zag hoe enveloppes van eigenaar veranderden, hij zag geld dat iemand stiekem toegestoken werd. Hij zag de opvallende dure auto's waarmee jongemannen rondreden. Hij zag hun kleren en hun horloges en hun schoenen. Hij keek in hun ogen en zag alleen hebzucht en ambitie.

Hij wist dat geen enkele stad immuun was voor misdaad.

Daarom was hij ook hier.

Hij wachtte op de hoek van een straat met een vreemde naam. De jongeman die zijn zwarte BMW M3 een paar meter van hem vandaan parkeerde en nonchalant uitstapte, zag hem meteen. Een andere man klom uit de auto, een wat loucher type. Geen van beiden schrok Teo af. Ze waren niet gewapend, dat zag hij meteen. Want dan konden ze niet zo'n dun, strak jasje dragen. Ook zonder wapen zagen ze er dreigend uit.

De chauffeur kwam naar hem toe. 'Teo', zei hij. Het was geen vraag. 'Ik ben Patrick. Dit is Johnny. Heb je je eigen vervoer?'

'Nee', zei Teo. Ze spraken Nederlands, Patrick met een beschaafd plaatselijk accent. Teo bekeek met argwaan het litteken van Patrick. Toen Patrick dat in de gaten kreeg, wendde Teo zijn blik snel af. Beter de man niet op stang jagen, oordeelde hij. Misschien was dat gezicht een gevoelig punt.

'Dan rij je met ons mee', zei Patrick. 'Stap maar in.'

Johnny klom achter in de tweedeurs M3 en Teo ging voorin zitten. Patrick stapte in en vertrok zonder zijn gordel vast te klikken. Hij reed snel weg, zonder rekening te houden met voetgangers of andere voertuigen. Teo trok zijn eigen gordel snel aan. Het was niet zijn ambitie om, na Tel Aviv te hebben overleefd, in Antwerpen om te komen in het wrak van een BMW. Zelfs niet een M3.

'Waar gaan we naartoe?' vroeg hij.

'Ben jij de boekhouder?' vroeg Patrick, zonder op de vraag te reageren.

'Ik regel financiële transacties', zei Teo. 'Dat is wat ik soms in Tel Aviv deed. Misschien ben ik dan wel de boekhouder, ja, als je dat zo wilt noemen. Waar gaan we naartoe?'

Patrick bleef voor zich uit kijken, een en al aandacht voor het verkeer. Teo probeerde uit te maken waar ze waren, maar de buurt waar ze nu doorreden kende hij niet. Zijn herinneringen aan Antwerpen waren overigens vervaagd. Hij bewonderde de herenhuizen uit het begin van de vorige eeuw, maar kon er geen straatnaam op plakken. De auto hobbelde over het slechte wegdek. Achterin zat Johnny, maar die gaf geen kik. Teo wist wat zijn taak was. De taak van Johnny bestond erin mensen de indruk te geven dat Patrick een eigen lijfwacht had. Teo wist dat dit onzin was. Johnny was waarschijnlijk veel dingen voor veel mensen, maar een lijfwacht was hij niet. Daarom maakte Teo zich geen zorgen om de man achterin. Het was Patrick om wie het ging. Die had een blik met een duidelijk merkteken. Dat van iemand zonder gevoelens.

Na twintig minuten reed Patrick een industrieterrein op met een oude omheining van stalen profielen en roestige draad eromheen. De Schelde liep langszij, en een groot binnenschip voer binnen. De gebouwen werden duidelijk niet meer gebruikt, hoewel ze nog altijd behoorlijk onderhouden leken: platte bakstenen loodsen met een dak van plaatstaal. Industriële activiteit was er niet te zien. Er lagen geen schepen aan de kade, waar overal onkruid groeide. Iemand moest hier dringend een buurtrenovatieproject opstarten. Hadden ze hier dan geen behoefte aan commerciële panden? Waarom gebruikten ze zo'n site niet?

Patrick stopte de auto bij een van de loodsen. Ze stapten uit, zonder iets te zeggen. Er was geen mens te bekennen. Er stonden ook geen auto's in de buurt geparkeerd. Het was een uitgezochte plek voor een moord, vond hij. Lekker afgelegen en vrij van toevallige passanten. Zijn lijk zou hier in geen maanden gevonden worden. Ooit wel eens, als hij allang gereduceerd was tot karkas. Hij durfde er niet aan te denken.

'We gaan naar binnen', zei Patrick, en om de een of andere reden grijnsde Johnny, alsof het idee binnen te gaan in dat ene oude pakhuis geweldig amusant was. Zo meteen, dacht Teo, word ik aan een vleeshaak opgehangen en in stukken gesneden door die twee psychopaten. Daarover had hij in Tel Aviv gehoord, over de manier waarop maffiosi omsprongen met degenen die als verklikkers werden beschouwd. Kranten lieten zelden de foto's van het resultaat zien. Voorlopig nog niet, omdat krantenredacties terughoudend waren als het op geweld aankwam. Dat kwam nog wel, als de concurrentie bij de media echt moordend werd en het publiek des te gevoellozer.

Patrick gooide de ene kant van de oude poort open en stapte over de drempel. Hij verdween in het duister. Teo volgde hem. Er waren geen ramen in het pakhuis. Er hing een rijpe, zurige lucht. Plots ontstak Patrick het licht.

Teo besefte dat de mannen besloten hadden hem te vertrouwen. Anders lieten ze hem deze plek niet zien. In de loods stonden rijen lange tafels met plastic bakken in felle kleuren. In die bakken lagen plastic zakjes met wit spul erin. Er stonden grote kunststof vaten met donkerblauwe deksels, en instrumenten, en er liepen heldere plastic buizen alle richtingen uit. Het was de Tupperwareversie van het laboratorium van de gekke geleerde. Maar Teo wist wat dit was: hier werden ecstasypillen gemaakt. Hier werden ze bij duizenden gemaakt. Elke dag en desnoods elke nacht werden hier de chemische bestanddelen samengebracht en werden er pillen in zakjes verzameld en klaargemaakt voor transport. Maar nu niet. Nu lag het laboratorium stil. Niet voor lang, te zien aan het materiaal dat op verwerking wachtte.

'Netjes, niet?' zei Patrick, alsof hij de baas van deze fabriek was. Misschien was hij dat ook. Het kon Teo niks schelen. Hij was hier om de handel in leven te houden. De omzet, het transport. Met de productie liet hij zich niet in. Hij was een boekhouder, geen chemicus. Hij gebruikte zelf geen van die pillen. Hij zorgde ervoor dat ze over de hele wereld verkocht konden worden, maar zelf raakte hij ze niet aan. Hij controleerde of het geld de juiste richting inging en of de sommen intact bleven. Dat was al moeilijk genoeg. Geld had de neiging om onderweg te blijven kleven, aan handen van misdadigers en ambtenaren. Dat vonden de families die deze operatie opzetten niet leuk. En dan werden mensen wel eens aan vleeshaken opgehangen.

Maar in de eerste plaats moest het spul verkocht worden. Aan achteloze, domme, hebzuchtige tieners die niet wilden slapen en die hele nachten lang zorgeloos wilden feesten. Dat was het uitgelezen publiek voor deze rommel. Een publiek dat zich liet leiden door modes en door veranderingen in smaak en gedrag. Zelfs de kleur van de pil moest aangepast worden wanneer de massageest een omslag maakte. Om nog niet te spreken van de sterkte en de mix van de ingrediënten. Het was een moeilijke klus, gevaarlijk ook, maar er werd enorm aan verdiend.

'Probeer jij maar eens een halve kilo van dat spul in een discotheek binnen te brengen en te verkopen', zei Johnny, met een geringschattende blik op Teo. 'Dat is wat anders dan cijfers optellen.' Teo begreep meteen dat hij en Johnny geen vrienden zouden worden. Er lag een kloof tussen hen, een kloof die in de eerste plaats al gevormd werd door het grote zwarte gat dat in de plaats van Johnny's hersenen zat. Misschien weggevreten door acid en meth en ander zwaar spul – het kon Teo geen moer schelen, maar hij was liever niet in de buurt van de man. Dat soort gebruikers was onvoorspelbaar, en het verbaasde hem dat Patrick hem als maatje wilde. Misschien net om anderen af te schrikken. Patrick en zijn zombie.

Hij antwoordde dus niet op de provocatie. Dat zou onverstandig zijn. Johnny en zijn soortgenoten liet je hun ding doen, zolang ze je niet echt hinderden.

Hij wandelde wat rond, eigenlijk niet geïnteresseerd in de opstelling van de instrumenten en de zakjes met pillen. Hij wilde de boeken inkijken. Hij wilde geld ruiken. Echt en desnoods virtueel geld. Daaruit bestond een goed deel van zijn leven.

'Wie houdt er nu de financiën bij?' vroeg hij.

Er kwam geen antwoord. Hij keek Patrick aan. 'Nou?' zei hij.

Patrick grijnsde, een beetje zoals Johnny dat deed. Teo wist genoeg. Geen mens hield zich bezig met de financiën. Zéker Patrick niet, die waarschijnlijk geen boekhouden gestudeerd had. Het zou een hele klus worden, die verwaarloosde boekhouding. Hij kon er maar beter zo snel mogelijk aan beginnen.

Hoofdstuk 8

Thomas liet de auto achter in een parkeergarage en liep even later samen met Lena naar het hoofdkantoor van de FabnaBank, wat verder op de De Keyserlei. 'Met wie hebben we een afspraak?' vroeg Lena, alsof ze hem zonet, in de auto, niet goed gehoord had.

Thomas keek op het kaartje. 'De regionale directeur zelf. Hij heet Harry van Steen. Ik vroeg iemand die me de rekeningen kon laten inkijken, we hebben een gerechtelijk bevel, blablabla, en meteen erna kreeg ik te horen dat ik bij de regiodirecteur terechtkon. Of móést, hangt ervan af hoe je het bekijkt.' De voorbije dagen hadden ze de kantoren van een vijftal andere banken bezocht maar ze hadden weinig concreets gevonden. Aan de hand van lijsten met namen van verdachten konden de banken geen overeenstemmende klanten vinden. Op zich betekende het niets. Ondanks de beweringen van het tegendeel was het niet zo moeilijk om met valse documenten rekeningen te openen, zeker in een stad als Antwerpen. Soms had je zelfs geen papieren nodig, maar dan ging je wel niet aankloppen bij de grootbanken. FabnaBank stond als laatste op de lijst. Dat was eigenlijk toeval, ze hadden gewoon gebeld en naargelang er mensen beschikbaar waren hadden ze hun bankenlijstje afgewerkt.

'Ik denk dat ik hierna weer gewoon de straat op wil', zei Lena. 'Want die lijst met namen is waarschijnlijk allang verouderd.'

'Je werkt bij Ecofin', herinnerde Thomas haar. 'Wij doen de straat niet.'

'We doen nu ook drugs. Ik dacht niet dat het ons terrein was.'

'Alleen maar de financiële kant van de drugshandel. Witwassen, valse bedrijven en hun boekhouding, illegale transfers van fondsen, dat soort dingen. Ga dus maar niet hopen op straatwerk. Dan had je bij Zeden moeten gaan. Zou je dat liever doen?'

Het had die ochtend geregend, en nu waaide er een frisse wind door de straten. Lena zette de kraag van haar leren jekker omhoog. Thomas negeerde de kilte. De wolken pakten samen in het oosten, wat niet veel goeds voorspelde, maar Thomas hield zich zelden bezig met zoiets als het klimaat of het weer. Regen was maar water. De seizoenen volgden elkaar op, net zoals de jaren. Als kind had hij geleefd met het idee dat het leven zich onmeetbaar lang uitstrekte, dat het geen horizon had, dat begin en eind er niet op van toepassing waren. Toen zijn grootmoeder stierf was hij wakker geschrokken. Hij had gevraagd waar mensen naartoe gingen als ze dood waren, maar niemand had daar een afdoend antwoord op. Naar de hemel – dat leek hem een belachelijk idee.

'En jij?' vroeg Lena. 'Wat zou jij liever doen?'

'Ik ben een gewapende boekhouder', zei hij. 'Dit – deze functie – is beter dan nachtenlang observeren in de rosse buurt of in de haven. Of binnenvallen in drugsholen en verschoppelingen oppakken. Niet dat ons dat niet kan overkomen, maar na dit gesprek gaan we lunchen en we drinken een koffie en we schrijven ons rapport.'

'En we vangen niemand.'

Er was nog nergens een verdachte transactie te bekennen geweest, daarin had ze gelijk. Tarik had al evenmin interessant nieuws te melden. Er werden pillen gedraaid en ingepakt en dan verdwenen die, maar de strategische genieën van de organisatie hadden zich nog niet gemanifesteerd. Evenmin als het geld.

Thomas meldde zich aan bij de balie van de bank. 'Meneer Van Steen verwacht ons', zei hij. Hij nam zich niet de moeite zijn badge te tonen. 'Verhaege en Beckers van de gerechtelijke politie.' Hij liet het Ecofinverhaal achterwege, dat maakte de uitleg soms te moeilijk. En bankmensen werden dan meteen extra zenuwachtig. Onze reputatie, dacht hij, durft ons al eens vooraf te gaan.

Het meisje achter de balie, in een fleurige jurk die het gure weer afdoende compenseerde, knikte. 'Meneer Van Steen verwacht u. Ik vraag of zijn secretaresse u komt halen. Wacht u een ogenblikje?'

Vrijelijk rondlopen in de bank was er dus niet bij, zo begreep Thomas. Jammer, hij had graag wat rondgesnuffeld in dossiers. Zomaar, voor de lol. Een paar van die stalen archiefkasten opengooien en zien welke skeletten eruit vallen.

Even later kwam een dame van een jaar of veertig, kunstmatig blond, hen halen. Regiodirecteur Van Steen had zijn kantoor op de eerste verdieping, uitkijkend op de bomen en de cafés van de De Keyserlei. Hij drukte de rechercheurs stevig de hand en bood hun elk een leren fauteuil aan. Achter hem hing een abstract schilderij met voornamelijk donkerrode kleuren. Op zijn bureau stond een dure, koperkleurige laptop. 'Ik begreep dat u onderzoek verricht naar grote transacties van onze klanten, naar bedragen die zij ontvangen vanuit de Verenigde Staten.'

'Daar gaat het in een notendop om', zei Thomas. 'Meestal staan er facturen tegenover die bedragen, maar ze komen van een klein aantal bedrijven, allemaal in de informaticasector. We hebben een lijst van namen die wij als ontvangers van deze fondsen kennen, meneer Van Steen. We willen weten of die mensen bij u rekeningen hebben, of gehad hebben. Het lijkt ons niet nodig dat wij u hiermee persoonlijk lastigvallen. Misschien kan een van uw medewerkers dat voor ons opzoeken.'

Van Steen schudde het hoofd en duwde zijn vingertoppen tegen elkaar, in een onbewust nadenkend gebaar. Hij droeg een goed zittend maar klassiek donkerblauw pak en een rode das. Een *powerdas*, dacht Thomas. Van Steen was een man die zich op allerlei manieren als de baas wilde affirmeren. Zijn bezoekers zaten dan ook tien centimeter lager dan hijzelf.

'Misschien is het toch nodig dat ik u persoonlijk help', zei hij. Hij legde zijn handen nu plat op het bureau. 'Het is een kwestie van deontologie. Als u uw lijst bij mij achterlaat, dan kan ik u de gewenste antwoorden tegen morgenochtend laten bezorgen. Is het aanvaardbaar als we dat via mail doen?'

'Werkelijk?' zei Thomas, die merkte dat Lena naast hem ongeduldig werd. Ze wilde ergens anders naartoe. Figuren als Van Steen joegen haar de muren op. 'Zoveel moeite voor een, nou ja, een klein verzoek.' Opeens genoot hij van zijn positie. Hij wilde deze meneer Van Steen het initiatief ontnemen.

De directeur glimlachte. 'Het is mij een genoegen de politie te helpen', zei hij. 'Anderzijds geven we u niet graag toegang tot onze bestanden. Weet u wat, ik laat iemand van mijn boekhouding die namen natrekken in onze klantenbestanden, en dan weet u het morgenochtend.'

Thomas dacht daarover na. In de andere banken hadden ze een lagere medewerker gesproken nadat er toestemming werd verleend, en was de zaak snel afgehandeld. Niemand maakte er een probleem van. Er was een bevelschrift, en dan was de bank gemachtigd om klantengegevens te delen met de politie. Iedereen dacht aan zijn verantwoordelijkheden. Hier schermde de regiodirecteur zelf de informatie af. Misschien was de man achterdochtig, misschien was hij het gewoon om zelf alle touwtjes in handen te houden. Hoe dan ook vond Thomas deze situatie ongemakkelijk.

'Dat lijkt me een goed idee', zei hij. Hij was niet van plan een confrontatie aan te gaan met Van Steen – wiens kennissenkring in de provincie en vooral in de stad erg uitgebreid was – alleen maar om een stomme lijst. Natuurlijk zou hij geen controle hebben. Hij zou nooit weten of de bank geen informatie achterhield.

Hij haalde een in drieën gevouwen vel papier uit zijn zak en gaf die aan Van Steen. 'Dit is de lijst met namen. En dit is mijn kaartje. U mag mij rechtstreeks mailen.'

'Dank u, inspecteur', zei Van Steen. 'We maken er meteen werk van.' Hij kwam overeind, aangevend dat het onderhoud ten einde was.

Buiten op de stoep voor het bankgebouw bleef Thomas

staan. Lena draaide zich naar hem om. Ze keek over de De Keyserlei, waar er weinig voorbijgangers waren. De drukke zomerse wandeldagen waren voorbij. 'Nogal een vreemde vogel, die Van Steen', zei ze. 'En dat was ook niet bepaald een hartelijke ontvangst.'

'En kort', zei Thomas. 'Hij wil niet dat we met zijn medewerkers praten, zoveel is duidelijk.'

'Nou, bankiers', zei Lena. 'Je verwacht niks anders van hen. Wat zei je over een lunch? Is die ook nog op jouw kosten?'

'Ik wil wat meer over die vent te weten komen', zei Thomas.

'Niks daarvan', zei Lena. 'Daar zijn we niet voor gekomen. Vooruit, komt er nog wat van die lunch?'

In het kantoor enkele meters boven hun hoofden stond Harry van Steen voor het raam dat uitkeek op de De Keyserlei. Hij zag de rechercheurs staan en keek hen na tot ze om de hoek verdwenen. Hij dacht na over hun bezoek. Dat kwam ongelegen. Nee, dat was niet de juiste term. Het bezoek kwam op een verdacht moment. Onder andere omstandigheden zou hij hun verhaal zonder meer geloofd hebben. Ze waren op zoek naar fondsen van verdachte klanten uit de VS, in verband met drugs. Het was een aannemelijk verhaal. Maar ze waren van Ecofin. Die deden niet in drugs. Die deden financieel onderzoek. Hoe dan ook, hij zou de lijst met namen aan de boekhouding geven en eventuele resultaten aan die inspecteur – oh, hij was een commissaris, zag hij nu – mailen, en daarmee hoorde de zaak gesloten te zijn.

Daarmee hoorde de zaak gesloten te zijn.

Maar Van Steen wist dat er meer was aan dit bezoek. Hij had gegronde redenen om zich zorgen te maken wanneer twee rechercheurs van Ecofin met wat op een smoesje leek in zijn kantoor verschenen. Want Harry van Steen was het slachtoffer van een *Four Nineteen*.

Een Four Nineteen is, zoals Harry van Steen na enige tijd tot zijn schande ontdekte, een zeer eenvoudige en tegelijk erg complexe operatie die als doel heeft geld afhandig te maken van goedgelovige zielen. De officieuze naam van deze zwendel is afkomstig van artikel 419 van het Nigeriaanse strafwetboek. Artikel 419 gaat over wat in het Engels *Advance Fee Fraud* heette.

In zijn eenvoudigste vorm ziet iedereen die vaak gebruik maakt van e-mail het dagelijks tussen de spamberichten: de vraag om fondsen voor een interessante transactie, of voor een erg ziek neefje. Maar Advance Fee Fraud is ouder dan het internet. Al in de vroege jaren tachtig kregen financieel draagkrachtige mensen in West-Europa en de VS af en toe een brief of een telex met een interessant verzoek. De afzender was meestal een hoge ambtenaar van een ministerie van Nigeria, soms van een ander Afrikaans land. Die ambtenaar had een specifiek en nogal lastig probleem: hij had geld te veel. Dat geld was niet van hem. Het was een overschot op het budget van zijn ministerie, en om allerlei redenen die te maken hadden met berekeningen van nieuwe budgetten en wat nog meer wilde de betrokken ambtenaar, uit plichtsbesef en uiteraard ook uit vaderlandslievendheid, het bedrag 'parkeren' in het buitenland.

Natuurlijk wilde hij dat geld nadien terug, en dus zocht hij een bevriende en betrouwbare westerling die zelf over een goede reputatie en een vermogen beschikte, en die altijd aangesproken kon worden als 'goede vriend'. Kijk, het gaat om – laten we zeggen – twintig miljoen dollar. Een hele som voor een westerling, en uiteraard een onvoorstelbaar fortuin voor de modale Afrikaan, maar hooguit een klein spaarpotje voor het ministerie in kwestie. Zou de westerse vriend bereid zijn de ambtenaar even te helpen? Natuurlijk werd er een beloning voor de Europese vriend in het vooruitzicht gesteld van, ach, 150.000 dollar. Een kleine vergoeding voor de moeite.

Als de vriend instemde met het voorstel werd die instemming onthaald op uitgebreide dankwoorden, maar even later kwam er steevast het bericht dat om de transfer van zo'n grote som mogelijk te maken, bepaalde mensen moesten worden gepaaid met wat zakgeld, en dan waren er nog de dure officiële documenten. De ambtenaar had dat geld niet, toch niet met zijn loon, en hij kon dat ook niet afboeken van het basiskapitaal. Was de Grote Europese Vriend bereid om daarvoor 5000 dollar op te sturen naar de armlastige Nigeriaanse ambtenaar? Uiteraard nadien terug te verrekenen tegen de totale vergoeding die de Grote Europese Vriend zou krijgen.

Op dat moment was de lijn met het grote lokaas uitgegooid. Ging de Europeaan in op het voorstel en was hij bereid om 5000 dollar over te hevelen naar Nigeria – nog altijd op basis van enkele brieven, faxen of mails – dan had de prooi toegehapt. Vanaf dat moment zou de visser alles in het werk stellen om haar niet meer los te laten.

Want na dat eerste verzoek om geld volgde er een ander, ietwat bescheidener verzoek weliswaar, voor bijvoorbeeld 3500 dollar, want er waren jammer genoeg nog een aantal obstakels die onvoorzien waren maar toch minder duur dan degene die met de oorspronkelijke 5000 dollar uit de weg waren geruimd. Op dat ogenblik maakte de visser gebruik van een zeer eenvoudige maar voor de prooi nadelige psychologische zwakte, eigen aan veel mensen. Iemand die in dat stadium van de gebeurtenissen een nieuw verzoek om geld kreeg redeneerde vaak als volgt: ik ben betrokken voor 5000 dollar en kan 150.000 dollar verdienen. Nu moet ik opnieuw 3500 dollar investeren. Dat is minder dan de oorspronkelijke 5000, dus waarom niet. Ik kan niet meer terug, want dan verlies ik op z'n minst de eerste inzet.

De visser grinnikte, trok aan het snoer, en de prooi betaalde.

Het volgende verzoek ging over 2500 dollar. Enzovoort, tot de visser oordeelde genoeg verdiend te hebben en op zoek ging naar een nieuwe prooi. De oorspronkelijke prooi hoorde nadien nooit meer wat van zijn duur gekochte Afrikaanse vriend, en als hij wat onderzoek verrichtte – wat hij in het begin al had moeten doen – ontdekte hij dat het ministerie, de ambtenaar en het budgettaire overschot niet bestonden, nooit bestaan hadden, en dat de hele operatie in brede kringen bekendstond als een Four Nineteen.

Het gekke was nu dat er telkens mensen bleken te zijn die zich door variaties op die zwendel lieten verleiden.

Een van die mensen was Harry van Steen, regiodirecteur van FabnaBank.

De Four Nineteen waar Harry van Steen bij betrokken was, was in principe dezelfde als de dagelijkse versie. Er waren twee verschillen. Het complot was complexer, en het aantal vissers was groter. En de bedragen waarmee de prooi zich verbond waren aanzienlijker dan degene waarmee een doorsnee-Europese Vriend zich liet vangen.

Er was nog een ander verschil: Harry van Steen speelde het spel niet met zijn eigen geld, maar met dat van de bank.

Een kleine twee jaar eerder had een van de managers van de dienst buitenlandse investeringen hem een fax getoond, afkomstig van het Keniaanse ministerie van Luchtvaart. De fax was opgesteld op een document dat er betrouwbaar uitzag. De vraag was simpel: wilde FabnaBank investeren in de bouw van een nieuwe luchthaven in Mombasa, de tweede metropool van Kenia en de belangrijkste haven, zodat die zich economisch verder kon ontwikkelen? Indien de reactie positief was zou het ministerie verdere details en plannen toesturen aan de Belgische bankier.

Van Steen vroeg zich niet af waarom de fax in zijn regio was terechtgekomen en niet op het hoofdkantoor in Brussel. Hij zag dat het ging om een investering van twintig miljoen euro, op een totaalbedrag van bijna een miljard euro, en hij vroeg zich af waarom de Kenianen dachten dat hij schraperig was. Waarom máár twintig miljoen euro? Zijn bank kon een veel groter bedrag aan. Zelf kon hij, als regiodirecteur, beslissingen nemen tot honderd miljoen euro. Maar dat wisten de Kenianen uiteraard niet. Ze wezen wel nadrukkelijk op de overeenkomsten tussen de havenstad Mombasa en Antwerpen, en de band die deze investering zou scheppen. Ook kenden ze een aantal bij naam genoemde prominenten in Antwerpen, maar ze wilden hen niet bij de operatie betrekken.

Harry van Steen was niet regiodirecteur van Antwerpen geworden door voorzichtig te zijn. Hij was halfweg de veertig, had al aardig geboerd, en hij had nog een hele carrière voor zich. Hij wilde uiteindelijk in het topmanagement van de bank eindigen, en hij oordeelde dat hij goed op weg was om zo'n plaats te veroveren. Hij was ook de man die zich niet geroepen voelde om regels altijd een prioritaire plaats te geven in zijn professionele leven. Evenmin kregen regels een plaats in zijn privéleven. Dat zijn affaires met vrouwelijke collega's in het lagere management een publiek geheim waren, stoorde hem niet. Dat hij er zich op beriep zijn eigen waarheden te scheppen evenmin. Hij was de baas, en dus deed hij wat hij wilde. Dat was zijn persoonlijke filosofie.

Ook in deze zaak. Dit was duidelijk een internationale kans van niet-geringe omvang. Dat liet hij niet schieten. De vooruitzichten waren bijzonder interessant. Kenia was een groeipool. Het was een van de economisch aantrekkelijkste Afrikaanse landen. Hij kon FabnaBank daar op de kaart zetten. En dat voor amper twintig miljoen aan kredieten.

Zo geschiedde.

'Nee', zei Thomas tijdens de lunch. 'Ik vertrouw die man eigenlijk niet.'

Lena negeerde hem. 'Geen van de namen op die lijst is dus klant bij een van de banken?'

'Nee, tenzij we bij FabnaBank nog geluk hebben. De lijst is verkeerd, of ze is verouderd. Of er zijn nieuwe spelers in het spel. Of alle oude rekeningen zijn verdwenen, net als deze mensen. Dat lijkt me het waarschijnlijkst: de operatoren hebben alle rekeningen gewoon stopgezet en alle sporen laten vernietigen.

Dat spoor loopt dus dood. Jammer, maar niet getreurd. Nu Tarik geïnfiltreerd is en zelf met die nieuwe rekeningen aan de slag kan, hoop ik dat we snel genoeg de geldstromen kunnen volgen.'

Ze keek Thomas aan. Zoals dat haar vaker overkwam vroeg ze zich af wat haar leven was geworden als ze onder andere omstandigheden met Thomas had kennisgemaakt. Bijvoorbeeld wanneer Thomas niet met Eva was getrouwd. Zouden ze dan een relatie hebben, zij tweeën? Zou Thomas zich tot haar aangetrokken hebben gevoeld?

Nu was hij haar collega, haar professionele gezel, maar ook – voor haar tenminste – haar zielsbroeder. Als ze met hem samenwerkte voelde ze zich rustiger dan met de andere leden van het team. Mensen die Thomas zagen, van de buitenzijde, zagen hem vaak als een jonge gedreven macho, maar zij wist beter. Ze wist dat hij een complexe persoonlijkheid had, die onder geen enkele noemer te vatten was. Zijn drijfkracht kwam voort uit zijn rechtvaardigheidsgevoel.

Ze wist zelfs waar dat vandaan kwam: de dag dat hij zijn vader had zien huilen omdat de man werkloos was geworden door de sluiting van Renault Vilvoorde. Thomas was toen student. Hij was midden twintig. Zijn vader, die zijn hele leven in die fabriek had gewerkt, hulpeloos en totaal verloren te zien, dat had hem diep geraakt. Er waren machtige mensen die een beslissing genomen hadden over de sluiting van die fabriek, die gerekend hadden hoe hun investeringen konden worden gered, en als gevolg daarvan waren duizenden mensen plots hun werk kwijt. Een dergelijke abstracte beschrijving was in het gezin Verhaege een harde realiteit geworden. Zijn vader, een eerlijke, rechtschapen en fiere man die van zijn werk en van zijn bedrijf hield, merkte van het ene moment op het andere dat dit bedrijf niet meer van hem hield. Hij was zijn identiteit kwijt, zijn ziel, zijn toekomst en zelfs zijn verleden. Dat kwam hard aan.

Het kwam ook hard aan bij Thomas.

Lena vermoedde sterk dat zij van het team de enige was die

dit wist. Ze vermoedde dat zij de enige was aan wie Thomas dit verteld had.

Mensen die Thomas als een harde flik zagen, wisten niet dat hij ook een dromer was, iemand die geloofde in een wereld waar gewone mensen niet van hun verleden en toekomst en identiteit en ziel hoefden te worden beroofd door andere mensen met rekenmachines en aandelenopties. Misschien was hij zelfs een idealist. En dat was een gevaarlijke man om als tegenstander te hebben.

Ze vermoedde dat Thomas daarom criminologie was gaan studeren en bij de politie was gegaan. Omdat hij zo de dingen kon helpen rechttrekken wanneer ze krom waren. Natuurlijk was hij in dat opzicht een idealist.

En Perseyn had hem toen, op het moment dat Thomas de politieschool uitkwam, meteen erkend als de gedreven wroeter die hij was. Hij had de nieuwe rechercheur meteen onder zijn vleugels genomen.

Plots besefte ze dat hij een andere opmerking had gemaakt, die ze had genegeerd. 'Die regiodirecteur? Van Steen? Waarom vertrouw je hem niet? Ik weet dat je niet van dat soort mensen houdt, maar denk je niet dat je...'

Thomas keek haar aan. 'Heb jij dat gevoel nooit? Dat je iemand instinctief wantrouwt? Toch wel, denk ik. Jij hebt dat gevoel ook, Lena. Het gevoel dat er iets niet in de haak is, en dat de dingen anders zijn dan ze lijken.'

'Altijd', zei ze. 'Ik heb dat gevoel altijd. Als ik bij zulke mensen in hun kantoor binnenstap weet ik gewoon dat het allemaal schijn is. Hun macht, hun pose, heel hun leven.'

'Dat komt omdat je van nature cynisch bent', zei hij. En dan zei hij: 'Sorry, ik bedoelde daar niks mee.' Even had hij de aandrang om haar hand vast te nemen, maar dan deed hij dat toch maar niet.

'Geeft niks. Je hebt gelijk. Ik ben cynisch. Maar terug naar de man in kwestie. Wat scheelde er?'

'Wel, ik zei het al. Waarom ontvangt zo'n man ons voor een routinezaak? Waarom wil hij dat zelf oplossen? Hij heeft toch belangrijker dingen te doen?'

‘Oké’, zei ze. ‘Maar daarom heeft hij nog niks op zijn kerfstok, Thomas. Tot we iets strafbaars vinden zullen we maar aannemen dat het om ijdelheid gaat. Een controlefreak. Een doorduwer. Dat zag je aan zijn gezicht. De grote baas die indruk wil maken op twee flikken en die alles zelf in handen houdt.’

‘Mmm’, zei Thomas. ‘Je hebt ongelijk.’

‘Waarover?’

‘*Dat soort volk* kan me niks schelen, Lena. Ik hou er niet van dat je me zo in een hoekje duwt.’

Ze keek naar hem. Ze had een tere plek geraakt. Ze dacht: ik ken hem beter dan hij zichzelf kent. Maar ze liet het erbij.

Steven Perseyn stapte The Clean Shave in de Wijngaardstraat uit, waar hij twee potten scheerzeep van Taylor of Old Bond Street had gekocht, sandelhoutgeur, de enige scheerzeep die naam waardig, vond hij. Hij kocht die zeep voordien telkens als hij naar Londen ging, maar had recent ontdekt dat ze ook in zijn eigen stad te koop was. Hij had ook een nieuwe scheerborstel gekocht. Hij schoor zich altijd nat. Een elektrisch apparaat kon op geen enkele manier de gladheid en de afwerking van een goed scheermes benaderen. Zijn vrouw, Liesbeth, had dat ooit ijdelheid genoemd, toen ze nog dat soort dingen tegen hem zei. Tegenwoordig sprak ze nog weinig met hem.

Hij had nauwelijks vier, vijf stappen buiten de winkel gezet over de oneffen kasseien, of een man liep naast hem, een man in een mooie donkergrijze overjas, een blauw streepjespak, glanzende schoenen, een zwarte das met kleine witte stipjes. Precies zo’n man die ook zijn toiletspullen in deze winkel kocht. Het leek erop dat hij Perseyn had staan opwachten. ‘Hoofdcommissaris’, zei de man op een ietwat verbaasde toon, alsof de ontmoeting toevallig was. Perseyn wist meteen dat dit niet het geval was.

‘Directeur’, zei hij op dezelfde aangename toon, zoals gentlemen dat onder elkaar hoorden te doen, ironisch of niet. Directeur Laplace stond in de hiërarchie een eindje boven hem en ze kenden elkaar van het soort evenementen waar hoge officieren van de federale politie elkaar ontmoetten om er te kunnen roddelen over andere hooggeplaatste ambtenaren. Bij die gelegenheden, wanneer je nog eens dat gala-uniform droeg dat anders toch maar in de kast hing, deed je je voornaamste lobbywerk. Perseyn wist alles van lobbywerk. Hij hield zich vaak bezig met lobbywerk. Hij beschouwde dat niet alleen als een onderdeel van zijn werk, maar in de eerste plaats als een interessante hobby. Een hobby die uiteindelijk zijn werk ten goede kwam. Natuurlijk deed hij dat niet zomaar.

Directeur Laplace werd op zijn beurt door velen gezien als de kardinaal Richelieu van het betere lobbywerk, en zo was hij ook aan zijn bijnaam gekomen. Er werd gefluisterd dat zelfs verschillende ministers van Justitie hun aanstelling aan hem en aan zijn invloedrijke achterban te danken hadden. Dus de vergelijking met de fameuze Franse kerkvader was niet zo overdreven. Perseyn was nooit van plan geweest die bewering te toetsen. Zelf had hij geen politieke ambities. Hogerop raken in de hiërarchie volstond voor hem. En het volstond ook voor Liesbeth.

'Ik zie dat je nog altijd uitstekend zorg draagt voor jezelf', zei Laplace. 'Nu we elkaar toch zien: heb je een momentje? Er zijn een of twee dingetjes die ik met je wilde bespreken. Dingen die niet op kantoor kunnen.'

De ontmoeting was dus geen toeval, maar dat had Perseyn ook niet verwacht. Verschillende mensen kenden zijn gewoonten, en misschien werd hij geschaduwd, hoewel dat niet zo waarschijnlijk was, vooral gezien de kostprijs. Nee, de directeur wist wat Perseyn deed en had zijn moment zelf uitgekozen. Dat was een van die typische dingen van hem. Hij was een intrigant.

Dat gaf Perseyn niettemin het gevoel een prooi te zijn. Een interessante maar weinig aantrekkelijke verandering, vond hij, een prooi te zijn in het vizier van een politieman. Nu weet je, dacht hij, hoe dat voelt. Hoe misdadigers zich voelen als wij achter hen aanzitten.

‘Een koffietje in de Quinten Matsys?’ stelde de directeur voor. ‘Op dit uur van de dag zit daar niet veel volk. We kunnen er rustig praten en mensen zullen niet roddelen over ons.’

Perseyn stemde in. Even later zaten ze tegenover elkaar aan een tafeltje. Achter in de zaak zaten enkele bejaarde koppeltjes en aan de toog twee jonge vrouwen, verder was het café leeg. Het was ook nog vroeg. De toeristen kwamen pas na de middag.

Directeur Laplace had zijn overjas uitgetrokken en zorgvuldig aan een kapstok gehangen. Er werden voortdurend allerlei dingen gefluisterd over directeur Laplace. Hij was met enige marge een van de best geklede hogere officieren van de federale politie. Zijn zelf ontworpen imago van Britse gentleman stond hem niet toe in het openbaar te verschijnen in minder dan een duur pak. Zijn aristocratische hoofd en zorgvuldige gebaren deden sommigen geloven dat hij homo was, ook al was hij al jaren getrouwd – en getrouwd met geld dan nog. Bewijzen waren daar echter niet voor.

Het maakte Perseyn allemaal niks uit. Hij wist van de directeur dat de man een overtuigd intrigant was, vandaar zijn bijnaam, Richelieu. Hij wist dat hij moest oppassen als de directeur in de buurt was. En ook als hij niet in de buurt was. De man, zo werd ook gefluisterd, bezat een netwerk van informanten – binnen het korps.

‘Jouw team levert uitstekend werk,’ zei hij, ‘en in mijn omgeving wordt met bewondering over hen gesproken. Dat mag je best weten.’

‘Ik zal het aan hen overbrengen’, zei Perseyn. ‘Ze zullen dit zeker appreciëren.’ Dat waren twee leugens in evenveel zinnen. Hij zou het team niet spreken over de ontmoeting met Laplace en hij zou hun zijn complimenten niet overbrengen. Ze zouden die complimenten niet eens appreciëren.

‘Natuurlijk’, vervolgde de directeur, ‘is er ook zoiets als overdreven ijver, nietwaar, Perseyn? Wij die van de rijkswacht komen kennen het fenomeen dat verantwoordelijk is voor het vroegtijdige einde van menige veelbelovende carrière.’

'Ja,' zei Perseyn, 'dat zal wel.'

'Precies. Krijg ik zonet een telefoontje van een goede vriend van me. Je weet dat ik hier in Antwerpen heel wat vrienden heb.'

Perseyn knikte alleen maar. De vriendenkring van directeur Laplace was legendarisch. De man bewoog zich niet alleen makkelijk in het gala-uniform van de politie, maar vond ook met evenveel gemak zijn weg bij officiële recepties op het stadhuis of in de bedrijven in de regio.

'Deze man kreeg vanmorgen bezoek van twee rechercheurs, een man en een vrouw, en omdat een van hen zijn kaartje achterliet wist mijn goede vriend meteen dat hij te maken had met een agent van Ecofin. Jouw eenheid dus, Perseyn.'

'Ik ben mij ervan bewust', zei Perseyn droogjes, 'wat de naam is van mijn eenheid.'

Laplace liet een kort, droog lachje horen. 'Altijd een grapje op de juiste plaats, dat waardeer ik. Het ging om commissaris Verhaege, om hem met naam te noemen.'

'Ze onderzoeken mogelijke transfers van fondsen voor de betaling van drugs die van Antwerpen naar Amerika gaan. Het is een zaak die al een tijdje loopt.'

'Prima initiatief, uiteraard. Hopelijk worden de schuldigen gevat. Maar de schuldigen, Perseyn, zijn niet te vinden in de kantoren van een instelling zoals FabnaBank, denk je ook niet?'

'We zoeken die verdachten ook niet in de kantoren van FabnaBank', zei Perseyn. 'We zoeken verdachten bij de klanten van grootbanken. Dat onderscheid was misschien tijdens het gesprek met uw vriend niet duidelijk?'

Laplace vertrok even zijn mond. 'Ach, ik was er zelf niet bij, en wij beiden weten dat mensen zenuwachtig worden wanneer de politie over de vloer komt. Een dergelijke reactie is heel menselijk. Er is dus niets aan de hand. Ik heb mijn vriend – die nota bene regiodirecteur van die bank is, Perseyn – ervan verzekerd dat wij ons niet bemoeien met de activiteiten van zijn bedrijf.'

'Het is strikt genomen zíjn bedrijf niet,' zei Perseyn, 'maar ik zie wat u bedoelt. Waar maakt hij zich zorgen over? We zoeken naar rekeninghouders van wie de namen te vinden zijn op een lijst die wij hebben. We zoeken spelden in hooibergen. Tot nog toe hebben we niks gevonden.'

'Politie over de vloer in een bank...'

'Niet bepaald gebrek aan discretie, hoop ik?'

'Nee,' zei Laplace, 'maar ik dacht dat dit gesprek jouw mensen kan aanzetten tot dubbel zoveel discretie. Misschien is telefonisch overleg tussen uw diensten en de mijne een, eh, een goede voorzorgsmaatregel.' Laplace keek demonstratief op zijn horloge. Perseyn, die oog had voor zulke dingen, zag een Omega. 'Zo laat al? Ik hou u alleen maar op, mijn beste vriend.' Laplace kwam overeind, pakte zijn jas en legde die over zijn arm. 'We zien elkaar gauw weer', beloofde hij. Hij vertrok. Zonder te betalen, zo besefte Perseyn. Hij wuifde de ober en betaalde dan maar zelf. Hij had de boodschap begrepen. Hij was niet van plan er rekening mee te houden.

Tarik gooide de stapel papieren bij de hoop andere documenten op zijn bureau. Hij keek op zijn horloge. Het was vijf uur. Het verkeer op de Ring bereikte zijn maximale dichtheid. Thomas was zonet naar huis gegaan. Iedereen was naar huis gegaan. Dat was niet zo gewoon als het leek. Hoeveel avonden en ook nachten hadden ze al niet in dit kantoor doorgebracht, bezig met zaken die niet konden wachten, omdat misdaad nu eenmaal de klok rond heerst? Te veel.

Het was een uitputtingsslag. Misdadigers hadden niet altijd een gezin en een regelmatig leven. Politiemensen ook niet. Maar het initiatief lag nog te vaak in het kamp van de misdaad.

Hij keek naar het andere tafeltje, waar Lena vaak zat. Hij had gehoopt dat zij wat later gebleven zou zijn en dat ze samen wat hadden kunnen drinken. Een beetje praten, niet noodzakelijk over lopende zaken. En misschien bleef het niet bij drinken en praten. Maar ook Lena was vertrokken. IJdele hoop.

Hij had de rekeningen geopend zoals hij aan Patrick had beloofd. Die rekeningen waren allemaal onder nieuwe valse namen geopend. Ze werden op bevel van een onderzoeksrechter onttrokken aan de normale controle van de banken waarbij ze geopend waren. Dat was een hele klus geweest. Maar de valstrik lag nu klaar.

Hij zuchtte. Liever zag hij die psychopaat van een Patrick en zijn nog ergere, hersendode vriend Johnny niet meer terug, maar in het verleden had hij ergere vijanden gehad. Er waren mensen die, als ze zouden weten dat hij een flik was, meteen zijn doodvonnis zouden tekenen. Die mensen zaten nu in de gevangenis, maar in dit land bleven mensen niet erg lang in gevangenissen. Zeker niet lang genoeg om geen gevaar meer te betekenen voor hun voormalige compagnons, of degenen die in hun organisatie infiltreerden. Zoals Tarik. Daarom was hij naar Antwerpen gekomen. Maar België was klein. Je kon er onmogelijk verdwijnen.

Ja, hij kon er Patrick en Johnny wel bij nemen. Een paar psychopaten meer in zijn leven zou hij wel overleven.

Thomas reed de auto langzaam in zijn garage, stapte uit en sloot de garage zorgvuldig af. Dan stapte hij het huis in. Ruben, die op zijn knieën aan de salontafel had gezeten, stoof op hem af en klemde zijn ene been vast, zodat hij niet meer vooruit kon. 'Papa gevangen!' krijste Ruben, die het leuk vond een volwassene in gevangenschap te houden. Zo stelde hij zich het leven van papa, de politieman, voor. Eva stond in de keuken. Ze riep: 'Ruben, laat papa binnenkomen. We gaan meteen eten. Ga je handen wassen, in de badkamer.'

Ruben veranderde van strategie, schakelde in een andere versnelling en liep weer het salon in, wat Thomas de tijd gaf om de keuken binnen te glippen en Eva aan het fornuis een kus op haar mond te drukken. 'Weer veel bandieten gevangen', zei hij, en dat was een code tussen hen. Zo vertelde hij haar dat er van alles was gebeurd dat hij niet wilde bespreken zolang Ruben in de buurt was. Ze waren het erover eens geworden dat de jongen niet alles hoorde te weten over misdaad en misdadigers. Hij had recht op zijn onschuld.

Thomas bekeek de pannen en de al gedekte tafel in de keuken. Soms aten ze in de woonkamer aan de grote tafel, maar meestal gebruikten ze de keuken. Eva wierp even een blik naar buiten. 'Het wordt nog erg slecht weer', zei ze. 'Je moet toch niet meer weg vanavond?'

'Nee, er is niks bijzonders aan de hand', zei Thomas. Eva had altijd al geweten dat hij een flik was, en hij had haar duidelijk gemaakt wat dat inhield. Je zag het op televisie en in films: een flik kan geen gezinsleven hebben. Misdaad kent geen werkuren en geen sociale wetten, en de politie dus ook niet. Perseyn zorgde er wel voor dat er geen excessen waren qua extra prestaties – hij deed dat met één oog op het beheer van de budgetten – maar gezien de speciale opdracht van het team was een gezellig avondje thuis of met het gezin ergens naartoe veeleer een uitzondering.

Maar dat was niet het ergste aan de job. Erger was dat misdaad altijd sporen achterliet in je ziel en in je verstand, en dat beide steeds meer gekerfd raakten. Thomas herinnerde zich te veel lijken, te veel hopeloos verslaafde jonge vrouwen die geen uitweg meer vonden uit de prostitutie, en te veel gewone burgers die meenden dat fiscale fraude geen vergrijp en zeker geen misdaad was. Dat hij 's avonds terug kon keren naar zijn gezin was voor hem als een balsem. Hij begreep niet hoe de andere leden van het team, en in het bijzonder Lena en Tarik, door het leven gingen. Ze hadden geen gezin, geen partner – Tarik had verscheidene partners, maar niet in die betekenis - en er was geen plek waar ze zich echt thuis konden voelen, behalve dan op kantoor. Zelfs Iris, bezield door technologie en getrouwd met een hoge ambtenaar, was niet huiselijk, hoewel ze een dochter had. Lizzy, die vijftien of zestien of zoiets was. Hij wist van Iris dat ze het moeilijk had om werk en gezin te combineren, vooral omdat haar Frederik vaak in het buitenland zat, maar tegenover het team klaagde ze daar nooit over.

Hij wist dat hij, in vele opzichten dus, een voordeel had. Er waren momenten waarop hij Lena en Tarik hun vrijheid benijdde, maar die vrijheid kwam met een prijs, en die prijs wilde hij niet betalen. Bij Eva vond hij de rust die hij nodig had en de relatie die hij niet met andere mensen kon hebben. En dan was er Ruben nog, die in elk ander opzicht zijn hele leven was.

Maar tegenover de jongen zal ik altijd tekortschieten, dacht hij. Hij wist dat hij nooit genoeg bij Ruben kon zijn, en dat zijn werk altijd te veel van hem zou eisen. Eva wist dat ook. Ze had er zich mee verzoend dat ze Thomas moest delen met zijn werk. Ruben was een andere zaak: een jongen van die leeftijd eiste zijn ouders helemaal op. Hij had geen remmingen in de omvang van zijn eisen. Dat was niet meer dan normaal. Toen hij geboren werd, veranderde het leven van Thomas en dat van Eva ingrijpend. Ze hoefden niet meer alleen voor zichzelf en voor hun relatie te leven. Een derde veroverde een deel van hun leven. En dat was goed zo.

Later, toen Ruben naar bed was, zaten Thomas en Eva op de bank, met de televisie aan. Ze hadden vaak de televisie aan, ook al praatten ze met elkaar. Omdat Eva weinig anders deed dan het huishouden en winkelen, kwamen de gespreksonderwerpen meestal van hem. Maar over het werk vertellen deed hij maar met terughoudendheid. Eva wist in algemene termen wat er in het professionele leven van Thomas gebeurde. Zelden noemde hij namen. Een van de weinige namen die ze kende was die van Vadim Arveladze.

'Hij is terug?'

'Blijkbaar wel', zei hij. 'Hij is nog niet gesignaleerd in Antwerpen, maar waarschijnlijk knoopt hij aan bij zijn oude vrienden en zijn oude gewoonten.'

Eva durfde niet uit te spreken dat ze helemaal gewonnen was voor definitieve oplossingen als het ging om misdadigers. Een definitieve oplossing om dergelijke mensen voorgoed weg te plukken uit de samenleving die ze vergiftigden. Als ze sommige namen van steeds terugkerende misdadigers hoorde, dacht ze daar weleens aan, aan de invoering van de doodstraf. Niet dat ze bloeddorstig was, of wraakzuchtig. Maar ze dacht aan zichzelf en aan Ruben. Een moordenaar of een verkrachter na enkele jaren weer op straat te zien rondlopen, dat riep bij haar altijd een bijzondere angst op.

'Soms', zei ze, 'vraag ik me af of we niet beter weggaan. Ik bedoel: ergens naartoe waar zulke dingen niet gebeuren. Zo'n paradijselijk eiland.'

'Er is overal misdaad', zei Thomas. Op televisie maakte een omroepster plaats voor een spelprogramma, en hij zapte weg. Films en series, iets anders bekeek hij niet. Net zoals Eva. Dat hadden ze gemeen. Ze hadden gelukkig ook nog andere dingen gemeen. 'Er is overal misdaad, alleen merk je dat niet. En in nogal wat landen is het veel erger dan hier. Oké, als je ergens in een boerengat gaat wonen is de kans klein dat je auto uit je garage gestolen wordt of dat je op straat in elkaar geslagen wordt door hooligans. Maar wil je in een boerengat wonen?'

Ze herinnerde zich dat ze de discussie al eerder hadden gevoerd. Ze was zelf afkomstig uit zo'n boerengat. Een plaatsje dat twintig jaren geleden een boerengat was. Sinds ze er weg was gegaan was het veranderd. Het was nu een nonchalant slaapdorp geworden voor de rijkere middenklasse die behoorde tot het middenmanagement en die met een Mercedes E of een BMW 5 reed. Ze had er geen idee van hoeveel van die auto's er nu elk jaar uit garages werden gestolen.

Met ergens anders naartoe bedoelde ze niet naar het dorp van haar jeugd.

'Waar dan wel?' vroeg Thomas, die een serie gevonden had die veelbelovend leek, hoewel de actie zich al grotendeels ontwikkeld had. Maar echt kijken deden ze toch niet.

'Misschien moeten we later in Frankrijk gaan wonen. Maar niet in de Provence. Bretagne, dat lijkt nog wat. Waar de tijd een beetje is blijven stilstaan.'

'En waar leven we dan van?'

Ze wist goed genoeg dat het een illusie was. Hij draaide zich naar haar om. 'Ik zorg ervoor dat jou niks overkomt. En Ruben ook niet.'

Wat kon hij anders zeggen?

Hoofdstuk 9

Senator Mizrahi sloot haar laptop en knipte de bureaulamp uit. Ze wreef over haar ogen. Ze had misschien een nieuwe bril nodig, en ze zat ook veel te vaak naar dat scherm te turen, en ze had ook een nieuwe computer nodig. Er waren dus een paar dingen die haar ergerden, maar in de grote context van haar leven en carrière waren dat maar details. Een bril kon ze kopen, een computer bestellen, en als ze minder tijd op kantoor wilde doorbrengen deed ze dat gewoon. Ze was nog altijd haar eigen baas en het partijbestuur zou aan haar niet raken, niet tijdens deze eeuw.

Naast haar niet erg belastende politieke werk – ze moest toch de schijn ophouden dat ze ook nog senator was – hield ze zich de hele dag bezig met het in stand houden van het netwerk. Wat dat netwerk was, was een geheim dat ze niet aan haar computer toevertrouwde. Het was een samenhang van luitenants die voor haar man en nu voor haar werkten, onderaannemers, boekhouders, buitenlandse correspondenten en bendeleiders die los van elkaar één enkel doel dienden, ook al wisten ze niet eens van elkaars bestaan af. Zo ging dat. Ze had de finesse van het beheren van dat netwerk van wijlen haar man geleerd, en ze bleef zijn lessen in de praktijk omzetten. Het verbaasde haar dat noch de politieke veranderingen in Israël, noch de intrede van digitale technologie en de virtuele wereld, noch de inspanningen van nationale en internationale politiediensten ook maar een van die lessen ingehaald hadden.

Ze deed dus nog steeds zaken zoals haar man dat had gedaan. Hij was geen senator geweest, dat was het enige verschil.

Zonet was ze nog aan de telefoon met iemand uit Curaçao, een plek waar ze nooit was geweest maar waar een van haar bedrijfjes een paar rekeningen had. De inhoud van die rekeningen was veilig voor de ogen en klauwen van overheden, zelfs de Amerikaanse. Curaçao was waarschijnlijk een paradijs. Ze ging er beslist ooit naartoe. Dat was haar droom: in een villa tussen palmbomen wonen, met een goedgebouwde en gedienstige jongeman aan haar voeten en een eindeloos uitzicht op de oceaan. En veilig voor de gevaren van Tel Aviv, dat ook.

Ze rekte zich uit, keek even naar buiten en verliet vervolgens haar kantoor. Ze hield ervan te dromen over de dingen die ze over enkele jaren zou doen. Die dromen zouden dan snel realiteit worden, ze had er het geld voor en eigenlijk kon ze nu al met pensioen, maar niet voordat ze alle voordelen uit de bestaande operaties had gehaald. Drie, vier jaar nog, dacht ze.

In de gang werd ze begroet door twee secretaresses, het type meisje dat net uit de middelbare school kwam, niets van het leven wist maar er wel alles van verwachtte. Ze hadden ongetwijfeld dankzij een stel lange benen en een stevige kont een functie gekregen in deze organisatie, waar alles mogelijk was als je goed geld of een goed lichaam had. Soms, voor sommige jobs, was een goed brein ook aanbevolen, maar Mizrahi wist dat het gemiddelde IQ in dit gebouw een eindje beneden het nationale gemiddelde lag. De meisjes kwetterden als opgewonden kippen en liepen haar voorbij zonder haar te zien. Ze behoorde niet tot hun doelpubliek, zoveel was duidelijk. Een paar jaar geleden zou ze zich opgewonden hebben over hun kabaal en de meisjes een standje hebben gegeven, maar nu kon het haar niet schelen. Later, dacht ze, pluk ik jullie vriendjes wel uit de boom.

Ze nam de lift naar beneden. Ze had het gevoel dat ze iets vergeten was. Iemand die ze een bericht had moeten sturen? Iemand die haar een rapport had moeten bezorgen? Ze kon het zich niet herinneren. Ze zou het morgen bekijken. Nu was ze moe en ze had een bad nodig en daarna een glas single malt – een zonde die ze had meegekregen van haar man – en daarna een luie avond met een film op de enorme breedbeeld-tv die ze pas had gekregen van een bevriend bedrijf. Nou, royaal waren die bedrijven wel. Zelfs haar flat hoefde ze niet te betalen. Midden in het duurste en best bewaakte kwartier van de stad. Dat was heel wat geld waard.

Beneden keek ze even naar de balie of er nog iets binnengekomen was voor haar. Ze had een vreemd gevoel. Een gevoel van melancholie, alsof ze op reis ging en hier nooit meer terugkwam. Onzin. Morgen stond ze er weer, niet helemaal van harte, maar desnoods ging ze 's middags weer naar huis. Ze liep naar buiten en in het aanpalende gebouw de overdekte parking in. Het ergerde haar dat het partijgebouw nog altijd geen rechtstreekse toegang had tot de parkeergarage. Het was niet ver, maar toch stoorde het haar. Ze dacht aan haar veiligheid, en dat kon niemand haar kwalijk nemen.

Ze zag de gepantserde voertuigen die op het kleine pleintje voor het gebouw stonden. Vier of vijf hoge leden van het partijbestuur waren nog in hun kantoor. Ze liepen niet meer gevaar dan de andere politici, en toch lieten ze zich gepantserd rondrijden. Mizrahi paste daarvoor. Wat voor toekomst hadden die mensen? Voor hen geen strand met een villa en een eindeloos uitzicht op de oceaan, vermoedde ze. Ze zouden altijd in een bunker moeten wonen. Altijd in Tel Aviv.

Ze liep de parkeergarage in. Haar auto stond netjes achterin. Ze opende van een afstand de deur en stapte in. De handtas en de dossiermap die ze had meegenomen legde ze op de passagiersstoel. Ze trok de deur dicht. Dan draaide ze de sleutel in het contact.

De wagen spatte uit elkaar in een bol van vuur, staal, kunststof, brandende benzine en fragmenten van wat voorheen senator Mizrahi was geweest. Op die manier kwam er een einde aan haar leven, en ook aan haar dromen en verwachtingen. De villa op Curaçao zou door iemand anders bewoond worden, en de knappe jongeman zou een andere minnares dienen, onwetend van het feit dat Mizrahi ooit van hem had gedroomd.

Hoofdstuk 10

'Dus dat is Patrick niet', zei Perseyn. Hij boog wat meer voorover om beter te kunnen kijken naar het computerscherm. Zonet had hij in zijn kantoor nog naar buiten staan kijken, naar de horizon die hij nauwelijks kon zien vanwege de laaghangende wolken en het wazige licht. Er hing weer regen in de lucht, en de temperatuur was de voorbije nacht danig gezakt. Hij had aan dossiers moeten werken, maar wanneer hij naar buiten keek en schijnbaar niks deed, kon hij nadenken. Hij dacht echter niet na over het werk. Hij dacht na over zijn leven. En over zijn relatie met zijn vrouw Liesbeth.

Maar toen had Tarik zijn gedachten onderbroken en hem gevraagd te komen kijken.

'Nee', zei Tarik. 'Dat is Patrick niet. Hij lijkt in elk geval niet op Patrick.' Op het smartboard stonden de weinige foto's die betrekking hadden op de zaak.

Perseyn trok een gezicht van: *nou, vertel op*. Maar hij stond achter Tarik en die kon zijn uitdrukking niet zien. 'Wie is het dan wel? Is het iemand die je kent?'

Ze keken naar de bewegende maar vage beelden van een bewakingscamera die was opgesteld in een bankkantoor. Een slanke en jonge man stapte naar het loket en opende een portefeuille. 'Hij heet David Cronenberg, wat de bank betreft, en hij heeft volmacht op een van de rekeningen. Dat klopt ook, want het is een van de namen die ik gebruikte om de rekening te laten openen. Een volmachthouder, een vennoot van een van die nepbedrijven van Patrick.'

'David Cronenberg. Dat meen je niet. Hebben ze daar nog meer zulke beroemde klanten? Elvis Presley misschien?'

'Ik heb het niet zelf bedacht', zei Tarik. 'Ik ben daar niet verantwoordelijk voor. Vraag het zelf maar aan mijn goede vriend Patrick. Het was gewoon een naam op een lijst van volmachthouders en een stapeltje documenten.'

'En je kent zijn echte naam?'

'Ik weet zelfs niet eens hoe hij eruitziet. Er stond een foto op die documenten, maar daar begon ik niks mee. Ik heb hem in het systeem ingevoerd, misschien...' Hij morrelde aan de computer. Een apart venster toonde een slechte pasfoto. 'Voilà, David Cronenberg.'

De foto was niet echt duidelijk. Een paar miljoen mensen leken op David Cronenberg. 'Neem contact op met Europol en het *National Crime Information Center* en trek die kop van hem na. Ergens gaat er wel een lichtje branden.'

'Heb ik al gedaan', zei Tarik geïrriteerd. 'Ik wacht op reacties.'

'Zo gauw je nieuws hebt', zei Perseyn. 'En wat voor verrichtingen deed hij?'

'Hij deponeerde geld.'

'Hij deponeerde geld?' vroeg Lena, die achter de mannen stond. Ze moest zich een beetje uitrekken om het scherm te kunnen zien. 'Waar is dat voor nodig?'

'Om vertrouwen te wekken', zei Perseyn. 'Om ervoor te zorgen dat de bank niet achterdochtig wordt. Pas op: waarschijnlijk worden die stortingen meteen door hun interne systeem opgevangen. Maar de bank onderneemt in dit geval niks omdat wij die rekeningen beheren.'

'Dus voorlopig is er niks gebeurd.'

'Nee', zei Perseyn. 'Er is nog geen inbreuk vastgesteld, Lena.' Hij keek haar waarschuwend aan. Hij was niet van plan opnieuw een discussie met haar te beginnen. Lena kon op dat gebied vermoeiend zijn.

Op het tafeltje van Tarik piepte zijn computer. Hij ging kijken. 'Ah, een mail', zei hij. Hij las het bericht. 'Ze hebben een positieve identificatie.'

'Iemand die wij kennen?' vroeg Perseyn.

'Nee. Hij heet Teo Bechor, is een Israëli en wordt onder andere door de Mossad in de gaten gehouden.'

'Dat betekent tegenwoordig niet veel. De Mossad houdt zowat een kwart van alle Israëli's in de gaten. Tussen aanhalingstekens. Het is net of ze hun landgenoten minder vertrouwen dan de Palestijnen.'

'Met die misdaadcijfers van hen kan dat niet verbazen. En wat zegt de Mossad over hem?'

'Niks. Maar hun gerechtelijke politie wel. Betrokken bij zwendel en drugstransport, lidmaatschap van een bekende misdadige organisatie, geweldpleging. Oh, allemaal interessante en spannende dingen. Een jongen van de straat, die is opgegroeid in een misdadige organisatie. En hij is niet zomaar een soldaat.'

'Een lieverdje dus', zei Lena. 'Teo Bechor.' Ze boog zich voorover naar het scherm. 'Teo Bechor, die ik in handen wil krijgen.'

'Oh', zei Perseyn. 'Nog even geduld.' Hij wendde zich tot Tarik. 'Heeft Patrick met jou over hem gesproken?'

'Niet dat ik me kan herinneren.'

'Ik vroeg niet naar je capaciteit om je iets te herinneren, Tarik. Ik wil zekerheid. Laat de semantiek achterwege.'

'Nee', zei Tarik. 'Patrick sprak niet over hem.'

'Mmm', zei Perseyn. 'Goed. Ik wil dat je van Patrick te weten komt wie die man is en wat zijn taak is in de groep. Als hij een belangrijke speler is, wil ik alles over hem weten. Niet alleen wat de Mossad weet, maar alles.' Perseyn trok zich terug in zijn kantoor.

'Geen semantiek', zei Lena plagerig tegen Tarik. 'Je hebt de baas gehoord. Loop maar achter die lieve jongen Patrick aan.'

'Ik loop liever achter jou aan. Waar was je de voorbije dagen? En nachten? De dagen interesseren me minder dan de nachten.'

'Je bent een hond, Tarik. Ik heb er geen zin in, mag dat?'

'Ja, alsjeblieft! Maar als je er wel weer zin in hebt, dan verwacht je dat ik spring.'

'Ja', zei ze, kwaadaardig grijnzend. 'Dan verwacht ik dat je inderdaad springt. Mijn schoothondje.'

Hij wist dat zij hem nooit als een man in haar leven zou willen. Ze zou hem nooit als een partner in haar leven willen. Zelfs niet als een vriend. Zo zat Lena niet in elkaar. Hoe ze wel in elkaar zat, was hem eigenlijk een raadsel. Uiterlijk kon ze uitbundig zijn, en uitgelaten, en gedreven door haar werk. Haar innerlijk was een complexe structuur die hij niet eens durfde te analyseren.

Soms sliepen ze samen, als ze tot laat waren uitgeweest, en in bed was ze even uitgelaten en gedreven als in haar job. Maar op geen enkele manier liet ze hem toe tot haar persoonlijke terrein. Geen kwestie van de rest van de dag erna bij haar te blijven. Nauwelijks een ontbijt, waar hij dan meestal zelf voor moest zorgen. Ze zei het niet hardop maar ze wilde eigenlijk geen man in haar leven.

En toch was het geen gratuite seks. Het was alsof Lena tijdens een paar uren hem wel degelijk als vriend en minnaar wilde, en zich daarna even gauw van hem wilde ontdoen omdat hij een plaats in haar leven vulde die ze liever leeg wilde houden.

Erover praten deed ze al helemaal niet.

Hij merkte dat Perseyn vanuit zijn kantoor naar hen keek. Hij vroeg zich af hoeveel de man over het privéleven van zijn teamleden wist. Waarschijnlijk wist hij daar alles van af. Hij zou een slechte rechercheur en een nog slechtere baas zijn als hij er niks van afwist. Maar Tarik had allesbehalve behoefte aan een big brother. Daar had hij niet voor getekend.

Lena keek over haar schouder dezelfde richting uit. Perseyn had alweer zijn blik afgewend. Hij zat verdiept in een dossier. Of schijnbaar toch. 'Hij heeft het er moeilijk mee dat Iris er niet is', zei ze.

Tarik keek haar verbaasd aan.

'Alsof jij de enige bent die dat niet weet.'

'Wat niet weet?' vroeg Tarik. Maar hij had het al begrepen. Hij had maar een half woord nodig. 'Perseyn en Iris? Maar Perseyn is toch getrouwd?'

'Nounou', zei Lena met een verraderlijk getwinkel in haar ogen. 'Iris toch ook? Alsof dat een detail is wat mannen tegenhoudt om vreemd te gaan.' Ze hield speels haar hand voor haar mond. 'Oh, nu heb ik een vies woord gebruikt.'

'Een heel vies woord', zei Tarik. 'Ik geloof het pas als ik het zie.'

'Je krijgt het niet te zien. Ik denk dat het liefde van een afstand is. Hou er maar je mond over. Ik denk niet dat Thomas het in de gaten heeft. Die vereert Perseyn te veel. We houden het onder ons.'

Elders in de stad gooide Vadim Arveladze geërgerd een krant op de tafel. Hij zat in een café waar de buitenlandse pers – in papieren vorm – ruim vertegenwoordigd was. Op een binnenpagina had een kop zijn aandacht getrokken. Als hij de krant niet had bekeken, was het nieuws hem ontsnapt. Hoe lang zou het dan duren voor hij op de hoogte werd gebracht?

Senator Mizrahi was het slachtoffer geworden van een bomaanslag. Haar auto was bij het starten ontploft. Er werd niks geschreven over de staat van het slachtoffer – behalve dat ze dood was – en evenmin iets over mogelijke verdachten, maar dat waren details die Arveladze op dat moment niet interesseerden. Feit was dat zijn opdrachtgever dood was, en dat de Partij nu iemand anders moest vinden om zijn opdracht in België te coördineren.

In de praktijk betekende dat niet veel. Mizrahi was in de context van de Partij een pion geweest, of in elk geval niet de koningin in het spel. Hij had haar niet eens persoonlijk gekend, en had ook vermeden dat hun relatie persoonlijk werd. Ze had macht gehad, maar nu was ze dood en iemand anders nam die macht over. Wie dat was zou Arveladze wel snel genoeg te weten komen. Hij hoefde niet terug naar Israël om daarover opnieuw te praten.

Hij hoefde zéker niet terug naar Israël om te beseffen dat er maar één persoon achter deze aanslag kon zitten: Abutbul. Dat maakte de zaak complex. In zijn positie kon Arveladze niet vermijden vijanden te maken. Hij was in het verleden zo voorzichtig mogelijk geweest door alleen vijanden te maken die hij aankon. Je ergerde niet de grote haaien als je zelf maar een middelgrote vis was, dat was zijn principe. En in deze zee zwommen erg grote haaien rond. De lieve senator was jammer genoeg iets minder voorzichtig geweest. Dat had haar het leven gekost. Dat en onachtzaamheid.

Voorlopig echter zou Arveladze niet voortdurend over zijn schouder kijken. Abutbul had weinig redenen om tijd en energie in een aanslag op hem te stoppen. De man had andere zorgen, al was het maar om zijn eigen operaties thuis op te volgen.

Hij keek op zijn horloge. Het was bijna tijd. Levi had hem herinnerd aan een afspraak met een diamantair, Abraham en nog wat. Levi had opnieuw de diensten van die advocaat aangeboden, maar Arveladze had geweigerd. Hij wilde geen extra pottenkijkers. Geen extra handen die in de zak met geld graaiden. De advocaat kon zijn waarde bewijzen wanneer er een advocaat nodig was. Wat nu nodig was, waren een grote bek en spierkracht. Abraham en nog wat. Levi wist hoe de man heette. Hij was een van de diamantairs die Arveladze in de gaten had gehouden.

Hij wachtte. Hij hield niet van wachten. Hij zou Levi daaraan moeten herinneren, dat hij niet van wachten hield. De man leek nog altijd niet begrepen te hebben hoe ernstig het de Rus was. Evenmin leek hij in de gaten te hebben dat er binnenkort waarschijnlijk geweld zou worden gebruikt. Hopelijk ging hij dan niet zeuren. Misschien was Levi niet zo'n goede keuze geweest, maar de mogelijkheden waren niet uitgebreid. De Partij was in de ogen van Arveladze nooit in staat geweest om waardevolle medewerkers aan te trekken – mensen met zin voor initiatief en voor creatieve oplossingen. En zeker hier, in het buitenland, moesten vaak bondgenootschappen aangegaan worden met de lokale onderwereld. Dan kreeg je mensen als Levi.

Dat komt ervan, dacht Arveladze, als je de voorkeur geeft aan volgzame individuen en aan perfecte soldaten. Ze doen wat je ze opdraagt, maar het vuur zit er niet in, en zelfstandig denken al evenmin. Niets aan te doen. Hij zou wel zien wat hij met Levi aan moest, naargelang de samenwerking vorderde.

Uiteindelijk, tien minuten te laat, verscheen Levi. Hij maakte allerlei gebaren terwijl hij snel naar Arveladze toestapte. ‘Het verkeer’, zei hij. ‘Verdomde verkeer, overal werken, je kunt nergens door komen...’

‘Je woont in de stad’, zei Arveladze. ‘Wat zeur je dan nog? Kom te voet of met de fiets. Wat is het verdomde probleem? Laat die auto thuis.’

Levi keek hem verontwaardigd aan alsof hij onrechtvaardig behandeld werd, maar hij hield zijn antwoord voor zich. Hij keek niet alsof hij blij was met de hele onderneming. Misschien wist hij nog niet van de dood van Mizrahi. In dat geval zou Arveladze niet degene zijn die het hem vertelde.

De Rus kwam overeind. ‘We gaan’, zei hij. Onwillig sjokte Levi achter hem aan.

Abraham Pilowski was een Pools-Duitse Jood – op zich al een onmogelijke combinatie, vond Arveladze – die nog steeds zijn Jiddisch-Duitse accent niet was kwijtgeraakt hoewel hij al sinds zijn tiende in Antwerpen woonde. Dat zei iets, dacht de Rus, over de sociale isolatie van deze mensen. Ze leefden in die kleine en besloten gemeenschap waar iedereen een pact had gesloten met een oude en in zijn ogen achterlijke religie. Maar in zijn ogen waren alle religies achterlijk. Hoe dan ook: deze mensen koesterden hun cultuur, wat hun goed recht was, maar die koestering hield hen tegen om naar de toekomst of zelfs maar naar de wereld om hen heen te kijken. Arveladze vond zichzelf geen wreed man, en evenmin was hij een racist of een Jodenhater – hij was zelf van Joodse origine, maar die origine lag diep in het verleden van oude generaties. Toch had hij een afkeer van mensen zoals Pilowski, waarschijnlijk omdat hij wist hoe nipt hij zelf aan die cultuur ontsnapt was.

Natuurlijk was cultuur iets wat je in je droeg, in je genen misschien, wat wist hij daarvan?

Maar in het kleine kantoortje van Abraham Pilowski, waar de stalen kasten en de zorgvuldig gesloten kluis en de kandelaar en de oude in zwart leer gebonden boeken bewezen dat deze man zichzelf opsloot en van deze zelfgekozen isolatie genoot, daar in dat kantoortje kreeg hij het benauwd. Dat kwam eigenlijk goed uit, want hij was van plan het bezoek zo kort mogelijk te houden. Veel had hij niet te bespreken met de diamantair. De premissen van het gesprek waren eenvoudig, net zoals ze wat hem betrof zorgvuldig afgebakend waren.

Pilowski bood hun zwarte koffie aan. Arveladze accepteerde, maar Levi niet. Dat stoorde de Rus. Het was een kwestie van fundamentele beleefdheid dat je de aangeboden koffie aannam. Levi begreep daar niks van.

'Meneer Arveladze?' zei Pilowski. Zijn voorhoofd trok in rimpels. Zijn handen hadden bij het uitschenken van de koffie een beetje gebeefd, wat voor een diamantair een probleem bij de uitoefening van zijn beroep kon betekenen. Arveladze vermoedde dat de man nog maar zelden steentjes in handen kreeg en zich voornamelijk met onderhandelen, afspraken en transacties bezighield. Dat kwam dan goed uit. Hij wilde niet in diamanten betaald worden, maar in geld. Hoewel de Partij uiteindelijk ook niet vies zou zijn van een lading diamanten.

'Uw compagnon vertelde mij over de telefoon dat u mij wilde spreken over een transactie met partijen in Israël', zei de diamantair met iets wat op een zucht leek. 'U moet weten dat ik al zaken doe met het thuisland. Ik doe al jaren zaken met hen. Via Jeruzalem gaan onze diamanten vaak naar de rest van de regio. Zelfs naar de Saoedi's.' Hij glimlachte en leek even op je favoriete oom. Heel even maar. 'Ook de Saoedi's kunnen de diamanten van de Joden waarderen, jaja. Ze zijn gewoon gek op al die steentjes, onze Arabische vrienden. Kijk, de wereld zit toch gek in elkaar, is het niet? Als wij handelaars het voor het zeggen hadden, in plaats van die mesjogge politici, dan zou er overal vrede zijn, geen regels voor de handel, en veel meer rijkdom. Er zouden geen armoede en honger hoeven te zijn.'

'Laten we dat dan maar doen', zei Arveladze, die geen tijd had voor utopische fantasieën. 'Ondertussen zijn het die politici die mij sturen, meneer Pilowski. In het bijzonder de politici van de Partij.'

'Ach', zuchtte Pilowski. 'Die vervelende mensen. Politici, wat kopen we ervoor? Altijd maar democratie, altijd maar de verzuchtingen van het volk. Het volk heeft Israël niet groot gemaakt, meneer Arveladze. Dat was een socialistische waanvoorstelling. Israël is als natiestaat het resultaat van het werk van gedreven mensen, een kleine groep mensen, het resultaat van de inzet van ware zionisten. De socialisten hebben er daarna lang genoeg een potje van gemaakt, excuseer me de populaire uitdrukking. Eindelijk zijn nu de conservatieve krachten weer aan de macht. Dat is een welkome afwisseling.'

'Jaja', zei Arveladze, die de gevolgen van de conservatieve machtsovername in Tel Aviv en elders in Israël had gezien. Werkloosheid, armoede en misdaad piekten er in alle statistieken. 'Maar de Partij heeft geld nodig, meneer Pilowski.'

'Oh, dat is toch nooit anders geweest? Ik stuur elke maand mijn bijdrage. Bent u iemand die bijdragen vergaart? Dan moet u niet bij mij zijn. Ik doe al mijn deel.'

'Honderd dollar? Noemt u dat een bijdrage?'

Pilowski fronste. 'Is dit de reden van uw bezoek? Wie bent u eigenlijk? Mijn relatie tot de Partij is mijn persoonlijke zaak, en ik zie niet in waarom ik daarover met u zou praten. U komt hier binnenwaaien onder een vals voorwendsel...'

'De Partij is in nood', zei Levi achter hem.

Arveladze negeerde zijn tussenkomst. 'Meneer Pilowski. De Partij strijdt om het voortbestaan van de staat Israël, de natie die ook de uwe is, ook al bent u er nooit geweest. Die strijd heeft al vele offers gekost. Soms in de erg letterlijke zin.'

'Ik weet dat er mensen omkomen bij aanslagen, meneer Arveladze, ik lees de kranten. Maar een aantal van die mensen is niet bepaald vrij van de vele zonden waartegen Jahweh ons waarschuwde. Laat dat duidelijk zijn wat betreft mijn positie. Ik zie dat de Partij vandaag de dag geïnfiltreerd wordt door opportunisten en zelfs door misdadigers, die daar niks te zoeken hebben.'

'U hebt de kans gehad om te stemmen voor de kandidaten die de Partij voorstelde', zei Arveladze kalm. 'U kon stemmen voor mensen wier gedrag u niet stoort.'

'Ik woon in het buitenland, meneer... eh... Ik woon hier en ik heb niet de gelegenheid om te stemmen.'

'Maar u kunt wel een financiële bijdrage leveren. Laat ik kort zijn, meneer Pilowski, om theologische en politieke en ideologische discussies te vermijden, want die brengen niks op. Het gaat om honderdduizend dollar. Dat is wat de Partij...'

'Honderdduizend dollar!' schreeuwde Pilowski, en hij sprong overeind. Zijn gestalte was imposant, zijn woede ook. Hij was niet groot maar wel breed en hij gesticuleerde hevig met zijn handen. 'Honderdduizend...' Hij schaterde. 'U maakt een grapje, of u bent een idioot, meneer Arveladze. Ik heb geen honderdduizend dollar. En zelfs als ik ze had zou ik ze niet aan de Partij geven. Dit is afpersing. Dit is pure afpersing, en ik denk dat ik dat meteen aan de politie meld.'

Arveladze zei niks maar haalde drie foto's uit de binnenzak van zijn jack. Hij legde ze kalm op het bureau neer, netjes naast elkaar. Hij deed dat zorgvuldig en rustig, alsof het brochures waren voor een dure maar aantrekkelijke cruise langs de wonderen van de wereld.

Pilowski keek naar de foto's. Hij fronste. Hij ging zitten en nu leek zijn gestalte minder imposant. Vervolgens keek hij Arveladze weer aan. 'Rotzak', siste hij, alsof zelfs dat ene woord moeilijk te vormen was. 'Arrogante klootzak!'

'Dit zijn uw vrouw en uw twee dochters, nietwaar? U hebt een wel erg jonge vrouw, meneer Pilowski. En erg jonge kinderen. U bent laat getrouwd. Ze is erg mooi, het zal wel de moeite waard geweest zijn om te wachten. Is het niet?'

'Je komt niet in de buurt...'

'En uw dochters. Prachtige dochters. Ik wou dat ik jonger was, meneer Pilowski. Ze zijn zo onschuldig. Ze zijn zich niet bewust van de gevaren die hen omringen.'

Hij keek Pilowski aan, die er zelfs niet eens meer in slaagde Arveladze te vervloeken. De man leek met stomheid geslagen. Zo wil ik hem hebben, dacht de Rus. Met stomheid geslagen.

'Denkt u hierover na, meneer Pilowski. Hoeveel zijn uw vrouw en uw dochters u waard? Oh, ik weet wat u zo meteen gaat doen. U gaat hen in veiligheid brengen. U laat uw huis bewaken. Uw dochters krijgen een lijfwacht mee en ze gaan naar een andere school. U doet aangifte bij de politie en u noemt daarbij mijn naam. U vraagt de politie om bescherming.' Hij wachtte even, voor het effect. 'Maar niets daarvan zal helpen, meneer Pilowski. Een lijfwacht is niet gemotiveerd genoeg en dus kan ik ze allemaal de baas. Ik heb uw dochters deze keer makkelijk gevonden en kon ongehinderd foto's van hen maken. Ik weet waar uw vrouw is en ik weet dat beter dan u. Uw leven lees ik als een boek dat ik zonet in de winkel heb gekocht. Denkt u te kunnen ontsnappen? Alleen als u alles in de steek laat en naar een ver land verhuist. Alleen dan.'

'Ik heb geen honderdduizend...' zei Pilowski zwakjes. Nu zijn energie verdwenen was, leek hij kleiner en zelfs zijn handen spraken niet meer. 'Ik kan hooguit...'

'U hebt diamanten in uw kluizen die u kunt verkopen. Het zijn uw diamanten, niet die van uw klanten. Honderdduizend dollar betekent niks voor u. Het betekent heel wat minder dan het leven van uw vrouw en uw dochters.' Arveladze gooide een kaartje op het bureau. Dan boog hij zich voorover en pakte de foto's op. Hij stak ze weer weg in zijn zak. 'Op het kaartje staan een rekeningnummer en een naam. U schrijft gewoon het gevraagde geld over. Geen boodschap, niks. Daarna gaat u naar huis en u overtuigt er uzelf van dat u een gelukkig man bent, want u hebt een ontmoeting met Vadim Arveladze overleefd. Als die naam u niks zegt, als u niet weet wie ik ben, dan doet u er goed aan die naam ook weer meteen te vergeten.'

'En daarna komt u terug om mij meer geld af te persen.'

Arveladze kwam overeind, gevolgd door Levi. 'De toekomst is een donkere en heilloze plek. Dat wij niks over die toekomst weten is een zegen: we kennen ons eigen lot niet. Ik doe daar dus geen uitspraken over. U bent een goed zakenman, meneer Pilowski. Het zou jammer zijn indien uw enthousiasme en uw zin voor business zich zouden laten temmen door deze ene ontmoeting met uw noodlot.'

Hij draaide zich om en wandelde het kantoortje uit. Hij was ervan overtuigd dat Pilowski precies zou doen wat hij hem vroeg. Hij zou honderdduizend dollar overschrijven op de rekening. Hij zou niet naar de politie gaan. Hij zou geen moordenaar achter Arveladze aan sturen. Want ook al kende hij Arveladze niet, dan nog had hij in diens ogen gezien dat de man in staat was zijn noodlot te manipuleren.

Hoofdstuk 11

Tarik had al twee weken onvrijwillige geheelonthouding achter de rug en hij werd daar zenuwachtig van, maar vanmorgen was dat een voordeel. Hij had een afspraak met Patrick. Als hij een afspraak had met Patrick wilde hij volledig bij bewustzijn zijn. Geen slaperige kop. Dat kon hij zich niet veroorloven. Hij kon zich geen onachtzaamheden of fouten veroorloven. In zijn beroep waren vergissingen de prelude tot dodelijke ongevallen. Hij hoefde maar in de ogen van Patrick te kijken om te weten dat de man geen genade kende.

Genade. Dat was een compleet achterhaald begrip. Net zoals eer en traditie, zeker in de misdaadwereld. Alleen de oude generatie dacht daaraan terug, met een weemoed die alleen zij kon begrijpen. Maar ook die generatie knipperde niet met de ogen als er een moord gepleegd werd.

Die ochtend was hij vroeg opgestaan. Hij had een lange en hete douche genomen en de chaos in zijn flat overschouwd. Gelukkig was er niemand in zijn leven die daar iets op aan te merken had. Er was geen vrouw en er was geen moeder die hem vertelde op te ruimen. Opruimen deed hij af en toe wel, op eigen initiatief. Maar te veel orde getuigde wat hem betrof niet van een ordelijke geest. Hij kon zelfs beter nadenken wanneer er chaos in zijn omgeving heerste. In elk geval had hij niet de tijd om elke dag de zaken in zijn privéleven netjes op een rij te krijgen.

Misschien daarom had hij bij de andere leden van het team een groep geestesgenoten gevonden. Niet dat zij precies waren zoals hij. Perseyn en Thomas waren georganiseerde politiemensen. Huis, gezin, carrière: het leek van tevoren gepland. Ze leefden ordelijk. Lena, daarentegen, was meer zoals hij, op de rand van de chaos. Iris was hem nog altijd een raadsel. Uiterlijk had ze het allemaal voor elkaar: een huwelijk met een hoge ambtenaar. Genoeg geld ook, en toch gaf ze niks daarvan uit. Er gaapte tussen die twee vrouwen een kloof. Lena was benaderbaar, Iris niet. Alleen daarom al gaapte er een kloof.

Zijn ontbijt was zoals altijd gehaast en bescheiden. Elk moment gespendeerd aan zulke frivoliteiten was een moment dat hem van zijn werk scheidde. Hij had alleen zijn werk als basis voor fundamentele motivatie. Ook al bestond dat werk uit het contact met figuren zoals Patrick.

Hij kleedde zich in een zwarte jeans, een zwarte leren jekker, grijze rolkraagtrui, witte sportschoenen. Dan bekeek hij zichzelf in de spiegel. Hij zou niet deze kleren dragen wanneer hij zichzelf was, maar nu was hij iemand anders. Hij was Tarik, een Marokkaanse beroepsmisdadiger die al te graag klusjes opknapte voor een stel ecstasydealers. Hij bevestigde de heersende vooroordelen: Marokkanen van de tweede of de derde generatie waren boefjes.

Dat kwam nu goed uit. Hij had direct toegang tot figuren als Patrick en Johnny. Ze hadden hem geen geschreven referenties gevraagd. Hij had voor zichzelf een achtergrond geschapen die de test kon doorstaan. Hij had lang genoeg aan die achtergrond gewerkt, met vage plekken waarover hij niet wilde spreken, en met een paar heldere details die illustreerden dat hij een harde jongen was. Maar in dit opzicht was iemand van het kaliber van Patrick nalatig geweest: hij had niet de moeite genomen om na te gaan of Tarik echt was wie hij beweerde te zijn.

Eigenlijk had Tarik niks beweerd. Zo eenvoudig was het. Hij had zijn verhaal opgehangen aan enkele in het milieu bekende namen en feiten, meer niet. Patrick hoefde niet meer te horen, zo bleek. Tarik had het vermoeden dat Patrick niet echt het grootste licht van zijn klas was. Niet echt een meestercrimineel, hoewel hij verantwoordelijk was voor deze toch aanzienlijke operatie. Maar dat maakte hem gevaarlijk: hij zou onvoorspelbaar kunnen blijken. In een hoek gedrongen zou hij erg gevaarlijk kunnen zijn. Dat moest hij dus zien te voorkomen.

Beneden nam hij de tram en hij stapte in aan de Groenplaats. Vanwege het druilerige weer waren er weinig mensen op stap. Alleen een groep Japanse toeristen, die zich snel in de richting van de kathedraal haastten.

Patrick wachtte op hem in het Katshuiscafé in de Grote Pieter Potstraat. Er zat een andere man naast hem, niet Johnny. Johnny was nergens te bekennen. Dat was een pluspunt, vond Tarik. Het intellectuele niveau van het gezelschap steeg aanzienlijk als Johnny niet in de buurt was. Maar wie was de nieuwe man? Tarik had de indruk dat hij hem al eerder gezien had.

Patrick gromde een soort van groet. Tarik ging zitten en bestelde nog maar een koffie, ondanks de twee mokken die hij thuis al gedronken had. Alles in naam van de waakzaamheid, ook al begon zijn maag zich te verzetten. Hij keek naar de andere man. 'Wie ben jij?' vroeg hij. Hij deed geen moeite zijn achterdocht te maskeren. Waarom zou hij? Hij was een Marokkaanse boef, en achterdocht was een gewaardeerde kwaliteit in deze kringen.

'Dit is Theo', zei Patrick.

'Teo', zei de man. 'T E O, geen h in de naam.' Hij keek Tarik aan. 'Teo Bechor.' Hij stak zijn hand niet uit. De man – een jonge dertiger, schatte Tarik – had zwart haar en het gezicht van een Rus of zo. Hij sprak Nederlands met een raar accent. Zijn a's waren afgeplat, maar hij sprak toch ook geen dialect, hoewel hij de taal waarschijnlijk in de buurt van de Scheldestad had geleerd. En toch ook niet helemaal, want Tarik herkende hier en daar een stukje origineel Nederlands. Randstad-Nederlands. Waar komt die man eigenlijk vandaan, vroeg hij zich af.

En dan wist hij het: de man op de bewakingscamera in de bank. Teo Bechor. Die bij de bank bekendstond als David Cronenberg.

De man beantwoordde de vraag voor hem. 'Ik kom uit Tel Aviv. Ik ben gestuurd om de financiële operaties op te volgen.'

Nou, daar moest Tarik het dan mee doen. Veel uitleg was het niet. Maar het zou verdacht zijn als hij, in zijn positie, veel vragen ging stellen. Perseyn moest maar wachten als hij meer info over deze kerel wilde. 'Financiële operaties', zei hij. 'De dingen waar ik mee bezig ben.'

'Precies, ja. Bij wijze van proef heb ik geld gestort', zei Teo. 'Die rekeningen van u zijn in orde. Goed werk. Niemand was achterdochtig bij de banken?'

De ober bracht de koffie, die Tarik rijkelijk voorzag van melk en suiker. 'Niks van gemerkt', zei hij. 'Och, weleens een blik en zo, maar er werden geen vragen gesteld. Alle papieren waren in orde.' Natuurlijk waren ze in orde. Hij was zelfs nooit een bankkantoor binnen geweest. Perseyn had alles netjes laten regelen door de diensten van de onderzoeksrechter.

'Mmm', zei Teo. 'Dan kunnen we die kant van de zaak weer aan het drijven brengen. Die vorige rekeningen en de namen die erbij hoorden waren verbrand.'

De bende was eerder dat jaar haar financiële middelen kwijtgeraakt door een wat ongelukkige actie van de douane en de gerechtelijke politie van Antwerpen. Rekeningen waren gesloten en fondsen in beslag genomen, maar er waren geen pillen gevonden. Er werden ook geen arrestaties verricht. Het probleem was dus tijdelijk geweest, en eigenlijk hadden de politiediensten de zaak verknoeid door te vroeg op te treden. Niemand wilde dat laatste toegeven, er werd zelfs gesproken van een eclatant succes in de strijd tegen de drugshandel. Tarik wist beter. Er was alleen geld buitgemaakt. Anderhalf miljoen euro. Zakgeld voor een organisatie als deze.

Een organisatie als deze. Patrick en Johnny. En nu deze Teo. Dat klopte niet. Geen van allen waren ze doorgewinterde maffiosi. De organisatie die zij vertegenwoordigden was veel groter dan dat. De financiers ervan zaten goed verstopt, net als de agenten in het buitenland. Patrick en Johnny en Teo waren de relatief kleine garnalen, het lagere middenkader zo'n beetje, die op straat de zaken regelden. Dat waren niet de mensen naar wie Ecofin op zoek was. Maar Tarik had nog geen andere gezichten gezien. Nu was er opeens Teo. Maar ook Teo leek geen *drug lord*. Hij stond hoger in de organisatie dan Patrick, maar was slechts een veredelde loopjongen.

Teo, de man die door de Mossad in de gaten werd gehouden. De man uit Tel Aviv. Dat was een interessant spoor.

'Wat kan ik nog voor jullie doen?' vroeg hij. Want hij wilde niet dat zijn rol al uitgespeeld was. Voorlopig nog niet. Alleen maar die rekeningen openen, dat was niet genoeg. Hij wilde bij de zaak blijven, zo lang mogelijk.

Teo haalde een bruine enveloppe tevoorschijn. Hij gaf hem aan Tarik. De enveloppe voelde stevig gevuld aan. 'Dat is je vergoeding voor geleverde diensten. Je ziet dat we royaal zijn. Maar er is meer. We hebben nog wat te doen voor jou.'

'Ik wil hem niet in het lab', zei Patrick waarschuwend.

Tarik keek Patrick aan. 'Ik wil ook niet in jouw stinklab', zei hij. 'Daar heb jij het schurft vandaan.'

Patrick wilde opstaan, maar Teo gebaarde hem te blijven zitten. 'Rustig, allemaal. Tarik gaat niks naar een lab. Hij is de perfecte kleine boekhouder. Hij gaat met mij het papierwerk in orde brengen. Niet, Tarik?'

'Dat lijkt me beter', zei Tarik met een blik op Patrick. Tegen hem zei hij: 'Mis je je maatje Johnny niet? Waar is hij ergens? Ik dacht dat hij jouw schaduw was.'

'Ik stuur Johnny op jou af', zei Patrick duister.

'Laat ons alleen, Patrick', zei Teo.

Patrick keek een ogenblik lang naar Teo. Die zei: 'Wel? Komt er nog wat van? Ik kan dit best alleen af. Ik zie je straks wel.'

'Al goed', zei Patrick. Hij kwam overeind en vertrok zonder nog een woord te zeggen of zonder Tarik nog een blik te gunnen. Die was daar niet rouwig om.

'Ik dacht dat we het samen konden vinden', zei Tarik nadat Patrick vertrokken was. 'Patrick en ik. Blijkbaar lukt het niet. Jammer dus. Wat moet ik doen?'

'Een paar mensen zijn naar huis omdat ze het hier niet meer leuk vonden', zei Teo. Tarik wist beter: een paar mensen uit hun organisatie hadden hun vingers verbrand en moesten dringend om die reden ergens anders naartoe, bijvoorbeeld naar de Krim of naar Bulgarije, ook al omdat de politie hun foto had. Het griezelige aan die organisaties was de snelheid waarmee ze hun personeelsbestand integraal konden vervangen. Dat kon een legitiem bedrijf zich niet veroorloven.

'En dus?' vroeg Tarik.

'Nieuwe mensen zijn moeilijk te vinden. De juiste nieuwe mensen. Jij ligt me wel. Je bent hier in de stad blijkbaar niet zo goed bekend, maar dat bevalt me net. Je bent iemand die nog geen naam heeft gemaakt bij de politie, en dus zit je niet op hun radarschermen.'

Teo bedoelde niks met die uitdrukking, maar het klonk griezelig. Tarik had inderdaad nog geen naam gemaakt bij de politie. Toch niet die van Antwerpen. In Brussel, daarentegen, had hij naam genoeg gemaakt, maar bij de verkeerde mensen.

'En dus?' herhaalde hij.

'Ik wil dat je een andere nieuwe medewerker ontmoet. Het is een jonge vrouw, dat zal je aanstaan. Ze komt hier zo dadelijk binnenwandelen. Ze is door de Nederlanders gestuurd, mensen die ik volkomen vertrouw. Allemaal nieuwe gezichten, zoals je dus merkt. Allemaal mensen die klaarstaan om zaken te doen. Geen bezwaar?'

'Waarom zou ik?

'Goed dan.'

Iris wandelde naar het kantooreiland, waar Lena haar rapporten bijwerkte. Ecofin ontsnapte niet aan de plaag van de bureaucratie die een absurd deel van de tijd van de rechercheurs in beslag nam. In Amerikaanse films zag je ze altijd op straat, boeven achtervolgend, tijdens observaties, bij hardhandige ondervragingen. Je zag ze nooit tijdens de uren die ze moesten besteden aan het uittypen van rapporten, verslagen, interviews, gesprekken, vergaderingen. Je zag ze nooit terwijl ze hun weekstaten invulden en probeerden zich te herinneren hoeveel overuren ze de dagen ervoor hadden gepresteerd, zonder veel hoop daar iets voor terug te krijgen.

'Arveladze', zei ze, en ze hield een papier omhoog.

'Je hebt hem gevonden?'

'Ik had ook de hele tijd kunnen rondhangen in louche bars, of de De Keyserlei aflopen met het risico als straatprostituee gearresteerd te worden, maar ik herinnerde me sommige gewoonten van onze Russische vriend en ik ging op zoek naar recent verhuurde woningen. Hij woont graag afgezonderd en ruim, zelfs met een tuintje. Geen appartement dus. En hier is hij. Onder de naam die op zijn valse paspoort stond. Hij wordt oud, die Arveladze. Hij is minder voorzichtig.'

'Hij onderschat ons.'

'Oho,' zei Iris, 'dat geloof je toch niet. Hij leeft niet al zo lang in die kringen door mensen te onderschatten. Misschien weet hij heel goed dat we hem kunnen vinden. Waarom ook niet. Maar hij is veilig, omdat er nog niks aan de hand is. We kunnen hem hooguit oppakken omdat hij een vals paspoort gebruikte, maar daar is het ons niet om te doen, dacht ik.'

'Beter dat hij in de bak zit dan dat hij vrij rondloopt.'

'Perseyn verwacht dat hij ergens in betrokken wordt. Hij is hier niet per toeval. Hij heeft een opdrachtgever, en dus staat er iets te gebeuren. Perseyn geeft hem daarom de vrije hand, maar jij moet hem in de gaten houden.'

'Ik?'

'Mja, jij. Zie je hier iemand anders?'

'Ik bedoelde: ik alleen? Een observatieteam...'

'Dat is voor de gerechtelijke. Die hebben genoeg mensen om teams van twee man achter verdachten aan te sturen. Misschien moeten we de gerechtelijke erbij halen, wie weet. Perseyn verwacht niet dat je hem *twentyfour-seven* in de gaten houdt. Dat kunnen we niet geregeld krijgen. Maar je houdt, zogezegd, een oogje in het zeil.'

'Het is, zogezegd, een groot zeil', zei Lena.

'Je bent een grote meid', zei Iris met een grijns.

Harry van Steen, regiodirecteur van FabnaBank, zat in een moeilijk parket. Hij had zonet bezoek gehad van zijn directeur kredieten, die hem absoluut wilde spreken over de stand van een aantal door de regiodirecteur toegekende kredieten aan buitenlandse bedrijven. De toestand van die kredieten baarde de directeur kredieten grote zorgen. Dat hij daarmee naar zijn baas kwam, was op zich al een hele stap. Van Steen was erom berucht dat hij autoritair te werk ging, dat hij van zijn medewerkers absolute loyaliteit verlangde, en dat zijn bevelen niet aan kritiek onderworpen konden worden.

Dat Budtz, de directeur kredieten, dan toch op audiëntie kwam bij Van Steen, was een maatstaf voor de omvang van het probleem. Hij verwachtte dat Van Steen zou zeggen dat er geen probleem was, maar zelfs dan was het de plicht van Budtz – zo vond die zelf – om zijn verantwoordelijkheden te delen met zijn baas. Dat kon hij alleen door officieel een gesprek met hem te vragen.

'Het ministerie van Luchtvaart', zei Budtz. 'Van Kenia. Ik bekeek zonet nog eens de garanties die we voor die lening kregen.'

'Gegarandeerd door een Brits clearinghouse in, eh, Essex', zei Van Steen. 'Daar hebben we ook documenten van. Is er iets niet in orde?'

'Er zijn nog geen terugbetalingen gebeurd', zei Budtz.

'Sinds wanneer niet?'

Budtz speelde even met zijn pen. Dan zei hij: 'Sinds het begin niet. De voorbije acht maanden is er geen enkele betaling binnengekomen. Niet van interest en niet van kapitaal.'

'Laat me het aflossingsplan zien', vroeg Van Steen.

Budtz had de vraag voorzien. Je maakte alleen indruk op Van Steen als je al zijn vragen voorzag. Budtz kende de routine. Hij had een dik dossier bij zich.

'Inderdaad', zei Van Steen. 'Maar dat is geen probleem.'

'Geen probleem?' vroeg Budtz, nu nog meer verontrust. Gewone klanten die van bij de aanvang hun lening niet begonnen terug te betalen werden na drie maanden al aangemaand.

Nog drie maanden later konden ze een deurwaarder verwachten. Je had natuurlijk altijd speciale klanten, die met een erg zachte fluwelen handschoen werden aangepakt, maar Kenianen? Steeds vreemder vond hij dat. Vooral de houding van Van Steen verontrustte hem.

'We hebben immers de garantie van... hoe heet dat ding?'

Budtz pakte een vel papier. '*The Federal Reserve Clearing House*.'

'In Essex.'

'In Chadwell Heath, Romwell, Essex', zei Budtz.

'Inderdaad. Neem contact met hen op en vraag hun of ze zelf de Kenianen willen aanporren...' Van Steen wuifde de evidente rest van de zin weg. Hij liet zich niet door Budtz van zijn stuk brengen. De Kenianen gaven voorlopig geen teken van leven meer, dat had hij zelf ontdekt. Hij had een aantal mails en zelfs een fax gestuurd. Ze zouden antwoorden, daar was hij van overtuigd. Op zeker moment zouden ze antwoorden en dan zou alles opgelost worden. Tot dan volstond het dat hij het hoofd koel hield. Hij moest er nu alleen voor zorgen dat Budtz ophield deze zaak onder zijn neus te wrijven. Dat kon hij missen. Hij kon de ijver van een man als Budtz missen. Budtz had een reputatie als hardnekkige waakhond van zijn kredieten. Hij kende elk van de grote kredietendossiers op zijn duimpje. Hij kende alle grote klanten en had die meestal allemaal persoonlijk ontmoet.

Behalve de Kenianen. De Kenianen, dat was het prestigeproject van Van Steen. Die helemaal alleen de onderhandelingen had gevoerd en helemaal zelf de beslissing had genomen, en in zijn nopjes was met de fraaie rentevoet die de Kenianen wilden betalen, zodat de hele operatie voor de bank heel wat opbracht.

Van Steen had dat helemaal alleen geregeld.

Budtz had daar enkele pertinente opmerkingen over gemaakt toen de dossiers via hem passeerden, met de handtekening van zijn baas erop. Maar toen werd hij door Van Steen verzocht zich niet met deze zaak te bemoeien.

Nam hij nu – zo vroeg Van Steen zich af – wraak door hem de stand van zaken voor te leggen? Wat was er overigens aan de hand? Ze waren nog niet aan afbetaling toe? Geen probleem. Des te hoger zou de rente zijn die ze moesten betalen. Verwijlinterest en een boete. Kassa voor de bank.

De Kenianen waren zelfs met een kleine delegatie naar Antwerpen gekomen. Vier mannen, allemaal veertigers die in het Hylitt Hotel verbleven, vlak bij dus. Hij had hen drie keer ontmoet. Hij had hun naamkaartjes nog, maar de namen herinnerde hij zich niet meer. De ene, die de delegatie leidde, was de onderminister van Luchtvaart, en de andere was het hoofd van het planningbureau dat verantwoordelijk was voor de aanbesteding van de luchthaven. Het waren welbespraakte heren geweest, en ze wisten enkele dingen over België en over Antwerpen en zelfs over FabnaBank. Ze hadden in de buurt geluncht, en een keertje gedineerd. Twee weken later waren alle officiële documenten moeiteloos binnengekomen, voorzien van handtekeningen en stempels.

'Ik was een paar maanden geleden met vakantie in Engeland', zei Budtz. Hij bracht het voorzichtig aan, alsof die opmerking in de verte niets te maken had met het dossier.

'Leuk voor je', zei Van Steen. 'Laat je me de foto's ook nog zien? Je vrouw was erbij?'

Budtz wist dat zijn baas de foto's niet wilde zien. Van Steen gaf geen moer om de vakanties van zijn medewerkers, noch om de rest van hun privéleven.

'Ik zag op zeker moment een wegwijzer. Romwell. In Essex.'

'Oh', zei Van Steen. 'En je bent even gaan kijken. Ik bewonder je professionele ijver.'

'Ik dacht, waarom niet', vervolgde Budtz, alsof hij de ironische opmerking van Van Steen niet had gehoord. 'Het was maar een kleine omweg. Ik vond Chadwell Heath meteen. Het dorpje ligt in een parklandschap, heel rustig en heel pittoresk. Zo'n typisch Brits ouderwets dorpje, met een pub en een postkantoor en een winkeltje. Een paar dozijn boerderijen in de omgeving, schapen en runderen. Er is alleen geen clearinghouse in dat gehucht. Ik reed rond in de buurt. Ik vroeg ernaar. Ik keek in het telefoonboek van de regio. Er is geen Federal

Reserve Clearing House in Chadwell Heath of in de hele omgeving. Er is helemaal geen clearinghouse met die naam in heel Essex, omdat zulke instellingen alleen te vinden zijn in Londen. En in Liverpool misschien ook, of in Glasgow, weet ik veel. Maar niet in een boerengat als Chadwell Heath.'

Van Steen bleef rustig zijn medewerker aankijken. Ondergeschikte, dacht hij. Budtz is mijn ondergeschikte. Ik heb geen medewerkers, alleen ondergeschikten. Zo zat hij inderdaad in elkaar. Alle mensen die voor hem werkten waren ondergeschikten. Zij werden niet verondersteld hem te vertellen dat hij het verkeerd voor had. Hij stond niet toe dat zij in zijn kantoor kwamen met slecht nieuws of met een verwijt. Hij gaf hun ook niet de kans zich te verheugen omdat de grote baas een flater had begaan. Maar hij hád een flater begaan. En dat wist hij al een tijdje. Hij hoopte alleen dat niemand anders het wist. Maar nu wist Budtz het. En als Budtz het wist, zou het heel gauw bekend zijn in Brussel. Dan ging de verdomde bal aan het rollen en zou zijn kop even snel rollen.

'We kunnen de zaak rechtzetten', zei hij. 'Er is helemaal niks aan de hand.'

'We moeten Brussel verwittigen', zei Budtz.

'Nee', zei Van Steen. 'Ik draag de verantwoordelijkheid. En ik geef je opdracht met niemand over deze zaak te spreken. Het zijn mijn volmachten en dus mijn kredieten, en ik zorg ervoor dat deze zaak opgelost wordt.'

Budtz schudde het hoofd. 'Directeur, als achteraf blijkt dat ik ervan afwist en toch zweeg, kunnen we allebei ander werk zoeken. En niet meer in de banksector.'

Van Steen leunde achterover in zijn stoel en zei niks meer. Budtz trok een gezicht en kwam overeind. 'Zoals u wilt', zei hij. 'Maar denkt u niet dat ik deze zaak zo laat. Ik hoop voor u dat er een oplossing komt tegen de volgende vervaldag.'

'Tony komt uit Amsterdam', zei Teo. De jonge vrouw die bij hen kwam zitten was niet erg groot, maar zelfs de meest toevallige toeschouwer merkte meteen dat ze de een of andere extreme sport deed, of zelfs meerdere sporten. Nee, waarschijnlijk keek de toevallige toeschouwer niet aandachtig genoeg: ze ging helemaal op in extreme sporten, dat zag Tarik aan haar gespierde voorarmen, haar harde handen en vingers, de smalle lippen die veel zout water en bevroren lucht hadden geproefd, de spieren op haar dijen en kuiten die onder haar nauwsluitende zwarte broek duidelijk genoeg zichtbaar waren.

'Ik ben Tony Amundson', zei ze. 'Vergis je niet, ik ben niet het meisje van naast de deur', voegde ze eraan toe met een blik op Tarik, die zijn ogen niet van haar af kon houden. Haar subliminale boodschap zei: afblijven, kereltje, of ik keil je van de een of andere berg.

Net die blik was een uitdaging waaraan hij niet kon weerstaan. 'Mag ik', vroeg hij, 'raden wat je volledige naam is? Je volledige voornaam?'

'Nee', zei Tony.

'Ze is van de Verenigde Staten', zei Teo en er klonk ontzag in zijn stem, de kleine jongen uit een cultureel randgebied die in contact kwam met de meest inhalige samenleving van zijn tijd. De barbaar die zich vergaapt aan de Romeinse legioenen, aan het panorama van de eeuwige stad. Een inboorling die een expeditie van de Grote Blanke Man ziet passeren.

'Sedona, Arizona', kondigde Tony aan. 'Maar ik woon al jaren in Amsterdam en dus ben ik beschaafd.'

'Oh', zei Tarik.

'Ga nooit naar Arizona. Als je de mensen wilt zien, ga dan naar de grens en vraag of ze je daar willen ontmoeten. Dat geldt ook voor Texas, maar dan wil je de mensen niet eens leren kennen.'

'Jij kunt het weten', zei Teo, die nog niet over zijn bewondering heen was. Tarik keek hem aan. Een zware jongen, een geboren misdadiger? Niet zo uitgesproken, had hij de indruk. In vergelijking met Patrick, die geen ziel had, leek Teo hem een verdwaalde aspirant die nog niet definitief beslist had wat te gaan doen met zijn leven. En dus voorlopig maar voor de misdaad had gekozen. Misschien omdat zijn vader en oom en broers dat ook deden. Verschrikkelijk toch?

Maar hij herinnerde zich dat Teo even tevoren Patrick overbluft had. Niet slecht voor zo'n schijnbare slapjanus.

'Wie ben jij?' vroeg Tony, haar hoofd plots in de richting van Tarik. Hij probeerde zich haar in bed voor te stellen, terwijl ze samen... 'Oh,' zei ze, met een grijns, 'je bent je tong kwijtgeraakt. Nou, verwacht niet dat ik help zoeken.' En tot Teo: '*I got that effect on a lot of people.*'

'Ik ben Tarik, en Patrick heeft me gerekruteerd.'

'Patrick?' vroeg Tony aan Teo.

De Israëli maakte een gebaar van laat maar zitten.

'Jij bent de contactpersoon met de Amerikanen?' vroeg Tarik.

Tony knikte. 'New York neemt gemiddeld honderdzestigduizend eenheden per dag af. Van daaruit verdelen ze. Ze willen gecombineerde leveringen, allemaal via verschillende wegen.'

'Op basis van?' vroeg Teo.

'Wat bedoel je?'

'Nou, ze willen toch geen wekelijkse leveringen, hoop ik. Te veel leveringen en te kleine hoeveelheden, dat verhoogt het risico en verhoogt de kosten. Die prijs moeten ze dan maar zelf dragen.'

'Hoe deden jullie het eerder?'

Teo schudde het hoofd. 'Patrick weet dat beter dan ik. Ik dacht begrepen te hebben: om de twee maanden via een schip.'

'Dat zijn bijna negen komma zes miljoen eenheden.'

'Het zijn pillen', zei Teo. 'Geen eenheden.'

'Weet ik', zei Tony. 'Pillen. Bijna tien miljoen pillen in kleine partijen verpakt per zending, elke twee maanden.'

'Het zijn kleine pillen', zei Teo. Tarik zei al die tijd niks.

'Maar verpakt per honderd voor de kleinhandel neemt dat verdomd veel plaats in', zei Tony, die dergelijke dingen leek te kennen.

'Ik weet het niet', zei Teo. 'Ik doe de financiën. Ze betalen in drie keer, en anders krijgen ze niks meer.'

'Ik word verondersteld de leveringen te doen, ja? Dan maak ik me zorgen om bijna tien miljoen pillen in één keer.'

'In een container.'

'Ja, makkelijk genoeg', zei Tony stuurs. 'Maar alles in één container, dat deden we in Amsterdam nooit. We zochten gewoon een grote lading van het een of ander waar we de pillen bij konden steken. Vervolgens praat je met de douane en wat later sta je aan de kade en wuif je je vrachtje uit. Makkelijk zat.'

'Ongetwijfeld', zei Teo, die haar enthousiasme niet leek te delen. Maar die ook niet negatief wilde overkomen. 'Patrick is de man van de zendingen.'

Tony keek naar Tarik. 'Jou vertrouw ik niet helemaal', zei ze.

'Is het *a black thing*?' vroeg hij.

'Je bent niet zwart. Je bent een Marokkaan. In Amsterdam doen we geen zaken met Marokkanen.'

'Ik ben een Belgische Marokkaan. Dat is een andere stam. Wij werden beschaafd door een andere Grote Witte Man dan de Nederlandse Marokkanen.'

Ze grijnsde. 'Kan me geen reet schelen, Tarik. Ik hou je in de gaten.' Ze wendde zich weer tot Teo. 'En? Gaan we aan de slag? Waar is jullie lab?'

Van Steen voelde zich niet op zijn gemak in het café waar hij op goed geluk was binnengewandeld. Het was een buurt van Antwerpen waar hij nooit kwam en waar hij erg zou opvallen als hij er in zijn nette pak was gekomen. Maar hij droeg een jeans en een leren jasje. Hij besefte dat hij er met zijn grijze haren toch zou opvallen, maar net niet te veel.

Als directeur en man van de wereld hoorde hij niets te weten over een café zoals dit en de mensen die er kwamen. Maar hij hoorde alle soorten roddel, kende zo ongeveer iedereen en deelde financiële producten uit met de welwillendheid die soms te veel aan die van Sinterklaas herinnerde. Soms kwamen er vreemde mensen bij hem over de vloer.

Hij was er een paar uur eerder in geslaagd Budtz te laten instemmen met een tijdelijke wapenstilstand. De man zou nog een paar dagen geduld oefenen en zwijgen, maar Van Steen zou meteen maatregelen nemen om het geld van de Kenianen te kunnen recupereren. Dat hij een dergelijke belofte maakte aan een ondergeschikte viel hem zwaar. Een keuze had hij niet. Als Brussel op de hoogte was van het probleem trad Investigation meteen in werking, en die had de volmacht om zelfs Van Steen, als regiodirecteur, van zijn functie te ontheffen tot het onderzoek afgelopen was. Hij haatte de mensen van Investigation om de schier absolute macht die ze hadden. Ze waren erger dan de politie. Ze namen altijd aan dat je schuldig was, tot je je eigen onschuld kon bewijzen.

Zover liet hij het liever niet komen.

Hij had een *bolleke* besteld en zat aan een tafeltje tegen de muur. Hij zat met het ene been over het andere geslagen. De muziek stond hard, en een paar tientallen mensen probeerden toch nog te praten. Sommigen waren rumoerig en al dronken. Dit was niet zijn soort café. Maar hier was hij op zoek naar iets wat hij niet in zijn soort café kon vinden.

Aandachtig bekeek hij de mannen. De meeste bezoekers waren ergens tussen de twintig en de veertig, de vrouwen gekleed in de spullen die de jeugd in alle nonchalance leuk vond. Ze waren over het algemeen jong en waren achteloos in het vertoon van vlees, iets waar hij wel waardering voor had. Maar niet nu. Nu was hij naar iets anders op zoek.

Een man trok zijn aandacht. Hij had bij het biljart gestaan maar speelde zelf niet, en nu zat hij aan een tafeltje, alleen. Hij zat nogal krap in zijn linnen jasje, vooral bij de schouders. Hij dronk een donker bier, dat bijna op was. Het zag er niet naar uit dat hij op iemand wachtte. Hij leek ook niet bijzonder intelligent, maar voor het werkje dat Van Steen op het oog had was geen grote intelligentie vereist. Doorzetting, dat wel.

Van Steen stond op en slenterde naar de man toe. Hij wist dat hij het risico liep de verkeerde indruk te maken en zonder pardon buitengegooid te worden door deze machotroep, maar hij waagde het erop. Wat was het ergste wat hem kon overkomen? 'Biertje?' vroeg hij.

De man keek op en knikte meteen. Blijkbaar was het niet ongewoon dat volslagen vreemde mannen hem trakteerden. Dat bood stof tot nadenken, maar daar had Van Steen geen tijd voor. Hij had wel wat anders aan zijn hoofd. Hij haalde een pint donker bier voor de man en ging weer zitten. 'Ik zoek een man die een klusje voor me kan opknappen', zei hij. Hij had er geen idee van hoe hij zijn verzoek moest inpakken dus zei hij het maar plompverloren. Hij was bereid te leven met de gevolgen. Alles was beter dan wat hem bij FabnaBank kon overkomen.

'Ik ben een klusjesman', zei de man. 'Je zit dus goed.'

'Ik ben Harry', zei Van Steen. En dan besefte hij dat hij uit pure gewoonte zijn echte voornaam had gegeven. Pech. Maar er waren in Antwerpen waarschijnlijk heel wat mensen die Harry heetten.

'Johnny', zei de man.

'Goed, Johnny. Het is een bijzonder klusje, maar er hangt ook een bijzondere beloning aan vast.'

'Een... beloning?'

'Ja. Geld. Gewoon cash. Helft vooraf zelfs.'

'Je hebt de juiste plek gevonden, maat. Johnny kan allerlei klusjes aan.'

'Maar dan moet je wel nuchter zijn', zei Van Steen.

Johnny keek hem met een vertrokken gezicht aan, alsof hij zich probeerde te herinneren hoe hij kwaad moest kijken. 'Ik ben nuchter.'

'Oh, ik had het niet in de gaten. Nu, goed. Heb ik je aandacht? En ik wil discretie.'

'Mmm?' mompelde Johnny.

'Met niemand erover praten. Absoluut niet. De prijs is goed, maar ik wil dat het tussen ons blijft.'

'Oh', zei Johnny. 'Ik zwijg als het graf. Niemand hoort iets van mij.'

'Goed, Johnny', zei Van Steen. 'Want als het verkeerd loopt is er een groot probleem voor ons allebei. Dus: discretie.'

'Tuurlijk.'

'Ik heb een enveloppe op zak. Daarin zit een foto van een man, en een adres. Waar hij woont. Ik wil dat de man verdwijnt.'

'Verdwijnt.'

'Ja.'

'Zoals in...'

'Zoals in verdwijnen. Voorgoed onzichtbaar worden. Van de aardbol. Oplossen in het niet.'

'Dood, dus', zei Johnny.

'Ja, dat is het.'

De man vond opeens een hele verzameling Nederlandse termen. 'Laten creperen. Ombrengen. Knopje omzetten. Lichtje doven.'

'Al goed, Johnny. Je hebt het begrepen. Er zit ook geld in de enveloppe. Dat is het voorschot. Vijfduizend euro. Dat is de helft van het bedrag. Als ik in de krant lees dat de man dood is, krijg je hier de rest. Op deze plek. Daarna zien we elkaar niet meer terug.'

'Zoals ik zei,' zei Johnny, 'ik ben de klusjesman.'

Van Steen schoof de enveloppe uit de binnenzak van de leren jas en hield hem onder de tafel. Johnny keek verbaasd.

'Onder de tafel!' siste Van Steen.

'Wablieft?' zei Johnny. Hij voelde onder het hout en trok de enveloppe uit de hand van Van Steen. Die kwam meteen overeind en liep het café uit, zonder nog om te kijken. Buiten sloeg hij een zijstraat in en zocht steun bij een huisgevel. Er was niemand in de buurt. Was dat wel het geval geweest, dan zouden ongetwijfeld verbaasde blikken gekeken hebben naar de rijzige en grijze man van vijftig, in een leren jekker die niet bij zijn uiterlijk paste, die met trillende handen en knikkende knieën tegen een gevel stond.

Hoofdstuk 12

Johnny reed voor de gelegenheid met een oude Ford Escort die niet van hem was en waarvoor ongetwijfeld nooit een verzekering werd betaald. Dat hield zekere risico's in, ook voor hem nu, want als de politie hem tegenhield kon hij niet eens bewijzen dat hij hem werkelijk geleend had. Ach, Johnny was niet de man die zich bekommerde om zulke details. Hij veronderstelde dat hij zich met de oude Escort wel uit de voeten kon maken, waarmee hij de capaciteiten van de motor danig overschatte. Het was bijna avond, en over een uurtje zou het donker zijn, en het had opnieuw geregend en dus maakte hij zich geen zorgen over de politie.

De reden voor zijn aan zelfmoord grenzende durf was dat hij zich nu een hele vent waande. Was er niet die streng uitziende man in dat café die hem zomaar vijfduizend lappen had betaald om een moord te plegen? Wat maakte dat van hem? Inderdaad, een echte huurmoordenaar. Dat was heel wat anders dan de loopjongen en lijfwacht zijn van Patrick, die hem af en toe wat geld of drugs toestak en zich verder niet om hem bekommerde. In je reet, Patrick! dacht hij. Hij verdiende vannacht vijfduizend euro en nog eens zoveel na afloop. Dat was meer geld dan hij in zijn hele leven samen had gehad. Tienduizend petoeten!

Goedgoedgoed, hij moest de moord nog plegen. Nee, niet moord. Er was geen enkele professionele killer die over moord sprak. In die kringen ging het niet om moord. Het ging over een contract. Over een target. Over een deal. Nu hij een huurmoordenaar was, moest hij op z'n minst praten alsof hij echt in dat vak zat. Patrick zou dat leuk vinden. Patrick zou dat een goed idee vinden.

Behalve dat hij Patrick hierbuiten zou laten. Patrick hoefde niet te weten dat Johnny ook nog extra geld verdiende, als wat dan ook. Jammer, kon hij niet opscheppen tegen Patrick, maar het was beter van niet. Een huurmoordenaar die zichzelf respecteerde werd niet verondersteld op te scheppen over zijn werk. Discretie, had de man gezegd. Dat was duidelijk genoeg geweest.

Hij haalde de foto uit de enveloppe die de man in het café hem gegeven had. De foto toonde een andere man, rond de vijftig, schatte Johnny. Een kalende man met een bril, een heel gewone man die je zo in de straat passeerde zonder aandacht aan hem te besteden. Iemand die het blijkbaar verdiende om te sterven, toch in de ogen van de man in het café. Hoe zei die man ook weer dat hij heette? Harry? Dat was waarschijnlijk niet eens zijn echte naam. Johnny had films genoeg gezien om te weten dat opdrachtgevers nooit hun echte naam gebruikten. Zo konden ze achteraf niet gechanteerd worden.

Het adres op het papiertje kwam overeen met het huis waar hij nu met de geleende Escort voor stond. Het was een chique woning, een villa met twee verdiepingen en met een goed stuk tuin eromheen, een tuin die zo te zien goed onderhouden werd. Het was nu herfst, dus was er niet veel opmerkelijks aan die tuin, maar in de zomer wilde Johnny hier wel komen, voor een barbecue of zo. En om stevig te drinken. Huis en tuin zou hij voor zichzelf wel leuk vinden. Hij woonde in een flatje van twee kamers in Berchem, had geen tuin en kon geen barbecue houden. Sommige mensen hadden gewoon alle geluk in handen en beseften het niet eens.

Zijn ouders hadden zoveel geluk niet gehad. Johnny was niet opgegroeid in zo'n huis. Hij kwam uit Turnhout, in de Kempen, waar zijn vader bij de spoorwegen werkte als reparateur van sporen en wissels. Dat was buitenwerk, zomer en winter en alles daartussenin. Gevaarlijk werk ook, met die treinen die voorbijkwamen terwijl je bezig was, en je was afhankelijk van de signaalgever die zijn hoorn gebruikte als er een trein aankwam. Zijn moeder was huisvrouw.

Johnny was enig kind. Hij had geen broers of zussen gehad, maar een gemis had hij dat nooit gevonden. Nichten en neven genoeg, omdat er broers en zussen waren geweest bij zijn vader en zijn moeder, maar Johnny was alleen. Hij had dan ook alles voor zichzelf. Hij leerde nooit delen. Niet dat hij veel had om te delen. Vader was niet vrijgevig – later, als we dood zijn, is de hele erfenis voor jou, zei hij – en moeder hield niet veel huishoudgeld over. Johnny begreep nooit waarom er niet meer geld was. Er waren zoveel dingen in de winkels, maar er was geen geld. Die eenvoudige economische boodschap begreep Johnny al toen hij nog een jochie was: je had geld nodig, wilde je iemand zijn die dingen had waarmee je je kon onderscheiden van anderen.

Het was een eenvoudige les. Johnny had geen vier jaar universiteit nodig om ze te begrijpen. Johnny zou overigens nooit een universiteit vanbinnen zien. Hij maakte de beroepsschool af en werkte in een garage, waar hij tweedehandsonderdelen monteerde in auto's terwijl zijn baas nieuwe onderdelen factureerde. Dat bevestigde alleen maar de ideeën van Johnny. En hij besefte, wanneer hij zijn loon kreeg, dat hij beter voor zichzelf zou werken.

Toen begon hij zelf in auto's te handelen. Maar niet helemaal voor zichzelf. Hij sleutelde aan gestolen luxe-auto's zodat die over de grens in Polen of in Tsjechië verkocht konden worden. Bij een overval op de garage werd hij gepakt. Hij kreeg drie maanden voorwaardelijk omdat hij alleen maar sleutelde aan de auto's. Daarna ontmoette hij Patrick. Patrick had andere ideeën over de wereld en over geld verdienen dan Johnny. En Johnny was snel met het inzicht dat de strategie van Patrick goed was. Waarom knoeien met auto's als er veel meer en makkelijk geld te verdienen was met pillen?

En nu met moord.

Patrick leerde Johnny dat de kleine misdaad niet loont. Je gaat ongeveer even lang de bak in voor een grote zaak als voor een kleine, en dus moest je je winst maximaliseren. De jongeren waren gek op ecstasy en op andere drugs, en over de oceaan zaten ze daar gewoon op te wachten. Patrick had zich een tijdje geleden al in deze business ingewerkt. In de ogen van Johnny was Patrick een zakenman. Net zoals de man die de gestolen luxe-auto's verhandelde in de ogen van Johnny een zakenman was.

Johnny wilde ook een zakenman zijn. Dan kon hij tegen zijn ouders zeggen: ik heb het gemaakt. Ik draag een net pak, en ik rij met een nieuwe BMW. Dat hij nu met een geleende oude Escort reed was maar een voorlopige oplossing. Hij had geld opzijgelegd voor een BMW. Geen nieuwe, maar zo goed als, had de man hem beloofd. Met de tienduizend voor deze klus lag de auto binnen zijn bereik.

Een moord.

Johnny zat daar niet mee. Hij dacht niet na over leven en dood. Hij dacht niet na over wat er kwam na het leven. Godsdienst was aan hem verspild. Hij leefde uitsluitend in het heden. Dat maakte van hem een gelukkig man. Hij wist wat hij hier en nu kon bereiken. Al het andere – verleden en toekomst inbegrepen – was onbelangrijk.

Het was ondertussen donker genoeg geworden. Johnny reikte naar de achterbank en pakte de schoenendoos op die daar lag. Hij opende ze. Hij vouwde de lap open die in de doos lag en haalde het pistool tevoorschijn. Even keek hij rond om te zien of er iemand in de buurt was die zich zou verbazen over een man met een pistool in een auto, maar de straat was verlaten.

Brave burgers, dacht hij, die allemaal voor de televisie zitten. Of nog aan tafel moeten. Hij keek op zijn horloge. Zeven uur. Hij was niet van plan hier een hele avond te wachten en pas om twee uur 's nachts in het huis binnen te dringen. Nee hoor, de klus zou nu moeten gebeuren.

Hij haalde het magazijn uit het wapen en zag dat er zes patronen in zaten. Hij kende alles van wapens. Patrick had hem dat geleerd. Pistolen en revolvers en hoe hij er veilig mee omging en hoe hij er mensen mee ombracht. Hij stak het magazijn weer in het pistool, trok de slede naar achteren en liet die weer los. Met een klap sloot het wapen zich. Hij maakte voorzichtig de hamer los zodat die weer in de ruststand stond. Dan opende hij het portier en stapte uit. Hij stak het pistool op zijn rug onder zijn broeksriem en sloot de autodeur.

De straat was nog altijd verlaten. Johnny keek naar het huis. Er was een voordeur, maar er liep ook een stenen pad door de tuin naar achteren. Hij stapte over het lage en dus nutteloze hekje en liep snel het pad op. Hij kwam voorbij een raam waarvan het rolluik al neergelaten was. Dat was goed. Zo konden de mensen in het huis hem niet zien. Tot zover ging alles goed. Het hele zaakje zou een makkie zijn. In het huis binnendringen – zulke mensen hielden waarschijnlijk zelfs niet de achterdeur op het slot – en de man doodschieten. Waarom had hij hier niet eerder aan gedacht? Dit soort werkjes was makkelijk geld.

Hij bereikte de achterkant van het huis. Ook daar waren de luiken naar beneden. Het huis was stil. Dat was gek. Hij verwachtte een tv te horen, of stemmen. Maar niks. Er was niks te horen.

Misschien was de man niet thuis. Misschien was hij met vakantie vertrokken. Verdomd, daar had Johnny niet aan gedacht. En zijn opdrachtgever ook niet. Dat was een streep door Johnny's rekening. Dat dit hem nu net moest overkomen, op zijn eerste opdracht.

Maar er was iemand in het huis. Boven ging licht aan, in een van de kamers. Johnny zette ondoordacht een stap achteruit en keek op. De overgordijnen waren dichtgetrokken, maar ze waren niet dik en het licht scheen erdoorheen. Er was dus wel degelijk iemand in het huis.

Johnny stapte naar de achterdeur. Die was van hout met een raampje erin. Hij keek in de keuken. Dit was te gek voor woorden: rolluiken voor de ramen maar een deur met glas erin, zonder rolluik.

Hij probeerde de klink. De deur was op slot. Hij keek op zijn horloge en kon net zien hoe laat het was. Kwart over zeven. Gingen deze mensen slapen om kwart over zeven? Dat geloofde hij niet. Niemand ging op een weekdag om kwart over zeven slapen.

Dan daagde het hem. De ouders waren alleen thuis. Er waren geen pottenkijkers. De nacht was nog jong. De hormonen lieten zich niet bedwingen. Enfin, hoe dan ook: de activiteit van de aanwezige volwassenen had zich schijnbaar verplaatst naar de slaapkamer, wat het voor Johnny makkelijker maakte. Alleen was er de gesloten keukendeur. Hij had geen inbrekersmateriaal bij zich. Dat had hij niet eens. Zijn slecht doordachte plan liep nu al stuk op een onverwachte maar evidente hindernis.

Hij zette een stap achteruit.

De ruitjes van de keukendeur waren van enkelvoudig glas. Dat bood perspectieven. Hij trok zijn jas uit, duwde die tegen een van de raampjes en hoopte op een mat die achter de deur op de vloer lag. Hij gaf een korte mep tegen de jekker. Het ruitje splinterde in stukken, die ergens op vielen zonder geluid te maken. Zelfs de klap tegen het ruitje was nauwelijks te horen geweest.

Johnny grinnikte. De politie had gelijk: de meeste mensen wapenden zich niet of onvoldoende tegen inbrekers. Ze waren achteloos. Hun overkwam nooit iets.

Hij stak zijn arm door het gat en opende moeiteloos de deur. Meteen stond hij in de keuken. Hij trok de deur achter zich weer dicht en luisterde. Niemand leek gealarmeerd. Het glas van het ruitje was inderdaad op een mat achter de deur gevallen. Geluk gehad, dacht hij. Mooi, alles liep perfect. Hij was trots op zichzelf.

Hij stapte de keuken door, maar naarmate hij verder in het huis doordrong zag hij minder. Hij haalde een klein lampje tevoorschijn dat hij altijd bij zich had en liet het blauwe schijnsel over meubels glijden. Lelijke meubels, vond hij. Deze mensen hadden veel geld, dat wist hij al vanwege het huis, maar geen smaak. Van die zware eiken meubelen, die stijl die hem deed denken aan Brabantse trekpaarden. Zulke spullen wilde

Johnny niet. Geef hem maar een Ikeameubel, dan kon hij lekker knutselen.

Hij keek om zich heen. Het blauwe licht wierp schaduwen over de muren.

Hij stapte de gang in. Een trap naar de eerste verdieping. Nergens iets te horen, of toch wel: een vaag geluid dat van boven kwam. Hij grinnikte. Het zou leuk worden, die mensen te verrassen terwijl ze aan het sjokkedezen waren. Dat was een extraatje. Zou hij eerst wat kijken? Nee, vijftigers. Niet zijn ding. Tenzij de man met een jonge vrouw getrouwd was. Een jonge vrouw, dat schiep mogelijkheden. Godverdomme, hij kreeg er meteen een stijve van.

Johnny stapte traag de trap op. Hij luisterde. Het zou hem maar overkomen dat ze ophielden waar ze mee bezig waren en hem verrasten. Hij trok het pistool van onder zijn riem vandaan. Ze zouden hem niet verrassen, niet hem. Hij zou klaar zijn. Tienduizend euro. Zo makkelijk te verdienen.

Hij hield halt bij de deur van de kamer waar het geluid vandaan kwam. Zuchten, steunen, ritmische geluiden. Goed bezig, dacht hij. Toch een beetje jammer dat hij dit gelukkige samenzijn meteen zou verstoren. Gaf hij hun nog een minuutje? God, ze deden er wel lang over. Hij kwam altijd snel klaar. Te snel, soms. Hij hield het niet zo lang vol. Maar hij was jong en viriel. De man op de foto niet.

Hij legde zijn linkerhand op de klink en duwde die langzaam naar beneden. De deur bewoog. Hij keek door de kier, hoorde het zuchten en het geluid van de bedvering nu duidelijk genoeg. Er brandde een schemerlampje. Net genoeg. Ouwe mensen wilden elkaars ouwe lichamen niet eens meer zien. Waarschijnlijk wilde zij niet en deed ze maar alsof ze een orgasme kreeg.

Hij gooide de deur helemaal open en bleef in de opening staan. Hij had een goed idee hoe hij eruitzag voor de twee mensen die op het bed op elkaar lagen. Mannetje bovenop, vrouwtje met opgetrokken knieën. Gebrek aan verbeelding. Dat zag hij meteen. Routineklusje, ook voor hen.

De vrouw zag hem en zoog haar adem diep in. De man hief zijn hoofd op. Dan gilde zij, of dat wilde ze toch doen, maar het geluid dat ze maakte was gesmoord. Misschien vanwege het gewicht van de man. Die draaide zijn hoofd om, zijn ogen groot, hij had zijn bril niet op. Die lag op het nachtkastje. Johnny had ooit zijn eigen ouders zo verrast. Bijna op dezelfde manier.

Hij richtte zijn pistool op de man. Die rolde van zijn vrouw af, verloor zijn evenwicht en kwam op de vloer naast het bed terecht. De loop van het wapen volgde hem. 'Nee', zei hij, de hand afwerend voor zich uit. 'Nee. Nee. Neem het geld. Er is geld in huis. We hebben geld.'

Johnny drukte af. Het pistool schokte en de knal galmde na in de kamer. De hand van de man verdween in een waaier van bloed, vlees en been en op zijn wang verscheen een rafelig gat. Hij keek verbaasd, alsof hij zich afvroeg waarom er iets mis was met hem. Het pistool schokte een tweede keer. Een nieuw gat verscheen in het voorhoofd van de man, die achteroverviel en niet meer bewoog.

De vrouw gilde. Johnny, die zich geconcentreerd had op de man, besefte dat ze aan het gillen was. Hij bewoog zijn wapen in haar richting. Om de een of andere redenen bedekte ze haar geslacht met beide handen. Hij drukte af. En een tweede keer. Hij keek naar de grote rode vlek op de muur naast het bed en dan naar haar lichaam. Ze was te oud naar zijn zin. Hij had nog steeds een stijve, maar niet omdat hij geïnteresseerd was in haar lichaam. Hij liet zijn duim en wijsvinger over de hamer van het wapen gaan en zette die in de veilige stand, stak het wapen weer achter zijn broeksriem, en wandelde naar beneden. Hij vroeg zich af hoe lang het zou duren voordat er iemand naar het huis kwam. Hij vroeg zich af of iemand de schoten had gehoord.

Maar in de buurt was er niemand te bekennen. Hij liep gewoon weer door de tuin naar het hekje toe, klom eroverheen en zat even later in de auto. De motor startte moeiteloos en hij reeds weg. Achter hem was de straat rustig.

Hoofdstuk 13

'Het is iets voor de lokale recherche', zei Thomas. Hij stond met Perseyn in diens kantoor. Perseyn had net de telefoon neergelegd. 'We doen toch geen moorden?'

'De man is een directeur van FabnaBank, Thomas. Hij werd brutaal in zijn huis vermoord, net als zijn vrouw. Zo te horen was het zelfs een professionele moord. Ik wil dat je ernaartoe gaat en dat je een onderzoek opstart, eventueel gecoördineerd met de mensen van de lokale recherche. Het zal daar wel druk zijn, maar je moet duidelijk maken dat de procureur wil dat wij de zaak in handen nemen. Er zijn mensen die deze zaak erg verontrustend vinden. Ik hoef geen namen te noemen.'

'Oh', zei Thomas, die geen namen nodig had. 'Wie neem ik mee?'

'Lena loopt achter Arveladze aan. Vraag haar waar de man gisteravond was.'

'Denken we dat hij...'

'We denken niks, we zijn nog niet aan het onderzoek begonnen. Neem Iris mee. Voer alle gegevens in de computer in. We pakken dit aan zoals het hoort.'

'Lena en ik waren recent bij de regiodirecteur van Fabna-Bank. Is dat de man die...'

Perseyn keek op een papiertje. 'Budtz?'

'Nee, onze man heette Van Steen. Wie is Budtz?'

'Regionaal directeur kredieten. Hiërarchisch staat – stond – hij direct onder Van Steen.'

Thomas knikte. 'Ik ga meteen kijken.' Hij verliet het kantoor en liep naar Iris toe. 'Kom, schat', zei hij. 'Werkje. Een lijk. Precies wat je nodig hebt om je dag goed te maken.'

Ze keek op. 'Als dat jouw humor is...'

'Je kent mijn humor.'

'En is dat de humor waar Eva om kan lachen?'

'Jij neemt je werk toch ook niet mee naar huis?'

'Nee', zei ze. 'Maar ik heb dan ook geen partner die me elke avond opwacht. Hij is weer op reis. Ik vraag me af of hij mij ontwijkt.' Ze grijnsde opzettelijk. 'Misschien maak ik een grapje, Thomas.'

'Niets beter dan een lijk om je die humor af te leren', zei hij. 'Vooruit, waar wacht je op?'

Ze gromde, sloot haar bestanden af, pakte haar jasje en volgde hem. Ze reden naar het huis van Budtz in Wilrijk, waar er een stuk of zes auto's voor een villa geparkeerd stonden, achteloos geparkeerd op een manier die suggereerde dat ze van de politie waren, ook degene die geen zwaailicht droegen. Thomas zette zijn eigen auto een eindje verderop in de straat om de chaos niet groter te maken. Met Iris stapte hij naar het huis toe. Hij toonde zijn politiekaart aan de agent die er op de stoep stond en liep onder het lint door in de richting van de openstaande voordeur.

Hij wist wat hij binnen kon verwachten. Georganiseerde chaos, om te beginnen, met agenten en rechercheurs en mensen van de technische dienst die allemaal hun ding deden of niks deden. 'Commissaris Thomas Verhaege', zei hij tot een man in burger wiens gezicht hem vaag bekend voorkwam. 'Economische en financiële afdeling van de federale gerechtelijke politie Antwerpen.'

De man keek hem aan met een blik vol gemengde gevoelens, wat niks te maken had met de mondvol. 'Doen jullie lijken?' vroeg hij. 'Grapje natuurlijk. Hoofdinspecteur Peeters van de Bijzondere Recherchedienst.'

Thomas herinnerde zich nu de man. Ze hadden elkaar weleens gezien op een receptie van de politie, en ergens te velde. 'Verdwaald, eigenlijk', zei hij. 'Maar omdat de man een hoge piefbij een bank was, willen we weten wat er aan de hand is.' Hij zei niks van het naar zich toe trekken van het onderzoek.

Daar kon hij later nog altijd met de onderzoeksrechter over praten. Iris keek hem aan maar zei niks.

Peeters keek in zijn boekje. 'Xavier Budtz, directeur kredieten van de, eh, FabnaBank. Twee kogels voor de man, eentje via de hand in de wang, de andere door het voorhoofd. Vrouw ook twee kogels. Een professionele huurmoordenaar, denken we. Zeker geen inbreker, je kent de routine ook wel, Verhaege. Hij heeft wél een raampje in de keukendeur gebroken, dus hij had geen materiaal bij zich. Niks gestolen. Die mensen hadden ook geen alarminstallatie. De moordenaar wist dat kennelijk. We denken dat hij het huis al een tijd observeerde, kan niet anders. Het lijkt erop dat hij precies wist wat hij deed. Wil je het zien?'

'Nee', zei Thomas. 'Het zal wel geen leuk gezicht zijn.'

'Bloed en biologische materie tegen de muren en op het bed', zei Peeters. Hij trok zijn wenkbrauwen op. 'Technisch team zoekt naar vingerafdrukken. Maar hij zal wel handschoenen aangehad hebben.'

'Hebben jullie met de omgeving gepraat?'

'Ho, Verhaege, ik ben niet door een konijn gepoept! Dat doen we vanmiddag en morgen. We weten hoe het moet, jongeman. Wat hebben jullie met deze zaak te maken?'

'Onderzoek naar fraude, naar rekeningen gebruikt voor drugshandel, zulke dingen. Als dit een professionele moord is, zijn we achterdochtig. Jij leidt het onderzoek?'

'Ja, tot nader order wel. Je mag het hebben als je wilt. Er zit een reukje aan. De hele kamer stinkt, dat ken je wel. Oh, en ze waren allebei bloot. Waarschijnlijk een late poging om het seksleven nog wat dynamiek te geven.'

Iris draaide zich om en ging verderop kuieren.

'Ik praat wel met de onderzoeksrechter', zei Thomas.

'Wel,' zei Peeters, die Iris achternakeek, 'doe dat maar. Sommige dossiers zie ik liever aan mij voorbijgaan.'

'Je hebt er dus niks tegen dat ik met mensen in die bank ga praten?'

'Als je dat in het kader van je al lopende onderzoek doet? Nee, ga je gang. Het is misschien dubbel werk, maar zolang we aan het eind van de maand betaald worden...'

❧

Even later zaten ze weer in de auto. Thomas maakte geen aanstalten om weg te rijden. 'Denk je dat we iets hadden kunnen leren uit een bezoek aan de slaapkamer?' vroeg hij.

Iris keek hem aan. Ze wist dat Thomas niet flauwviel als hij een lijk of bloed zag. Daar lag het dus niet aan. Maar ze waren hier niet gekomen om een moordenaar te vinden, wel de opdrachtgever. 'Een professionele moordenaar?' zei ze. 'Klopt dat wel in het hele plaatje? En waarom dit slachtoffer?'

Hij knikte. 'Peeters heeft meer dan genoeg verbeelding. Alsof er tientallen professionele moordenaars rondlopen in Antwerpen. Kan natuurlijk zijn, maar dan moet deze meneer Budtz eerst belangrijk genoeg blijken om er een professional op af te sturen. Een directeur kredieten van de lokale zetel van een grote bank? Zou hij een band gehad hebben met de georganiseerde misdaad?'

Ze klapte het luikje voor haar open en schoof de computer die daarachter zat naar haar toe. Algauw had ze verbinding met de computer op kantoor. Ze bracht de naam van het slachtoffer in en liet de computer zijn werk doen. Ze ving bot. 'Zijn naam komt in geen enkel crimineel dossier voor tijdens de voorbije vijf jaar', zei ze.

Thomas rekte zich uit en onderdrukte een geeuw. Iris keek naar hem maar maakte geen opmerking. 'Het is dus waarschijnlijk niet het wereldje', zei hij. 'Hij heeft ergens anders een vijand gemaakt.' Hij startte de motor. 'We gaan die meneer dinges nog eens opzoeken...'

'Van Steen', zei Iris, die het verslag gelezen had. Iris had altijd alle verslagen gelezen.

'Ja,' zei hij, 'Harry van Steen.'

Hoofdstuk 14

'Commissaris Verhaege', zei Van Steen. 'Vorige keer was u in ander vrouwelijk gezelschap. Ik heb sterk de indruk dat uw afdeling bij voorkeur vrouwelijke medewerkers rekruteert op basis van hun fysieke schoonheid.' Hij liet zijn blik over Iris glijden en richtte zich dan weer tot Thomas. Een telefoontje vanuit de auto had volstaan om snel een afspraak met de man te krijgen.

'Word ik verondersteld u te condoleren met het verlies van uw collega?' vroeg Thomas, op een toon die niet liet doorschemeren wat zijn emoties ter zake waren. Laat Van Steen dat zelf maar uitzoeken, dacht hij.

'Zijn verdwijnen heeft ons allemaal erg geschokt, meneer Verhaege', zei Van Steen streng, aangevend dat hij geen ruimte liet voor oppervlakkige opmerkingen. 'Hij was een goede vriend en een uitstekend bankier. En moord dan nog! Dat is ongelooflijk. Ik hoop dat u de moordenaar zo snel mogelijk oppakt.'

'Wij maken er werk van, meneer Van Steen. Uiteraard komen we bij u terecht, omdat meneer Budtz een collega van u was. Wat was uw relatie?'

'Relatie? Hij was directeur kredieten in deze regio.'

'Wat betekent dat?'

'Hij leidde de afdeling die alle kredietendossiers afhandelde voor onze klanten. Dat kan gaan van een simpele autolening tot een lening van een paar honderd miljoen euro voor een middelgroot bedrijf.'

'Hij had dus volmachten.'

'Ja, net zoals ik volmachten heb.'
'Om kredieten toe te staan.'
'Inderdaad', zei Van Steen.
'In welke zin hebt u beiden volmachten? Hoe werkt dat?'
'Heel eenvoudig. Wij kunnen autonoom tot een bepaald bedrag beslissen of een krediet al dan niet toegekend wordt.'
'En wat zijn die bedragen?'
'Voor hem? Vijf miljoen euro.'
'En voor u?'
'Ik weet niet of ik verondersteld word u dat te vertellen, commissaris.'
'Het is natuurlijk van belang voor het dossier, meneer Van Steen', zei Thomas droog.
'Twintig miljoen euro.'
'En dat is een standaardprocedure?'
'Hoe bedoelt u?'
'Is het', vroeg Thomas, 'voor u mogelijk om aan om het even wie een krediet van maximaal twintig miljoen euro toe te staan?'
Van Steen fronste. 'Uw veronderstellingen gaan wat ver, commissaris. Nee, om op uw vraag te antwoorden. Ik kan pas een beslissing nemen wanneer bepaalde procedures gevolgd zijn en aan een aantal voorwaarden is voldaan. Zo'n kredietendossier is een complexe materie, zeker voor zulke bedragen. Aan het eind van een lang proces is er een scoresysteem dat in eerste instantie bepaalt of een bedrijf, of een privépersoon, in aanmerking komt voor een krediet. Die scores zijn wetenschappelijk verantwoord en houden rekening met tientallen uiteenlopende factoren.'
'Maar u hebt het laatste woord in elk dossier.'
'Ik heb het laatste woord wanneer er nog twijfels zijn. Ik ben ook degene die de grote dossiers begeleidt.'
'Kan dat iets te maken hebben met de moord op meneer Budtz?'
'Hoe bedoelt u?'
'Een klant die niet krijgt wat hij wil?'
Van Steen schudde het hoofd. 'Een ontevreden klant die geen

krediet krijgt en dan de directeur kredieten vermoordt? Ik hoop van niet. Want dan is niemand in de sector nog veilig, als al onze klanten zich zo gaan gedragen.'

'Niet al uw klanten, meneer Van Steen. Eén enkele klant. Eén enkele moordenaar.'

Van Steen friemelde even aan zijn das. 'Ik kan alleen op uw vraag antwoorden, commissaris. Ik ga niet speculeren over dingen waar ik niks van afweet.'

'Budtz kreeg geen doodsbedreigingen, bijvoorbeeld?'

'Nee, niet voor zover ik weet.'

'Er waren geen geweigerde dossiers van mensen die een verdachte achtergrond hebben?'

'Verdacht? In welke zin?'

'Figuren waarvan u kon aannemen dat ze niet tot de officiële economie behoren? De misdaadwereld?'

Van Steen lachte hikkend maar hield daar meteen weer mee op. 'Commissaris', zei hij, meteen weer ernstig. 'Dergelijke mensen komen niet naar een bank voor een lening. Ik neem aan dat u dat weet. Die hebben hun eigen vormen van financiering. Vooropgesteld dat ze tegenwoordig nog veel financiering nodig hebben, want doorgaans hebben ze meer dan genoeg fondsen. Nee, ik zal helemaal op uw vraag antwoorden, dan bent u er meteen van af: ik zou niet weten wie meneer Budtz naar het leven zou staan.'

'U ook niet?' vroeg Iris.

Van Steen keek haar geschrokken aan. 'Ik?'

'Ik bedoel', zei Iris, 'dat er niemand is die u naar het leven zou willen staan.'

'Nee', zei de directeur. 'Nee, ik denk het niet. Ik hoop van niet. Je denkt niet aan dat soort dingen, toch niet in mijn beroep.'

Thomas stond op. Iris volgde hem. 'Dank u, meneer Van Steen', zei hij beleefd. Hij was altijd beleefd nadat hij mensen op de rooster had gelegd.

Buiten, op de De Keyserlei, stapten ze de straat over. Zonder te vragen stevende Thomas naar een café. Ze gingen er naar binnen en gingen achterin zitten. Iris bestelde een koffie maar Thomas nam een bruine Leffe. Hij nam er meteen een paar flinke teugen van.

'Ik geloof hem niet', zei Iris. Ze had geen extra zintuig dat haar hielp dwars door mensen heen te kijken. Gezond verstand volstond. Ze had genoeg mensen in de ogen gekeken en hun waarheidsgehalte moeten inschatten, vooral toen ze een tiener was. Liegen deed je niet, dat was haar persoonlijke code. Als je loog knabbelde je elke keer aan je persoonlijke reputatie. Leugen en bedrog betekenden ook dat de samenleving erbij inschoot.

'Ik denk niet dat hij echt veel gelogen heeft', zei Thomas, rondkijkend. Zelfs nu waren er nog toeristen in de stad, maar de grote toeloop was er niet meer. Een dapper groepje Japanners marcheerde richting Centraal Station. 'Veel heeft hij ook niet gezegd, als het erop aankomt. Maar je hebt gelijk. Er is iets aan de hand.'

'Hij is zenuwachtig omdat een van zijn directeurs is doodgeschoten.'

'Dat natuurlijk ook. Maar heb je een moment van echte spijt gezien? Heeft hij naar de vrouw van Budtz gevraagd? En hun kinderen?'

'Ze hebben geen kinderen', zei Iris.

'Oké. Maar hij vroeg er niet naar. Hij vroeg niet naar de familie, of de hond of weet ik veel wat.'

'De man mist duidelijk empatisch vermogen.'

'Oké. Dat is niet verboden. Hij is per slot van rekening een bankier. In wat voor wereld leven we als een bankier van dat formaat zich werkelijk om mensen bekommert?'

Iris glimlachte. 'Idioot! Hou jezelf voor de gek. Vragen we de onderzoeksrechter of we het dossier mogen overnemen?'

Thomas trok een vies gezicht. 'Ik weet het nog niet. Ik moet er met Perseyn over praten. En als het op praten aankomt wil ik eigenlijk wel met méér mensen van die bank spreken. Over Budtz. Over Van Steen.'

'Dat is geen probleem.'

'Nee? We kunnen moeilijk naar binnen wandelen en de eerste de beste bediende ondervragen. We hebben de onderzoeksrechter nodig. Ze roepen daar bij FabnaBank meteen het bankgeheim in als we er nog een voet binnen zetten. Je weet hoe paranoïde die bankmensen zijn.'

'Mijn nichtje werkt daar', zei Iris.

'Jouw nichtje.'

'Eigenlijk het nichtje van Frederik. Ze werkt daar in de administratie. Als er geroddeld wordt, dan weet ze het wel. Reken maar dat er geroddeld wordt. En vrouwen hebben daar een speciale detector voor.'

'Goeie, brave Frederik. Een goed idee van hem om een nichtje te hebben dat bij FabnaBank werkt. Oké, waarom niet? Maar alleen als ze niet in de problemen komt, Iris.'

Iris pakte haar gsm en toetste een nummer in. 'Wat niet verboden is, is toegelaten', zei ze. Zo kende hij haar niet. Iris, die zich altijd aan de regels probeerde te houden. Nou, het was haar familie. Ze sprak in het mobieltje. 'Hallo, Sofie? Ja, tante Iris...'

Thomas, tegenover haar, trok een waarschuwend gezicht. Iris keek even naar hem maar babbelde verder. 'Ik zit aan de overkant in een café. Zou je het leuk vinden om me te zien tijdens de lunch? Nee, ik betaal. Ja, ik vrees van wel, politiezaken, maar het blijft onder ons. Oké, tot zo.'

Ze sloot haar gsm. 'Ze komt zo meteen.'

Thomas leunde achterover. 'Je nichtje.'

'Ze adoreert haar tante Iris. En ze heeft lunchpauze. Ze kan beide combineren. Is dit geen ideale wereld?' Sofie adoreerde haar tante waarschijnlijk om de verkeerde redenen, maar wat gaf het? Iris was voor de familie van Frederik nu niet bepaald de ideale schoondochter of schoonzus of wat dan ook. Haar muziekkeuze liep van het rauwe naar het bizarre, van The Sex Pistols naar harde metal. Geen ex-punkster die aan het eind van de jaren tachtig nog altijd *fuck the world* riep zou eraan gedacht hebben bij de politie te gaan, maar voor Iris was dat bijna een ideale keuze geweest. Ze vond er toewijding en ordening, precies wat ze in haar leven nodig had.

Haar twijfelachtige verleden drong al meteen toen ze Frederik leerde kennen door tot zijn familie. De oudere generatie daarvan greep zich bij de haren. Ze was een buitenbeentje en dus verdacht, en dan wisten ze nog niets van haar verleden als speedjunk. Frederik zelf keek diep in haar ziel en nam genoegen met wat hij daar zag. En een paar van de nichtjes waren meteen weg van de nieuwe aanwinst, maar toen Iris Frederik leerde kennen waren die nichtjes nog kleine meisjes, dat hielp. Ook nu echter had Iris in hen haar trouwste bondgenoten in haar hele aangetrouwde familie.

Toen ze Frederik leerde kennen was haar wilde periode al zo goed als voorbij. Na een grotendeels nutteloze en mislukte schooltijd had ze de kleur uit haar haren gewassen, haar hoofd en lichaam laten leeglopen tot alle dope eruit was, haar oksels en benen onthaard en was ze naar de universiteit gegaan en was geschiedenis en kunstgeschiedenis gaan studeren, omdat het een goed idee leek. Tegelijk hing ze rond nerds die met computers dingen deden die ze aanvankelijk niet begreep. Wat haar doorgaans niet goed lukte met mensen, lukte haar wel met machines: ze vormde een innige band met de machtige pc. En van daaruit viel ze in de armen van de politie, niet als rebel, maar als kandidate voor de politieschool.

Haar nichtje Sofie was een romantische ziel en zag de levensloop van haar tante als een persoonlijk emancipatieproces dat ook zij wilde imiteren. Onder meer daarom klikte het tussen hen, al van toen Sofie een klein meisje was.

Een kwartiertje later kwam een jonge vrouw van vooraan in de twintig de zaak binnen, zag hen zitten en kwam naar hen toe. Ze droeg een donkerblauwe jeans en onder een vaalrood katoenen jasje had ze een strak zwart T-shirt aan. Ze stak spontaan haar hand uit naar Thomas. 'Ik ben Sofie', zei ze met een volle glimlach.

'Thomas', zei hij.

'Ah, jij bent die beruchte Thomas. Oei, tante, dat had ik niet mogen zeggen.'

Iris schudde haar hoofd. 'Ik vergeef je alles als je met ons een hapje eet en een paar dingen vertelt over wat daarbinnen gebeurt.'

'Tante toch! Je weet dat ik aan het beroepsgeheim gebonden ben.'

'Niks over klanten of dossiers. We willen alleen maar de roddel horen, over je collega's en vooral over de bazen.'

'Oh, de roddel. Dat is wat anders.'

Ze bestelden lunch en drank en waren even later al aan het eten. 'Wat voor roddel?'

'Van Steen', zei Iris. Thomas liet haar het woord voeren. Ze wist waar hij naartoe wilde. 'En natuurlijk ook het nieuws van de dag: Xavier Budtz.'

'Oh, die arme meneer Budtz', zei Sofie. Thomas hoorde werkelijk een treurige noot in haar stem. 'Niemand kan het geloven. Een inbreker, of een huurmoordenaar, je hoort allerlei dingen vertellen. Wat was het? Kom, vertel. Anders vertel ik geen roddels.'

'Waarschijnlijk een huurmoordenaar', zei Iris met één oog naar Thomas. Die blikte waarschuwend terug, voor de tweede keer al. 'We weten het nog niet zeker. Beter dat je daar niks over zegt. Het onderzoek loopt nog. We willen eigenlijk weten wat er allemaal te vernemen valt over die meneer Budtz.'

'Niks', zei Sofie. 'Er valt eigenlijk niks over hem te vertellen. Sinds een eeuwigheid getrouwd, sinds een eeuwigheid bij de bank. Opgeklommen dankzij hard werk. Niet dat harde type manager, verre van. Iedereen waardeert hem. Eerlijk tegenover zijn mensen.' Ze slikte tegelijk een hap en een dierbare herinnering door. 'Maar over Van Steen valt heel wat te vertellen.'

'Voor de dag ermee', zei Iris. 'Je weet dat je tante gek is op roddel.'

'Ik weet niet waar te beginnen.' Sofie keek om zich heen, verholen. 'Er zit toch niemand van het personeel hier? Goed, want die vinden het natuurlijk vreemd dat ik met vreemden praat. Van Steen dus. Kijk, tante, ik heb het allemaal van horen zeggen. Zelf ken ik hem niet. Maar er gaan heel wat geruchten over hem. Over hem en vrouwen, maar dat interesseert jullie waarschijnlijk niet. Nee? Hij is erg gul met het verstrekken van kredieten. Is dat niet van belang voor jullie?'

'Gul', zei Thomas. 'In welke zin?'

Sofie keek hem aan en knipperde met haar ogen. Ze deed het waarschijnlijk onbewust, maar het betekende iets. Het betekende dat ze zich niet op haar gemak voelde met hem erbij. Misschien had Iris haar beter alleen gesproken. 'Voor vrienden en relaties', zei Sofie, 'nam hij het niet zo nauw met de regels van het goed beheer. Dat heb ik van een van de boekhouders en van twee van de kredietmensen. Kredieten werden naar het schijnt toegestaan zonder voldoende garanties. Bouwprojecten aan 't Zuid en risicovolle kredieten voor allerlei kleine bedrijven vonden gemakkelijk een weg in de bank, als je weet wat ik bedoel. Zulke dingen. En hij doet dat zonder de andere directeurs in te lichten of te raadplegen.'

'Maar ondertussen weten ze het toch al? Of luisteren die niet naar geruchten?'

Sofie glimlachte. 'Jawel, maar ze weten waarschijnlijk niet alles wat Van Steen doet.'

'En hij had volmachten? Om die kredieten toe te staan, bedoel ik.'

'Ja, hij moest altijd wel binnen die volmachten blijven, maar ook dan deed hij een beetje zijn zin. Die volmachten gaan erg ver – tientallen miljoenen euro zelfs.'

'Wat natuurlijk niet strafbaar is?'

'Dat weet ik niet, meneer Thomas. Ik denk dat als hij binnen de volmachten blijft die de directie hem geeft, er niets strafbaars gebeurt. Het ging helemaal mis toen hij kredieten verleende aan die Afrikanen...' Ze zweeg plots en nam een hap.

'Afrikanen.'

Ze zei niks, maar ze keek kort naar Thomas. Die had al begrepen dat de aandacht van Sofie meer op hem gericht was dan op haar tante.

'Vertel', zei Iris, die het evenwicht wat wilde herstellen.

'Jullie hebben het niet van mij. Ik hoorde het toevallig, omdat ze niet altijd letten op de jongste bediende die de fotokopieën ronddeelt. Meneer Budtz was boos omdat Van Steen kredieten had uitgetrokken voor een Keniaans bedrijf of zoiets, en die hadden al in geen maanden een aflossing gedaan. Budtz zei iets, dat hij het dossier had bekeken hoewel Van Steen hem dat had verboden, en dat het vol gaten zat. Meer weet ik niet.'

'Mmm', zei Thomas.

'Dus Van Steen ging zijn boekje te buiten, en Budtz wist dat.'

'Strikt genomen ging Van Steen zijn boekje niet te buiten, maar hij gaf blijkbaar kredieten aan mensen die ze daarna niet wilden terugbetalen.'

'En Budtz wist dat.'

'Oh ja, hij wist dat. Het was soms ruzie achter die dikke deuren. Budtz vond het nodig dat Brussel werd ingelicht. Ik veronderstel – dit is alleen maar een veronderstelling, hè – dat Van Steen dat niet deed en niet wilde doen.'

'Dat is begrijpelijk.'

Sofie keek op haar horloge. 'Ik kan niet lang blijven. Ik moet nog een boodschap doen. Heb ik jullie geholpen?'

'Dat denk ik wel, Sofie', zei Iris.

'Maar het blijft onder ons?'

'We hebben dit gesprek niet gehad, Sofie', zei Thomas. 'Maar we zullen wel gebruik maken van wat we gehoord hebben.'

Sofie keek twijfelend naar haar tante. 'Maak je geen zorgen, meid', zei die. 'Niemand komt het te weten.'

'Ik weet wat je denkt', zei Iris nadat haar nichtje vertrokken was. 'Dit kunnen we niet gebruiken.'

'Natuurlijk wel', zei Thomas. 'Ik weet alleen niet hoe.'

'Ze heeft wel een oogje op jou', zei Iris.

Thomas keek haar aan. Iris bleef neutraal kijken. 'Een oogje? Hoe oud is jouw nichtje eigenlijk?'

'Volwassen', zei Iris. 'Ze is volwassen. En jij ook, hoop ik.'

'Is ze meerderjarig?'

Iris keek hem verbaasd aan. 'Sofie? Natuurlijk is ze...'

Hij grijnsde.

Enkele uren later zat Thomas in het kleine kamertje dat hij thuis als kantoor gebruikte, al betekende dat niet veel meer dan dat er een kleine gesloten kast stond, een boekenrek, een eenvoudig Ikeabureau met bijbehorende stoel. Veel nut had hij ook niet van een bureau thuis, hij bracht al tijd genoeg door op zijn werk. Maar het kamertje was een voorwendsel om zelfs dan even alleen te kunnen zijn.

Eva begreep die behoefte. Overdag, tijdens het werk, was Thomas nooit alleen. Er waren altijd collega's in de buurt, of hij was op pad samen met iemand van het team, hij ondervroeg mensen – hij had nooit een moment voor zichzelf. En toch had hij dat nodig: alleen in een kamertje kunnen zitten en nadenken over een zaak waaraan hij bezig was. Of over om het even wat er in zijn hoofd omging.

En in het hoofd van Thomas ging altijd veel om. Veel meer dan Eva of iemand anders vermoedde. Veel meer dan alleen maar de details van een zaak.

Hij was zo iemand die van nature introvert was maar die uit noodzaak, voornamelijk beroepshalve, met mensen had leren omgaan. Hij was erin geslaagd zijn introvertie te maskeren met een druk en joviaal uiterlijk, een uiterlijk dat een gedreven flik op het toneel zette maar dat een idealist verborg. Idealisten, zo wist hij, zijn gevaarlijke mensen. Ze zouden de ene helft van de planeet vernietigen om de andere helft te redden. Die beschrijving had hij ergens gelezen. Maar ze was niet op hem van toepassing, vond hij. Hij was een idealist omdat hij de best mogelijke wereld wilde binnen wat menselijk bereikbaar was.

Hij wist waar die gedrevenheid vandaan kwam. De dag dat zijn vader ontslagen was. Maar het was méér dan dat ene voorval. Thomas begreep niet hoe je niet met het lot van mensen begaan kon zijn terwijl je elke dag hun lijden zag op televisie. Al die eindeloze conflicten die door hebzucht en lafheid van brandstof werden voorzien. Je moest toch gewoon, vond hij, béter willen. Door die gedachte werd hij gemotiveerd.

Hij ging niet voor een ngo in Afrika werken, hij zamelde geen fondsen in voor een goed doel en hij geloofde ook niet in de collectieve maar goedkope verontwaardiging van mensenmassa's, die doorgaans een werkelijk gebrek aan inzet verborgen. Hij geloofde niet in ideologieën, omdat die alleen bestonden om de verkeerde redenen, en daarom geloofde hij ook niet in politiek. Hij geloofde wel in wat hij deed: het kwaad bij de wortel aanpakken door de grote boosdoeners te schaden.

In al die jaren was hij zijn illusies niet verloren. Hij zag dat politie en gerecht maar matig succes hadden wanneer ze tegenover internationale misdaadkartels stonden. Hij zag te vaak criminelen en psychopaten vrij rondlopen omdat de wet tekort was geschoten of onmachtig was gebleken. En toch verloor hij zijn idealen niet. Hij had zichzelf van meet af aan voorgehouden dat de strijd met ongelijke wapens werd gestreden, en dat mensen aan veel ongeneeslijke kwalen leden. In de eerste plaats hun afgunst, hebzucht, angst en domheid.

Daarom had hij dat kamertje nodig. Niet omdat zijn gedachten dan helderder werden, maar omdat hij tussen die vier bescheiden muren beter de wanhoop van zich af kon houden. Het was een wanhoop die erg gemakkelijk kwam. Wat was er natuurlijker dan het hoofd te buigen telkens als een onderzoek verkeerd liep, of telkens als een advocaat of een rechter een groot gat openliet waar een beschuldigde doorheen kon stappen, terug de vrijheid in? Het was al te makkelijk om dan gewoon op te geven.

Hij had Eva nodig om hem terug te brengen tot het gewone leven, waarin hij een huisvader was en een echtgenoot en de vader van zijn zoon. Een gewoon leven waarin hij het vuilnis buitenzette en de haag snoeide en de afwas in de machine stopte en de belastingformulieren invulde en tijdens het weekend met vrouw en zoon naar een pretpark of naar de zee ging.

Niemand zag hem tussen die vier muren van dat kamertje zitten. Dat wilde hij niet. Hij gebruikte de computer die er stond nauwelijks, en de helft van de boeken in de kast had hij nog niet gelezen. De afgesloten kleine kast bevatte niks van enige betekenis, en zeker geen geheime dossiers. Hooguit had hij in dat kamertje zijn ziel opgeborgen, die hij af en toe tevoorschijn haalde om ze intens te onderzoeken.

Hoofdstuk 15

Tarik reikte Tony een mok hete koffie aan. Ze keek hem aan en accepteerde de mok. 'Belgische koffie', zei hij. 'Heel wat beter dan het slootwater dat ze in de goeie ouwe VS aanbieden.'

'Jij bent nooit in de goeie ouwe VS geweest', zei ze.

Ah, dacht hij, de Amerikaanse die in Amsterdam is geweest en nu denkt dat ze de wereld gezien heeft. 'Nee, klopt, maar ze drinken er toch slootwater. Dat weet ik ook zonder er geweest te zijn. Italianen maken de beste koffie, Turken ook. Amerikanen weten niet hoe het hoort.'

'Je bent een echte cultuurfilosoof', zei ze. 'En met je gevoel voor diplomatie win je nog de Nobelprijs voor de Vrede.'

Ze zaten in een geïmproviseerd kantoorgebouwtje tussen containers en loodsen, ergens in een deel van de haven waar mensen en meeuwen niet kwamen. Veel stelde het niet voor. Het was gedeeltelijk uit beton opgetrokken, gedeeltelijk uit staalplaat. Tarik had een vermoeden waar ze precies waren, maar Patrick zorgde voor het transport en wilde niet dat 'zijn mensen', zoals hij dat noemde, er op eigen initiatief kwamen. Tarik regelde via een nieuwe, dure laptop de bankzaken. Maar veel meer dan kleine bedragen passeerden er voorlopig niet op de rekeningen van de bende. Het was alsof het systeem nog maar getest werd. Dat klopte ook: door middel van een aantal kleine transacties, die uiteindelijk met eigen middelen gebeurden en op een nulresultaat uitkwamen, werden de banken in slaap gewiegd. Het zou te opvallend zijn nieuwe rekeningen meteen te gebruiken voor grote bedragen. Dat merkten banken snel op. Je kwam dan altijd op een lijst terecht, en onder de aandacht van hun interne-auditmensen. Tarik wist goed genoeg dat hij dat moest vermijden.

Wat Tony deed was hem minder duidelijk. Ze had ook een laptop, in haar geval een MacBook Pro, en zat de hele tijd op het internet. Het was duidelijk dat zij de directe contactpersoon voor de Amerikaanse klanten was. Tarik vroeg zich af of Patrick al die activiteiten, de zijne inbegrepen, monitorde. Hij nam aan van wel. Hij hield rekening met alle opties.

Waarom Patrick hem de hele tijd nodig had om de rekeningen in de gaten te houden, was hem een raadsel. Het was waarschijnlijk ook een test. Hij zag Patrick drie tot vier keer per dag, wanneer die kwam binnenwaaien. De hele situatie was vreemd, maar hij werd ervoor betaald – door Patrick – en dus klaagde hij niet. Tegelijk viel er weinig te melden aan Perseyn. Die zette hem aan tot geduld. Alles komt op zijn tijd, zei hij, alles komt wel degelijk op zijn tijd. Ook Tarik wist uit ervaring dat opdrachten als deze inhielden dat je soms weken of maanden idioot werk deed en je dood verveelde, tot op het moment waarop alles samenkwam en je tot actie overging.

Dat Tony ook in de buurt was, was een extra probleem. Hij had haar naam en beschrijving in de computer op kantoor ingevoerd, maar niks gevonden. Haar naam was waarschijnlijk vals. Er bleken enkele honderden Amerikaanse en zelfs enkele Nederlandse staatsburgers met die naam te bestaan, maar geen van hen leek op Tony Amundson.

Toch niet zoals ze er nu uitzag. Misschien had ze de voorbije jaren haar uiterlijk radicaal veranderd. Precies iets waar vrouwen goed in waren. Het hielp niet met de identificatie, maar Tarik vond haar er best uitzien zo. Een beetje te jongensachtig misschien, en wat te strak gespierd. En niet echt een verwelkomend karakter. Dat was voor hem de uitdaging bij uitstek. Makkelijke vrouwen liet hij meestal aan zich voorbijgaan. Zonder duidelijke uitdaging was de verovering de moeite niet waard. En Tony leek een flinke uitdaging.

'Iets gezien wat je interesseert?' vroeg ze, met haar aandacht nog steeds op het scherm. Hij had niet in de gaten dat hij haar op die manier aanstaarde. Dat had hij waarschijnlijk gedaan. Het ontging haar niet.

'Een heleboel', zei hij. 'Leuk T-shirt. Ik kan me niet voorstellen dat je een fan bent van Michael.'

Ze keek hem aan. 'Lag in de wasmand', zei ze.

'Oh? Van een vriendje?'

'Ik doe niet de was van mijn vriendjes', zei ze.

'Doet hij de jouwe?'

'Goed geprobeerd, Tarik. Heel goed. Als je het echt moet weten: ik heb geen vriendje. Ik doe niet aan huishouden spelen. Vriendjes zijn een pest. Ze gaan na een tijdje zeuren om een vaste relatie. Ze willen niet een wegwerpproduct zijn. Vat je 'm?'

'Helemaal. Daarom doe ik ook niet aan vriendjes. Ga je de twee kanten uit?'

Ze grijnsde. 'Brutale flikker.'

'Als er iets is wat ze niet van me kunnen zeggen,' zei Tarik met een gelijkwaardige grijns, 'is het dat ik een flikker ben. Strikt hetero. Jij?'

'Strikt hetero is saai.'

'Nou ja, voor jullie zit dat anders.'

Ze pruilde uitdagend. 'Voor ons? Wie ons?'

'Vrouwen, bedoel ik.' Hij besefte dat hij een verkeerd steegje insloeg. Een steegje waar aan het andere eind een onaangename verrassing wachtte. Snel wegwezen dus, dacht hij.

'Je zegt dus', zei Tony, 'dat het voor vrouwen meer voor de hand ligt om homo te zijn dan voor mannen?'

'Vrouwen zijn fysiek aantrekkelijker dan mannen. Ook voor elkaar, neem ik aan.'

'Dat zeg jij, omdat je niet weet wat vrouwen willen.'

Verdomd, dacht hij. Touché. Het einde van het steegje. Gepakt op zijn eigen terrein. 'Dat was eigenlijk niet wat ik bedoelde. Ik dacht alleen dat vrouwen makkelijker elkaars fysieke behoeften kennen dan mannen. Nu, ik moet toegeven, ik lul maar wat. Ik weet er niks van. Ik weet een paar dingen van vrouwen, maar dat is het dan ook.'

'Goed', zei ze. 'Hou het daar dan ook maar bij. Ga niet wandelen in het park van de boze grootmoeder.'

'Was dat niet de boze wolf?'

Ze schudde het hoofd. 'Nee, Tarik. In mijn geval is het de boze grootmoeder.'

Hij vroeg zich nog een hele tijd af wat ze daarmee bedoelde.

Hoofdcommissaris Perseyn trok zijn overjas uit en controleerde nog even of zijn das goed zat. In het stadhuis werd doorgaans niet moeilijk gedaan over dassen, maar persoonlijk vond hij dat een pak zonder das niet kon. Behalve de burgemeester, de wandelende reclame voor het betere T-shirt, droegen de meeste mannen bij gelegenheden als deze een pak, overhemd en das, en zijn generatie beschouwde dat niet als iets buitengewoons of als een statement.

Gelegenheden als deze. Hij had de datum in zijn agenda genoteerd – in de papieren agenda en in de digitale versie op kantoor – maar was helemaal vergeten waar deze gelegenheid over ging. Waarschijnlijk werd er iemand gevierd, of was er een gebeurtenis die herdacht moest worden. Het maakte hem niet veel uit: hij ging gewoon en verveelde zich niet. Hoe kon hij zich vervelen wanneer er zoveel mensen te observeren waren.

Ook nu. De genodigden dromden samen op de trap en in de foyer, en in de zaal waar de receptie plaatsvond was het al niet beter. Hij schudde enkele handen van bekenden, knikte in de richting van degene die te ver van hem vandaan stond, en bekeek de gezichten die hij niet kende. Vooral die laatste groep hield hij met meer dan normale belangstelling in het oog. Van de bekenden wist hij wat voor vlees hij in de kuip had. De nieuwelingen waren hier meestal omdat ze tot een nieuwe lichting belangrijke burgers behoorden. En in die groep bevonden zich mensen die niet helemaal op legale manier hun boterham verdienden.

Dat ze hier waren, samen met al wat een beetje naam had in Antwerpse politieke kringen, was nooit een toeval. Het was geen toeval dat somber uitziende ondernemers, voornamelijk afkomstig uit de voormalige Sovjetrepublieken en nauwelijks het Nederlands machtig, zich mengden met de gevestigde politieke en economische elite. Het was verre van toeval dat lokale politici de handen drukten van zogenaamde zakenlui die geen reclame maakten voor de producten waarin ze handelden. Of dat bankiers goede maatjes waren met louche ondernemers die nooit de herkomst van hun fondsen hoefden te verklaren.

Hij werd aangeklampt door de gemeentesecretaris, Van Vleteren, een tengere man met een onvoldoende geschoren uiterlijk en kleurloos haar. 'Hoofdcommissaris,' zei Van Vleteren, 'hoe is het gesteld met de misdaad in deze stad?'

Het was een ongelukkige vraag, maar Van Vleteren stond erom bekend dat hij een financieel genie was maar geen sociale kwaliteiten bezat. Je kunt niet op elk terrein de beste zijn, bedacht Perseyn. 'Met de misdaad', zei hij, 'gaat het uitstekend, en met het bestrijden ervan nog beter, zo hopen wij.' Van Vleteren was het soort ambtenaar dat te weinig verbeelding had om omkoopbaar te zijn. Hij had ook geen persoonlijke zonden, tenminste niet voor zover Perseyn wist. Natuurlijk bleek achteraf altijd dat ambtenaren die betrokken waren bij misdaden toch wel geheime zonden hadden. Het was dan de onderwereld die ze eerst had ontdekt.

'Ik hoorde op de radio dat er een koppel is vermoord in de...'

'Bijzondere Recherchedienst', zei Perseyn, terwijl zijn blik over de gasten gleed. Hij nam een glas schuimwijn aan van een passerende ober. 'De Bijzondere Recherchedienst houdt zich met moorden bezig. Wij alleen maar met geld.'

'Iemand van FabnaBank?'

'Ja, dat is correct', zei Perseyn, de hardnekkigheid van de man verwensend. Daarvoor was hij niet naar hier gekomen. Verderop zag hij Laplace staan. Hij was evenmin hiernaartoe gekomen om die man te zien. Maar aan zijn lot ontkwam hij blijkbaar niet.

'Ze zeiden dat het een inbraak was. Dragen inbrekers tegenwoordig een wapen, hoofdcommissaris? Is dit de nieuwe trend aan het worden?'

Perseyn keek Van Vleteren aan. 'We mogen alleen maar hopen dat het geen navolging krijgt, meneer Van Vleteren', zei hij. 'Stel dat hierna iedereen zich gaat bewapenen, ook de brave burgers. Dat kunnen we niet hebben.' Hij ving plots een glimp op van iemand die hij wél wilde zien. 'Verontschuldigt u mij, meneer Van Vleteren', zei hij. 'Ik zie iemand met wie ik een paar woorden wil wisselen.'

'Natuurlijk, commissaris', zei de secretaris.

Perseyn drong langs enkele mannen en vrouwen heen en verloor zijn doel niet uit het oog. Onderweg zette hij zijn glas op een tafeltje. Hij had er niet van gedronken.

'Dag, Iris', zei hij. Ze stond met haar rug naar hem gekeerd. Toen ze zich omdraaide slaagde ze erin verbaasd te kijken. 'Oh, chef', zei ze. 'Leuk u hier te zien.'

'Met dank aan de god die toeval heet', zei Perseyn.

Ze had een glas in de hand, maar dan wel sinaasappelsap. 'Jij niks?' vroeg ze.

'Het is nog vroeg. Alles is nog mogelijk.'

'Ik ben hier omdat we een uitnodiging kregen, Frederik en ik. Maar natuurlijk kan hij er niet zijn, hij zit in het buitenland.'

'Zoals altijd', zei Perseyn.

'Ja', zei ze. 'Zoals altijd.' Dan zweeg ze omdat het voor de hand liggende tussen hen niet besproken hoefde te worden.

'Ik wilde maar even blijven', zei ze na een minuutje.

Ze speelde haar rol slecht, vond hij. Ze wist dat hij hier zou zijn. Ze had de uitnodiging gezien. Anders was ze niet gekomen. Niet zonder Frederik, die iedereen hier kende.

'En Liesbeth is er deze keer niet bij', zei ze.

'Deze keer niet, nee.'

'Dat zijn we van haar niet gewend.' Haar blik wandelde van de ene bezoeker naar de andere.

Perseyn merkte dat sommige mensen hen in de gaten hielden. Maar daar ging deze hele bedoening om: elkaar bespioneren. 'Ze had wat hoofdpijn.'

'Ach', zei Iris. 'Hoofdpijn. Zo typisch vrouwelijk.'

'Heb jij daar nooit last van?'

'Hoofdpijn? Nee, niet gauw. Er zijn remedies. En misschien leef ik bijzonder gezond, wie zal het zeggen.'

'Iris', zei hij.

Ze keek hem aan. 'Die Van Vleteren kan een bijzonder vervelend mannetje zijn. Een kleine schoolmeester. Een kommaneukertje.'

'Ja', zei hij. Maar wat kon hem Van Vleteren schelen. 'Ik was niet van plan lang te blijven.'

'Het is niet een bijzonder interessante receptie. Ik kan je begrijpen.'

'Waarom is er eigenlijk...?'

'Deze receptie?'

'Ja.'

'Omdat drie hoge ambtenaren van de stad met pensioen gaan. Heb je de uitnodiging niet gelezen?'

'Ja. Nee. Niet recent. Ik had de datum in mijn agenda staan. Het is zoiets als een pavlovreactie: als het in mijn agenda staat...'

'...daag je op.'

'Jij had dezelfde datum in je agenda, merk ik.'

'Natuurlijk', zei ze. 'Maar dat wist je toch al. En je wist dat Frederik er niet bij zou zijn.'

'Ja', zei hij. Hij voelde zich niet eens betrapt.

'En we zien elkaar al de hele tijd op kantoor. Is dit niet wat te veel, hoofdcommissaris Perseyn?'

Het deed hem wat pijn dat ze zijn titel en familienaam gebruikte. Daarmee gaf ze aan dat er een afstand tussen hen bestond, die er wat hem betrof niet had mogen zijn. Maar natuurlijk wel, dacht hij. Ik ben haar baas. Ik ben ouder dan zij. Ik ben haar meerdere. We hebben allebei een verplichting aangegaan, en allebei zijn we niet van plan die te verbreken. Maar hoewel ze dit allemaal wist, kwam ze toch hiernaartoe. Ze was hier niet voor die vertrekkende ambtenaren, die ook hem gestolen konden worden.

Dan zag hij directeur Laplace opnieuw. De man stond met een groepje mannen te praten en keek een andere richting uit, maar Perseyn wist dat de man hem ook had gezien. Laplace had hem gezien, samen met Iris. Perseyn besefte dat het een vergissing was geweest naar hier te komen, met de verkeerde intenties. Hij pakte dit verkeerd aan. Hij pakte de hele zaak verkeerd aan.

Hij keek naar haar glas. 'Het spijt me dat ik me als een ouwe dwaas gedraag', zei hij.

Ze glimlachte. 'Maar nee, helemaal niet. Het getuigt van een volwassen charme dat je al wat hier om ons heen gebeurt wilt negeren, alleen maar om mij te zien. Eigenlijk ben ik degene die spijt moet hebben.'

'Niet over je gezin.'

'Oh nee', zei ze. 'Dat niet. Maar er zijn andere dingen...' Ze dronk snel het glas leeg. 'Ik ga ervandoor, Steven', zei ze, zonder te beseffen dat ze zijn voornaam gebruikte, wat niemand op kantoor deed behalve Thomas. 'Ik ga ervandoor voordat deze situatie te ingewikkeld voor me wordt.'

En nadat ze zo plots was vertrokken, voelde hij zich alsof hij plots in een wolk was gestapt, zodat de andere aanwezigen zich geluidloos ver van hem vandaan bevonden.

Hoofdstuk 16

Enkele dagen later zoemde de telefoon op het kastje naast het hoofd van Thomas. Hij had net een droom gehad maar die verdween meteen. Een droom van trage bewegingen in een stroperig medium, van halfgeklede wandelingen door een publiek park, van oude schoolvrienden die hem niet konden luchten. Zo'n droom die altijd opduikt als je hem niet verwacht.

Op het klokje was het halfvier. Hij kreunde. Zijn biologische klok vertelde hem dat hij hoorde te slapen. Hij pakte snel de telefoon op. Halfvier is een verraderlijk uur om een telefoontje te krijgen. Het voorspelt onheil: een gestorven familielid, een ophefmakende misdaad. Zelden belt iemand om dat uur met het bericht dat je de lotto hebt gewonnen.

'Mmm?' zei hij. Wie hem zo vroeg belde moest het stellen met een minimum aan communicatie. Zijn hersenen hadden wat tijd nodig om op gang te komen.

'Perseyn', zei de bekende stem aan de andere kant van de lijn. Hij leek alvast klaarwakker. 'We denken dat Arveladze heeft toegeslagen.'

Thomas was meteen bij de zaak. 'Moment', fluisterde hij. Hij schoof zonder het licht aan te doen uit bed, stapte voorzichtig en stil naar de deur, dan de gang in en naar beneden. Eva was getraind in het negeren van nachtelijke telefoons, tenzij ze alleen was en Thomas op missie. Dan was ze meteen wakker. Omdat een telefoontje op dat moment zéker onheil voorspelde.

'Oké', zei hij, zich een plaats zoekend op de sofa, de kou in de woonkamer verwensend. 'Ik ben beneden. Wat gebeurt er?'

'Je kunt beter meteen naar hier komen. Pelikaanstraat, bij de diamantbeurs.'

'Niet weer', zei Thomas. Aanslagen tegen de Joodse diamantwereld en de Joodse gemeenschap waren jammer genoeg bijna maandelijkse kost geworden. Meestal ging het om kleine dingen, een steen, een geïmproviseerd bommetje, een verfbom, soms ook alleen maar graffiti.

'Toch wel, vrees ik. En nu is het een zaakje voor Ecofin, want ik trek dit onderzoek naar ons toe. Kom maar meteen. Je ziet ons van ver staan.'

'Ik kom.' Hij verbrak de verbinding, bleef even op de bank zitten met zijn handen over zijn ogen tot hij echt helemaal wakker was, en ging dan weer de trap op. Hij maakte geen licht in de slaapkamer, vond rondtastend een jeans en een hemd en sokken die hij de avond ervoor gedragen had, en wilde weer weggaan. Eva zei: 'Problemen?'

'Er is wat in de Pelikaanstraat.'

'Is het iets voor jullie?'

'Blijkbaar wel. Ik kom later wel weer langs. Slaap nog maar lekker.'

Even later was hij onderweg. Hij reed voorzichtig, omdat hij nog niet helemaal fris was. De straten waren grotendeels verlaten. Alleen mensen die nog laat waren feesten of al vroeg op het werk moesten zijn kruisten hem. Zo had hij zich in zijn jeugd en zelfs nog op de politieschool het speurwerk voorgesteld: midden in de nacht uit bed worden gebeld, de straat op moeten, veel mysterie en veel sfeervolle avonturen. Maar in werkelijkheid gebeurde dit zelden. Niet in deze afdeling. En hij was er niet rouwig om. De dagen waren anders ook lang genoeg.

Dat Perseyn nu op zijn aanwezigheid stond, en wel meteen, bewees de ernst van de zaak.

Wat zei hij? *Arveladze heeft toegeslagen*?

In de Pelikaanstraat stonden een paar combi's met zwaailichten en drie ongemerkte auto's en enkele tientallen nieuwsgierigen. De diamantbeurs was vlakbij, het hart van een wijk die altijd werd bewaakt. Niet noodzakelijk de hele tijd door mensen. Maar midden in de nacht?

Perseyn kwam meteen naar hem toe. Hij droeg een pak en een das en een overjas. Hij zag eruit als een modernere versie van Maigret, maar dan zonder de pijp of de hoed. Zelfs midden in de nacht had hij de moeite gedaan een das aan te trekken. Daarom is hij hoofdcommissaris geworden, dacht Thomas, vanwege zo'n voorbeeldig gedrag.

'Een brandbom tegen de gevel van een van de kantoren', zei Perseyn. 'Een kleine brandbom met beperkte schade, maar in deze buurt is dat al genoeg om de hele stad te alarmeren.'

'Bij iemand die wij kennen?'

'Abraham Pilowski, een van de bekendste diamantairs van de stad. Hij loopt daar ergens rond. Hij zegt zelf dat het niet erg is en dat er alleen beperkte materiële schade is, maar tegelijk wil hij de politie verantwoordelijk stellen voor het gebrek aan bescherming. Je kent de verhalen.'

'Waarom denkt u aan Arveladze?'

'Ik dénk niet aan Arveladze, ik heb hem gezien.'

'Gezien?'

Perseyn wees naar boven. Thomas keek in die richting, naar de muur van het Centraal Station. Hij zag niks bijzonders, en zeker zag hij Vadim Arveladze niet. Wat bedoelde Perseyn?

'We hebben ze zo laten ophangen dat ze vanaf de straat onzichtbaar zijn. En ze staan ook op geen enkele planning, dus niet veel mensen weten ervan. Ik belde meteen de centrale en die stuurden de beelden door naar mijn laptop.'

Thomas keek opnieuw naar de muur.

'Doe geen moeite, Thomas, zelfs bij daglicht zie je ze niet. Het zijn kleine, ultragevoelige camera's, wat betekent dat ze beelden van hoge kwaliteit doorzenden, tien beelden per seconde. Er staan er hier een achttal. Ze werken dag en nacht, al een jaar lang. Ik heb meteen de beelden van de voorbije uren opgevraagd.'

'En is het Arveladze?'

'Ja, absoluut. Ze waren met z'n tweeën. Ze wisten niet van de camera's af, dat is duidelijk. De andere bespoten ze met verf.' Hij wees naar de gevel van een huis aan de andere kant van de straat. Thomas zag een robuust uitziende camerabehuizing waarvan de voorzijde zwart was. De camera hing laag, ongeveer twee meter boven de grond. Je kon er makkelijk bij. 'Hij hangt daar opzettelijk zo laag,' zei Perseyn, 'maar hij dient tot niks.'

'Arveladze die een brandbom plant bij een diamantair? En een tamelijk onschuldige brandbom dan nog. Hij is een heleboel dingen, maar een terrorist is hij niet. Ik heb in hem nooit iemand gezien met een politieke of ideologische overtuiging.'

'Inderdaad', zei Perseyn.

'Het is dus een waarschuwing. Hij wilde geen schade toebrengen, behalve aan de gemoedsrust van meneer...?'

'Pilowksi. Abraham Pilowski. Nooit van gehoord?'

'Ik heb', zei Thomas, 'geen vrienden bij die diamantairs. Heeft hij een verklaring afgelegd, onze meneer Pilowski?'

'Nog niet. Ik ga zo dadelijk met hem praten.'

Thomas legde zijn hand op de voorarm van Perseyn. 'Ik kan het best ook doen. Als je dat wil.'

Perseyn schudde het hoofd. 'Diamantairs van het kaliber van Pilowski, Thomas, praten niet zo meteen met een gewone commissaris. Waarschijnlijk praat hij evenmin met een hoofdcommissaris. Je weet wat ze zeggen: in de diamantwijk praat niemand. Maar deze hoofdcommissaris weet een paar interessante dingen over meneer Pilowski.'

'Ja?'

'Uit de tijd toen ik nog bij de rijkswacht was. Meneer Pilowski doet al jaren gouden zaken. Die bom, dat is niet zomaar een aanslag van Palestijnen of terroristen of neonazi's. Dat is een persoonlijke boodschap aan het adres van meneer Pilowski.'

'En wat voor boodschap?'

'Dat probeer ik uit te zoeken. Ik hou vol, tegenover onze collega's, dat het om financiële afpersing gaat, zodat wij het dossier in handen krijgen. Ik zit waarschijnlijk niet ver van de waarheid. Je kunt mee, als je wilt, voor dat praatje.'

Thomas volgde Perseyn. De hoofdcommissaris knikte naar een politieman, drukte de hand van twee rechercheurs in burger die er verveeld bij stonden, en stevende af op een groepje van vier mannen die samen op een paar meter van de plek van de aanslag stonden te overleggen. Een van hen was een vlezige man die Thomas zeventig schatte. De man gesticuleerde breed en wees naar het gebouw waarop een brandplek zat. Een deel van een reclamepaneel was gesmolten.

'Meneer Pilowski?' zei Perseyn. Hij keek niet naar de andere mannen. Thomas herkende een van hen, een jonge onderzoeksrechter. 'Ik ben hoofdcommissaris Perseyn en dit is commissaris Verhaege. Kunnen wij u even spreken?'

'Ik heb al een verklaring afgelegd aan deze heer', zei Pilowski, wijzend naar de magistraat. Die bekeek Perseyn met duidelijk wantrouwen, maar hij zei niets.

'Ik wilde even uw hulp inroepen bij het identificeren van een mogelijke verdachte', zei Perseyn.

De onderzoeksrechter keek nu plots geïnteresseerd. 'Hebt u een verdachte, hoofdcommissaris? Mag ik weten wie dat is?'

'Alleen maar een mogelijke verdachte, vrees ik. Nauwelijks het rumoer waard. Als ik iets in positieve zin weet, dan breng ik u meteen op de hoogte.' Thomas vroeg zich af wie die magistraat was. Hij kende zijn naam niet.

'Meneer Pilowski, mag ik u vragen...'

De diamantair keek boos. 'Gaat u liever achter die misdadigers aan, dat tuig dat eerlijke mensen wil verbranden. Commissaris, mijn gezin woont boven de zaak. Mijn vrouw en dochters...'

'Ik ga meteen achter die misdadigers aan, meneer Pilowski, wanneer ik weet wie ze zijn. En u kunt ons helpen. De auto staat daar verderop.'

'Gaan we ergens naartoe? Ik wil niet weg hier.'

'Nee, nee. Alleen maar even naar de computer kijken. We hebben enkele interessante foto's.'

Perseyn leidde de grommende Pilowski naar zijn auto. Hij kroop zelf achter het stuur en de diamantair wurmde zich op de passagiersplaats. Thomas keek over zijn schouder mee hoe Perseyn de laptop opende en het filmpje toonde dat hij doorgeseind had gekregen. Het beeld was merkwaardig scherp, maar uit een moeilijke hoek genomen. Twee mannen stapten doelbewust door de Pelikaanstraat, hielden halt bij het kantoor van Pilowski, morrelden daar ergens mee en vertrokken dan weer, gehaast. Een ogenblik lang waren hun beide gezichten te zien. Perseyn hield dat beeld stil en vergrootte het. 'Herkent u deze mannen?' vroeg hij aan de diamantair.

Naast hem was Pilowski stil. Dan schudde hij met zijn hoofd. 'Ik kan niet zeggen dat ik hen ken, commissaris. Jammer genoeg.'

Perseyn verkleinde het beeld en opende een ander bestand. Op het scherm verscheen Arveladze, zowel en face als en profil. Een politiefoto van enkele jaren eerder. 'En herkent u deze man?'

Pilowski haalde diep adem. Thomas, achter hem, zag zijn reactie.

'Nee', zei de diamantair. 'Ik heb geen contacten met dat soort tuig.'

'Welk soort tuig, meneer Pilowski?' vroeg Perseyn.

'Het soort tuig dat brandbommen plaatst.'

'Neonazi's?'

'Ja, bijvoorbeeld.'

'Wie plaatst er nog meer brandbommen hier in de wijk, meneer Pilowski, denkt u?'

'Tuig, commissaris', zei de diamantair kwaad. 'U weet blijkbaar wie het gedaan heeft. Oppakken en voor jaren de gevangenis in, dat moet er gebeuren.'

'U bent er dus van overtuigd dat deze man op de politiefoto de man is die de bom plaatste.'

'Ja, natuurlijk, dat is 'm. Je ziet toch meteen met wat soort volk je te maken hebt, niet?'

'Ik weet het niet, meneer Pilowski. Ik ben niet degene die u vertelde dat de man op de politiefoto en degene die bij u de brandbom plaatste, een en dezelfde persoon zijn. Dat hebt u mij zonet verteld. Waarom denkt u dat?'

'Wat? Wat?' sputterde de diamantair. 'U laat mij een foto zien...'

'En u neemt meteen aan dat het de foto van de bomlegger is. Dat was toch uw conclusie, niet?'

'Wat probeert u te doen, commissaris? Ik ben hier het slachtoffer. Ik en mijn gezin. Wij allemaal, Joden in deze stad, wij zijn al jaren de slachtoffers van een terreur die maar voortwoekert, omdat de politie en het gerecht er niet in slagen de daders te vinden.'

'We pakken heel wat daders op, zo gauw we sporen hebben, meneer Pilowski. Dat weet u best. Maar vannacht is er iets eigenaardigs aan de hand. De man van wie ik u de foto toonde, is geen terrorist. Hij is geen neonazi. Hij is geen Jodenhater. Hij is zelf gedeeltelijk Joods. Als hij een bom plaatst aan uw voordeur, meneer Pilowski, dan deed hij dat met een specifieke reden. Iets wat met u persoonlijk te maken heeft. En u kent die man, niet? U weet wie die man is, en u weet waarom hij hier een bom plaatste.'

Pilowski leek fysiek te krimpen. Thomas zag het gebeuren. Hij zag hoe de man, die enkele ogenblikken eerder nog imposant en luidruchtig was geweest, nu plots geen wind meer in de zeilen had.

'Ik kan niet praten, commissaris', zei hij klaaglijk. 'Dat weet u maar al te goed. Zulke mensen, die probeer je niet te vaak te ontmoeten.'

'Wat voor mensen, meneer Pilowski?' vroeg Perseyn.

'Hij chanteert mij', zei Pilowski zacht. Zelfs zijn accent leek veranderd. 'Die man is een misdadiger die mij een grote som geld afhandig wil maken, en ik weigerde mee te spelen.'

'Goed', zei Perseyn. 'Nu komen we ergens.'

'In de krant staat dat het om een racistische aanslag gaat', zei Eva. 'Er staat niks over afpersing van die diamantair.'

'Omdat we het zo doorgaven aan de pers', zei Thomas. 'Het

gerecht gaat akkoord om ons op de zaak te laten, gezien de band met Arveladze en de verdenking van illegale financiële transacties. We willen hem niet alarmeren. Officieel zoeken we dus in de verkeerde richting. Nu moeten we nog van die Pilowski te weten komen hoe de vork in de steel zit, en misschien kunnen we Arveladze dan vinden.'

'Die man is een griezel.' Eva hield er niet van wanneer Thomas zijn werk mee naar huis bracht, maar ze wist dat hij zoals iedereen behoefte had om erover te praten. Wat ze niet toestond waren dikke dossiers met bloedige foto's die per ongeluk door Ruben gevonden konden worden.

'Oh', zei Thomas. 'En dan weet je nog niet alles.'

'Ik denk niet dat ik alles wil weten, Thomas.'

Hij was na het onthullende onderhoud met Pilowski weer naar huis gereden, en arriveerde daar net toen Eva uit de badkamer kwam. Ze ging Ruben wekken, die naar school moest. Hij had Perseyn gezegd dat hij niet meteen mee naar kantoor ging, en die begreep dat. Het was belangrijk dat Thomas Eva die ochtend zag, omdat hij niet de echtgenoot wilde zijn die in het midden van de nacht ervandoor ging en dan een hele dag lang uit haar leven verdween. Dat soort relatie hadden ze niet.

Eva wist al van voor ze trouwden dat hij ook niet een partner zou zijn die elke dag om zes uur thuis was voor het avondeten. Hij was niet de partner die zijn beroepsleven droeg als een jas die hij bij het thuiskomen kon uittrekken. Zijn werk was zijn passie en dat werk was de zuurstof van zijn leven. Toch kon hij er op zeker moment afstand van nemen, omdat hij Eva nodig had om zijn evenwicht te vinden. Op die manier waren ze op elkaar afgestemd. Niet dat de verhouding altijd perfect was – welke verhouding was dat wel? – maar telkens werden de hindernissen genomen met een visie op lange termijn. Telkens als er een haar in de soep zat, stond Eva erop dat het probleem werd uitgepraat voordat ze naar bed gingen. Desnoods praatten ze tot diep in de nacht over wat zijn of haar ergernis had opgewekt.

En hij had haar nodig – haar zachtaardige natuur en haar relativeringsvermogen – als een tegenwicht tegen al het kwade in de wereld. Dat kwade bewoog zich niet als iets abstracts in zijn wereld, wel integendeel: het was fysiek en nadrukkelijk aanwezig. Hij wist uit ervaring tot wat voor vreselijke dingen mensen in staat waren, mensen die volgens hem niet meer tot de beschaving mochten behoren en die, psychisch vooral, afkomstig waren van een heel andere en totaal verrotte tak van de menselijke afstamming.

Arveladze was niet de enige aan wie hij dacht, maar hij was in het verleden specifiek het onderwerp geweest van zijn afkeer. Niemand wist precies hoeveel moorden de man op zijn geweten had. Technisch gezien misschien geen enkele, want daar had hij vaak zijn helpers voor gehad, mensen met even weinig wroeging en empathie als hij, maar veel minder intelligent. Thomas was er echter van overtuigd dat de man wel degelijk zelf gemoord had, maar er telkens voor zorgde dat niets zijn richting uit wees.

Het lijk van een dealer die van hem gestolen had, bijna letterlijk samengevouwen in een olievat. Boven op dat vat was een dikke laag vodden en katoen doordrenkt met benzine in brand gestoken. Zelfs de patholoog kon niet echt uitmaken of de man dan nog leefde, maar Thomas hoopte van niet.

Een prostituee met een fileermes opengereten van haar geslacht tot aan haar keel, waarbij haar ingewanden finaal zoek waren geraakt. Iemand sprak opnieuw van Jack the Ripper, en de overeenkomst was griezelig genoeg, en ook hier werd de naam van Arveladze genoemd.

Enzovoort.

Geen enkele keer kreeg Eva van Thomas de details van die zaken te horen. Geen foto's en geen dossiers. Hij sprak zelfs niet eens over moorden of slachtoffers. Net zoals het journaal op tv niet de ergste beelden van een bomaanslag toont, filterde hij alle informatie die ze van hem kreeg.

Maar ze wist wel beter. Ze wist dat hij zoveel dingen had gezien dat zijn ziel als een loden bal in zijn lichaam hing. Daarom had ze er vrede mee dat ze in zijn leven een tweede of zelfs een derde plaats innam – na zijn werk en na Ruben, waarschijnlijk in die volgorde – omdat dit het enige werkbare scenario was.

Er was geen moment waarop ze daarover klaagde.

Ruben rende zijn kamer uit, min of meer klaar om naar school te gaan, min of meer gekleed, min of meer gemotiveerd om te leren. 'Oh, jongeman', zei Thomas. 'Zo dadelijk inspectie van uniform en wapens!'

Ruben joelde en liep schuldbewust terug naar zijn kamer.

'Ik zal hem wel rijden', zei Thomas.

Arveladze wreef zich in de handen. Niet omdat hij het koud had, maar omdat zijn handen tintelden. Waarom ze dat deden wist hij niet. Ze deden dat sinds hij in Turkije een klusje had gedaan voor de Mossad, een organisatie die niet altijd nauw keek wanneer het eropaan kwam agenten te ronselen voor klusjes die hun eigen mensen onmogelijk konden doen. Om diplomatieke of wettelijke redenen. Niet dat de Mossad zich veel van dat wettelijke aantrok. De CIA deed dat ook niet. Maar soms waren er klusjes die erg beschamend konden zijn wanneer een Israëlische agent zou worden ontmaskerd. Dan pikten ze iemand op die voor geld te koop was en die geen connecties met hun organisatie had.

Arveladze had toen een chemische bom moeten gebruiken, een vuil goedje dat een appartement had opgeblazen en de hele buurt had besmet, precies omdat de Mossad dat effect wilde bereiken.

Zoals steeds hield het tintelen na enkele momenten weer op. Het was niet erg genoeg om er een dokter bij te halen. Arveladze had doorgaans geen behoefte aan dokters. Hij had bij de Speciale Eenheid van het Russische ministerie van Landsverdediging geleerd hoe wonden op het terrein aan te pakken, en meer hoefde hij niet te weten. Hij hoefde niet van een dokter te horen wanneer hij precies zou sterven aan een ongeneeslijke ziekte.

Hij keek op toen Levi het café binnenkwam. De jongeman ging zitten tegenover de Rus. 'Het staat in de krant', zei hij.

'Ja', zei Arveladze.

'Ze denken dat het een aanslag van neonazi's is.'

'Dat staat in de krant', zei Arveladze. 'Het is niet hetzelfde als wat de politie denkt. Je gelooft toch niks van wat er in de krant staat, hoop ik.'

'Er waren geen getuigen.'

'Misschien heeft Pilowski gekletst. Over ons en over ons voorstel.'

'Gaan we opnieuw met hem praten? Want we hebben nog altijd geen geld. Hij heeft nog altijd niks overgeschreven. Maar na die bom en zo komt hij waarschijnlijk wel over de brug met poen.'

Arveladze hield zijn hoofd een beetje schuin en keek Levi aan. Hij wist dat het een fout was geweest de man hierbij te betrekken. Hij had na een uur al de zaak moeten afbreken. Levi was een idioot. Levi was een domme Joodse klungel die net goed genoeg was om reizen naar Jeruzalem aan Joodse pelgrims te verkopen.

'Nou?' zei Levi, die in de gaten had dat er wat scheelde.

'Nou wat?' siste Arveladze onderdrukt, zodat niemand het hoorde. Er zaten wat oude mensen koffie te drinken in het café, maar ook hen wilde hij niet betrekken bij de conversatie. 'Ben je helemaal een lul? De politie houdt Pilowski in de gaten, of wat dacht je. Zelfs al vertelt hij hun niks over ons, dan nog bewaken ze hem, en zijn familie.'

'Dat is een probleem. Hij zal niet willen betalen.'

'Natuurlijk wel. Waarom dacht je dat ik die bom geplaatst heb? Om hem te laten zien dat we recht onder zijn flat geweest zijn. Die bewaking, dat duurt geen week. De politie kan dat niet aan. En zelf lijfwachten inhuren? Dit is Tel Aviv niet. Hij kan zich geen lijfwachten veroorloven. Dus is hij bang. Hij is banger dan tevoren. Hij zal betalen.'

'En de anderen?'

Ze hadden nog drie andere diamantairs een bezoek gebracht. Telkens met hetzelfde verhaal. Die wisten niks van elkaar, maar na deze aanslag zouden ze wel één en één bij elkaar optellen. Daar was Arveladze van overtuigd. Ze zouden hun conclusies trekken, en uiteindelijk zouden ze betalen.

Toch was hij niet blij. Het duurde allemaal veel te lang naar zijn zin. De hele operatie nam veel tijd in beslag, veel inspanningen. En hij liep te veel risico. Die bom plaatsen, zelfs nadat hij de camera uitgeschakeld had, was een risico. Hij hield er niet van om risico te lopen. Gevaar, op het terrein, dat kon hij aan. Dit soort risico niet. Het risico was niet evenredig met het doel.

Hij moest, met andere woorden, een middel vinden om sneller aan geld te komen, met minder moeite en zonder gezien te worden.

Pilowski had hem gezien en kon een beschrijving van hem geven. De andere diamantairs ook. Dat waren te veel getuigen. Hij had niet de gewoonte getuigen achter te laten.

Hij herinnerde zich van een vorig verblijf in Antwerpen dat er geld te verdienen viel met btw-fraude. Hij zat daarover na te denken. Het voordeel was dat je de hele operatie in een paar dagen kon opzetten en dat de sommen aanzienlijk waren als je het maar groot genoeg deed. Je had wat hulp nodig, maar zelfs die kosten waren betaalbaar. En de kans dat de politie je pakte was niet erg groot, in de eerste plaats al omdat het maanden duurde voordat iemand achterdochtig werd. Tegen die tijd was hij allang terug in Israël. Of in Argentinië. Of waar dan ook.

Btw-fraude. Daar moest hij dringend over nadenken.

Levi bleef hem aankijken. 'En de anderen, Vadim?'

'Ze betalen', zei Arveladze. 'Ze betalen allemaal. Als ze bang genoeg zijn storten zij dat hemelse manna over onze hoofden uit. Maak je maar geen zorgen.'

Als er iemand is die zich zorgen moet maken, dacht hij, dan ben ik het wel.

Hoofdstuk 17

De diamantair Abraham Pilowski zat geprangd op het schriele stalen stoeltje in de verhoorkamer. Dat was beschamend, omdat deze kamer doorgaans gebruikt werd om misdadigers te ondervragen, en dat was Pilowski niet. Toch niet tot nader order. De man leek zich die overweging echter niet te maken. Hij was wel boos, omdat hij zijn klanten nu een paar uur in de steek moest laten. En vooral ook omdat hij zijn familie noodgedwongen alleen liet.

'We hebben agenten die uw familieleden bewaken, meneer Pilowski', zei Perseyn sussend. 'Ze zijn veilig.'

'Ik vind toch dat ik bij hen moet zijn', zei Pilowski koppig.

'Dit duurt niet lang. Vertelt u ons gewoon de waarheid, en dan kunt u weer gaan.'

'Ik heb u de waarheid al verteld', zei Pilowski. Thomas zag dat er zweetdruppels op het hoofd van de man stonden, maar op zich betekende dat niets. Het was geen bekentenis. Het betekende gewoon dat de man het te warm had.

'U hebt ons niet de hele waarheid verteld, meneer Pilowski. De man van de foto heet Vadim Arveladze. Tenminste, dat is de naam die hij het vaakst gebruikt wanneer hij hier in België is. Meneer Arveladze is een gangster. Erger nog: meneer Arveladze is een gangster van de ergste soort.'

'Een moordenaar', zei Thomas, die tijdens dergelijke ondervragingen de tweede stem speelde.

Perseyn knikte. 'Hij schrikt voor niks terug en hij is uiterst gewelddadig. Hij is ook erg intelligent. Niemand die met hem in aanvaring komt is geneigd ons daarover te vertellen. U bent dus geen uitzondering.' Perseyn boog zich dichter naar de diamantair toe. 'Maakt u zich geen illusies, meneer Pilowski. Deze Arveladze bedreigt u en uw gezin. Die brandbom was voor hem niet meer dan een stukje speelgoed. Op dit ogenblik hebben we maar één enkel voordeel: wij hebben hem geïdentificeerd en hij weet dat niet. Maar hij vermoedt op dit moment wél dat u met ons praat, en dat u ons alles over uw ontmoeting met hem vertelt.'

'Ik zei u al dat hij mijn geld wil.'

'Hoeveel wil hij?' vroeg Thomas.

'Honderdduizend euro.'

'Zomaar ineens?' vroeg Perseyn. 'Honderdduizend? Alsof het niks is?'

'Hij heeft nog niet gezegd...' Pilowski wuifde de rest van de zin weg.

'Op een buitenlandse rekening waarschijnlijk', zei Thomas tot Perseyn. Ook zulke reacties spraken ze onder elkaar af. 'Dat doet hij gewoonlijk zo. Dan is het niet na te trekken.'

'En daarna?' vroeg Perseyn aan Pilowski.

De man keek naar hem op. 'Daarna?' Het gezicht van de diamantair was grauw. Hij ademde diep, alsof het moeilijk was geworden om zuurstof te krijgen.

'Ja, daarna. Of dacht u dat het bij deze ene keer bleef? Waarom zou hij tevreden zijn met één keer honderdduizend als hij maar terug hoeft te komen en dezelfde eis stellen?'

'Ik vermoord hem!' gromde Pilowski.

'Ik wens u veel succes', zei Perseyn. 'U bent niet de eerste die dat probeert. Ondertussen leeft de man nog altijd. Waarschijnlijk halen we úw lijk op uit de Schelde. Ik hoop alleen maar, meneer Pilowski...' En dan zweeg hij en keek naar Thomas, die voor het goede effect ook niks zei.

'Wat?' vroeg Pilowski angstig.

'Ik hoop alleen maar, meneer Pilowski', hernam Perseyn, 'dat hij uw vrouw en dochters met rust laat. Hij gaat niet zo goed om met vrouwen en kinderen.'

Pilowski, al niet bijzonder indrukwekkend meer op het strakke stoeltje, werd nog kleiner.

'Jammer genoeg', zei Perseyn, 'had meneer Pilowski ons daarna nog maar weinig te vertellen.' Hij zat in het kantoor van de onderzoeksrechter, die Breukeling heette. Het kantoor werd te heet gestookt naar de zin van Perseyn. Hij had zijn das wat losgemaakt, wat tegen zijn persoonlijke protocol was. Breukeling zat erbij als een sfinx, en Perseyn herinnerde zich de vader van de man, die er jaren geleden net zo had uitgezien als zijn zoon nu. Het vooruitzicht om tot zijn pensioen nog te moeten worden geconfronteerd met sfinx junior beviel Perseyn helemaal niet. Maar in het leven zijn er veel momenten waarop je het niet voor het kiezen hebt.

'Hoewel', zei Breukeling, 'hij toegaf dat het Arveladze was die hem chanteert.'

'Dat is duidelijk genoeg. De Rus vertelde hem dat het om bijdragen voor de een of andere partij gaat. Bijdragen voor de toekomst van Israël, en dat soort onzin.'

'Ah', zei Breukeling met een wrange glimlach. 'Partijfinanciering. Daar weten wij wel raad mee.'

Perseyn zei een ogenblik niets. Hij vond de reactie van de onderzoeksrechter ongepast. Hij vond het ongepast dat de man op dit ogenblik een grapje maakte. 'Pilowski is niet het enige slachtoffer, meneer. Daar ben ik van overtuigd. Als het werkelijk gaat om het verzamelen van fondsen voor politieke doeleinden, zal ik met de Israëlische ambassade contact moeten opnemen.'

'Dat lijkt me voorbarig, onderzoeksrechter', zei Perseyn. 'We hebben alleen maar informatie uit tweede hand, en die lijkt me nogal zwak om veel kabaal over te maken.'

De onderzoeksrechter was dertig, schatte Perseyn. En toch sprak de man hem aan met zijn rang.

Breukeling schudde het hoofd. 'De man moet gepakt worden. Ik wil niet opnieuw problemen met de Joodse gemeenschap, en ik wil ook niet met die problemen in de krant komen. De burgemeester krijgt een toeval als dat gebeurt. Je weet hoe dat hier gaat.'

'Ik hoorde nog niets van andere slachtoffers', zei Perseyn. 'Voor zover wij officieel weten zijn er geen. Alleen Pilowski.'

'Je weet net zo goed als ik dat die mensen niet naar de politie lopen. Niet voor chantage.'

'Wel als er een bom voor hun deur ontploft.'

'Ja, dat is moeilijker verborgen te houden. Afpersing, hebben ze daar geen verzekering voor?'

'Mij interesseert alleen Arveladze', zei Perseyn. 'Als u het niet erg vindt, meneer, dan gaan we gewoon door met dit onderzoek, mijn team en ik. We hebben Arveladze eerder al in ons vizier gehad. Afpersing is voor die man een akkefietje. Iets wat hij bij wijze van ontbijt erbij neemt. Zo'n bommetje stelt dus niks voor. Het bewijst alleen maar dat hij in opdracht werkt.'

'Ja, en waar wilt u naartoe?'

'Dat Arveladze een heel stuk gevaarlijker wordt wanneer hij ook voor zichzelf werkt. Hem een beetje kennend zal hij zijn eigen stukje van de taart willen, naast het belang van zijn opdrachtgevers. En wat is dat voor een vreemd verhaal over de financiering van een partij daar in Israël?'

'Hij is een huurling. Dat is hij heel zijn leven lang geweest, hoofdcommissaris. Uit zijn dossier blijkt dat hij in...'

'Hij is alleen maar een huurling', zei Perseyn, 'wanneer het hem goed uitkomt.' En, dacht hij erbij, ik ken Arveladze beter dan deze onderzoeksrechter. 'Hij is een huurling maar tegelijk is hij op de uitkijk naar een zaak voor eigen gewin. Zo worden ondertussen zijn kosten betaald. Maar als hij zijn eigen inkomsten bedreigd ziet, wordt hij uiterst gevaarlijk.'

'Wel, hoofdcommissaris,' zei Breukeling, 'dan weet u wat u te doen staat.'

Een halfuurtje later was Perseyn terug op kantoor. Hij had ondertussen zijn vrouw gebeld. Niet om haar gerust te stellen. Hij was daar al lang niet meer aan toe. Wel om haar te vertellen dat het etentje voor die avond wel degelijk doorging, een onnozel societygebeuren dat hij liever had willen missen, maar hij nam zich voor de laatste beschaafde pogingen tot vrede tussen hen beiden in leven te houden.

Toen hij het kantoor binnenstapte zag hij Iris achter haar bureau zitten. Ze had twee computers binnen handbereik, en daarbovenop ook nog een Blackberry, een stemrecorder en een half dozijn goed gevulde dossiermappen. Ze had hem de dag ervoor al willen rapporteren over de zaken waar ze mee bezig was. Voor het weidse Antwerpse panorama achter haar had ze geen oog en geen tijd.

Fictie en werkelijkheid namen hier ook afstand van elkaar. In fictie zijn rechercheurs binnen het bestek van dagen of weken klaar met een zaak. In werkelijkheid duurde dat maanden, indien geen jaren. Perseyn kende enkele van de dossiers waaraan ze werkte. Advocaten hielden procedures maanden aan de gang, soms hopend op verjaring. Financiële misdaden werden niet door alle rechters zo ernstig genomen als bijvoorbeeld kindermoord en ontvoering.

Perseyn was het daarmee eens. Maar hij wees er altijd op dat vele levens, niet alleen die van de directe betrokkenen, ontwricht werden bij grote fraudedossiers, bij grote dossiers van valse faillissementen, bij grote dossiers van witwaspraktijken. Meestal lag daarachter een ander verhaal verscholen, onzichtbaar behalve voor de speurders. Vrouwenhandel, prostitutie, noem maar op. Altijd maar levens die nutteloos verwoest werden.

Hij wist dat Iris ook met die gedachten bezig was. Het was hun gezamenlijke drijfveer.

Hij wilde naar haar toestappen, omdat hij plots behoefte had aan een gesprek met haar. Na het onderhoud van zonet had hij daar des te meer behoefte aan. Tarik stapte echter plots de lift uit. 'Chef,' zei die, 'de pillen zijn geleverd, en nu wachten we op de fondsen.'

'Ik ben geen voorstander van wachten', zei Perseyn. 'De vraag is: wat doen we dan? Een dag later staat het geld op een rekening in Liechtenstein of Curaçao. En waar zijn we dan? Nee, we moeten snel iets bedenken.'

'Provocatie?' Tariks gezicht lichtte op. 'Daar ben ik helemaal voor te vinden.'

'Dat weet ik nog zo niet, Tarik.'

'We mogen toch ook eens plezier hebben, chef? Er is weinig

lol aan, daar in dat kantoortje. U moet niet de hele tijd tegen het gezicht van die Patrick aankijken.'

'Doe je je werk niet graag meer, inspecteur Idbalkassm?' vroeg Perseyn, die het spelletje meespeelde.

'Er treedt een zekere gewenning op, baas. Mijn werk wordt routine. Ik was bijna aan de speed, gisteren. Ik zat met een pil in mijn hand. Dat is geen goed teken. Ik wil psychiatrische begeleiding.' Hij glimlachte. Soms kon je niet aan hem zien wanneer hij ernstig of minder ernstig was.

Perseyn schudde het hoofd. 'Ik zal je de reglementen en je arbeidsvoorwaarden in herinnering brengen, inspecteur...'

'Nou, hoofdcommissaris, als u over rangen en standen begint...'

'Hou op, allebei', zei Iris. 'Hoe kan een mens hier werken!'

'Sorry, schat', zei Tarik, nog altijd even stralend. 'Ik had een gesprek met de baas. Ik zag niet dat jij er ook was.'

Ze keek boos op naar hem en had niet in de gaten dat hij haar plaagde. Hij trok een gezicht naar Perseyn en ging er weer vandoor, de lift in.

'Doet hij het opzettelijk?' vroeg Iris.

'Waar is iedereen?' vroeg Perseyn.

Ze haalde diep adem. 'Weg. Lena naar de rechtbank, Thomas naar de wegenpolitie om foto's op te vragen, een paar lopende zaken... We hebben te veel lopende zaken die maar blijven lopen. Oh, en ik heb een link in de zaak van die Budtz, die directeur van de FabnaBank, en dat bekijken we nu ook, Thomas en ik.'

'Iris', zei hij.

'Ja?'

Hij aarzelde. 'Nou, ik wilde je vragen...'

'Mmm?' Haar aandacht was weer bij haar computer en dossiers.

'Niets', zei hij. 'Het is niets. We spreken elkaar later wel weer.'

Tarik was het beu om hele dagen in een rommelige kleine loods, ingericht als kantoor, te zitten kijken naar een scherm, lijsten te maken van transacties – nu waren het er honderden per dag, nog altijd voor kleine bedragen – en occasioneel tegen Tony Amundson aan te kijken. Dat laatste was niet een erge straf, maar ze had hem eerder al duidelijk gemaakt dat zijn wolf niet in haar bos welkom was. Of iets dergelijks.

Dus maakte hij er een gewoonte van regelmatig naar buiten te maken en aan de kade naar de passerende schepen te kijken. Dat en vrachtwagens met containers. Zijn wereld was beperkt tot schepen en containers. Elke avond ging hij naar huis, zorgde ervoor dat hij niet gevolgd werd, gings langs op kantoor en schreef een rapportje voor Perseyn hoewel hij weinig te melden had over Teo, evenmin als over de andere samenzweerders. Hij verveelde zich te pletter.

Overdag nam hij zelden contact op met Perseyn of met iemand anders van het team en ging alleen naar het kantoor nadat hij een paar omwegen had gemaakt. De rest van zijn dagen bracht hij in de loods door. Soms was Tony er, soms ook niet, sommige dagen was hij er alleen.

Elke ochtend haalde Patrick hem af op de Italiëlei, en elke avond bracht de man hem daar weer naartoe. Patrick wilde duidelijk niet dat Tarik zelf naar de haven reed, al deed hij geen moeite om de locatie van de loods verborgen te houden. Tarik probeerde niet in het hoofd van Patrick te kijken. Hele dagen gingen voorbij zonder Patrick in de buurt. Waarom Johnny zijn rit van en naar de stad niet voor zijn rekening nam, vroeg Tarik niet. Evenmin kwam hij te weten hoe Tony naar de loods kwam. Hij zag haar nooit in de buurt van een auto.

Af en toe kwam Teo langs. Die had zijn eigen laptop bij zich, een even duur uitziend model als de machine van Tarik, netjes weggeborgen in een stevige en professioneel uitziende linnen tas. Patrick noch Tarik kreeg te zien wat hij deed met die laptop. Patrick stond er blijkbaar voor in dat het lab in de haven functioneerde. Hij coördineerde de aanvoer van grondstoffen vanuit de rest van het land. Hij zorgde voor het transport van de pillen naar de VS. Tarik, achter zijn computer, wachtte geduldig af tot iemand met de betalingen begon. Hij rapporteerde regelmatig aan Patrick, die de lijsten met de honderden kleine transacties op de rekeningen nauwelijks bekeek. Patrick leek niet ongeduldig en Teo evenmin. Het leek Tarik dat de ontvangers van zoveel pillen niet gehaast waren om geld over te schrijven, en dat niemand zich aan deze kant van de oceaan zorgen maakte.

Tarik, op de kade, keek nog even over het water. Het was koud maar hij droeg een stevige leren jekker. Hij keek er niet naar uit hier de winter te moeten doorbrengen. Er zou eerder al wat moeten gebeuren. Hij had in Brussel maandenlange observaties gedaan en kende de gevaren. Niet dat je ontmaskerd werd was de grootste zorg, maar de absolute verveling waardoor je plots essentiële dingen uit het oog verloor. Zoals je dekmantel. Dat was hem ooit bijna fataal geworden. Maar in Brussel had hij ook resultaten behaald. Hij had zich in een Noord-Afrikaanse bende genesteld die leefde van chantage en drughandel – het gebruikelijke en vaak erg gewelddadige terrein van die bendes. Alle leden waren uiteindelijk opgepakt. Maar het gerecht had het niet nodig gevonden hun lange gevangenisstraffen te geven. Enkele jaren, hooguit. Niet alles bewezen enzovoort, en dan nog een goede advocaat ook. Wat erop neerkwam dat enkele van die bendeleden binnen afzienbare tijd weer vrijkwamen. Daarom had Tarik zijn overplaatsing gekregen naar Antwerpen. Weg van dat milieu, waar hij makkelijk ontmaskerd kon worden. Want als infiltrant ben je loslopend wild. Een kogel in je kop, dat was waar je op kon rekenen. Een lot dat hij liever ontliep.

Hij stapte het kantoortje weer binnen. Cijfers op zijn laptop. Er gebeurde niks. Dat mocht, wat hem betrof, niet te lang meer duren.

Hoofdstuk 18

Vadim Arveladze sloot zijn voordeur zorgvuldig af, wierp een blik van de ene kant van de straat naar de andere, en wandelde naar zijn garage. De auto stond altijd in de garage, de garage was altijd op slot. Hij zou niemand de kans gunnen om ermee te gaan knoeien. Het was onwaarschijnlijk dat iemand – bijvoorbeeld een *button man* gestuurd door Abutbul – de kans schoon zag om een bom in zijn auto te stoppen terwijl die in de buurt van zijn huis stond. Niet in deze straat, maar hij verkoos zo veel mogelijk zekerheid te hebben.

Kijk wat de brave senator was overkomen, dacht hij.

En natuurlijk had zijn verblijf in Tel Aviv hem veel geleerd over de nieuwe technieken van bommenleggers. Jaren geleden had hij bommen leren maken, in die landen waar hij voor de Russen actief was geweest, tijdens de een of andere vuile oorlog die hij niet in uniform had doorgebracht. Dat was na het jongetje met de fles benzine geweest. Hij wist dat een autobom niet complex hoefde te zijn als de omstandigheden daar niet om vroegen. Verbinden met de ontsteking was voldoende. Maar de bommenleggers van Tel Aviv – net zoals degene die door de Arabieren werden gerekruteerd – verkozen meer geavanceerd materiaal. Dat kwam hun reputatie ten goede. Je plaatste bijvoorbeeld een kleine bom in de hoofdsteun van de bestuurdersstoel. Dat had een beperkt effect maar was altijd dodelijk. Het resultaat was bloedig, maar het was een pijnloze dood.

Niet dat sommige bommenleggers een pijnloze dood in gedachte hadden bij het ontwerpen van hun spul.

Hij bekeek het slot van de garagepoort, bekeek het fijne draadje dat aan de deur hing en dat hem garandeerde dat er niemand in de garage was geweest, snoof de geur binnen op. Dan deed hij beide garagedeuren open, stapte in de auto, reed die naar buiten en liet de motor draaien terwijl hij de deuren opnieuw sloot en het draadje weer aanbracht. Even later was hij onderweg naar het centrum.

Onderweg dacht hij na. Hij liet bommen en aanslagen en jongetjes met molotovcocktails achter zich en keurde het resultaat van zijn onderneming tot nog toe. Dat viel niet mee. Hij had nauwelijks geld los kunnen weken van de diamantairs. Er was politie aan te pas gekomen. De bom had effect gehad, maar weinig gevolg. Er heerste nu angst in de wijk, en in het hart van een aantal mensen, maar daar schoot hij niks mee op. Er moest dus iets anders gebeuren. Niet alleen moest hij rekening houden met de hebberigheid van zijn Israëlische opdrachtgevers, hij moest zelf wat spaargeld vergaren.

Een andere strategie was geboden. Ze lag zelfs voor de hand. Hij had ze al eerder gebruikt, toen hij hier woonde.

Levi, met zijn connecties in de reiswereld, zou misschien nu beter zijn nut kunnen bewijzen. Want tot nog toe was de man zo'n beetje een blok aan zijn been geweest. Hoe langer Arveladze erover nadacht, hoe meer hij voor een nieuw plan voelde. Het doel was duidelijk genoeg: snel véél geld verzamelen, zodat hij in korte tijd weer weg kon uit Antwerpen. Zodat hij voor een langere tijd kon verdwijnen, ergens waar de gorilla's van Abutbul hem niet zochten of konden vinden. Argentinië, Colombia, Cuba. Bijvoorbeeld. Want Antwerpen lag hem uiteindelijk toch een beetje te veel voor de hand als uitvalsbasis. Hier zou zelfs Abutbul contacten hebben rondlopen, die hem op straat herkenden. Je wist maar nooit hoe je door je eigen onachtzaamheid in de problemen kwam.

Hij parkeerde de auto en liep het eindje naar het reisbureau van Levi, terwijl hij in het voorbijgaan de etalages van de winkels bekeek. Levi was papieren aan het opruimen en keek niet blij toen de Rus binnenkwam. Twee meisjes, die Arveladze nog niet eerder gezien had, keken schichtig op vanachter hun bureau, maar toen hij hun richting uitkeek doken ze weer in hun werk. De Rus wist meteen dat er met hen iets niet in orde was, waarschijnlijk zoiets essentieels als hun verblijfsvergunning.

'Ik wist niet dat je met personeel werkte', zei hij in het Hebreeuws. 'Je blijft me verbazen.'

Levi knipperde met zijn ogen en loodste Arveladze gehaast het kantoortje in. 'Ik verwachtte je niet', zei hij, nu in het Nederlands.

'Ik ben altijd daar waar ik niet verwacht word', zei Arveladze. 'Dat is een onderdeel van mijn charmante persoonlijkheid. Geef me nog wat tijd, en je leert me helemaal kennen.'

'Koffie?'

Arveladze schudde het hoofd. 'Ik drink bij voorkeur alleen echte koffie in een goede bar. Maar daarvoor kom ik niet langs. Ik heb een idee om sneller de nodige fondsen te verzamelen. Dat plannetje met die diamantairs werkt niet vlot genoeg naar mijn zin. En op snelheid komt het aan.'

'We zijn net op dreef gekomen', zei Levi verontwaardigd. 'Laten we nog wat geduld hebben.'

Arveladze kneep zijn handen samen en spande de spieren van zijn onderarmen. Hij was stram, vanmorgen. Misschien lag hij slecht op zijn gehuurde matras. 'Je bent een idioot', zei hij effen. 'We zijn er net in geslaagd iets te veel de aandacht van de politie op ons te vestigen. Dat is het enige resultaat van al wat we tot nog toe bedachten.'

'Ja, vanwege die bom', zei Levi uitdagend. 'Dat was niet mijn idee.'

Arveladze keek Levi aan. 'Ik hoor anders van jou ook geen goede ideeën', zei hij. 'Jij wilde er die advocaat bij halen.'

'Het is ook *jouw* advocaat.'

Arveladze zette een stap en stond meteen dicht tegen Levi aan, duidelijk fysiek diens meerdere. 'Had je kritiek op mijn werkwijze?'

'Nee, nee', sputterde Levi. 'Ik luister naar al je goede ideeën. Nu goed?'

Deze man hier en nu in elkaar rammen was een optie die Arveladze overwoog, maar meer dan zijn frustraties ermee koelen zou het niet opleveren. Voorlopig had hij Levi nog even nodig. Nog even.

'Btw-fraude', zei hij.

'Ja, ja', zei Levi. 'Dat proberen ze allemaal.'

'Als we het snel doen, is er ook snel geld mee te verdienen.'

'Oh? Hoe snel?'

'Enkele weken. Twee weken, hooguit, anders wordt het riskant. Het netwerk opzetten kan geen probleem zijn. Jij kent een heleboel mensen in het buitenland die graag in beweging willen komen voor een percentje. Of niet soms?'

'Oho, al mijn correspondenten zijn eerlijke mensen. Ik run een legitieme business hier, wat denk je?'

'Ik denk', zei Arveladze, 'dat je het merendeel van je klanten oplicht, dat je prijzen diefstal zijn en dat je zogenaamde buitenlandse correspondenten lid zijn van de plaatselijke onderwereld. Ik denk ook dat die twee meisjes illegaal in het land zijn en dat ze niet kunnen typen, laat staan dat ze Nederlands kennen. Ze zijn hier ook niet om toeristen uitleg te geven over een weekje onder de zon, ergens in Spanje. Gaan we moeilijk doen over die details?'

'Laat mijn meisjes hierbuiten.'

'Oh, ik kom niet in hun buurt. Hoeveel rekenen ze per beurt? En hoeveel pak jij hun af? Je hebt er maar twee? Dan ben je maar een kleine zelfstandige. Je moet echt wat ruimer gaan denken wil je ergens komen in deze wereld.'

'Btw-fraude', zei Levi. 'Laten we bij de kern van de zaak blijven.'

'Precies', zei Arveladze. 'De kern van de zaak.'

Levi zuchtte gelaten. 'Hoeveel mensen heb je nodig?'

'Ik wil in één keer alles afwerken. Ongeveer twintig, en evenveel landen. Je weet hoe dat gaat.'

'Nee', zei Levi.

'Ja, dat weet je wél. Je bent vijf jaar geleden opgepakt voor zo'n zaak. Je was toen al zes maanden bezig.'

'Ze konden niks bewijzen.'

'Nee, maar je centen ben je blijkbaar wel kwijtgeraakt. Wat is er gebeurd? Zijn je buitenlandse correspondenten ermee vandoor gegaan?'

'Smerige Turken...'

'Jaja, al goed. De flikken konden niks bewijzen maar jij was niettemin de pineut, omdat je een klungel bent. Maar je zaakje draaide wel. Precies daarom weet je heel goed hoe je het moet aanpakken. Lul dus niet, Levi.'

'Al goed', zei Levi boos. 'Al goed. God, we zitten vol stress vanochtend.' Hij keek op en zag de blik van Arveladze. 'Ik zoek uit wie ik kan organiseren', zei hij snel. Het kamertje was duidelijk te klein voor hen beiden. Levi had eerder al samengewerkt met mensen van het kaliber van Arveladze. Maar geen daarvan had zijn intensiteit. Geen daarvan had zijn gekwelde blik. Hij kende de verhalen over de Rus. Hij zou er beter aan doen de man niet tegen de haren in te strijken. Dat leek geen goed idee. Niet in een kamertje waar hij zich niet kon verbergen voor de woede van de man.

'En de diamantsector dan?' vroeg hij. 'Kappen we daarmee?'

'Laat dat maar aan mij over.'

'Zoals je wilt.' Levi trok de deur van het kamertje open en stapte naar buiten. Hij haalde opgelucht adem. De twee meisjes, die inderdaad geen Nederlands spraken, keken hem angstig aan. Maar ze vermeden naar Arveladze te kijken. Levi dacht: zij hoeven niet eens de reputatie van de Rus te kennen om te weten dat hij slecht is.

'Er is iemand die ons ook aan deze kant kan helpen', zei hij.

'Wie?'

'Een oude vriend van me. Ik bel hem meteen als je wilt. Dan kun je hem ontmoeten.'

'Niet hier.'

'Geen probleem.' Levi keek op zijn horloge. 'Over een uurtje in Het Misverstand op de Sint-Andriesplaats?'

'Ja. Jij komt samen met hem. Je zegt hem niks over het plan, dat doe ik wel.'

Levi knikte. Hopelijk had hij nu weer goed gescoord bij Arveladze.

Een uur later stapte Levi met twee mannen Het Misverstand binnen. Er hing een bedompte sfeer in het café, alsof er de hele nacht lang eten was gekookt en bier getapt en mensen er hadden gerookt. Hij dacht: Arveladze weet zijn omgeving uit te kiezen. Een meer typisch café was er in de hele buurt waarschijnlijk niet te vinden. De drie bezoekers gingen zitten aan de tafel waar Arveladze op hen wachtte. De Rus keek de twee vreemdelingen aan. 'Ik verwachtte één man', zei hij tot Levi, in het Hebreeuws.

Die antwoordde in dezelfde taal: 'Ze zijn onafscheidelijk.'

Arveladze keek vies. 'Ik bepaal wie er meespeelt. Of is dat niet duidelijk misschien?'

'Je kunt de ene nog altijd wegsturen.'

Arveladze keek de twee mannen aan. 'Wie zijn jullie?' vroeg hij in het Nederlands.

De jongste, die een lelijk litteken over zijn gezicht had, zei: 'Ik ben Patrick en dit is Johnny. Is er een probleem? Heeft Levi uitgelegd wie wij zijn?'

'Nee', zei Arveladze. 'Dat heeft hij niet.'

Patrick keek even naar Levi. 'Geeft niet. We werken in de sector van de farmaceutica. De pillenindustrie. Je zocht naar mensen met contacten in het bedrijfsleven en de financiële wereld?'

'Zo mag je het noemen', zei Arveladze. De toon van de man stond hem al meteen niet aan, maar als hij zijn bruikbaarheid kon bewijzen wilde de Rus daar wel overheen stappen. Met brutale rekels had hij al vaker te maken gehad. Hij rekende mensen niet meteen af op hun goede manieren maar op hun capaciteiten.

'Farmaceutica en geld gaan netjes samen', zei Patrick. De man naast hem, Johnny, zei niks. Arveladze begreep meteen dat hij alleen maar wandversiering was. Om indruk te maken op het publiek. Niet op hem.

'Ik doe niet in farmaceutica', zei Arveladze. 'Ik doe in geld.'

'Ja', zei Patrick. 'Btw-bonnetjes uit de horeca.'

'Zoiets', zei Arveladze.

Patrick keek opnieuw naar Levi maar richtte zich meteen weer tot de Rus. 'Ik heb een paar namen en adressen die ik kan activeren. Ze hebben al hun kwaliteiten bewezen. Niet alleen in de horeca. Je hoeft niet meer details te hebben, hoop ik, want die krijg je niet.'

'Het moet snel gaan', zei Arveladze, die zich afvroeg of de man wel begreep wat er aan de hand was. Hij vroeg zich ook af waar het litteken vandaan kwam. Zeker niet van een ongeluk.

'Kan geregeld worden', zei Patrick achteloos, meester van elke mogelijke situatie. 'Wij nemen veertig procent. Voor minder doen we het niet.'

'Ik beheer al een netwerk in het buitenland', zei Arveladze op een rustige en overtuigende toon, alsof hij van zijn kant al heel wat inspanningen deed om deze zaak rond te krijgen. 'Dat deel mag je dus overslaan, en zoals je weet is met deze operaties het buitenland het belangrijkste aspect van de zaak. Ik ben niet geneigd je te volgen in je eisen. Die zijn buitensporig, gezien de beperkte inspanningen en risico's. Twintig procent, meer niet. Je hoeft er zelfs geen eigen geld in te steken.'

De blik die Patrick op Arveladze wierp was koud. Maar dat maakte op de Rus geen indruk. 'De winst is ook beperkt. Twintig is belachelijk. Ik ben geen loopjongen.'

'Nu heb je niks. Je zit hier met lege zakken. Dan heb je twintig procent van héél véél en je hoeft er nauwelijks wat voor te doen. Trouwens, ik heb nog altijd geen voorstel gehoord.'

'We kennen iemand in de financiële wereld', zei Patrick.

'Een bankdirecteur', voegde Johnny eraan toe, triomfantelijk, alsof dat de hoogste kaart was die hij ooit in zijn hele leven zou uitspelen.

'Oh', zei Arveladze met een gezicht van wat ga je me nu vertellen. 'Dat is handig. Je bent een heel eind op weg naar de roem. Ik heb ook een bankdirecteur.'

Patrick grijnzde. Hij keek even naar Johnny. 'Wij hebben inderdaad een bankdirecteur in onze zak zitten. Het verschil is: de onze is een hele grote. En hij zit heel diep in de shit. Hij is dus geneigd om met ons mee te werken.'

'Een hele grote?' vroeg Arveladze. Misschien, dacht hij, hebben ze wel degelijk iets waar ik naar moet luisteren.

'De lokale baas van de FabnaBank', zei Johnny. 'Harry Van Steen. Is dat niet groot genoeg?'

Patrick stootte hem aan. Misschien was het een stukje toneel, misschien was die Johnny een absolute domoor, Arveladze kon het niet inschatten. Hij nam aan dat beide waar waren. Ja, die Johnny leek niet bepaald de meest heldere geest die de mensheid ooit had voortgebracht. En nog zelfingenomen ook.

'FabnaBank', zei hij. 'Dat is niet slecht.' Maar hij klonk niet alsof hij onder de indruk was.

'Het is handig meegenomen wanneer je een voorstel krijgt om mee te werken aan een zaakje zoals het jouwe.'

'Ik zei toch dat deze jongens nuttig konden zijn', zei Levi tegen Arveladze.

Arveladze realiseerde zich zijn aanwezigheid. 'Jij kent al jouw taak, Levi. Hou het daarbij. Nu nog afspreken met deze heren. Vijfentwintig.'

Uiteindelijk kwamen ze uit op dertig, wat Arveladze excessief leek, maar hij kon daar waarschijnlijk later een mouw aanpassen. Dode partners kregen meestal geen deel van de koek. Als ze in de gevangenis zaten evenmin. Hij zou dat nog wel bekijken.

'Hoe zetten we het op?'

'Ik wil', zei Arveladze, 'wel eens met die directeur van jullie praten. Wat voor een grote baas mag hij dan wel zijn? En hoe komt het dat jullie zulke goede vrienden met hem zijn?'

'Hij liet iemand vermoorden', zei Johnny, die duidelijk zijn tong niet in bedwang had. Patrick reageerde niet meer. Ofwel was Patrick ten einde raad, ofwel hadden ze dit afgesproken. Hoe dan ook, Arveladze moest nu wel die informatie aanpakken.

'Een moord?'
'Ja.'
'En jij weet dat omdat...?'
'Omdat hij mij die opdracht gaf, en ik die opdracht uitvoerde', zei Johnny.
Arveladze zag zijn grootste angst bevestigd. De man was een absolute idioot. Johnny zag zichzelf duidelijk als een ervaren huurmoordenaar – wat hij even duidelijk niet was – als een echte bink die zich liet betalen voor een moord, een snelle jongen op weg naar de top in het milieu. Dat soort mannen had Arveladze al vaker ontmoet. Meestal waren ze niet op weg naar de top, maar heel snel op weg naar de bodem van de afgrond. Dat zou ook met Johnny gebeuren.
'Dat is wat we over hem hebben', zei Patrick, duidelijk tegen zijn zin. 'Een regionale directeur van een bank die een collega liet vermoorden. Als we een financiële operatie opzetten, met behulp van jouw buitenlandse net en met iemand binnen de bank, dan halen we snel veel geld binnen.'
Arveladze plaatste de vingertoppen tegen elkaar. 'Zozo', zei hij. Hij keek op. 'En we zijn zeker van die directeur?'
'Hij heeft', zei Patrick, 'zelf zijn hoofd in de guillotine gestoken. Wel? Praten we nu over een samenwerking?'
'Ik ben niet overtuigd', zei Arveladze.
'We hebben je al informatie gegeven', zei Patrick vijandig.
Arveladze trok een gezicht. 'Een dode directeur en een andere die bang is. Handig als ik iemand wil chanteren. Daar hou ik me niet mee bezig.'
'Shit, klootzak', siste Patrick. 'Waarom praten we dan?'
'Ik dacht met slimme mensen te maken te hebben', zei Arveladze. Hij stond op. 'En ik raad je aan dergelijke woorden niet te gebruiken als het over mij gaat.'
Patrick kwam ook overeind. 'Dit is mijn thuis, Russische motherfucker. Welke hoerenzoon komt hier binnenlopen om mij te vertellen dat ik niet goed genoeg ben voor een deal, hè?'
Arveladze boog zich voorover. In de palm van zijn rechterhand zat een stalen mes, waarvan de punt op de halsslagader

van Patrick drukte. 'Mensen sterven voor hun vaderland, jochie. Mensen sterven voor een ideaal. Daar heb ik respect voor. Jij sterft aan een te grote bek. Jij sterft omdat je mij onderschat. Wat zal het zijn?'

Patrick voelde het wapen, dat hij niet kon zien. Johnny, naast hem, bewoog niet. Ze zagen allebei in de blik van de Rus de bereidheid om zonder enige aarzeling te doden.

Arveladze wist dat ze te jong waren om uit de eerste hand zijn reputatie te kennen. Wat ze zagen was dat hij geen moment zou aarzelen om het mes dwars door de keel van Patrick te duwen.

'Laten we gaan, Patrick', zei Johnny. Johnny had de minste hersenen van het tweetal, maar waarschijnlijk het meeste gezond verstand. Arveladze apprecieerde dat. Het was het enige wat hij aan Johnny apprecieerde.

Hij trok zijn mes terug. 'Ik denk dat meneer Patrick er ook zo over denkt', zei hij. 'Kom, Levi. We gaan een ander café opzoeken.'

Hij draaide zich om, demonstratief, ervan overtuigd dat geen van beide mannen iets zou ondernemen. Het was een gok. Hij had wel eerder op die manier gegokt. Niet altijd was hij daar onbeschadigd onderuit gekomen. Maar hij leefde toch nog.

Wat belangrijker was: hij bezat nu interessante informatie over een zekere Van Steen, directeur van FabnaBank.

Directeur Van Steen had de avond ervoor de rest van het geld betaald aan Johnny. Daarmee was wat hem betrof dat hoofdstuk afgesloten. Hij was daarna weggelopen uit het café. In geen geval wilde hij die man nog onder ogen komen. De man was een moordenaar, en hij was degene die een moord had betaald. De uren daarvoor had hij zich gekweld met de vraag waarom Johnny ook de vrouw van Budtz had doodgeschoten. Hij kon het de man vragen, maar hoe stel je zo'n vraag? En wat voor antwoord verwacht je van iemand die duidelijk een psychopaat is?

Dus deed hij dat maar niet. Hij schoof de enveloppe met het geld over het tafeltje, kwam overeind en stapte het café uit. Daar liep hij de straat door, zo ver mogelijk van de man die hij zonet met bloedgeld betaald had. Hij wist dat dit nooit meer zou gebeuren. Hij was geen moordenaar. Hij wilde de dood van Budtz en zijn vrouw niet. En toch had hij daarvoor betaald.

Hij zat nu in zijn kantoor, maar aan werken kwam hij niet toe. Hij had die ochtend twee vergaderingen gecanceld, tot verbazing van de betrokken medewerkers. Hij had nog niet overlegd met Brussel over de opvolging van Budtz. Hij had nagelaten de dossiers van de Kenianen op te volgen. Er was een intern onderzoek aangekondigd in verband met de dood van Budtz, maar daar maakte hij zich geen zorgen om. Ze zouden alleen maar de dossiers van Budtz zelf bekijken. Daar waren geen Kenianen te vinden.

Maar dat was natuurlijk niet helemaal waar. Er zouden sporen van de Kenianen te vinden zijn in de mails van Budtz aan hem. En misschien had de man aantekeningen achtergelaten. Dat kon Van Steen niet meer verhelpen. De sporen waren er, en hij kon ze niet uitwissen. Hij kon proberen er zo goed mogelijk omheen te praten wanneer de interne onderzoekers bij hem kwamen aankloppen. Hoe dan ook zouden de kredieten van de Kenianen met een loep bekeken worden.

Het interne onderzoek was één ding, de politie een ander. Een dubbele moord, dat lieten ze niet zo gauw passeren. De twee rechercheurs die hem hadden ondervraagd waren niet zomaar politiemensen, ze behoorden tot Ecofin, en daarvan kende hij de reputatie. Dat zag er niet veelbelovend uit.

Hij moest proberen de zaak positief te bekijken. Zolang Johnny zijn mond hield, was er geen band tussen hemzelf en de moord op Budtz. Maar zo'n dubieuze figuur bood niet veel hoop op discretie. Zijn schuld, hij had het anders moeten aanpakken. Die verdomde Budtz ook, die koppige steenezel.

De kredieten, daar kon hij een mouw aanpassen. De nationale directie zou hem uit zijn huidige functie verwijderen en hij zou uitgerangeerd worden naar Brussel, maar er zou geen beschuldiging van moord bij komen kijken.

Van Steen bekeek het decor van zijn kantoor. Hij was hier nu al acht jaar, een lange periode voor een regiodirecteur. Hij had veel gedaan om hier te raken, en hij wilde deze positie tot elke prijs behouden. Waarom had hij zich laten verleiden tot een wanhoopsdaad? Waarom een moord? Had hij echt gedacht dat hij daarmee de interne problemen had kunnen oplossen?

Iris de Witte zat in haar Toyota Corolla, met de handen op het stuur. De auto stond in een parkeergarage in het centrum. Ze had alleen nog op de hoogste verdieping een plaats gevonden, de rest was vol. De avond ervoor had ze opnieuw met haar nichtje Sofie gebeld. Ze hadden het over de bank gehad, over haar job, over de familie. Iris belde met het voorwendsel dat ze nog iets meer wilde horen over de zaak-Budtz, hoewel ze wist dat Sofie haar niks méér te vertellen had. Iris wilde de stem van Sofie horen, meer niet. Sofie was een van de weinige familieleden met wie ze een goede band had. Ook had Sofie een goede band met Lizzy, al scheelden de meisjes behoorlijk wat in leeftijd. Sofie had vaak op Lizzy gepast, toen die een kind was. Ook dat schiep een band.

De rest van de familie en de aangetrouwde familie vond Iris maar niks. Er lag een kloof van onverschilligheid tussen haar en die verzameling mensen die ze noodgedwongen een paar keer per jaar zag. Gebrek aan wederzijdse interesse, gebrek aan gemeenschappelijke gespreksonderwerpen. Meteen toen ze Frederik had leren kennen besefte ze dat ze geen sympathie opriep bij zijn familie. Hij was met een buitenbeentje thuisgekomen, met een rebelse straatkat die zichzelf probeerde te beschaven door over kunst te praten. Haar eigen familie had al afstand van haar genomen. De zaken werden er dus niet erger op. Niemand deed moeite om voorbij haar uiterlijkheden te kijken, behalve Frederik. Ze droeg een etiket, en ze kreeg voortdurend nieuwe etiketten opgeplakt.

Ze probeerde de stoel van de Toyota te verzetten, maar die wilde niet bewegen. De auto was oud. Thomas noemde het haar geliefde wrak, maar hij deed wat een auto hoorde te doen, hij bracht haar van punt a naar punt b. Het was net zoals met de kleren die ze droeg. Die kwamen niet uit de boetieks op de Meir, niet uit de Nationalestraat. Ze kocht alleen wat ze nodig had, desnoods in een kringloopwinkel. Mensen gooiden dingen weg die nog perfect bruikbaar waren. Ook kleren. Ze zag er niet uit als een vluchtelinge of een vogelverschrikker, maar ze had geen behoefte om veel geld te spenderen aan haar uiterlijk.

Ze verdacht Sofie ervan dat ze stiekem ook zulke ideeën koesterde. Sofie, die vooral jeans en T-shirts droeg en korte jasjes, en die daar het uitgesproken figuur voor had: slank, een strak kontje, rechte schouders. Lizzy ging dezelfde richting uit. Vandaar dat ze het goed met elkaar konden vinden.

Maar als het op de eeuwige schoonheid van de kunst aankwam kende Iris geen compromissen. De grootste en mooiste musea kenden haar als vaste klant. Het Museum voor Schone Kunsten op 't Zuid was haar tweede thuis – voor zover ze daar nog tijd voor had. Strandvakanties ruilde ze met het grootste genoegen in voor enkele dagen Londen of Parijs, op zoek naar nog meer kunstschatten. Ze hield van mooie dingen, maar alleen die mooie eeuwige dingen die ze in de musea vond. Om het persoonlijk bezit ervan gaf ze niks.

Haar telefoontje met Sofie had nog een ander doel gediend. Ze had Sofie gerekruteerd. Het ging er haar niet zozeer om dat Sofie haar ogen en oren in de bank was, wel dat Sofie voor haar een paar andere getuigen moest vinden. 'Heel wat mensen zijn ontevreden, tante Iris', bevestigde het meisje. 'Er wordt voortdurend afgebouwd, functies verdwijnen met tientallen tegelijk, mensen met twintig jaar dienst worden opeens verplicht om iets totaal anders te gaan doen. De ouderen kunnen niet meer mee, maar moeten wel.'

‘Ontevreden’, zei Iris. ‘Zijn er ook mensen ontevreden in verband met de plaatselijke directie?’

‘Van Steen? Ja, hij heeft de reputatie dat hij altijd gelijk wil hebben. Hij heeft zijn favorieten en vriendjes. Die krijgen de grote happen als er bonussen worden betaald, terwijl mensen met een lange staat van dienst het moeten doen met kruimels. Ik zou veel meer kunnen vertellen, tante, maar ik zwijg daar beter over.’

‘We hebben bewijzen nodig’, zei Iris. ‘Als de man de wet overtreden heeft, in verband met, bijvoorbeeld, kredieten.’

‘Mmm. Je wilt dat op papier, veronderstel ik.’

‘Ja.’

‘Maar als ik die documenten, bijvoorbeeld, uit de archieven haal, dan is dat toch onrechtmatig verkregen bewijs en kan dat niet gebruikt worden in een rechtszaak?’

Sofie was een pientere meid en had vaak genoeg geluisterd naar de verhalen van haar tante. ‘We moeten alleen maar weten, Sofie, waar we die documenten kunnen vinden. Dan vragen we een bevel tot huiszoeking voor de kantoren van de bank, en gaan we meteen op de juiste archiefkasten af. Bespaart ons ontzettend veel moeite. Dan krijgen ze ook niet de tijd om het een en ander te laten verdwijnen.’

‘Aha.’

‘En natuurlijk, als sommige mensen dan bereid zijn te getuigen, in het kader van een gerechtelijk onderzoek...’

‘Dat kan zomaar?’

‘Zover als een onderzoeksrechter ons laat gaan. En vaak ook zonder de onderzoeksrechter.’

‘Ik kijk wat rond’, had Sofie gezegd.

‘Maar je past op’, waarschuwde Iris.

Sofie lachte. Het klonkt gek door de telefoon. ‘Natuurlijk pas ik op. Voor de moordenaar met de hakbijl.’

Hoofdstuk 19

Thomas Verhaege wist dat Lena hem waarschijnlijk een schop tegen zijn been zou geven, maar hij stoorde zich niet aan haar gewriemel naast hem en zei: 'Meneer Freuhöfer, die Arveladze is een gevaarlijke misdadiger en deinst voor erg weinig terug, zoals het cliché het wil. In dit geval is het cliché ook nog waar. Het is misschien daarom toch beter dat u met ons praat.'

Freuhöfer rolde de sigaar die hij net uit een koffertje had gehaald tussen zijn vingers maar stak ze niet op. Hij rookte regelmatig in zijn ruime kantoor, dat merkte je meteen. Dat kantoor keek uit op bedroevende tuinen en achtergevels. Lena, ook niet bepaald een held in de schoonmaak, verwonderde zich over het stof en de resten van sigarenas en over de stapels in zwarte velours verpakte dossiers die overal op de vloer lagen, tot een meter hoog. Daarnaast was het oorspronkelijke parket zichtbaar, grijs geworden van de ouderdom. Freuhöfer was haar afgeschilderd als een vermogend man, maar een deel van zijn vermogen had hij waarschijnlijk vergaard door geen geld uit te geven aan een secretaresse of een andere medewerker, die zowel de dossiers als het vuil binnen de perken kon houden. Evenmin gaf hij geld aan schoonmaakproducten.

Ze wriemelde eigenlijk omdat ze ongemakkelijk zat op de oude stoel, die generaties van bezoekers in het kantoor had ontvangen.

Nergens was een diamant te zien, al was dat het enige waarin meneer Freuhöfer handelde. Hij had een oude, bakelieten telefoon op zijn bureau staan, en een inktpot, en hij schreef met een vulpen die er ouder uitzag dan hij. Hoe hij in deze wereld zijn zaken regelde was waarschijnlijk een goedbewaard geheim, want het had niks te maken met computers of enige andere duivelse uitvinding van de twintigste eeuw. Er leek in het hele kantoor niks in gebruik wat gemaakt was na de Tweede Wereldoorlog.

Op de sigaren na, veronderstelde ze.

'Hij is een Rus', zei meneer Freuhöfer rustig. 'Ik weet hoe ik Russen moet aanpakken. Hier in Antwerpen zijn die geen vreemden, dus wij hebben daar ervaring mee. Ze hebben ontzag voor autoritaire figuren. U hoeft ze mij niet te leren kennen.'

'Heeft hij al contact met u opgenomen?'

Freuhöfer had zonet geweigerd die vraag te beantwoorden, en nu negeerde hij ze gewoon.

'Hij is ook een Israëli', zei Lena. Omdat ze vond dat ze een bijdrage mocht leveren, want anders was alleen Thomas aan het woord.

De diamantair keek haar met zijn oude maar nog heldere ogen aan. 'Een Israëli, juffrouw? Dat is een ras apart, nietwaar? Let wel, er bestaat niet zoiets als een Israëli. Er is de oude garde, die de natie uit de grond stampte, en er zijn de immigranten. En dan bedoel ik vooral de Russische immigranten die in de jaren zeventig en tachtig uit hun vaderland mochten vertrekken. Zij wilden bij hun aankomst in het beloofde land meteen de hele zaak besturen, u weet wel hoe die dingen gaan. Ze vonden zichzelf erg slim, slimmer dan de immigranten uit de jaren dertig en veertig. De Russen! Laat hem maar komen, meneer, eh...'

'Verhaege. Commissaris Verhaege. Hij heeft al een paar van uw collega's bezocht en die ontmoeting is hun niet zo goed bekomen.'

'Dat is omdat jullie ons niet goed genoeg beschermen, commissaris. Hoe is het mogelijk dat zo'n man een bom plaatst vlak bij de diamantbeurs? Ik dacht dat dit de best bewaakte plek in Antwerpen was?'

Verhaege zuchtte. De politie had niet de mankracht om de

hele wijk in de gaten te houden, en Freuhöfer wist dat even goed als hij. Maar die discussie was al oud en ging nergens naartoe. Deze mensen waren van mening dat hun economische belang hun recht gaf op een bijzondere behandeling. Anderzijds hielpen ze zelden bij een onderzoek. Zoals nu.

'Hij heeft u dus nog niet opgezocht, meneer Freuhöfer?' vroeg hij opnieuw.

Freuhöfer stak de sigaar tussen zijn tanden. 'Ik zei u al, commissaris: ik spreek niet over mijn bezoekers. En dus heb ik niks te vertellen. Volstaat dat voor u?' Hij wees naar zijn antieke telefoon. 'U vindt het niet erg dat ik nu een paar mensen bel? De wereld staat niet stil omdat u niet in staat bent uw werk te doen...'

Op straat zocht Lena een stuk muur om tegen te schoppen, maar ze deed het uiteindelijk niet. Ze had haar vingers in de zakken van haar krappe jeans gepropt. 'Zo komen we er niet', zei ze. 'Dit is al de zesde die niet met ons wil praten.'

'Ik verwachtte niks anders', zei Thomas. 'Het is een besloten wereldje. De politie is er om hen te beschermen, maar medewerking verlenen, ho maar. Er zijn natuurlijk uitzonderingen, met wie wij uitstekende relaties hebben, maar ik vermoed dat Arveladze juist die mensen vermijdt.' Hij keek op zijn horloge. Lena merkte dat hij geërgerd was, op z'n minst evenveel als zij, maar dat hij het niet wilde laten merken. Hij steekt dat allemaal vanbinnen, dacht ze. Hij kropt zijn frustraties op. Er komt een dag waarop het hem te veel wordt, en dan is de wereld te klein voor zijn woede.

Hij keek haar aan, alsof hij haar gedachten raadde. Zijn glimlach zei haar: nu nog niet, meid. Nu heb ik het allemaal nog onder controle. Dat was ook zo. Hij had Eva en Ruben. Hij had een gezin dat hem een veilige haven bood. Zijn leven was netjes geordend. In elk geval meer dan het hare.

Een halfuurtje later zaten ze bij Perseyn in zijn kantoor. Perseyn keek naar buiten. De dag was killetjes maar droog. Misschien werd het een rustige en niet al te koude winter. Hij dacht eraan een weekje vakantie te nemen op een van de Canarische eilanden, maar zijn enthousiasme werd getemperd door het idee dat hij dan zijn vrouw moest meenemen. Vooruit dan maar, dacht hij. Als het moest zou hij zich daarin schikken.

'We hebben een getuigenis die we niet kunnen gebruiken omdat die brave meneer Pilowski zegt dat hij niks gezegd heeft. Maar we hebben beelden van Arveladze en van een andere man in de Pelikaanstraat', zei hij.

'Dus kunnen we hem oppakken voor de bom', zei Lena. 'Dat is beter dan niks. Nu loopt hij daar maar rond.'

'Wat vertelt de observatie van zijn huis ons?'

'Hij woont alleen', zei Lena. 'Hij ontvangt niemand, hij is niet vaak thuis, hij eet zelden thuis en zijn auto staat altijd goed weggeborgen in de garage. Hij is altijd op zijn hoede voor mensen die hij niet kent.'

'Je hebt geen andere belangstellenden gezien?'

'Ik was er niet de hele tijd, baas. Maar nee, voor zover ik dat kon uitmaken had niemand belangstelling. In die buurt wonen alleen maar zombies. Slapen, werken, slapen, werken.'

'We moeten goed nadenken voordat we hem oppakken', zei Thomas. 'Op dit moment weet hij niet dat wij hem in de gaten houden.'

'Ik vraag me af wat zijn spelletje is', zei Perseyn.

'Het lijkt er niet op', zei Lena, 'dat hij al veel geld opgehaald heeft bij de diamantairs. Ze zijn bang, maar de vraag is of ze ook betaald hebben.'

'Ze hebben niet betaald', zei Perseyn. 'Wees daar maar zeker van. Daarom praten ze ook niet met ons. Ze hebben met elkaar overlegd en waarschijnlijk proberen ze door een solidaire houding de man uit hun buurt te houden. Die strategie hebben ze vroeger al ontwikkeld, het is niet de eerste keer dat ze worden afgeperst.'

'Denk je dat ze zo naïef zijn?'

'Ik weet het niet. Je kent dat wereldje. Ze regelen hun eigen zaakjes. Praten met buitenstaanders is een zonde, met de politie is het een taboe.'

'We pakken hem op', zei Thomas.

'Alleen op basis van de aanslag?'

'Dat kost hem makkelijk tien jaar, chef. Waar wachten we op?'

'Hij heeft een goede advocaat', zei Perseyn.

'Oh ja, Weckx.' Thomas keek even naar buiten en dacht na. 'Kijk, chef, als we hem nu niet oppakken, lopen we het risico dat we het spoor bijster raken. Laten we veronderstellen dat de afpersingen niet goed lopen. Hij krijgt daar geen geld los. Dan gaat hij wat anders doen. Misschien verdwijnt hij gewoon naar het buitenland. Dan zijn we hem weer voor een hele tijd kwijt.'

'Ja', zei Perseyn. 'Goed, stel dat we hem oppakken. We houden hem hooguit... Hoe lang kunnen we hem houden? Eens kijken. Als de onderzoeksrechter hem in staat van beschuldiging stelt...'

'Een hele tijd.'

Perseyn knikte. 'Goed. We doen het. Bel de onderzoeksrechter en vraag assistentie. We bereiden dit goed voor. Ik wil constante observatie van zijn huis zodat we weten wanneer hij er is. We slaan meteen toe wanneer ik het papierwerk heb geregeld. Kan iedereen daarmee leven?'

Thomas en Lena knikten.

'Vooruit dan, aan het werk.'

Het interventieteam bestond uit twaalf leden van het SIE, samen met Perseyn, Lena en Thomas. Het had precies vierentwintig uur gekost om alle nodige documenten te hebben. De leider van het interventieteam was een jonge hoofdinspecteur. Hij kende Perseyn, maar net zoals iedereen bij de politie noemde hij hem niet bij zijn voornaam.

'De woning staat los van de buurwoningen, er is een kleine tuin, de verdachte is uiterst gevaarlijk en waarschijnlijk gewapend', legde Perseyn uit terwijl ze in een zijstraat stonden, goed uit het zicht van het huis. Lena en twee agenten van het

SIE waren al verdoken opgesteld en observeerden de woning. Arveladze was een uur eerder thuisgekomen. Het was halfzeven in de vooravond.

'Binnen een halfuur is het helemaal donker', zei de luitenant. 'We gaan het beste nu meteen. In het donker zijn de risico's en de ontsnappingskansen groter.'

Perseyn knikte en morrelde aan zijn kogelwerend vest. Hij hield daar niet van, maar het was verplicht vesten te dragen bij dergelijke opdrachten, ook al gingen de leden van het SIE eerst naar binnen.

De commandant van het eskadron sprak in een microfoon. Hij sprong vervolgens op de trede van een grote zwarte terreinwagen waar al drie andere agenten in zwarte overalls, kogelwerende vesten en skimutsen hadden plaatsgenomen. Ze droegen elk een machinepistool en twee van hen hadden een *pump action*-geweer bij zich. Meteen volgde een tweede identieke terreinwagen met twee mannen in de cabine. Perseyn en Thomas stapten snel in hun eigen dienstwagen en volgden de SIE-voertuigen. Die hielden achter de hoek halt op de oprit van het huis. Vanuit de tuin kwamen de andere in het zwart geklede agenten naar voren.

Het huis was omsingeld. De agenten drongen aan beide zijden tegelijk binnen en riepen de bewoners toe zich over te geven. Perseyn en Thomas bleven buiten gehurkt zitten naast hun auto, zoals afgesproken was. Lena kwam erbij. 'Eigenlijk wil ik best ook zo mee naar binnen', zei ze. 'Dat is goed voor de adrenaline.' Thomas keek haar aan. Ze meende het werkelijk.

'Ik zal je overplaatsing naar het SIE regelen', zei Perseyn droogjes.

De actie was meteen afgelopen. Arveladze verzette zich niet en werd geboeid naar buiten geleid. Begeleid door drie agenten kwam hij het huis uit. Hij leek niet aangedaan door wat hem overkwam. Integendeel, hij keek uitdagend naar de drie rechercheurs.

De jonge luitenant trok de muts van zijn hoofd en maakte een gebaar naar het huis. 'Helemaal voor jullie', zei hij. 'Geen wapen, geen weerstand. Jullie hadden het zelf kunnen doen.'

‘Hou hem nog even hier’, zei Perseyn.

‘Komt in orde, hoofdcommissaris.’

Het hele evenement had nauwelijks een tiental mensen uit de buurt op de been gebracht. Thomas wist hoe dat in buurten zoals deze liep. Gebrek aan sociale controle en bewoners die zich krampachtig met hun eigen zaken bezighielden. Dat was de voornaamste reden waarom Arveladze zich hier schuilhield. De man wist ook dat het nutteloos was weerstand te bieden. Oh, ze zouden een wapen vinden, dat wel. En hij zou ontkennen dat het het zijne was. Maar dat was nog maar het begin. Ze waren niet hier om hem voor illegaal wapenbezit op te pakken.

Perseyn ging het huis binnen, gevolgd door Thomas en Lena. Arveladze hoefde kennelijk niet op een paar honderd euro huurgeld te kijken. De villa was groot genoeg voor een uitgebreid gezin. In de woonkamer stonden logge meubelen van een andere generatie. De huidige bewoner had geen moeite gedaan om het interieur een persoonlijke toets te geven. De boekenkast was leeg, tegen de muren hingen afschuwelijke vergezichten op troosteloze akkers. De keuken was goed ingericht, met alle apparaten die de mens niet meer kon missen, maar ook hier was het verder een kale bedoening.

‘Hij woont hier alleen maar’, zei Lena. ‘Het is zijn thuis niet.’

‘Nee,’ zei Perseyn, ‘dat is duidelijk.’

Achterin op de gelijkvloerse verdieping was een bureau, waar een laptop stond en een modem. ‘Meenemen’, zei Perseyn. ‘Uitpluizen.’

Boven was alleen de kleinste slaapkamer in gebruik. Arveladze had niets meer nodig dan een smalle kleerkast. ‘Hij was bij de Spetsnaz in Rusland, of zoiets’, zei Thomas. ‘De speciale eenheden. Een beroepssoldaat. Een specialist zelfs. Ofwel werkte hij voor de militaire inlichtingendienst. Of voor de spionagediensten van het ministerie van Buitenlandse Zaken. Er zijn genoeg verhalen in omloop om ons een tijdje bezig te houden.’

‘En dat wil zeggen?’ vroeg Lena.

'Dat verklaart', zei Perseyn, 'waarom hij genoeg heeft aan een kleine slaapkamer. In de grote heeft hij waarschijnlijk ruimtevrees.'

Lena keek haar baas aan om uit te zoeken of hij een grapje maakte. Hij maakte blijkbaar geen grapje. 'Een leuk baasje dus. Maar misschien zijn al die verhalen over hem niet waar. Misschien verzon hij ze zelf.'

'Dat is goed mogelijk. In dat geval heeft hij heel wat verbeelding, en een legertje van zowel vrienden als vijanden die bereid zijn die mythes in leven te houden. Wat we wel weten is dat hij rechtlijnig denkt. Hij beantwoordt elke provocatie met geweld. Extreem geweld zelfs.'

Perseyn had de rest van de kamer bekeken. 'Allemaal leeg, op de oorspronkelijke meubelen na. Ik heb wel dit gevonden.' Hij hield een plastic zak omhoog waarin een pistool zat. 'Zijn vingerafdrukken zullen er wel niet opstaan, veronderstel ik.'

'Dat zou te mooi zijn.'

Op verzoek van Perseyn werd Arveladze meteen in de cel gestopt in het souterrain van de Stynenbuilding. De man vroeg rustig om zijn advocaat te mogen telefoneren. 'Je krijgt zo meteen je kans, kereltje', zei Thomas. 'En je zal ook daarna heel lang gesprekken kunnen voeren met je vriendje Weckx.'

Arveladze keek hem door de tralies aan. 'Jou ken ik nog, Verhaege', zei hij. 'Ik denk dat wij nog een hartelijk gesprek te goed hebben, van vorige keer.'

'Daar kom je zo dadelijk wel aan toe, maatje.'

In het Russisch zei Arveladze: 'Ik ben je maatje niet, klootzak.' Hij lachte en vervolgde in het Nederlands: 'Nog altijd de grote bink, niet? Nog altijd de flinke jongen wanneer de bandiet achter de tralies zit? Waar was je toen ik naar de dochters van Pilowski keek, Thomas? Weet je dat de man mooie dochters heeft? Hij heeft ook nog een veel jongere vrouw die hij elke zaterdagavond neukt, stipt op hetzelfde uur, als de meisjes naar een vriendinnetje zijn. Ik weet zelfs waar dat vriendinnetje woont. Ook al een mooi meisje.'

'Hou je gedeisd, rattenkop', siste Lena vanachter Thomas.

'Oh,' zei de Rus, 'het kleine geteisem is er ook nog. De laatste keer was jij nog maagd? Dat ben je waarschijnlijk nog altijd. Het is geen schande, hoor, maagd te zijn op jouw leeftijd. Er komt ooit wel een echte man langs die je daarmee helpt.'

Thomas duwde Lena opzij voordat ze hem kon antwoorden met een update van haar liefdesleven. 'Jij zit wel voor een tijdje in de cel, prutser', zei hij. 'We hebben je lelijke kop op een stukje film terwijl je een bom plaatst. Het is geen Oscarmateriaal, maar een rechter zal er wat aan hebben.'

'Werkelijk?' vroeg Arveladze. 'Dat wil ik nog wel zien.'

'Oh, dat krijg je gauw genoeg te zien.'

'Trouwens, hoe is het met je gezin gesteld, hoofdinspecteur Verhaege? Al zat ik een paar jaar in het buitenland, dat wil niet zeggen dat ik niet meer aan jou en aan je lieve vrouw en zoontje denk. Ik denk zelfs regelmatig aan hen. Ik wil oh zo graag die lieve oom Arveladze zijn, maar jij wil natuurlijk niet meespelen.'

'Je mag oom Arveladze zijn voor een paar honderdvijftig kilo wegende neonazi's in de bak. Je mag zelfs hun bitch zijn, als ze er zin in hebben. Ik zal wel regelen dat het je aan aangenaam gezelschap niet ontbreekt. Je zult daarna geen zin meer hebben om aan mijn zoon en vrouw te denken.'

Arveladze leek bijzonder geamuseerd door het aanbod. 'En toch wil ik mijn advocaat bellen.'

'Laat hem zijn verdomde advocaat bellen', zei Perseyn vanuit de gang.

Thomas stak de telefoon door de tralies. Arveladze toetste een lokaal nummer in en ging in een hoek van de cel staan prevelen.

Anderhalf uur later kwam advocaat Weckx het kantoor binnengestapt, aangekondigd door een telefoontje vanuit zijn auto.

Hij zag er glad en tevreden met zichzelf uit, zoals altijd. Maar hij werd dik, vond Thomas. De man leefde goed van het misdaadgeld dat hij hielp te verdedigen. Hoewel hij strikt genomen, en wettelijk ook, nooit met misdaadgeld werd betaald. Zijn klanten moesten kunnen bewijzen dat ze hem uitsluitend met wit en onbezoedeld geld betaalden. Anders ging Weckx zelf de bak in. Daar was hij dus voorzichtig mee. Hij had zo zijn methoden om dat probleem te omzeilen. En altijd kwam hij op zijn pootjes terecht.

Misdadigers, dat soort volk kon Thomas nog begrijpen. Mensen kozen om een heleboel en soms rationele maar voornamelijk begrijpelijke redenen voor een leven van misdaad. Maar hun advocaten, dat vond hij een andere zaak. Iedereen had het recht verdedigd te worden. Dat was de wet. En dat was zinnig ook. Een passiemoord, een wanhoopsdaad, een familieruzie – je had een advocaat nodig om dat probleem binnen een ruimer kader te schetsen en om de wet te kennen. Levens liepen radicaal mis, niet altijd omdat de dader daar zelf voor koos.

Maar figuren als Arveladze, en heel wat andere klanten van Weckx, kozen ervoor een misdadig leven te leiden. Ze werden gedreven door hebzucht en door de drang andere levens aan hen ondergeschikt te maken. Maar soms werden ze niet gedreven door rationele motieven. Soms gingen ze aan het verkrachten en moorden omdat hun elektrische leidingen radicaal verkeerd verbonden waren.

In de ogen van Thomas en in die van zowat alle politiemensen behoorden Arveladze en zijn soort niet thuis in de samenleving. Zijn soort: de psychopaten, de laffe gedegenereerden, het absolute sadistische uitschot. Ze waren aasdieren die misbruik maakten van de zwakten van anderen, en dat uitsluitend om er zelf beter van te worden. Ze vielen uiteen in twee categorieën: degenen die te dom en te egoïstisch waren om het leed van anderen te kunnen begrijpen, en degenen die slim genoeg waren om hun misdaden onder alle omstandigheden te rationaliseren.

Bijna allemaal beschouwden ze zichzelf als slachtoffers van

de samenleving en van het onbegrip van anderen. Bijna allemaal voelden ze zich superieur en boven andere mensen verheven. Die superioriteit zat echter alleen in hun hoofd. Het ontbrak hun aan elke vorm van fundamenteel fatsoen, en uit hun hout werden bewakers van concentratiekampen gesneden. Of leden van private milities bestemd voor etnischezuiveringsoperaties. Of lijfwachten voor peetvaders en dictators.

Er waren uitzonderingen: degenen die uit pure berekening en uit opportunisme in het leven waren gestapt, en daarvan de consequenties hadden leren aanvaarden.

Arveladze zat ergens tussen al die categorieën in. Zijn intelligentie beteugelde zijn sadisme. Maar niet altijd. Thomas hoefde het dossier van de man niet meer in te kijken om te tellen hoe vaak de beteugeling niet had gewerkt.

Maar Weckx, dat was dan weer niet zo'n complex personage. De advocaat was gek op geld en op het aanzien dat geld met zich meebracht. Hij had een minderwaardigheidscomplex, waardoor hij zichzelf een rol aanmat die hem sociaal aanzien gaf, wat ook de consequentie van die rol was. Liever dan een goed verdienende advocaat in een provinciestad te zijn, was hij de advocaat bij uitstek van de onderwereld in Antwerpen. Dan kwam hij tenminste geregeld op televisie. En Thomas wist dat de man daarop geilde. Hij werd zelfs in nachtclubs of dancings gespot in het gezelschap van derderangs Bekende Vlamingen van het vrouwelijke geslacht. De man was ziekelijk verslaafd aan sociale aandacht.

'Ik hoop dat het papierwerk in orde is, hoofdcommissaris?' vroeg de advocaat, zonder iemand in het bijzonder te groeten. Hij zeilde meteen het kantoor van Perseyn binnen, alsof hij hier een oude bekende was. Dat was hij ook. Maar Perseyn zorgde er wel voor dat hij de plottingroom niet kon zien.

Perseyn gooide hem zowaar een bundel papieren toe die plat op de grond viel. Weckx liet zich niet kennen, bukte zich en raapte de papieren op. Dan ging hij zitten.

'Eens kijken. Ja. Ja. Dit is niet volledig, er staat geen handtekening van de verantwoordelijke magistraat op.'

'Zorg ik morgen voor', zei Perseyn.

'En de reden voor de arrestatie?'

'Bomaanslag en brandstichting bij nacht, samenzwering, bendevorming, afpersing.'

'Aha, u gooit gewoon het hele wetboek naar hem. U hebt getuigen? Bewijsstukken?'

'We hebben hem op film staan. Hem en een kompaan. Daarom maken we er samenzwering van.'

'Niemand gebruikt nog film, Perseyn', zei Weckx.

'Digitaal. Alsof dat wat uitmaakt. Zijn lelijke kop is herkenbaar, dankzij die nieuwe technologie. Had hij maar een muts moeten opzetten.'

Weckx trok een opzettelijk verbaasd gezicht. 'Interessant toch. Werpt hij een kushandje?'

'Hij staat er mooi op. In alle betekenissen van de uitdrukking.'

'Ik wil het zien.'

'Wat wilt u zien? De opname?'

'Ja, ik wil de opname zien, hoofdcommissaris. U bent van plan mijn cliënt een tijdje vast te houden, en de beschuldiging is niet mis, dus wil ik zien wat u tegen hem hebt.'

'Zal ik meteen voor zorgen. Een ogenblikje.' Perseyn trok zijn toetsenbord naar zich toe en zocht het bestand op dat Iris voor hem apart had gezet. Maar het bestand was niet meer te vinden. Dat was gek. Had Iris een fout gemaakt?

'Een momentje', zei hij, en stapte zijn kantoor uit. Hij liep door het landschapskantoor naar de andere kant van de verdieping. Daar zat Iris aan haar bureau. 'Ik ben dat filmpje van Arveladze kwijtgeraakt, vrees ik', zei hij zachtjes, zodat Weckx het niet kon horen. 'Mail je me het opnieuw door?'

'Doe ik, chef', zei ze.

Perseyn stapte terug naar zijn bureau en ging zitten. 'Komt zo meteen in orde', zei hij.

'Werkelijk, hoofdcommissaris?' vroeg Weckx met een treiterige grijns.

Dat beviel Perseyn niet, die grijns. Er was iets wat de man wist.

Zijn telefoon zoemde. Het was Iris, die zachtjes praatte. 'Kom je even, chef? Er is een probleempje.'

'Ja', zei Perseyn, en hij toetste de telefoon uit. 'Wilt u ondertussen een koffie, meneer Weckx?' vroeg hij.

'Nee, dank u', zei Weckx. 'Zo laat op de dag een koffie, dan slaap ik niet.'

'Het verbaast me dat u sowieso slaapt', zei Perseyn met een innemende glimlach. Hij had daarop geoefend, op die glimlach. Die won hem altijd veel vrienden.

'Wanneer krijgt u uw eigen tv-show, hoofdcommissaris? Heeft VTM u nog niet gebeld? Hebben ze daar geen stand-upcomedians meer nodig? Desnoods help ik u wat met enkele contacten in de wereldje.'

Perseyn zei niks meer, kwam overeind en liep terug naar Iris. Ze keek geïrriteerd naar haar scherm. Hij begon zich op te winden. Het was niet het juiste moment voor computerproblemen. 'Waar blijft dat filmpje?' vroeg hij.

'Het is er niet meer', zei ze, opkijkend.

'Het is wáár niet meer?' vroeg Perseyn, die zijn kalmte begon te verliezen.

'We hebben die opname op de server gezet. En een kopie op de centrale politieserver. Beide opnamen zijn weg.'

'Dat is... onmogelijk', zei Perseyn ontzet. 'Is er een origineel bestand? Van de camera zelf?'

'Dat stond op de harde schijf van de bewakingsfirma. Ik weet dat ze die dingen na korte tijd al wissen, omdat het te veel ruimte in beslag neemt. De kans is groot dat ze het niet gehouden hebben.'

'We hebben ook niet gevraagd...'

'We hebben het bestand op twee verschillende servers gezet, chef. Er was geen reden...'

'Kortom,' zei Perseyn, 'op dit moment is het filmpje niet te vinden.'

'Dat is het, vrees ik', zei Iris. Hij zag dat ze een bleek kleurtje had gekregen.

Perseyn ging rechtop staan. 'Dat is niet zo best', zei hij. Het was zijn understatement van de week. Zonder het filmpje hadden ze geen zaak tegen Arveladze, want Pilowski wilde niet getuigen.

'Shit,' zei Iris, 'dat kan toch gewoon niet. Op twee verschillende en zwaar beveiligde servers...'

'Oké, kalm aan', zei Perseyn. 'We kunnen hem tot morgenavond houden. We hebben dat pistool nog.'

'Even raden', zei Thomas, die naast Iris was komen staan. 'Geen vingerafdrukken op het wapen.'

'Ik breng Weckx op de hoogte', zei Perseyn, danig tegen zijn zin. 'Ik zeg hem dat we een technisch probleem hebben.' Hij draaide zich om en stapte naar zijn kantoor toe. Het gesprek met Weckx was kort. Het duurde hooguit een minuut. Dan verliet Weckx het kantoor en stapte de lift in. Even later dook Perseyn zelf weer op in het eiland. 'We hebben tot morgenavond zeven uur om dat stomme bestand te vinden', zei hij. 'Vind dat bestand. Ik reken niet op een verklaring van Pilowksi en op de vingerafdrukken op dat pistool.'

'Het is opzettelijk gebeurd', zei Iris. 'Die bestanden kunnen niet allemaal tegelijk verdwenen zijn.'

'Weckx?' vroeg Thomas.

'Een eerlijke advocaat zoals hij?' vroeg Perseyn sarcastisch. 'God, ben jij achterdochtig. Natuurlijk is het Weckx. Arveladze wist dat we een filmpje hadden. Weckx heeft overal vrienden. Hij heeft heel goede vrienden. En er zijn mensen die niet kunnen weigeren iets voor hem te doen. Ook bij het gerecht of bij de politie.'

'Shit!' zei Iris. 'We hadden hem. We hadden hem te pakken, en dan gebeurt er dit!'

Eva legde de afstandsbediening van de tv neer. Ruben was naar bed en Thomas ging nog even naar hem kijken. 'Het was niet eens op het nieuws', zei ze. Hij had haar over de arrestatie van Arveladze verteld.

'Nee, zoiets komt niet op het nieuws. We zijn daar in die buurt maar heel even geweest. In en uit, zeg maar. En die reclame kunnen we best missen. Goed dus dat we niet in het nieuws waren. Maar het ziet er dus niet naar uit dat Arveladze lang bij ons blijft. Weckx kwam binnenwaaien en maakte brandhout van onze argumenten. En opeens waren we een cruciaal deel van onze bewijsstukken kwijt. Er is iets geks aan de hand.'

'Dus hij is weer vrij?'

'Nog niet, maar binnenkort wel.'

Eva was niet de vrouw die makkelijk een dramatische pose aannam. Geen handen voor de mond of zo. Ze bleef onder alle omstandigheden helder en logisch. 'Dat is toch verschrikkelijk, Thomas. Dat jullie niks kunnen doen aan dat soort misdadigers.'

'Hun voordeel is dat ze geen wetten hoeven te volgen. Je weet allang hoe dat gaat.'

'Maar die Weckx! Een advocaat!'

'Ja. Dat is een louche figuur. We zijn er bijna zeker van dat hij ons saboteert.'

'Wat hij doet is toch tegen de wet?'

'Zolang we hem niet kunnen pakken op een misdrijf, gaat hij gewoon zijn gang, Eva. Erger is dat hij spionnen heeft, tot bij het gerecht toe. We zijn een filmpje kwijt dat op verschillende servers stond. Waarschijnlijk heeft hij iemand die met de computersystemen om kan gaan. We kunnen dat uitzoeken, maar daar hebben we de tijd niet voor. Oh, er zal wel een officieel onderzoek komen...'

'Ja, ja, en dat onderzoek slaagt er niet in een medeplichtige te ontdekken. Heb ik dat al niet eerder gehoord?'

'Was je aan het kijken?' vroeg hij met een hoofdknikje naar het toestel, dat ze uitgezet had. Ze wist dat hij niet langer over het werk wilde praten wanneer hij zo plots van onderwerp veranderde.

'Nee, niet echt. Wil je nog een biertje?'

'Ja,' zei hij, 'dat kan ik nog wel gebruiken.'

Ze haalde een flesje bier uit de koelkast en schonk het in. Ze was niet van plan het onderwerp nu al los te laten. 'Ik ben bang van die man. Morgen of zo is hij weer vrij. Hij weet nu dat jullie achter hem aan zitten. Ik ben altijd bang dat hij te weten komt waar we wonen...'

'Dat kan niet, Eva. Onze adressen zijn een van de beter beschermde geheimen van de dienst.'

'Oh', zei ze. 'Net zoals dat filmpje dat je kwijt bent.'

En natuurlijk had ze gelijk, zoals steeds.

Teo Bechor betreurde de dood van senator Mizrahi niet. Hij was niet aan haar gehecht, en een gecodeerde mail bevestigde hem dat zijn operatie gewoon doorging, en dat indien nodig instructies hem via hetzelfde kanaal zouden bereiken. Betekende haar plotse en gewelddadige einde een gevaar voor hem? Hij vermoedde van niet. Hij was niet méér in gevaar dan daarvoor.

Hij zat op een draaistoeltje achter in het lab, waar een tiental jongemannen van Afrikaanse herkomst de pillen in sorteermachines goten, de eenheden verpakten in plastic zakjes en die vervolgens opborgen in blauwe kunststof dozen. De hoeveelheden moesten kloppen, anders was het onmogelijk een goede boekhouding aan te houden. En Teo wist nu al dat de Amerikanen stonden op een goede boekhouding. Meer dan in welke andere industriële sector telden hier het wantrouwen en de controle als middelen om afspraken nagekomen te krijgen.

Hij merkte dat Johnny tussen de lange tafels doorliep. Hij was hier vaak, om de zwartjes in de gaten te houden. Dat was nodig, zei Patrick, om te voorkomen dat die zwartjes een deel van de productie opaten of meenamen.

Hij was die ochtend nog bij Tarik en Tony langsgegaan. Gekke naam voor een meisje, maar daar ging het niet om. Die Tarik had het lef te klagen over de vervelende klus. Altijd maar cijfers, cijfers, een hele dag lang. Werd hij tureluurs van, zei hij. Teo herinnerde hem eraan dat er veel slechtere jobs waren dan de zijne, en dat hij goed betaald werd. Godverdomme, dacht hij. Klootzakken, die Marokkanen. Waarom haalden ze er niet wat Israëli's bij, zoals hij? Dat zou veel vlotter werken.

De Amerikaanse, die klaagde tenminste niet. Zij beviel Teo wel. Zij beviel hem uitstekend. Ze had erg veel potentieel. En hij zou erop toezien dat ze dat potentieel ook te gelde zou maken. Hij was als een mentor voor het meisje. Ja, hij zou haar mentor zijn. Ze had een man nodig in haar leven. Ze had leiding nodig in haar leven. Daar kon hij voor zorgen. Of niet?

Nee, hij wist dat hij die man niet zou zijn. Hij wist dat hij Tony niet zou aanspreken. Haar soort vrouwen – sterke, individuele vrouwen – zag hij als concurrenten voor de aandacht van andere mensen. Het soort vrouwen dat brutaal een eigen mening had, dat het nodig vond mannen op hun plaats te zetten. Wat kon hij met haar? Ze was beslist vooringenomen, en ze leefde waarschijnlijk alleen maar voor de fysieke kanten van het leven, met dat goed getrainde lichaam van haar. Zoals ze zich kleedde! Nog enkele jaartjes ouder en ze was een echt manwijf.

Hij hield Johnny in de gaten. Johnny die achterdochtig de zwartjes in de gaten hield. Patrick betekende een mogelijk gevaar voor deze hele operatie, omdat hij alleen aan zichzelf dacht. Johnny was een gevaar omdat hij nergens aan dacht. Teo was niet blij met hen. Met geen van beiden. Maar hij kwam hier nieuw binnenwandelen en moest het dus doen met wat hem aangeboden werd. Voor zichzelf zou hij nooit twee dergelijke medewerkers gekozen hebben. Misschien moest hij daar op zeker moment nog wat aan doen. Anderzijds duurde deze operatie geen eeuwigheid. Een maand of vier, vijf, schatte hij, en dan mocht de boel opgedoekt worden. Dan werd de grond hun te heet onder de voeten en moesten ze allemaal verdwijnen.

Natuurlijk zou de vraag naar ecstasy blijven, overal ter wereld. Maar je kon die pillen ook op andere plaatsen maken. Overal eigenlijk. Nou, bijna overal. Je had aanvoer van de chemische bestanddelen nodig, en dat was niet overal vanzelfsprekend. Natuurlijk waren België en Nederland ook nog handig vanwege de transportmogelijkheden. Grote havens. Centrum van de wereld, zo'n beetje.

Ach, zijn zorg niet.

Hij kreeg enkele gecodeerde berichten binnen. Zijn pc ging meteen aan het werk met de vertaling ervan. Daarom had hij zo'n dure, snelle en geavanceerde computer: die moest in staat zijn de complexe decoderingsprogramma's te laten draaien. Dat deed je niet met een gewoon laptopje.

De berichten waren wat hij al een tijdje verwachtte. De Amerikanen schreven de grote sommen geld over voor de ladingen die ze tijdens de voorbije weken hadden ontvangen. Daarvoor was hij naar hier gestuurd. Nu hield hij zijn vingers gekruist. Nu mocht er niks mislopen.

Goed. Hij zou zo meteen naar het kantoortje lopen, tweehonderd meter verderop, en daar Tarik op de hoogte brengen. Dan kon de dans van het geld beginnen.

Hoofdstuk 20

De receptie was zoals dat vaak ging een saaie aangelegenheid, waarbij verrassingen en beschamende situaties lang van tevoren door de organisatoren werden geweerd. De mensen die elkaar niet konden luchten kregen elkaar niet te zien, degenen die er verschillende politieke meningen op na hielden drukten elkaar met een achteloze glimlach de hand en meden elkaar daarna, en de vrouwelijke partners kregen ruim de gelegenheid om over hun man en over andere vrouwen te roddelen.

Hoe meer van hetzelfde, dacht Perseyn, hoe vaker we ons herhalen. We beschouwen onszelf als beschaafd omdat we tijdens gelegenheden als deze de schijn van de beschaving ophouden – het was een cirkelredenering die niet aan hem ontsnapte.

Natuurlijk paste hij er wel voor op de regels van dit spel niet te overtreden. Hij was op dergelijke gelegenheden een graag geziene gast en ook tijdens galadiners kon hij zijn mannetje staan. Hij wist al te goed dat hij de man was die de public relations van Ecofin verdedigde. Vanwege zijn lobbywerk kon het team in hoge mate onafhankelijk functioneren. Daarvoor moest hij diplomatiek bepaalde machthebbers – lokale en andere – tegen elkaar uitspelen, maar hij leende zich graag tot dat spel. Zijn netwerk werd door sommigen indrukwekkend genoemd, maar hij gebruikte het nooit voor persoonlijke doeleinden.

Natuurlijk was precies dát een van de dingen die Liesbeth hem verweet. Hij had allang een hogere positie kunnen bereiken in het korps. Wat hem betrof was het daarvoor nooit te laat, maar tegelijk voelde hij met het voorbijgaan van de jaren steeds minder de aandrang om in die richting te bewegen.

Ondertussen schudden hij en Liesbeth handjes met de andere genodigden. Ook zij was hier graag gezien. Dat had zij aan haar persoonlijke charme te danken. Natuurlijk was zij een interessante bron van roddel. In haar eigen huis ontving ze regelmatig een meer select gezelschap, en ze speelde ook gastvrouw voor een of twee damesclubs. Misschien, opperde Perseyn, moest ze in de politiek gaan. Zij keek hem kwaad aan wanneer hij dat zei. In haar familie was gemeentepolitiek not done. Je ging voor het echte nationale werk, of niet.

Een aantal onder de aanwezigen hadden persoonlijke redenen om Perseyn dankbaar te zijn. Hij had bepaalde zaakjes geregeld, kleine onregelmatigheden rechtgezet, zonden met de mantel der liefde toegedekt. Hij hield iedereen te vriend, maar alleen als het niet in conflict kwam met de wet, in de strengere betekenis van de term. Er waren ook morele grenzen aan zijn welwillendheid. Als die grenzen werden overschreden, bewoog hij zich doelbewust en meedogenloos. Dan kende hij geen vrienden meer. En ze wisten dat.

Er waren de voorbije jaren verscheidene gevoelige dossiers door zijn handen gegaan waarbij gezagsdragers waren veroordeeld. Waarom ook niet, vond hij. Het hoeven niet altijd de grote vissen te zijn die aan het gerecht ontsnappen.

Liesbeth van haar kant wist dat hij uiteindelijk één grote ambitie had, toch wat zijn functie betrof. Hij wilde directeur-generaal van de federale recherche worden. Maar viel die ambitie, zo vroeg hij zich af, wel helemaal te rijmen met zijn drang naar rechtvaardigheid? Hij vermoedde dat zijn wens in conflict zou komen met zijn ethische en morele opstelling. Hij zou méér moeten laten passeren dan enkele kleine zonden voordat die hoge post de zijne was.

Was hij bereid dat offer te brengen?

Dit was niet de plaats om daarover na te denken. Maar als hij het hier niet deed, wanneer dan wel?

Liesbeth had zich even van hem verwijderd. In haar plaats dook Laplace op, die zijn uniform met veel gratie droeg. Hij was dol op dit uiterlijke vertoon, wist iedereen. 'Mijn beste

Perseyn', zei hij monkelend. Hij had een glas in de hand, dat bijna leeg was. 'Ik zag u binnenkomen, samen met uw bevallige echtgenote. En ik wist dat ik u nog even zou aanspreken.'

'Directeur', zei Perseyn neutraal. Net zoals hijzelf kende Laplace het spel van het lobbywerk tot in de puntjes. Ergens was de burgemeester aanwezig, en misschien ook de gouverneur, en Laplace had beiden al het handje geschud.

'Ik hoor vertellen, Perseyn, dat uw mensen naarstig op zoek zijn naar de daders van die vervelende bomaanslag in de Pelikaanstraat. Uiteraard is de burgemeester daar erg bezorgd over. Ik overtuigde hem ervan dat de zaak best door uw team kon worden geklaard, maar het spreekt vanzelf dat de Bijzondere Recherchedienst dit met evenveel inzet van u kan overnemen.'

'Mijn mensen zitten helemaal boven op de zaak', zei Perseyn. Hij was niet van plan het bekakte taalgebruik van Laplace te imiteren. Wat dat betrof wilde hij niks leren van zijn superieur. Hij kon zich overigens niet voorstellen dat de burgemeester zich door zo'n mooipraterij liet inpakken. Bijzondere Recherchedienst, het zou wat! 'Daarenboven', vervolgde hij, 'hebben we een solide spoor, dat leidt naar een oude bekende misdadiger.'

'Ik hoor het uiteraard wanneer u het onderzoek aan het afronden bent, Perseyn', zei Laplace. 'Maar onze vrienden uit de diamantsector zijn niet erg blij met deze ontwikkeling. Hadden wij hun niet beloofd dat ze geen gevaar meer liepen?'

'Kan ik me niet herinneren, directeur. Waarschijnlijk beloofde de een of andere politicus dat, maar we weten hoeveel aandacht politici spenderen aan de werking van de politie.'

'Dat is oneerlijk, Perseyn', zei Laplace. Perseyn merkte dat hij strak een andere richting uitkeek, alsof de conversatie zijn aandacht niet kon vasthouden. Maar in werkelijkheid wilde hij zulke praatjes liever niet horen. Zeker niet van een hoofdcommissaris.

'Ik zag geen politici in de Pelikaanstraat staan, een paar ochtenden geleden, directeur. Ook niet uren later, toen wij al opgeruimd hadden. Maar ik verbaas mij daar niet over. We hebben een verdachte, zoals u wel weet. Maar ik kan hem niet vasthouden.'

'U kunt hem niet vasthouden?'

'Nee', zei Perseyn strak. 'Iemand heeft het bestand van de camera in de Pelikaanstraat gewist.'

Laplace keek uiterst verbaasd. 'Kan niet.'

'Dat is wat er is gebeurd.'

'Er zijn toch altijd kopieën van die bestanden? En er zijn...'

'Allemaal weg, directeur. Moet ik mij dáárover verbazen?'

'Wat wil dat zeggen, Perseyn?' vroeg Laplace gepikeerd. 'Wat heeft dat te betekenen?'

'U weet net zo goed als ik, directeur, dat sommige medewerkers binnen het korps een bijverdienste hebben. Ik heb het niet over het beschermen van prostituees of het aannemen van zakgeld opdat de lokale winkelier geen boete zou krijgen. Ik heb het over mensen die klusjes uitvoeren voor de georganiseerde misdaad...'

'Dat is een gevoelig punt, Perseyn.'

'Eentje dat we al vaker besproken hebben.'

'Geef me namen en bewijzen, en ik treed op.'

'Ik heb geen namen en bewijzen, directeur. Anders hoorde u het wel van mij. Ik zie alleen de gevolgen. Bestanden die verdwijnen. En in het verleden hebben we nog meer van die "ongelukjes" gekend: hele dossiers die uit de archieven verdwijnen, geluidsopnames die "per ongeluk" gewist worden, advocaten die ingelicht worden over een ophanden zijnde inval bij hun klant.'

'Er zullen altijd fouten gebeuren. Dat is gewoon onvermijdelijk.'

'Fouten?' Perseyn schudde het hoofd. Hij wist dat dit de verkeerde plek was om er de directeur over aan te spreken. Fouten! 'De dag dat een bende de namen van onze infiltranten krijgt doorgespeeld en er doden vallen, omdat wij onze eigen mensen niet meer kunnen beschermen, directeur, zullen we ophouden met over *fouten* te spreken.'

'Ik kan alleen maar herhalen wat ik zonet zei, Perseyn. Geef me namen en bewijzen, en ik treed hard en onverbiddelijk op. Met vage beschuldigingen begin ik niks. Dat weet u ook. En als u suggesties hebt over een andere strategie, dan hoor ik die uiteraard ook graag.'

'Morgen laat ik de verdachte van de aanslag in de Pelikaanstraat gaan', zei Perseyn. 'Weckx is erbij betrokken.'

'Natuurlijk', zei Laplace. 'Als u geen bewijzen hebt, dan kunt u niks doen. Bezorg mij discreet de gegevens over deze zaak. Over het verdwijnen van de bestanden. Ik zal het laten onderzoeken.'

'Discreet, hoop ik.'

Laplace keek Perseyn boos aan. 'Ik weet niet wat voor spelletje u speelt, hoofdcommissaris, maar ik hoop dat het voor ons allemaal goed afloopt.'

Perseyn keek Laplace verbaasd achterna, terwijl die naar een groepje keurige mannen stapte. Meteen stond Liesbeth naast hem. Ze gaf hem een glas sinaasappelsap. 'Dat leek me geen hartelijk gesprek, Steven', zei ze.

'Nee', zei hij. 'Dat was het allerminst.'

'Maar die man heeft het voor het zeggen.'

Hij keek haar aan. Haar strenge profiel, haar rechte houding. De boodschap die ze uitstraalde was die van een sterke vrouw naast een sterke man. 'Mannen zoals hij hebben het altijd voor het zeggen, Liesbeth.'

'Wat betekent dat, Steven?'

'Ik weet het niet.'

Ze trok in een onbewust gebaar haar neus op. 'Je weet het niet? Is dat een van die diepzinnige wijsheden die je deelt met je collega's?'

'Nee, met hen deel ik geen diepzinnige wijsheden.'

'Ik hoop het maar.'

'Je weet niks over wat ik doe, Liesbeth', zei hij kalm. 'Doe ook niet alsof. Je weet niks over Laplace en je weet eigenlijk ook niks over mij.'

'Je bent een zak, Steven', zei Liesbeth, zonder haar stem te verheffen. 'Je bent altijd al een waardeloze zak geweest.'

'Jij bent wel met mij getrouwd', zei hij. En hij dacht: hoe zijn we erin geslaagd samen oud te worden en elkaar telkens weer af te stoten? Hij gebruikte het woord haat niet. Dat leek hem te sterk. Om elkaar te haten had je eerst passie nodig. En geen van beiden bezaten ze nog passie. Ze bezaten niet eens genoeg passie om elkaar te haten.

Maar hij wilde daarbij meteen een vingertje opsteken. Ik, meneer, ben nog altijd in het bezit van passie. Maar de zijne ging flagrant tegen de regels van hun huwelijk in. Zijn passie, onderdrukt en onuitgesproken, richtte zich op Iris.

Een passie die hij meteen zou ontkennen, als hij erop gewezen werd.

Directeur Harry van Steen voelde zich ongemakkelijk. Dat kwam door de man die tegenover hem zat. Van Steen wist niet waarom de man hem van zijn stuk bracht. Het zal zijn uiterlijk geweest zijn. Meneer Arveladze had een karakterkop die je in een film altijd de rol van een moordenaar of van een meervoudig verkrachter gaf. Volgens de gemaakte afspraak was hij een Russische zakenman die over een substantiële lening kwam spreken en die alleen de directeur zelf wilde zien. Er was een aanzienlijk bedrag in dollars genoemd.

Van Steen had niet de gewoonte zelf nieuwe klanten te zien. En dan op dit late uur nog. Daar had hij niet de tijd voor. Maar in afwezigheid van de onfortuinlijke directeur kredieten was hij wel verplicht enkele van de taken van Budtz over te nemen. En daar viel het bekijken van nieuwe grote dossiers onder. Een Rus in Antwerpen, dat was om te beginnen al een dossier dat door elke bank welwillend bekeken werd. De voorbije twee decennia hadden de Russen heel wat onrust gestookt in de stad, hadden ze een aanzienlijk deel van het criminele milieu overgenomen, en hadden ze zich ingekocht in een aantal bonafide bedrijven.

Russen hadden dus een slechte naam in de stad. Maar ze

brachten enorme fondsen mee, goed geld, harde valuta, en ze investeerden en bleven investeren alsof er aan hun weelde geen eind kwam. Ze leenden daarenboven even groots, alsof terugbetalen nooit een probleem was. En dat bleek ook nooit een probleem. Laat nu precies dat de kernactiviteit zijn van banken: het ondersteunen van investeerders en zakenlui met financiële en fiscale spitstechnologie. De Russen waren dus welkome gasten in de Antwerpse bankwereld. En Van Steen had altijd flink zijn deel meegepikt van die markt.

Maar zo te zien aan de kop van deze meneer Arveladze was de man geen brave huisvader die door lang en hard werken rijk was geworden. Hij had ongetwijfeld een andere weg naar de welvaart gevonden. Natuurlijk mocht Van Steen zich niet laten verleiden door uiterlijkheden en door zijn eigen vooroordelen. Hoe mensen hun geld verdienden ging hem eigenlijk niet aan. Het geld kwam hoe dan ook via reguliere bronnen binnen, dus was het witwasprobleem ook al meteen van de baan. Nee, meneer Arveladze leek een interessante klant te zullen worden. Dus ontving hij hem persoonlijk. Ook op dit uur.

Maar toen het gesprek begon, had hij daar meteen spijt van.

'Meneer Van Steen,' zei Arveladze in het Nederlands, 'een goede vriend van me kwam naar me toe met een merkwaardig verhaal.' De blik van de Rus gleed over het gezicht van Van Steen. 'Ik wilde hem niet geloven, maar hij kon me ervan overtuigen dat het waar is.'

'Werkelijk? Is dit een verhaal van een belegging?' vroeg Van Steen.

'In zekere zin is het dat inderdaad, meneer Van Steen', zei Arveladze. Hij praatte op een aangename en bijna terloopse toon, alsof ze het over het weer hadden. 'Het is een verhaal over een erg goede belegging, en die belegging bent u, meneer Van Steen.'

De directeur probeerde te grijnzen, alsof de Rus een grap verteld had. Maar dat grijnzen ging wat moeilijk. 'Werkelijk? Nu maakt u mij nieuwsgierig.'

'Het is het verhaal van een bankier die er een stapel geld voor overheeft om een collega te laten vermoorden, en die daarom een man in een café aanspreekt.'

'Meneer Arveladze,' zei Van Steen terwijl hij opstond, 'ik denk dat dit onderhoud ten einde is.'

'Denkt u dat het een kwestie is van uw woord tegen dat van een schooier?' vroeg Arveladze, en zijn toon was nu niet terloops meer. 'Ga zitten, meneer Van Steen. We hebben een gesprek. Het is een kwestie van beleefdheid dat u mijn verhaal tot het einde hoort.'

Van Steen ging zitten. Hij had het plots erg warm. Hij wilde weer opstaan om het raam open te zetten, maar daar was geen sprake van. 'Ik luister naar uw verhaal en daarna vertrekt u', zei hij. Maar het klonk niet alsof hij het meende.

'We hebben foto's gemaakt van de tweede overdracht van het geld', zei Arveladze. 'Mijn vriend Johnny wil getuigen dat u hem betaalde om een zekere meneer Budtz en zijn vrouw te vermoorden.'

'Er was geen sprake van', sputterde Van Steen verontwaardigd, 'dat hij zijn vrouw moest vermoorden. Dat heeft hij zelf...'

'Op die manier praat u uzelf makkelijk aan de galg', zei Arveladze. 'De band tussen u en die meneer Budtz zal de politie snel duidelijk zijn. Ik ken uw motieven niet om hem te laten vermoorden en eerlijk gezegd interesseren ze me geen moment.'

'Wat wilt u van mij? Geld? Heeft die klootzak niet genoeg geld gehad?'

Arveladze hield zijn hoofd schuin en trok zijn mondhoeken uitdagend naar beneden. 'Oh, geld! Wat doen we daarmee? We kopen spullen die we niet willen. We gooien het door ramen en deuren, of we potten het op voor onze kinderen. Wat belangrijk is in het leven, meneer Van Steen, Harry, is dat we héél véél geld hebben. Dan kunnen we spullen kopen die we wel degelijk willen. Zoals een paar politici, of een klein leger, of – ach, dat gaat u eigenlijk niks aan.'

'Zoveel geld heb ik niet.'

'Nee, dat klopt. Ik wil ook úw geld niet.'

'Het geld van de bank dan. Ik vrees dat ik u daarmee niet kan helpen. We hebben hier geen kluizen vol met bankbiljetten die we zomaar...'

'Tut-tut, meneer Van Steen, Harry als ik mag. Bankbiljetten? Uit een bankkluis dan nog? Dat is verleden tijd. Alleen amateurs houden zich daarmee bezig.'

Van Steen wist helemaal niet meer wat hij van dit gesprek moest verwachten. Wat wilde deze man van hem? 'Wat dan?'

'U kunt ons helpen elders geld vandaan te halen. Makkelijk zelfs. U bevindt zich op de juiste plek om ons daarbij te helpen. Want wie heeft er in dit land heel veel geld?'

'Ah, banken?'

'Nee, zie zonet.'

'De Nationale Bank?'

'U komt al dichterbij.'

'Ik weet het niet...'

'De overheid, meneer Van Steen. De overheid. Ik heb de overheid eerder al lichter gemaakt. Dat kan ik opnieuw doen. En u gaat me daarbij helpen. Is dat niet een prachtig plan?'

'Dat kan ik niet. Ik heb geen...'

'Jawel, jawel.'

Van Steen zei niks meer.

'Het ontbreekt u aan verbeelding, meneer de directeur', zei Arveladze. 'Het ontbreekt u aan verbeelding. Dat is voor een bankier een pijnlijk gebrek. Geen verbeelding. U laat een collega vermoorden door een lul in een bar, alsof dat gewoon niks betekent. Geen verbeelding. Daar ga ik wat aan doen.'

'Als ze hierachter komen...'

'Cliché!' riep Arveladze. En dan, kalmer: 'U bent nu al de pineut. Een moord, en dat andere ding wat door de moord toegedekt moest worden. Ja, misschien hebt u toch wel een beetje verbeelding. Wel, dat gaan we uitproberen...'

Van Steen zat met zijn gezicht in zijn handen. Hij schaamde zich. Hij schaamde zich vooral omdat een andere man, een vreemde dan nog, hem zo zag. Maar het was hem allemaal even te veel geworden.

'Kom, kom, meneer Van Steen', zei Arveladze. 'Laat de moed niet zakken.'

Van Steen keek op. Hij haatte de man aan de andere kant van het bureau. Hij wist niet met wie hij te doen had, maar hij haatte de man. Dit was de man die zijn ondergang aankondigde. De man die zijn leven kon kneden zoals hij het wilde. Hij was aan hem overgeleverd.

Van Steen besefte dat hij de controle over zijn leven verloren had. Dat was een tijdje geleden al gebeurd. Dat was maanden geleden gebeurd, toen hij voor het eerst in contact kwam met de Kenianen. Het was zijn eigen schuld, daar was hij van overtuigd, maar hij werd gedreven door de grootsheid van het idee. Hij werd gedreven door de gedachte dat hij een mooie zaak in handen kreeg. Dat was helemaal anders uitgedraaid. Als gevolg daarvan zat hij hier als een idioot tegenover een man die hem nog meer in de misdaad wilde duwen. Maar ook een man die misschien een oplossing had voor zijn meest nijpende probleem.

'Uw voornaamste probleem', zei Arveladze, 'is hoe u van die moord afraakt.'

'Oh', zei Van Steen, die zijn waardigheid vastgreep en overeind ging zitten. Dat verdomde moment van zwakte was wat hem de das omdeed. Zo'n moment had hem voordien contact doen opnemen met een huurmoordenaar. Waarom had hij toen niet gewoon een babbel gehad met Budtz, hem de zaak uitgelegd, hem beloftes gedaan indien de hele affaire verzwegen werd?

Omdat Budtz een heilig boontje was. Iemand die nooit een dergelijke zaak onder het tapijt zou vegen, ook niet voor zijn baas.

'Als het probleem van de moord opgelost is...' zei Arveladze.

'Er is méér', zei Van Steen.

'De reden waarom u die man liet vermoorden?'

'Ja.'

‘Kunt u dat opbiechten?’

‘Mmm?’ vroeg Van Steen verbaasd. Opbiechten. Waarom zou hij zijn problemen aan deze man opbiechten?

‘Niet aan mij. Aan uw superieuren. Ik neem aan dat het een bankprobleem is, meneer Van Steen. U hebt hier iets verkeerds gedaan, en meneer Budtz wist dat, maar hij mocht niet spreken. Wat gebeurt er als u tegenover uw superieuren bekent? Gaat u dan ook naar de gevangenis?’

‘Eh, nee’, zei Van Steen. ‘Ik word, in het ergste geval, ontslagen. Misschien volgt er een tuchtprocedure. Maar ik ben niet meer... Ik bedoel: ik sta te kijk voor iedereen. Het is een zware beroepsfout en ik probeerde ze te verstoppen. Ja, ze ontslaan me.’

‘Dat is erg, maar niet zo erg als in de gevangenis terechtkomen voor moord, neem ik aan?’

‘Nee’, zei Van Steen. Hij dacht aan zijn vrouw, zijn gezin. Ze moesten vertrekken. Ze konden niet in Antwerpen blijven. Hij moest een nieuwe job zoeken. Een minder goede job. Hij zou een hele tijd nergens meer aan de bak komen.

Maar het was minder erg dan in de gevangenis voor moord.

‘Ik kan ervoor zorgen dat Johnny de moord in de schoenen geschoven wordt’, zei Arveladze.

‘Johnny? Is dat...’

‘Die man in het café, ja.’

‘Maar als hij gepakt wordt, dan gaat hij praten. En wat voor motief had hij om... om Budtz te vermoorden? Heeft hij geld en juwelen meegenomen?’

‘Nee, dat deed hij niet. Maar maakt u zich geen zorgen. Ik heb vrienden. Die kunnen ervoor zorgen dat deze zaak afgesloten wordt zonder dat uw naam valt. Een mislukte inbraak, een poging tot roof, de beide inwoners van het huis verrasten de inbreker, die gewapend was.’

‘En die man van u is bereid om de gevangenis in te gaan...’

‘Hij komt niet in de gevangenis terecht.’

‘Waarom niet?’

‘Omdat hij bij zijn arrestatie wordt doodgeschoten, meneer Van Steen.’

'Hoe weet u dat? Hoe weet u dat hij...'

'Ik zei het al: ik heb vrienden.'

Van Steen zei een ogenblik lang niks. Dan haalde hij diep adem, alsof er een last van hem afviel. 'U hebt waarschijnlijk heel ongewone vrienden, meneer Arveladze. Ik denk niet dat ik de details van deze zaak wil kennen. Maar ik wil erover nadenken.'

'Niks nadenken', zei Arveladze. 'Het is nu mijn aanbod. We houden u buiten de moord, en u werkt voor ons.'

'En wat moet ik voor u doen, meneer Arveladze?'

'Ik heb uw gespecialiseerde kennis nodig, meneer Van Steen. En uiteraard uw goede naam.'

'Mijn goede naam zal binnenkort niks meer betekenen in deze bank', zei Van Steen bitter. En opnieuw vroeg hij zich af waarom hij zich blootgaf. Waarom luisterde hij zelfs naar deze man? Oh, hij wist waarom hij dat deed. Omdat hij geen keuze had.

Tarik keek de namiddag erop met een verdoken glimlach naar het scherm van de laptop. Bij de helft van de rekeningen stonden plots grote binnenkomende bedragen genoteerd, allemaal in dollars en allemaal afkomstig van rekeningen op de Kaaimaneilanden, Curaçao en andere paradijzen waar de vrouwen mooi waren en de financiële instanties breeddenkend. Om niet te zeggen laks. Teo, die over zijn schouder meekeek, zuchtte tevreden. 'Dat is leuk', zei de Israëli. 'En nu gokken we dat de banken niks in de gaten hebben.'

'Wat vertegenwoordigen die bedragen – in het echte leven?' vroeg Tarik.

'Jij bent hier alleen maar om de transfers op te volgen', zei Teo. 'Officieel hebben we facturen aan de banken bezorgd voor kunstmest, machineonderdelen en toeristische diensten. Zestien nepfirma's in zeven Europese landen. We zijn geen amateurs, vriend. We zijn helemaal geen amateurs. Ze moeten verdomd diep graven voordat ze iets in de gaten kunnen hebben, en onze ervaring is dat ze niet diep graven. Die banken hebben daar de mankracht niet voor, en de tijd ook niet. Zeker niet omdat we ondertussen al goede klanten bij hen zijn. Toch mooi, niet, dat internationale banksysteem. In enkele seconden rijk.'

'Geweldig', zei Tarik. Hij bekeek de bedragen. Alles samen kwam hij uit op een paar tientallen miljoenen euro. En dan was dit nog maar één enkele operatie, één enkele grote zending.

'Wanneer gaan we herverdelen?' vroeg hij.

'Oh, rustig. Als we dat te snel doen, dan worden de bankiers toch wat zenuwachtig. Die instellingen zijn ook hebberig, kereltje. Je kent dat wel. Ze willen je spaarcenten om er zelf winst mee te maken. We geven hun een weekje. Dan gaan de bedragen de deur uit. Eerst nog wat facturen opmaken.' Teo stapte naar zijn eigen bureau, ging zitten en begon op zijn computer te werken. 'Ze betalen ons niet genoeg voor dit soort werk', grijnsde hij.

Dat was wat Tarik ook in gedachte had. Iemand werd immens rijk van deze operatie. De grondstoffen en het personeel kostten zo goed als niks, toch niet in vergelijking met wat hier aan fondsen verschoven werd. De Afrikanen die hij in de loods gezien had, werkten voor een hongerloon, en hijzelf kreeg een paar duizend euro toegestopt. Wat haalde Teo eruit? En Patrick?

Zij waren zeker niet de grote spelers in dit spel. Zij waren middenkader. Creatieve uitvoerders, in dienst van een organisatie. Na hen kwamen mensen die het geld witwasten, die de fondsen verdeelden over steeds andere banken en bedrijven, en uiteindelijk was er iemand die zelfs cash in makkelijke coupures in een aktetas stopte en die aktetas op een bepaalde plaats afleverde zonder een ontvangstbewijs te vragen.

Daarna begon het wereldwijde spel opnieuw.

Het wereldwijde spel dat nooit ophield te bestaan, hoeveel energie, mankracht, geld en creativiteit de overheden ook tegen het bestrijden ervan aan gooiden.

Het bleef bestaan omdat corruptie en hebzucht nu eenmaal fundamentele menselijke trekken zijn. En daar baseerde het systeem zich op: snel rijk worden, snel macht en invloed verzamelen. En niet zomaar rijk en machtig, maar in overtreffende trap.

Tarik had die hebzucht gezien in de ogen van pooiers en kleine dealers in Brussel. Jonge mannen nog, die het systeem wilden omzeilen dat hun vertelde dat de eerlijke weg de beste weg was naar het geluk. Van jongs af aan wisten ze dat dit een leugen was. Ook van zijn eigen familie hoorde hij dat. Jongen, wij zijn gekleurd en daarom krijgen we ons deel niet van wat deze samenleving te bieden heeft. Je moet dus zelf pakken wat je kunt. Er zijn geen brave en onschuldige burgers en er is geen rechtvaardigheid. Je gaat dus de straat op en iedereen die zwak is is een potentieel slachtoffer. De hoerenlopers, de verslaafden, de zwakkelingen die zich niet kunnen verdedigen. Ze hebben allemaal het voorrecht van bescherming weggegeven.

Tarik had in zijn jeugd die stemmen gehoord. De stemmen van degenen die opriepen om de maatschappij de rug toe te keren, want die maatschappij was van de rijke burger, de politie, het gerecht – De Vijand dus. Hij was nu nauwelijks nog welkom bij zijn eigen familie, omdat hij uiteindelijk een ander pad gekozen had. Hij had ervoor gekozen te erkennen dat zijn omgeving alleen maar de belangen van andere meesters diende. Niet dat van de – blanke – burgers en het gerecht en de staat, maar de belangen van druglords, van drughandelaars, van mensen zonder eer, van mensen die zich niets aantrokken van ras of afkomst en alleen in hun eigen gewin geïnteresseerd waren.

Een van de laatste keren dat hij daarover met zijn broer praatte, verweet hij hem alleen voor een andere meester te werken. Hij verweet zijn broer dat ook hij een slaaf was. Daarna hadden ze elkaar voorgoed gemeden.

Maar zich losmaken van zijn eigen cultuur, dat kon Tarik niet. Zich losmaken van zijn achtergrond, van het idee van een familie, van zijn etniciteit, dat kon hij niet. Al probeerde hij zo weinig mogelijk aan die dilemma's te denken. Zeker nu niet, nu hij zijn hoofd bij die verdomde transacties moest houden. De cijfers, die hem konden leiden naar de mensen die in deze organisatie aan de touwtjes trokken.

Hij keek op. Tony was net binnengekomen, liet haar schoudertas op de vloer vallen en schoof achter haar bureau. Ze zette de computer aan. Teo was weggegaan. Tarik keek verholen naar Tony. Die keek terug. 'Sorry', zei ze. 'Ik zit ergens anders met mijn gedachten.'

'Het geeft niet', zei hij. 'Echt, het geeft niet.' Dat meende hij ook. Zelfs met haar gedachten elders was ze beslist aantrekkelijk.

Ze bestudeerde hem alsof ze wilde weten waaraan hij dacht. 'Zullen we hierna ergens iets gaan drinken?'

Het was de eerste keer dat ze het gesprek op een persoonlijk niveau bracht. En meteen met een uitnodiging, die hij dan nog moeilijk kon weerstaan. Tarik wist dat hij geen marge had. Hij moest meteen een goede smoes verzinnen of toehappen. Meteen toehappen maakte hem haar slachtoffer. Bereid iets te gaan drinken, misschien een vervolg daarna. Zo'n vraag veronderstelde altijd méér dan alleen maar een paar pinten achteroverslaan in een bruine kroeg.

'Natuurlijk', zei hij. Er was niks wat hun verbood elkaar buiten dit rottige kantoortje te zien. Hij had geen contract getekend en zelfs geen geheimhouding gezworen. Maar hij werd verondersteld zo snel mogelijk met Perseyn contact op te nemen. Zeker nu grote sommen opeens op de rekeningen waren verschenen. Hij keek op zijn horloge. Hoeveel tijd had hij nog?

Dat ontging Tony niet. 'Nog eventjes, snelle jongen', zei ze. 'Het is nog te vroeg. We worden hier wel niet per uur betaald, maar Teo vindt het niet leuk als we nu al vertrekken.'

'Ik heb hier nog een uurtje werk', zei hij. 'Maar ik ga eventjes naar buiten, een sigaretje roken.'

'Doe maar', zei Tony.

Hij liep naar buiten. Achter het gebouwtje stak hij een sigaret op, voor het geval iemand hem in de gaten hield. Hij rookte rustig, stapte van de loods weg alsof hij zijn benen wat wilde strekken. Dan haalde hij zijn Palm tevoorschijn, keek er verbaasd naar alsof hij zonet een bericht had gekregen, en begon zelf te toetsen. Een enkele zin volstond. Hij verzond de boodschap en wiste ze meteen. Perseyn was nu op de hoogte. Tarik was benieuwd wat er nu zou gebeuren. Zou het SIE meteen aan komen rijden, met zeven overvalwagens en zwaar geschut?

Hij stond daar nog een paar minuten tot de sigaret opgerookt was. Er gebeurde niks. Geen SIE, geen Perseyn, geen overval. Al zijn vooronderstellingen waren voorbarig. Misschien had Perseyn de boodschap nog niet gelezen. Maar de boodschap ging tegelijk ook naar Thomas en naar Lena. Iemand las ze dan toch, nam hij aan. Of dat hoopte hij.

Perseyn had hem in het ongewisse gelaten over de verdere plannen. Over wat er zou gebeuren wanneer het geld binnenkwam. Dat was frustrerend. Het betekende dat Tarik nu in het donker stond te tasten. Maar een afspraakje met Tony, dat kon hij zelfs onder deze omstandigheden niet laten schieten. Perseyn had maar wat duidelijker moeten zijn.

Hij gooide de peuk in het water en stapte de loods weer binnen. Tony keek niet op. Ze was bezig op haar laptop. Ze had haar jasje uitgetrokken. Ze droeg een mouwloos T-shirt, en niet veel daaronder. Tarik vroeg zich af of ze zich opzettelijk zo letterlijk blootgaf. Ze waren gedwongen om lange uren samen door te brengen. Ze vroeg hem om wat te gaan drinken. Dat betekende iets, en het klonk niet onschuldig. Moest ze hem in de gaten te houden? Had ze een speciale opdracht van Patrick? Was hij verdacht? Zou ze proberen hem te ontmaskeren?

Hij wist niks over haar. Met haar meegaan betekende dat hij het risico moest berekenen. Al kon het net zo goed erg onschuldig zijn. Misschien waren haar hormonen hard aan het werk en had ze het warm gekregen. Zijn hormonen werkten alvast uitstekend.

Hij zou er het beste van moeten maken.

Een uurtje later, nadat ze de rapporten voor Teo had geschreven, sloot ze haar laptop af. Hij zat al een tijdje niks te doen. Had hij tenminste nog toegang gehad tot het internet, dan had hij wat kunnen surfen, maar Teo stond dat niet toe. Het enige wat Tarik kon, was de rekeningen bij de banken opvolgen. Achterdochtig knaapje, die Teo.

‘Neem morgen maar vrij’, zei de Israëli. ‘De zaken lopen zo ook wel.’

‘Goed, dan kap ik ermee voor vandaag’, zei Tony, zich katachtig uitstrekkend, prominente lichaamsdelen accentuerend. ‘Gaan we?’ vroeg ze aan Tarik.

‘Wat had je in gedachte?’

Ze trok een gezicht alsof ze een gok waagde. ‘Ergens in ’t Noord? Daar is het altijd gezellig.’

‘Lijkt me een goed idee’, zei Tarik. Het maakte niet uit waar ze naartoe gingen. Hij was van plan van de alcohol af te blijven. Tony zou op zich al een grote verleiding zijn.

Ze stond op en trok haar jasje weer aan. ‘Heb je geld?’

Hij had geld.

Wat later aten ze een broodje in de Bartilia op het Falconplein. Ze waren elk apart gereden, zij met een kleine zwarte Honda die ze een straat of twee van de kade vandaan had staan. Het was de eerste keer dat hij besefte dat ze haar eigen vervoer had. Tarik dronk een gemberbier en Tony een glas rode wijn. Het zag er niet naar uit dat een van beiden zich aan alcohol te buiten zou gaan, maar de avond was nog jong.

Ze wisselden nauwelijks informatie uit. Tarik wist zo goed als niks van haar – Amsterdam, een tijd in de VS, daar bleef het bij – en zij wist evenmin iets over hem. Maar dan vroeg ze plots, tussen twee happen door: ‘Waarom doe je dit eigenlijk?’

‘Dit?’

‘Ik bedoel: dit werk.’

Hij zag het niet als werk. Maar het was werk, in alle betekenissen van het woord, in de legale en in de misdadige betekenis van het woord. Niemand vroeg hem ooit waarom hij een bepaalde job deed als hij undercover werkte. Het was een vraag die alleen maar voor problemen zorgde. ‘Wel,’ zei hij, ‘gewoon, voor het geld. Het verdient goed.’

‘Jij bent een slimme jongen’, zei Tony. ‘Jij kunt overal geld verdienen.’

‘Niet zo snel als hier. Niet zoveel.’

‘Wil je een Porsche kopen, een villa in Frankrijk, je eigen eiland? Of wil je alleen maar je bankdirecteur blij maken?’

Hij lachte kort. ‘Zoiets. Wat maakt het uit?’

‘Je bedoelt: het gaat me geen fuck aan.’

'Ja,' zei hij, 'dat bedoelde ik.' Hij bekeek haar scherp getekende gezicht, haar donkere ogen. Hij verloor meteen een stukje van zijn hart – meer zelfs dan hij zich kon veroorloven onder deze omstandigheden.

'Je hebt gelijk. Maar jij bent niet van hetzelfde kaliber als Teo, en je komt zeker niet in de buurt van die Patrick en zijn vriendje. Dat zijn echte losers, en ik heb behoorlijk wat losers gezien, geloof me. Die worden voor deze ene klus gebruikt, en daarna gaan ze pronken met hun geld en worden ze gepakt of doodgeschoten.'

'Jij hebt een zonnige kijk op het leven', zei Tarik. Hij dronk van zijn bier. Er zaten nogal wat studenten in het café. Tien jaar geleden, toen het Falconplein nog die andere reputatie had, zouden ze hier niet te vinden zijn geweest. Behalve als ze zelfmoordneigingen hadden of hoopten te scoren.

'Ik ben realistisch', zei ze. 'Ik heb veel gezien. Vooral mensen op weg naar hun noodlot. Klinkt griezelig, niet? Hun noodlot. Alsof dat bestaat.'

'Nee? Bestaat dat niet?'

'Natuurlijk niet. Je bepaalt zelf de richting die je leven inslaat. Er is geen vooraf geschreven scenario. Er zijn geen doemgodinnen. Als je gelukkig wilt zijn, wees dan gelukkig. Als je rijk wilt zijn, werk dan hard.'

'Dat laatste is niet helemaal waar', zei Tarik. 'Niemand wordt rijk door hard te werken.'

'Jawel. Maar niet door het geluk. Noodlot en geluk, ik weet dat het niet bestaat. Ik heb te veel junks gezien.'

'Ja, dat zal wel.'

'Wie ben jij, Tarik?'

'Ik ben wat je ziet. Een Joods-Marokkaanse Belg die in Antwerpen woont en die probeert te overleven.'

'Onzin. Jij bent een gladde jongen die hogerop wil en die een plan heeft. Hoe kom je bij Patrick terecht?'

'Vrienden van vrienden van vrienden schreven me in voor het toegangsexamen. Ik had het een en ander mee. Reputatie. Bereidheid.'

'Dat zal wel.'

‘En jij? Laten we het over jou hebben’, zei Tarik, die het welletjes vond als enige op de dissectietafel te liggen.

‘Ik ben door de Amerikanen gestuurd. Ik ben hun verzekering. Deze operatie kan groot worden, Tarik. Nog veel groter dan ze al is.’

‘En dus hou jij toezicht.’

‘Ik bekijk het potentieel van de mensen die vandaag het werk doen. Dan vertel ik mijn opdrachtgevers hoe ik dat potentieel zie.’

‘En zie je al iets?’

‘Patrick? Teo? Nee, niks. Kleine garnalen met beperkte ambities en nog beperktere capaciteiten. Wij willen ook andere spullen transporteren van Europa naar de VS. Daarvoor hebben we mensen nodig die meer stressbestendig zijn dan Patrick en Teo.’

‘Je ziet hen niet zitten dus. Maar hun opdrachtgevers?’

‘Iedereen die je hier in Antwerpen ziet zijn tussenpersonen. Je weet wat er gebeurt met tussenpersonen.’

‘Ze voldoen of ze voldoen niet.’

‘Ja, zo is het’, zei ze.

‘Probeer je mij iets te vertellen, Tony? Ga je mij vertellen dat jij de hand op de stuurknuppel van dit vliegtuig hebt?’

Ze keek hem aan met ogen die een ogenblik lang spleetjes werden, alsof ze tegen de zon in keek. ‘Ik probeer uit te zoeken of jij potentieel hebt, Tarik.’

‘En wat denk je tot nog toe?’

‘Ik zie dat wel zitten, ja. Je hebt potentieel.’

‘Waarvoor?’

‘Laten we niet op de zaken vooruitlopen’, zei Tony. ‘De nacht is nog jong, zoals ze zeggen.’

De studenten werden luidruchtig. ‘Zoeken we een rustiger plekje op?’ vroeg Tony.

Hij keek haar aan. Met dergelijke verzoeken had hij nooit eerder problemen gehad. Meestal luidde zo’n zinnetje een passionele nacht in. Dat zinnetje, of iets wat erop leek. Met dit verschil: doorgaans sprak hij het uit. Maar hier nam Tony het initiatief. Hij had zich dus niet in haar vergist.

Hoofdstuk 21

'Jij ziet eruit alsof zelfs pure cafeïne je niet kan helpen wakker worden', zei Thomas de ochtend erna.

Tarik hief zijn hoofd op en keek hem aan. Er scheelde iets aan zijn ogen. Ze wilden niet goed openblijven. Het was geen probleem waarmee hij naar de oogarts moest. Hij had een extra nacht slaap nodig, dat was alles. Een nacht alleen en in zijn bed. Vandaag had hij kunnen uitslapen, onder andere omstandigheden. Hij had toch een dagje vrij gekregen van Teo? Maar dat telde alleen voor zijn undercoverwerk. En dus was hij nu weer op kantoor, als de eerste de beste ambtenaar. Zijn eigen schuld, eigenlijk.

Tony was eerder die ochtend rustig weggegaan uit zijn flat. Ze had een douche genomen, maar ze had het aangeboden ontbijt geweigerd. Hij wilde alles voor haar doen, zelfs ontbijt maken. Na die nacht wilde hij werkelijk alles doen – behalve iets over zichzelf vertellen wat zelfs maar in de buurt van de waarheid kwam. Want de waarheid was geen deel van de deal die hij met zichzelf gesloten had. De deal was: je overtreedt de regel van de betrokkenheid. Die overtreding was al erg genoeg. Persyn zou hem stevig de les lezen. Maar Perseyn hoefde het niet te weten.

Tarik wist al te goed dat hij niet meer op het juiste pad zat. Hij was persoonlijk betrokken bij een verdachte. Nee, ze was geen verdachte. Ze was lid van een criminele organisatie. Het was niet de eerste keer dat hij persoonlijk betrokken was bij iemand die hij in de gaten moest houden. Eén keer had het hem bijna zijn leven gekost. Dat hij die risico's nam had hij voornamelijk aan zijn libido te danken. Veilig vrijen had voor hem een aparte betekenis die niks met condooms te maken had. En elke keer slaagde hij erin zichzelf te verbazen om zijn eigen domheid.

'Oké,' zei Thomas, 'ik begrijp het al, baasje. Het is een saaie klus, daar in de haven. Echt wel een saaie bedoening. Maar dat is geen reden om zo onverantwoord uit de bol te gaan.'

'Jij hebt een gezin', zei Tarik. 'Jij weet van niks, brave huisvader.'

Thomas maakte een gebaar van: nou én? Dan zei hij: 'We houden Perseyn hierbuiten.'

'Ja', zei Tarik. 'Dat lijkt me ook een goed idee.'

De man kwam net het eiland in stappen en keek naar Tarik. 'Jij ziet er niet fris uit', zei hij. 'Bevalt de opdracht niet?'

'Een beetje slecht geslapen', zei Tarik vaag.

'Kun je je hoofd erbij houden?'

'Mmm, lukt wel.'

Lena en Iris kwamen de lift uit en hadden net het eind van de conversatie gehoord. Lena keek achterdochtig naar Tarik maar gaf geen commentaar. Iris ging aan haar bureau zitten en startte haar computer op. Op het smartboard tegenover hen kwam een hiërarchie aan foto's en namen tot leven, met elkaar verbonden door middel van veelkleurige lijnen. Van sommige spelers hadden ze zelfs geen foto. Bovenaan had Iris een illustratie uit een oud boek geplaatst: een koning met een lichtende kroon. Die stond symbool voor de opdrachtgever achter de schermen. De top van een organisatie die geen naam en maar één enkel doel had. Daaronder hingen foto's van Arveladze, Teo, Patrick en Johnny, op diverse niveaus naargelang hun belang. Een dikke rode lijn liep naar een ruwe tekening van een neoklassiek gebouw, als een bank uit Monopoly.

'Het ding is helemaal nog niet compleet', zei Iris. De foto van Arveladze stond aan de zijkant van het scherm, verbonden met een foto van een diamant. 'Ik zie zelfs geen duidelijk beeld.'

'Geeft niet', zei Thomas. 'Als we Arveladze uit deze vergelijking lichten, dan stremt het hele proces. Zeker aan die ene kant. Aan de andere kant van het project pakken we die Israëli's aan, of Patrick.'

'Patrick', zei Tarik.

'De koe bij de horens vatten, mensen', zei Perseyn. 'We blokkeren de fondsen in al die rekeningen. Dan hebben ze een probleem waar ze niet meer omheen kunnen.'

'Op dat moment vermoeden ze waarschijnlijk ook dat wij een infiltrant hebben', zei Iris. 'Dat kan gevaarlijk worden voor Tarik. Ik heb déjà-vugevoelens.'

'Ze hoeven niks te weten', zei Lena. 'Waarom zouden ze Tarik verdenken?'

'Omdat hij de rekeningen opende', zei Iris. 'Hij is de buitenstaander. En wat voor zin heeft het eigenlijk om die rekeningen nu te blokkeren?'

'Omdat', zei Perseyn, 'zowel Patrick als Teo dan gecompromitteerd is bij de rest van de organisatie. Vervolgens duikt ergens iemand op die de zaak van nabij komt bekijken. Gezien de omvang van de zendingen is die man of vrouw niet zomaar een bijklussertje.'

'Je wilt een van de grote vissen uit de vijver en in het net lokken.'

'Zo zou ik het niet stellen,' zei Perseyn, 'maar daar komt het op neer.'

'Het risico dat Tarik loopt nemen we erbij.'

Ze keken allemaal naar Tarik. Die keek verbaasd. 'Ik? Risico? Ik loop de hele tijd risico. Jullie zitten hier rustig te wachten tot er wat gebeurt, ik zit daar tussen die psychopaten...'

'...en soms in aangenaam gezelschap', zei Lena. Ze knikte naar Iris. Die toetste twee foto's tevoorschijn onder aan het smartboard: telkens Tarik in gezelschap van Tony.

'Nou, nou', zei Thomas. Hij keek Tarik aan. 'Je bent betrapt.'

Tarik grijnsde. Lena keek naar hem, met een frons. Hij wist dat ze niet jaloers was. Ze wist dat hij geen vaste relatie wilde, niet met haar, niet met een andere vrouw. Maar ze kon het niet nalaten hem te plagen.

'Woh!' zei Thomas. 'Wie is die stoot? Waar is die foto genomen? Is dat een van jouw psychopaten?'

'Ze heet Tony Amundson', zei Tarik. De foto's waren ergens in de haven genomen, maar de achtergrond was opzettelijk vaag gehouden. Zozo, dacht hij, jullie houden ook mij in de gaten. Maar waarom verbaasde hij zich daarover?

'Tony!' zei Thomas. 'Moet je daar de hele dag mee doorbrengen? Dat kan alleen maar een kwelling zijn.'

'Word volwassen, Verhaege', zei Iris knorrig. 'Wie is ze?'

'We zitten daar knus samen in dat idiote kantoortje', zei Tarik, 'alsof we bij een gewone exportfirma werken. Ik volg de rekeningen op, print uittreksels, voer kleine verrichtingen uit op de rekeningen van obscure firma's in binnen- en buitenland. Allemaal opdat die verdomde rekeningen normaal zouden lijken, in afwachting van de grote stortingen uit de VS.'

'Grote stortingen. Zoals gisteren.'

'Ja.'

'En Tony?'

'Ze laat me niet zien waarmee ze bezig is. Ik vermoed dat ze de transporten coördineert, en dat ze speciaal daarvoor is aangetrokken. Johnny is een *dopehead*, en Patrick denkt dat hij snugger is maar kan waarschijnlijk geen balans lezen. Dus hebben *the powers that be* Tony gestuurd om de zaken op het rechte pad te houden. Dat denk ik.'

'Jij zit de hele dag lang opgesloten met dit katje?' zei Thomas.

'Gisteren gingen we een pint drinken in de stad. Avondje uit, we hadden vandaag toch vrij. Ze probeerde uit te zoeken wie ik ben, ik probeerde hetzelfde bij haar. Wie heeft die foto's gemaakt?'

'Mooi', zei Lena, Tariks vraag negerend. 'Dat zal een interessante conversatie opgeleverd hebben.' Ze keek op, naar Tarik. 'Oh!' zei ze, nu ze de situatie begreep.

'Het gaat je geen bal aan, Lena', zei Tarik opgewekt.

'Daarom was je vanmorgen niet wakker te krijgen', zei Thomas.

'Pas je wel op, Tarik?' vroeg Perseyn knorrig.

'Ja, baas. Tenzij ik in mijn slaap praat.'

'Er is niks in je flat wat je kan verraden?'

'Mijn verzameling porno misschien.'

Perseyn schudde zijn hoofd, maar tot Tariks verbazing had de chef verder niks aan te merken.

Iris schudde pruilend het hoofd. 'En wat weten we nu meer? Om terug te komen op de kern van de zaak.'

'Als we de geldkraan dichtdraaien, lokken we de grotere vissen uit hun schuilplaats', zei Perseyn. 'Desnoods verdwijnt Tarik van het terrein wanneer het te gevaarlijk voor hem wordt.'

'Dat zou pas opvallen', zei Thomas. 'Als Tarik plots verdwijnt, weten ze dat hij de infiltrant is. Dan sluiten ze de barak en gaan ze naar Amsterdam of naar Bremen of waar dan ook, en dan zijn we ze helemaal kwijt.'

'Dus Tarik moet blijven', zei Persyn.

'Jullie praten wel over arme kleine *moi*', zei Tarik. 'Word ik hier wel voldoende voor betaald?'

'Denk aan de extra voordelen', zei Lena, nu toch een beetje giftig. 'Je hebt vannacht toch ook niet geklaagd over de overuren?'

'Touché', zei Thomas.

'Iedereen!' zei Perseyn. 'Bij de zaak blijven. Tarik, jij gaat gewoon terug aan het werk. Thomas, Lena, neem contact op met de financiële afdeling, de mannen die de rekeningen voor ons hielpen openen, en vraag hun alles te blokkeren. De banken mogen niet ingelicht worden over het hoe en waarom. Dan kunnen ze ook geen verkeerde informatie geven. Plaats een opsporingsbevel voor alle betrokken rekeninghouders. Vooruit, mensen.'

'Werd even tijd', mompelde Thomas.

Het mobieltje van Iris trilde. Ze nam op en zei haar naam. 'Dag Sofie', zei ze opgewekt en keek naar Thomas, die aan het andere bureau zat met de rekeninguittreksels van de drugsdealers. 'Ja', zei ze. Ze schreef iets op een stuk papier. 'Ja, dat is prachtig. Je bent een flinke meid. Ik wist dat ik jou dit kon toevertrouwen.' Ze nam meteen weer afscheid.

'De dossiers van FabnaBank?' vroeg Thomas.

'We wandelen daar naar binnen en stappen recht naar de juiste archieven. Niemand hoeft ons iets op de mouw te spelden. Toch mooi, niet?'

'Sofie verdient een pluim', zei Thomas.

'We gaan er dus naartoe?'

'Niet vandaag. We hebben een paar dringender dingen te doen. Eerst Arveladze...'

Arveladze schrok even toen zijn gsm tot leven kwam. Die ene beltoon verontrustte hem. Met die beltoon wist hij meteen wie er belde, en dan kon het nieuws niet goed zijn. Hij toetste de verbinding open. 'Met Vadim', zei hij in het Hebreeuws. Er was weinig kans dat iemand hier in België zijn telefoon aftapte en tegelijk ook nog Hebreeuws begreep. Ze zouden niet meteen een vertaler vinden.

De stem aan de andere kant kende hij niet. De stem, een man met een keelprobleem, sprak dezelfde taal. 'Vriend Vadim,' zei hij, 'we hebben een probleem met een van onze lokale operaties.'

'Ik werk nog steeds aan het verzamelen van lidgelden, meneer', zei Arveladze. Hij kende de stem niet, maar wie via dit ene nummer belde had het aan die kant voor het zeggen. Namen waren dan overbodig. 'En ik ben een andere operatie aan het opzetten om sneller fondsen bijeen te brengen. Binnen de week heb ik resultaten.'

'Dat is prachtig, vriend Vadim. Mijn voorgangers hadden gelijk toen ze u deze opdracht toevertrouwden. Nu bel ik echter voor iets anders. Er werken nog een paar andere operatoren voor ons in Antwerpen. Eentje daarvan lijkt zijn opdracht te verknoeien.'

'Oh', zei Arveladze. Meer zei hij niet. Knoeiende operatoren, dat leidde doorgaans tot geweld. Meestal tot excessief geweld.

'Het is een operatie waarbij genotsmiddelen worden verplaatst naar de VS, in ruil voor digitaal geld', zei de man. Arveladze glimlachte. De nieuwe generatie controleurs daar in Israël had een eigenaardig jargon ontwikkeld. Een eindje verwijderd van de realiteit op het terrein, maar het liet aan duidelijkheid niets te wensen over.

'Iemand die ik ken?'

'Nee, vermoedelijk niet. Zijn naam is Teo Bechor, een ijverige en ambitieuze jongeman uit Tel Aviv die we daarnaartoe hebben gestuurd om voor de coördinatie van de operatie te zorgen. Er is echter vanmorgen een probleem ontstaan. De rekeningen zijn geblokkeerd. De fondsen bevinden zich nog steeds op de rekeningen maar zijn onbereikbaar geworden. De banken zijn niet erg coöperatief. De politie is blijkbaar iets op het spoor.'

'Wat kan ik doen?'

'Ik mail u de gegevens van onze mensen door. U onderzoekt waarom ze falen, en u recupereert de fondsen. Indien, in uw opinie, de operatie gecompromitteerd is, dan mag u de zaak definitief afsluiten.'

'Alle operatoren?'

'Allemaal. Maar het is belangrijk dat eerst de fondsen veilig zijn. Indien er nog handelswaar aanwezig is, mag die vernietigd worden. Alle bestanden en sporen moeten eveneens verdwijnen – maar alleen wanneer de zaak onherroepelijk verloren is.'

'In mijn opinie.'

'Ja. In uw opinie. We rekenen op u en vertrouwen op uw ervaring in deze materie. En, meneer Vadim?'

'Ja?'

'In geval van terugtrekking stopt u ook uw eigen operatie. U komt dan meteen terug naar Tel Aviv.'

'Dat zal ik doen', zei Arveladze. Hoewel dat waarschijnlijk het laatste was wat hij zou doen. Tenminste, als hij zelf genoeg geld bijeen kon rapen.

'Dank u', zei de stem, en verbrak de verbinding.

Arveladze bleef een tijdje zitten. Ook toen zijn mailprogramma een binnenkomend bericht aankondigde, bewoog hij niet. Pas even later liet hij de laptop het bericht decoderen.

Zijn eigen operatie stopzetten? Dat zou niet meteen gebeuren. Nagaan of die andere gozers hun zaak hadden verknoeid zou wat tijd kosten. Hij keek op zijn horloge. Zo snel was hij ook niet van plan te werk te gaan. Hij had zijn eigen belangen te verdedigen.

Hij las het bericht en onthield de namen en adressen. Enkele van de namen kwamen hem bekend voor. Hij grijnsde. Dan vernietigde hij het bericht. Vervolgens trok hij de lade van zijn bureau open en haalde er een pistool uit. Hij had het gekocht meteen nadat de politie zijn andere wapen in beslag had genomen. Het zou nu van pas komen. Hij dacht na. Hoeveel tijd had hij nog om zijn eigen fraude op te zetten? Genoeg. De operatie die hij in gedachte had duurde hooguit drie dagen. In die tijd kon hij desnoods alleen voor zichzelf enkele miljoenen euro verdienen. Oorspronkelijk was hij van plan geweest een grotere operatie op te zetten, voor de Partij en met een zoethoudertje voor zichzelf. Maar nu leek het dat de zaken anders zouden lopen. Hoe dan ook, hij zou eerst voor zichzelf zorgen.

Hij stak het pistool op zak, pakte zijn mobieltje en toetste een nummer in.

Commissaris Reynders van de lokale politie Antwerpen hoorde niet graag de stem van de man aan de andere kant van de lijn. Hij had die man al een paar jaar niet meer gezien en was ervan overtuigd dat hij voorgoed naar het buitenland was getrokken, of dood. Liefst dood. Want dan zou de man de commissaris niet langer achtervolgen met de herinnering aan bepaalde verplichtingen.

Nu was de man er echter weer.

Reynders haalde diep adem en keek door de glazen wand naar de rechercheurs in het grote kantoor. Hier, in zijn eigen kantoor, werd hij niet gestoord. Dat was maar goed ook.

'Vadim hier', zei de man rustig, alsof ze elkaar de week ervoor nog gesproken hadden. 'Ik doe een beroep op u, meneer Reynders, voor een zaakje dat in alle discretie afgehandeld moet worden.'

'Je bent terug', zei Reynders. Hij had geleerd zijn frustraties te onderdrukken wanneer Vadim met hem sprak. Het was bekend dat Vadim snel zijn geduld verloor wanneer de andere partij niet genoeg meewerkte. Het gesprek verliep over de telefoon, en Reynders vond dat goed want hij kwam de Rus liever niet onder ogen.

Toen dacht hij: dit houdt nooit op. Elke keer als Vadim iets nodig heeft, duikt hij op en roept die oude schuld in. Dat zou zo verdergaan tot een van hen stierf, of tot een van hen niet meer nuttig was voor de ander.

'Vadim,' zei hij, 'ik denk dat ik dit niet meer wil doen.'

'Mijn beste commissaris,' zei Arveladze, 'denk toch goed na over die beslissing. Ergens in Antwerpen liggen twee lijken van kinderen begraven. Het verhaal over hoe die lijken daar kwamen, en wat er met hen gebeurd is toen ze nog geen lijk waren, is fascinerend. Het is zo fascinerend dat ik niet kan wachten om het te vertellen. De kranten en de weekbladen zullen er wekenlang over schrijven. Maandenlang zelfs. De affaire-Dutroux, helemaal opnieuw beleefd.'

'Klootzak', zei Reynders.

'Opgelet met dergelijke uitdrukkingen, mijn beste. Ik dood alleen maar kinderen uit zelfverdediging', zei Arveladze. 'Daarom ben ik béter dan u.'

'Hierna wil ik van die hele zaak af. Je vertelt me waar die kinderen liggen...'

'Zullen we nog zien. Het klusje, nu. U hebt gehoord over de moord op het echtpaar Budtz.'

'Ja', zei Reynders. 'Daar heb ik over gehoord.' God, dacht hij, word ik daar nu ook al bij betrokken?

'Goed. Ik bel meteen terug met een andere gsm, een die niet nagetrokken kan worden. En ik meld dat ik informatie heb over de moordenaar. U noteert de naam en het adres, en dan verbreek ik de verbinding. Ze zullen zelfs de stem niet herkennen. Op die manier klinkt het authentiek.'

'Authentiek. Goed, en dan?'

'En dan? Heel eenvoudig...'

Twintig minuten later stopte er een auto in de Aalmoezeniersstraat bij nummer veertien. Commissaris Reynders stapte uit, gevolgd door een oudere inspecteur, Davids. Ze waren allebei in burger en niemand lette op hen. Hij had Davids gekozen omdat die net zoals hij meer zonden te verbergen had dan ooit door het Laatste Oordeel witgewassen konden worden. Davids zou doen wat zijn superieur hem vertelde te doen. Daar twijfelde Reynders niet aan. 'De moordenaar?' had hij in de auto gevraagd. 'Die van de zaak-Budtz?'

'Ja', zei Reynders. 'Maar hij komt niet voor de rechtbank. Daar zorgen wij voor.'

Davids had geknikt. Nu stonden ze voor de deur van de smalle woning, waar een naam op de bel ontbrak. Davids had een hamer losjes in zijn linkerhand hangen. Hij was een meter negentig en woog ruim over de honderd kilo. Hij was altijd de man met de hamer.

'Opletten, Davids, de man is gewapend en gevaarlijk. En je weet: we zijn hier alleen maar vanwege een telefoontje, en eigenlijk verwachten we niet dat we de moordenaar ook echt tegen het lijf lopen.'

'Ik weet wat ik moet zeggen', zei Davids.

Daar was Reynders van overuigd. Davids kende dit soort opdrachtjes. Hij belde aan, klopte meteen op de deur en riep: 'Johnny! Politie! Doe open!' Hij draaide zijn hoofd om naar Davids. 'Ram die deur in.'

Dat was de afspraak: ze zouden niet wachten tot Johnny zelf kwam openmaken, want ze wilden hem binnen in het huis verrassen, uit het zicht van eventuele getuigen.

Davids haalde uit met de grote hamer en het slot begaf het meteen. Reynders stapte als eerste naar binnen. Ze droegen allebei een kogelwerende vest.

Reynders stapte de gang in. 'Johnny!' riep hij, want hij kende de familienaam van de verdachte niet. 'Politie! Als je gewapend bent, gooi dan dat wapen meteen neer en kom tevoorschijn met je handen omhoog.'

Hij hield zijn hoofd schuin. Omdat hij nog steeds vooraan in de gang stond, kon Davids niet meteen naar binnen. Links in de gang was er een deur en achter in de gang ook. Woonkamer en keuken, veronderstelde Reynders. Waar hield Johnny zich op? Hij besefte dat hij twee extra agenten had moeten meebrengen. Hij en Davids konden het hele huis niet veilig doorzoeken. Maar twee extra agenten, dan was het moeilijk geweest te doen waar Vadim om vroeg. De discretie zou dan een probleem zijn.

Reynders hoorde iemand op de eerste verdieping stommelen. Hij gebaarde met zijn hoofd naar Davids, die knikte. 'Commissaris...' waarschuwde die.

'Ja, ik weet het', fluisterde Reynders. 'Laten we gewoon aannemen dat hij alleen is.'

Hij stapte de trap op met Davids achter zich. Reynders wist dat hij op de man kon rekenen. Verdomme, dacht hij, dit is een smerige klus. Hij zou nadien moeten uitleggen waarom ze maar met z'n beiden in het huis binnen waren gegaan, in plaats van op versterking te wachten. Maar hij zou wel een smoes bedenken. Waarom zou iemand hem niet geloven?

Hij stapte de smalle overloop op en hoorde iemand in de voorste kamer, waarvan de deur dicht was. Achter hem volgde Davids. Die hield zijn eigen pistool met twee handen vast, de loop naar boven gericht. Hij wuifde met zijn vrije hand naar hem en ze hielden halt. Hij haalde diep adem. Dit is, dacht hij, absoluut mijn laatste klus voor Vadim. Dan stapte hij snel naar voren, gooide de deur van de kamer open en stapte over de drempel.

Hij wist dat hij zijn leven riskeerde.

De man in de kamer stond aan het raam maar maakte geen aanstalten om te ontsnappen. Hij was niet gewapend. Zijn haar was ongewassen en ongekamd en hij had zich niet geschoren. Dat zag Reynders in één oogopslag. Niet dat het er allemaal wat toe deed. 'Johnny?' zei hij.

'Ja', zei de man. 'Ik heb geen wapen.'

Reynders richtte zijn pistool op de linkerschouder van Johnny en vuurde. De man schokte en over zijn schouder verspreidde zich bloed. Hij hing tegen de muur en keek de commissaris met wijdopen ogen aan.

Hij weet wat hem te wachten staat, dacht Reynders.

De commissaris bukte zich en greep de kleine revolver die in een verborgen holster om zijn enkel vastzat. Hij richtte het wapen omhoog en schoot een kogel in de zoldering. Meteen daarna schoot hij met zijn eigen wapen Johnny door het hart, twee keer snel na elkaar, zoals hij tijdens de lessen geleerd had.

Johnny schoof tegen de muur omlaag.

Reynders stopte de revolver in de rechterhand van Johnny.

Achter hem kwam Davids de kamer binnen. 'Netjes opgeruimd', zei die. Hij keek zijn baas aan. 'Is het persoonlijk?' vroeg hij.

'Het is altijd persoonlijk', zei Reynders. Davids hoefde niks te weten over Vadim. Hoe minder hij wist, hoe beter het was. Voor iedereen.

Davids getuigde later dat de commissaris handelde uit zelfverdediging, dat de moordenaar op hem had geschoten maar had gemist, en dat de commissaris geen andere keuze had dan de met een revolver gewapende man te doden. De technische dienst vond geen kruitsporen op de handen van Johnny, maar dat detail bereikte de onderzoekscommissie niet.

'Ik heb ervoor gezorgd dat uw goede naam geen gevaar meer loopt, meneer de directeur', zei Arveladze. 'Nu is het uw beurt om uw goede wil te tonen.' Arveladze was ongevraagd en onaangekondigd bij Van Steen langsgekomen, tot wanhoop van zijn secretaresse. Op de De Keyserlei werden de bomen snel kaal, er hing een scherpe kilte in de lucht die de winter aankondigde. Arveladze had netjes gewacht op een telefoontje, dat hem vertelde dat een niet nader genoemd obstakel uit de weg was geruimd. Netjes, dacht hij. Hij wist dat hij zulke gevoelige werkjes aan zijn vrienden bij de Antwerpse politie kon overlaten. Morgen zou het in de krant staan. Weer een moordenaar minder in de stad. Misschien vertelde hij commissaris Reynders uiteindelijk toch nog waar er discreet twee lijkjes gevonden konden worden.

Van Steen keek de Rus aan zonder dat hij enige emotie vertoonde. Maar hij besefte dat een tweede mensenleven opgeofferd was op het altaar van zijn goede naam. Dit keer was het een misdadiger, dus gaf het niet. Maar toch was het een mensenleven. 'Hij is dood?' vroeg hij, terwijl hij het antwoord op die vraag al kende.

'Ja. Het staat morgenochtend in de kranten. Netjes opgeruimd. Hij krijgt ook nog alle schuld van de moord op uw collega. Ze zullen het een misgelopen inbraak noemen. Ik heb een paar vrienden bij de lokale politie die de details afhandelen. Handig, toch?'

'U bent een verdorven man, meneer Arveladze', zei Van Steen.

'Alsof u het recht verdiend hebt om mij te beoordelen', zei Arveladze. 'Ik heb u zonet een tweede dienst bewezen. Nu gaat u goed naar mij luisteren.'

'Wat gebeurt er als ik praat? Met de politie bedoel ik? Ik vraag dat alleen maar uit nieuwsgierigheid.'

'U praat, u gaat dood', zei Arveladze. 'Het zal mij geen zorg wezen. De politie vindt mij niet zomaar. U gaat dood, uw familie gaat dood. En die dood zal niet aangenaam zijn. Doodgaan is niet erg, meneer Van Steen. U weet daar niks van, ik wel. Ik heb vaak genoeg in de ogen van stervenden gekeken. In sommige gevallen was ik de oorzaak van dat sterven. Doodgaan is simpel. De manier waarop is waar we ons allemaal zorgen om moeten maken. Ik zeg u uit ervaring: iedereen verkiest een snelle dood.'

'Ja, ja, u hebt uw punt gemaakt. Wat moet ik voor u doen?'

'Ik wil de volgende dagen dertig rekeningen openen, allemaal op verschillende bedrijven. Er mogen geen vragen gesteld worden. Ik heb papieren die u kunt gebruiken.'

'Valse documenten. Hoe denkt u dat ik...'

'Niks wat door een overheid is uitgegeven, is vals, meneer Van Steen. U moet voorkomen dat er medewerkers zijn die vragen gaan stellen. Als de grote baas zelf die rekeningen laat openen, worden er geen vragen gesteld. Is dat niet zo?'

'En daarna?'

'Daarna volgt fase twee. Maakt u zich alleen maar zorgen om fase één. De rest komt later.'

Van Steen knikte. Er was een Engelse uitdrukking die hij graag gebruikte: *in for a penny, in for a pound.* Daar moest hij nu aan denken. Hij was erbij betrokken voor het volle pond. 'Ik heb één voorwaarde', zei hij.

Arveladze grijnsde. 'Fascinerend, een man die onder deze omstandigheden voorwaarden stelt. Laat maar horen.'

'Er vallen geen doden meer.'

'Mmm', zei Arveladze. 'Zelfs dat kan ik u niet beloven. De vorige twee doden vielen door uw schuld, niet de mijne. U ziet het dus: of er slachtoffers vallen hangt helemaal van u af, meneer de directeur.'

'Niet helemaal, meneer Arveladze', zei Van Steen. 'U bent degene die de trekker overhaalt, niet ik.'

'Vreemd, dat kan ik me niet herinneren. Nee, ik heb geen enkele keer een trekker overgehaald. Budtz werd vermoord door Johnny, een man die u inhuurde om de moord te plegen, en Johnny werd op zijn beurt doodgeschoten door de politie toen hij zich tegen zijn arrestatie verzette. Nee, meneer Van Steen, u staat er heel wat slechter voor dan ik.'

Van Steen besefte dat de man dit allemaal goed doordacht had. Hij was niet op een fout te betrappen. De enige die betrapt kon worden, was hijzelf. Het was begonnen met hebzucht. De kredieten van de Kenianen. Daarna was het alleen maar erger geworden. En het was allemaal zijn eigen schuld.

'Hoezo, geblokkeerd?' zei Patrick. Zijn stem klonk eigenaardig, alsof ze uitgleed over zijn woorden.

'Wat ik je zeg', zei Teo. 'Kijk maar. *Tot onze spijt kunnen wij niet langer...*'

Patrick duwde Teo ruw opzij. Die sprong op van zijn stoel om plaats te maken voor de man. Patrick begon op het toetsenbord te tokkelen, verschoof de muis, klikte allerlei delen van de website aan. Maar van de andere kant van de digitale kloof die plots tussen hen en de bank was ontstaan, kwam geen reactie. 'Geblokkeerd? Bel meteen die bank!'

'Nee, dat kunnen we niet doen!'

'Natuurlijk doen we dat. Ze kunnen niet zomaar onze rekeningen blokkeren. We zijn daar toch klant en ze hebben...'

'Denk na, Patrick', zei Teo. 'Dit gebeurt niet zomaar toevallig. Wekenlang voeren we hun kleine sommen en doen we alsof we reguliere klanten zijn. Dan komen die grote bedragen binnen...'

'Je zei dat het geen probleem kon zijn. Waar is Tarik? Waar is die godverdomse zwarte aap...'

'Tarik heeft van mij een dag vrij gekregen. Hij hoeft hier niet rond te hangen als er voor hem geen werk is. Tony ook niet. Nee, Patrick, de banken kregen de facturen toegezonden. Alles was in orde. Tarik zei zelfs dat ze...'

'Als hij er morgen is moet hij dat probleem meteen oplossen, Teo. Godverdomme. Onze koppen rollen als het geld niet binnen enkele dagen op de bestemming is. Onze koppen...'

'Weet ik', zei Teo. 'Ze merken het in Tel Aviv meteen als de rekeningen niet meer functioneren. Ze hebben daar ook toegang tot die sites. Net zoals wij. Dacht je dat ze ons helemaal alleen en zonder controle lieten opereren?'

'Godverdomme!'

Hoofdstuk 22

Lena was niet van plan Arveladze uit het oog te verliezen. Dat lag niet in haar aard. Ze beet zich vast in een opdracht, in een observatie, in een missie, en dan liet ze niet meer los. Die koppigheid had ze overgehouden uit haar lange en moeizame opvoeding. Die moeilijke jeugd van haar. Altijd op haar hoede voor de mensen die verondersteld werden op haar te letten: pleeggezinnen, opvoeders, andere pleeggezinnen, andere opvoeders. Altijd op haar hoede voor de intenties van andere mensen. Op de duur deed ze geen moeite meer om erbij te horen, en mensen liet ze in haar buurt alleen toe omdat het makkelijk was, of nuttig, of omdat ze hen kon gebruiken. Zo had ze haar jeugd doorgebracht.

Het was moeilijk geweest om afstand te nemen van die tijd. Nadat Marisse stierf, de enige echte moeder die ze had gekend, en ze overbleef met haar stiefvader Guy Merckx, was niet het rouwproces maar de nieuwe gewenning een probleem. Vanuit de eerdere eenzaamheid had ze een veilig nest gevonden bij haar recentste stiefouders, eindelijk mensen die meer geduld en meer vergevingsgezindheid hadden dan zij voor mogelijk hield.

Het noodlot had geen recht om toe te slaan, vond ze. Maar om dat noodlot moest ze lachen.

Het was de nagedachtenis aan Marisse die haar en Guy samenhield. Het was voornamelijk de pijn die hen samenhield. Haar stiefvader raakte niet over het verlies van zijn vrouw heen. Hij stortte zich op zijn werk. Hij legde zich toe op het uitbouwen van de bedrijven die hij beheerde. Over Marisse weigerde hij te spreken, omdat, zo veronderstelde Lena, elke zin met haar naam erin hem meesleurde naar een miserabele verzameling van gedachten die hij wilde vermijden.

Andersom werd hij de enige persoon die Lena werkelijk vertrouwde. Ze wist dat ze met hem over alles kon praten, en dat deed ze ook, maar ze werd vaak gehinderd door zijn afwezigheid. Zijn werk maakte dat hij zelden thuis was. Het was een gebrek dat hij tegenover haar probeerde te compenseren door haar niks te weigeren. Terwijl Lena snel volwassen werd, betekende dit dat ze meer dan genoeg geld had om mee rond te komen, en een huis waar zij alleen de baas was.

Ook nu nog was hij voor haar de enige strohalm, de laatste klip aan de horizon, haar biechtvader, haar publiek. Maar elke keer wanneer hij afwezig was, voelde ze zich op een zeer fundamentele manier alleen. Nu woonde ze apart, in haar flatje, maar zolang ze thuis woonde, in het huis dat ze associeerde met Marisse en dat ze dankte aan Guy, klampte ze zich vast aan de gedachte dat hij telkens weer terugkwam.

Ze wist dat ze problemen had met het vertrouwen van mensen. Het duurde lang voor ze er een band mee vormde, en zelfs dan bleef ze gereserveerd. Een nieuw gezicht betekende niks voor haar, veroorzaakte zelfs geen nieuwsgierigheid. Zo kwamen en gingen heel wat mensen aan de rand van haar leven. Uiterlijk verborg ze zich achter haar grote mond.

Na haar studie had de politieschool een onverklaarbare fascinatie op haar uitgeoefend. Er was niemand die haar keuze tegensprak. Guy knikte alleen maar, en liet haar de volledige vrijheid. De mening van haar medestudenten was irrelevant, zoals zijzelf irrelevant waren voor Lena. En dan, plots, kreeg ze een aanstelling bij Ecofin, en rolde zonder enige verdere voorbereiding in het team.

Als dit mijn familie moet zijn, dacht ze, vooruit dan maar.

Ze dacht aan Tarik, die wat voor haar voelde maar die problemen had met haar ongebondenheid. Ze dacht aan Thomas, die zijn geduld met haar deelde, maar die alles deed voor zijn gezin. Iris en Perseyn waren oudere figuren, die nooit Marisse of Guy konden vervangen. Niet dat ze naar vervanging zocht.

En nu zat ze hier, in een koude auto waarvan de ruiten gedeeltelijk beslagen waren, in haar gevoerde jas, met koude voeten, kijkend naar een huis dat bijna niet meer bewoond werd. Ze was niet van plan deze opdracht los te laten of ze ter discussie te stellen, maar een aantal praktische elementen spanden tegen haar samen. In de eerste plaats had ze maar twee rechercheurs van de lokale politie als hulp meegekregen. Met z'n drieën het huis van Arveladze elke dag en elk uur observeren was onmogelijk. De man volgen was al helemaal onmogelijk. Iedereen wist dat. De Rus kon dus grotendeels gaan en staan waar hij wilde. Tot zover de efficiëntie van de politie.

Het was vijf uur 's ochtends. Ze had, nadat ze de andere politieman om middernacht had afgelost, wat gedoezeld. Arveladze was thuis, sliep waarschijnlijk. Hij was na zijn vrijlating, uitdagend, gewoon weer opgedoken. Hij was niet gevlucht. Waarom zou hij ook? Met die verdomde advocaat als raadsman hoefde hij zich pas zorgen te maken als de politie ook een echte zaak tegen hem had. En die echte zaak was nu blijkbaar in de lucht opgelost. Dat bewijsstukken zomaar konden verdwijnen, ergerde Lena. Maar ze verbaasde zich er niet over. Dat gebeurde wel vaker. Niet bij gewone dossiers, maar als de beschuldigde iets met de georganiseerde misdaad te maken had werd bewijsvoering soms erg ingewikkeld.

Ze praatte daar alleen over binnen het team. Elders luisterden triomferende oren mee, daar was ze van overtuigd.

Verdomd, dacht ze, waarom zit ik hier? Ze wist dat Arveladze nergens naartoe ging. En als hij ergens naartoe ging, dan kon ze hem niet volgen. Waarom eigenlijk niet? Perseyn zei: we hebben drie extra mensen nodig om de man te schaduwen als hij in Antwerpen rondloopt. Ja, dacht ze, als we de procedures volgen. Maar waarom zouden ze de procedures volgen?

Ze draaide de thermosfles open en goot zich wat hete koffie in een stalen beker. Ze dronk hem meteen op. Ze dacht aan vakantie. Ze was een weekje naar Frankrijk geweest, naar Bretagne, maar dat was drie jaar geleden. Ze nam zelden vakantie op. Perseyn verplichtte haar elk jaar thuis te blijven, maar een week was al een foltering. Ergens naartoe gaan? Daar dacht ze niet aan. Wat deed ze in zo'n vreemde stad, tussen vreemde mensen? Dat hele toerismegedoe, ze begreep het niet. Had ze nooit begrepen. En toch gaven mensen daar veel geld aan uit. Om de wereld te zien. Alsof er in de wereld iets te zien was wat ze thuis niet konden zien.

Ze schrok op. Waarschijnlijk was ze weer ingedommeld, ondanks de koffie. Het was zes uur. Ze wilde naar huis. Ze wilde een bed van dichtbij zien. En slapen, echt slapen.

Thomas zat aan de ontbijttafel. Eva had koffie gezet en toast gemaakt. Ze had hem ooit aangeboden om voor een uitgebreider ontbijt te zorgen, maar hij wees er haar op dat zoiets zijn fysieke conditie niet ten goede zou komen. 'Vergeet die Britten', zei hij. 'Zo'n bedoening, ze hebben daar nog nooit van cholesterol gehoord.' En dus hielden ze het bij toast, marmelade en koffie. Eva stond op om Ruben uit zijn bed te halen. 'Een normale dag?' vroeg ze aan Thomas.

Er bestond natuurlijk niet zoiets als een normale dag voor dit gezin, maar ze wilde alleen maar weten of hij dacht op tijd terug thuis te zijn.

'Een paar klusjes, maar ik ben er wel op een gewoon uur', zei Thomas. Hij zat nu al te piekeren. Over de fondsen die ze hadden geblokkeerd bij de banken waar Tarik rekeningen had geopend. Hij zat ermee in zijn maag. Tarik liep een niet te onderschatten risico. Tarik liep altijd risico, want dat hoorde bij undercoverwerk. Maar ze probeerden dat risico te minimaliseren. Perseyn besefte dat ook. Er zouden maatregelen getroffen worden. Ze lieten Tarik niet zomaar in het hol van de leeuw rondlopen zonder te weten waar de achteruitgang was.

De voordeur ging open en Arveladze stapte naar buiten. Hij sloot de deur af en liep naar de garage. Hij maakte de dubbele poort open, stapte in de auto en reed die achterwaarts de oprit af, liet hem dan met draaiende motor staan en sloot de garagedeur. Dan reed hij weg.

Lena hoefde niet lang na te denken. Ze draaide de sleutel om en stuurde haar auto achter Arveladze aan. Wat voor zin had het bij een leeg huis te zitten wachten terwijl ze meer kon leren door de man te volgen? Ze hoefde geen toestemming van Perseyn. Ze volgde haar intuïtie. Perseyn kon niet wedijveren met haar intuïtie. Hij zou haar het een en ander te vertellen hebben over haar keuze, maar op dit moment lag het initiatief bij haar.

Arveladze reed rustig over de Ring en ze had geen probleem om hem te volgen. Maar ze kwamen in het spitsverkeer terecht in de richting van het centrum, en het werd moeilijk om hem niet uit het oog te verliezen. Ten slotte parkeerde hij de auto aan de Dageraadplaats. Ze deed hetzelfde en volgde hem te voet.

Ze kende de gevaren. Een man als Arveladze zou waarschijnlijk op zijn hoede zijn. Hij had vijanden genoeg. Het verbaasde haar al dat hij in een villa in een buitenwijk woonde en niet in een flat, die makkelijker te beschermen was. Ze wist dat Arveladze geen supermens was. Dat was eerder al gebleken. Hij was intelligent maar soms hoogmoedig en durfde zichzelf wel eens te overschatten. Dan maakte hij verkeerde inschattingen. Hij achtte zich superieur aan de politie, maar zijn voorsprong was voornamelijk dat hij geen regels hoefde te volgen.

Wat niet betekende dat hij makkelijk te schaduwen was.

Misschien als hij niet goed oplette.

Hij liep de Korte Altaarstraat door. Lena had hem nog altijd in de gaten, maar vermeed te dicht in zijn buurt te komen. Ze vroeg zich af hoe ze eruitzag. Niet zo best, waarschijnlijk. Verkild, slaperig, onverzorgd – min of meer in haar normale doen dus. Tussen de ochtendmensen op weg naar het werk of naar school viel ze niet op. Hij ook niet, trouwens.

Plots merkte ze dat hij voor een deur stilstond. Hij had aangebeld. Hij belde opnieuw aan en sprak dan in een roostertje. Het gesprek duurde even. De persoon aan de andere kant verwachtte duidelijk zijn bezoek niet. Lena was een en al aandacht. Ze was een eindje verderop in de straat blijven staan, aan de overkant. Ze keek langs de gevel omhoog. Het huis was slecht onderhouden en verdeeld in kleine studio's. De gordijnen hingen er vuil en schuin voor ramen. Dit was een krot. Zelfs zij woonde beter.

Uiteindelijk ging de voordeur open en Arveladze stapte naar binnen. De deur ging weer dicht.

Lena bleef aan de overkant wachten. Ze zou er veel geld voor overgehad hebben om het gesprek tussen de Rus en zijn gastheer of gastvrouw te kunnen volgen. Maar die optie had ze niet.

'Ik weet niet wie je bent,' zei Teo, 'en het kan me ook niks schelen. Senator Mizrahi is dood en ik ken zelfs niet de naam van de man die haar plaats inneemt.'

'We zijn collega's', zei Arveladze. 'Meer dan dat: we zijn eigenlijk vrienden. We hebben dingen gemeen die vrienden doorgaans gemeen hebben.'

'Ik heb geen instructies over jou', zei Teo. 'En ik kies mijn vrienden zelf.'

Arveladze keek rond in het appartement. Het bleef hem verbazen dat mensen in zo'n rotzooi konden leven. De meubels waren rottig en smerig, de sofa doorgezakt, de tv dateerde uit een andere eeuw, er was geen keuken. De man tegenover hem ging gekleed in een versleten jeans en een rood T-shirt dat te klein was, zelfs voor hem. Hij had waarschijnlijk een douche nodig, maar Arveladze zat gelukkig te ver van hem vandaan om hem te kunnen ruiken. Hij zat op een harde, rechte stoel, omdat hij de sofa wilde vermijden.

Hij had zelf vuil en ontbering en ziekte gekend, en bloed en slijm en alle mogelijke menselijke vuiligheid, maar hier en op deze plek en op dit moment wilde hij orde en schone kleren en beschaving. Daar had hij recht op. Dat had hij verdiend. Het was ook een kwestie van zelfrespect, vond hij. De jongeman die tegenover hem zat was geen armoezaaier en geen vluchteling zonder toekomst. Er was geen reden waarom hij zo moest leven.

'De zaak zit zo in elkaar', zei Arveladze. 'De flikken hebben jouw operatie de lucht uit de longen gesleurd. Je fondsen zijn geblokkeerd. Je kunt je verplichtingen niet meer nakomen en daardoor loop je een groot risico. Tel Aviv belde me en gaf me dit adres. Ik kom de dingen rechtzetten.'

'Wie ben jij, godverdomme, dat je je veroorlooft hier binnen te komen en mij de les te lezen?' vroeg Teo. Hij was woedend. Waarom overlegde Tel Aviv niet eerst met hem? Waarom stuurden ze deze man? Deze man, die hij niet kende en niet wilde kennen?

Wat niet helemaal waar was. Hij had hem al eerder gezien maar hij kon zich niet herinneren waar. Ergens niet zo lang geleden. Op een andere plek.

En toen herinnerde hij het zich. Hij had deze man gezien in het hoofdkwartier van de Partij, in Tel Aviv. Hij had hem gezien toen hij het gebouw verliet. De man had een afspraak gehad met senator Mizrahi. Maar waarover ging die afspraak? Hoe kwam hij nu in Antwerpen terecht? En waarom was hij hiernaartoe gestuurd? Dat kon toch niks te maken hebben met zijn eigen operatie? Niet met de drugshandel?

Dan begreep Teo waar dit allemaal om ging, en waarom deze man hier plots opdook. Ze hadden de man achter hem aangestuurd. Omdat ze vonden dat hij de zaak niet meer kon beredderen.

Maar hij had niet gefaald. Teo vond niet dat hij gefaald had. Hij had precies gedaan wat de mensen in Tel Aviv van hem vroegen. De fondsen verzameld, voorzichtig geweest, rekeningen geopend, de boekhouding op poten gezet. Dat had hij allemaal netjes gedaan. Hij had niks achtergehouden, hij was helemaal loyaal geweest. En nu, opeens, sloot de politie de rekeningen, alsof dat zomaar kon, alsof de wet hem zomaar kon...

'Wat ga je doen om dat geld toch naar Israël te krijgen?' vroeg Arveladze.

Teo keek op. 'Dat is voorlopig onmogelijk. Ik neem een advocaat in de arm en regel een bevelschrift om het geld vrij te maken.'

'Jij? Denk jij dat je indruk maakt op een rechter?'

'Ik stuur wel een advocaat.'

'Oh', zei Arveladze. 'Natuurlijk. Een advocaat. Dat duurt even. En als de gerechtelijke politie niet wil, dan blijven je fondsen waar ze zijn. Je staat waarschijnlijk onder verdenking van witwasserij, van het ontvangen van fondsen uit verdachte transacties. Ze hoeven zelfs niets te bewijzen. Ze kunnen het geld een tijdje houden.'

'Uitgesteld maar niet verloren. Ik kan wachten.'

Arveladze liet een pauze vallen. Hij wist hoe effectief momenten van stilte konden zijn wanneer hij in de buurt was. 'Jij wel, ja', zei hij ten slotte. 'Maar de Partij heeft dat geld dringend nodig, Teo. Liefst vandaag nog, niet morgen.'

'De Partij zal moeten wachten tot de zaken hier opklaren. Ik doe ondertussen wat ik kan.'

'Ik ben blij dat de situatie voor jou zo duidelijk is.'

'Is dat dan niet zo?'

'Niet voor de Partij', zei Arveladze. 'De verkiezingen naderen snel. Verkiezingen kosten handenvol geld, je hebt er geen idee van. Ze willen deel uitmaken van de regering en in het parlement voldoende zetels halen. Je kunt het hun niet kwalijk nemen dat ze grootse ambities hebben. Het zijn per slot van rekening politici.'

'Ze kunnen oprotten, die politici', zei Teo.

Verkeerd antwoord, dacht Arveladze. Helemaal een verkeerd antwoord. 'Zij zijn degene voor wie jij werkt, baasje.'

'Noem me niet zo.'

'Ik noem je zoals ik dat zelf wil.'

'Oh', zei Teo. 'Een zware jongen? Je maakt geen indruk op

mij. Vertel je baas in Tel Aviv dat ik twee weken nodig heb om hier de gemoederen te bedaren en het geld vrij te krijgen.'

Arveladze zuchtte. Altijd opnieuw doken dergelijke mensen in zijn leven op, mensen die een grote mond gingen opzetten terwijl ze de zaak al verkloot hadden. Terwijl ze uit de gratie van hun opdrachtgevers verdwenen waren. 'Je bent een idioot, Teo. Je begrijpt niks van niks. Dat geld komt niet binnen de twee weken vrij, tenzij je doortastend te werk gaat. Er moet met een paar mensen gepraat worden.'

'Met wie?'

'Je hebt geen idee, niet?'

'Wat? Waarover heb ik geen idee?'

'Hoe je dit moet aanpakken?'

'Ik weet verdomd goed hoe ik dit ga aanpakken, klootzak. Pak je grote bek mee en vertel je opdrachtgever dat het geld op komst is. Niet vandaag, niet morgen, maar binnenkort. Geduld is een schone deugd, niet?'

'Nee', zei Arveladze.

'Oh nee? En waarom niet?'

'Omdat je tijd op is', zei de Rus. In zijn hand hield hij een klein pistool met een korte, eivormige geluidsdemper. Het was een nieuw wapen en een nieuwe geluidsdemper, ontwikkeld door de Mossad. Hij zou er voor het eerst mee schieten. Dat hield een risico in, maar de man die hem het wapen leverde verzekerde hem dat hij er tevreden over zou zijn.

Arveladze werd niet teleurgesteld. De kogel trof Teo net onder de kin in de hals en doorboorde zijn nekwervel. Achter hem verscheen een grillige rode vlek op de vuile muur. Teo viel achterover. Arveladze was ervan overtuigd dat de man niet eens besefte wat hem overkwam. Dit was een genadige dood. Teo had geluk gehad. Onder andere omstandigheden had de Rus een heel ander lot voor hem in gedachte. Een gepaste straf voor zijn koppigheid en zijn ijdelheid. Maar daar had hij nu de tijd niet voor.

Hij bleef even zitten, haalde de geluidsdemper van het pistool en stopte beide in de zakken van zijn jas. Hij keek naar het lijk. Dan kwam hij overeind, opende de kleine koelkast en zocht tussen de flessen. Er stond een ongeopende fles cola. Hij draaide ze open, nam een schoon uitziend glas uit de kast en goot dat halfvol. Langzaam, rechtopstaand, dronk hij het leeg. Hij veegde de fles schoon, spoelde het glas met heet water en veegde het af, wreef de deur van de keukenkast en die van de koelkast af, keek nog even naar het lijk en liep dan naar buiten. Ook op de deur wiste hij alle sporen uit.

Hij liep de smalle, donkere trap af en stapte de straat op. Het stonk er, onder andere naar uitlaatgassen en naar rottend fruit en naar kattenpis. Alle steden stonken. Allemaal stonken ze op een andere manier. Dat stoorde hem niet. Hij wist dat er erger was dan steden. De walm van vuren die lijken verbrandden, een veld vol dode burgers die door soldaten waren geëxecuteerd en niet begraven, een been aangevreten door koudvuur, een gezicht half weggeschoten met een hagelgeweer. Hij was in de Balkan geweest in de jaren net na de val van de Sovjet-Unie, en in Joegoslavië ten tijde van de oorlogen, en geen verschrikking of manifestatie van de dood kon hem nog verbazen of afstoten.

Hij trok zijn schouders op, zette zijn kraag omhoog en stapte de straat door. Hij had andere dingen aan zijn hoofd dan stank.

De man aan de telefoon had hem niet alleen dit adres gegeven, maar ook de locatie van het lab en van het kantoortje van waaruit Teo werkte. Die man kon niet weten dat Arveladze al bekend was met die locatie. Hij kon niet weten dat Arveladze al kennis had gemaakt met Patrick en wijlen Johnny. Dat maakte ook niks uit. Dit ging niet over Patrick. Patrick zou plaats moeten maken, net zoals wijlen Teo. Arveladze wist wat de opdrachtgever in het verre maar onvermijdelijke Tel Aviv wilde. En daar zou hij voor zorgen.

Maar die rekeningen weer vrijmaken? Dat zou geen simpele klus zijn. Welke mogelijkheden had hij? Nu zijn eigen btw-fraude niet meer de tijd kreeg om opgezet te worden, kon hij zich misschien beter bezighouden met die drugsfondsen. Kon hij daar Van Steen op inzetten? Wat kon die man voor hem doen? Sommige van die fondsen stonden op rekeningen bij FabnaBank. Met de grote directeur in zijn zak hoefden die niet noodzakelijk lang geblokkeerd te blijven. Een deel van het geld weer vrijkrijgen was beter dan niks.

Hij zocht zijn auto weer op.

Lena volgde Arveladze en vroeg zich af of hij haar gezien had. Dat leek niet het geval. De man had andere zorgen, zo leek het. Hij was tien minuten in de flat geweest. Ze volgde hem tot aan de plaats waar zijn auto stond. Daar stapte ze in haar eigen auto en slaagde erin hem te volgen. Een paar keer moest ze gokken omdat ze hem uit het oog verloor. Ze vloekte. Antwerpen was haar grootste tegenstander als het op schaduwen aankwam. Altijd geweest. Ze wist dat ze dat niet handig deed.

Terwijl ze reed belde ze Perseyn met haar mobieltje. Het duurde even voor hij antwoordde. 'Ik volg Arveladze', zei ze. Het kon haar niks schelen wat hij daarvan dacht. 'Hij is in de stad geweest en rijdt nu... nu rijdt hij noordelijk in de richting van de haven. Ik denk dat er wat gaat gebeuren.'

'En jij volgt hem?' vroeg Perseyn.

'Ja', zei ze. 'Of dacht je dat ik als een braaf meisje op zijn huis bleef passen? Hè? Daar op mijn kont blijven zitten en naar een leeg huis kijken?'

'Al goed, Lena', zei Perseyn. 'Zodra hij ergens stopt bel je me opnieuw en geef je me de locatie door. Je gaat dit niet alleen doen. Die man is gevaarlijk. Hij heeft waarschijnlijk door dat je hem volgt.'

'Daar ziet het niet naar uit', zei ze. 'Ik heb de indruk dat hij heel andere dingen aan zijn hoofd heeft.'

'Ja, maar ik kan het niet hebben dat je zo'n risico neemt. Hij is gevaarlijk. We geven hem niet de kans om zijn reputatie waar te maken. Je wacht op de eerste stopplaats tot wij er zijn.'

'Als hij daarna verder rijdt blijf ik bij hem. Ik laat hem niet meer los.'

Perseyn antwoordde niet. Hij had de verbinding verbroken. Ook goed, dacht Lena. Alsof hij haar een bevel kon geven dat ze niet zou negeren.

Thomas stak zijn hoofd binnen in het kantoor van Iris. 'Lena rijdt achter Arveladze aan', zei hij. 'De dingen komen in beweging.'

Iris sloot met een klap haar laptop. 'In beweging? Waarom zou hij iets ondernemen? Hij weet toch dat we hem in de gaten houden?'

'Heb je al een vertaling van dat telefoongesprek?'

'Er lopen duizenden Hebreeuws sprekende vertalers rond in Antwerpen', zei Iris ironisch. 'Echt wel duizenden. Ik kan geen enkele ervan vinden, dat is het probleem. Ik zal beter mijn best doen, bwana.'

'Vergeet het maar', zei een passerende Perseyn, die zijn jas aantrok. 'We hebben dringender dingen te doen. Waar Arveladze gaat, moeten wij misschien ook zijn.'

'Ah', zei Iris. 'Het buikgevoel.' Maar ze stond op, nam haar jasje en haar holster met pistool, en volgde de twee mannen naar de lift. Ze liepen het gebouw uit naar de auto op het parkeerterrein. Thomas reed. Perseyn zat naast hem en probeerde Lena opnieuw te bereiken via de telefoon. Ze antwoordde niet. 'Ze antwoordt niet als ze rijdt', zei Iris. 'Verkeersregels.'

'Alsof Lena zich daaraan houdt', zei Thomas.

Patrick was razend. Zijn litteken was zelfs van kleur veranderd: het leek een rode streep die over zijn gezicht getekend was door een diabolische make-upartiest. Zijn handen trilden. 'En hoe lang duurt dat?' vroeg hij aan Tarik.

Ze stonden bijeen in het kantoortje. Op de schermen van de computers bewogen cijfers, maar het waren niet die van de bewuste rekeningen. Buiten, naast de loods verderop, stond een kleine vrachtwagen. De Afrikanen waren bezig met het inladen van de onderdelen van het laboratorium. Het was voor Tarik duidelijk dat Patrick de hele zaak naar een andere plek overbracht. De meeste pillen waren weg. Wat er overbleef aan materiaal ging mee de vrachtwagen in.

Dat zal een mooie vangst worden, dacht hij, als we die vrachtwagen onderweg kunnen tegenhouden.

Maar hij had eerst andere zorgen. Een daarvan, de voornaamste, stond woedend voor hem. 'Wel, wat stelt dit voor?' snauwde Patrick.

'De banken hebben...' begon Tarik.

'Ik wéét wat de banken deden', schreeuwde Patrick. 'Die banken laten ons netjes weten: sorry meneer, maar we hebben uw rekeningen geblokkeerd op verzoek van het gerecht, wilt u ons documenten bezorgen in verband met die grote transacties? De smeerlappen! We hébben toch facturen? Hebben we hun geen facturen gegeven?'

'Ze betwisten de authenticiteit daarvan', zei Tarik kalm. De beste strategie, dacht hij, was kalm te blijven en Patrick voor te spiegelen dat het probleem maar tijdelijk was. En dat daarna, snel, alles weer goed kwam. Hij zou zijn geld krijgen. Kwestie van geduld, meer niet.

Maar Patrick kalmeerde niet. Dat had Tarik ook niet meteen verwacht. Patrick was zoals alle mensen van minder dan gemiddelde intelligentie die zich slim voelden: hij wilde altijd zijn zin en wel meteen, omdat hij zich superieur achtte. Dat maakte hem kwetsbaar. Dat maakte hem de slaaf van zijn emoties, en dus kwetsbaar. Maar nu, op dit ogenblik, was hij gevaarlijk.

'Bel die banken allemaal op, en eis dat het geld vrijkomt!' zei hij.

Tarik, die tijd wilde winnen, een hele dag tijd zelfs, maar die besefte dat hij geen dag zou krijgen, knikte. 'Kan even duren voordat ik de juiste mensen aan de lijn heb. En dan nog – zonder toestemming van het gerecht...'

Patrick pakte hem bij zijn kraag en trok hem dicht tegen zich aan. Tarik zag dat de man alle redelijkheid liet varen. Zonder fondsen was zijn leven waarschijnlijk niet veel waard. Er waren opdrachtgevers, die geld wilden en niets anders, ook geen excuses of uitstel. Het was Tarik om die opdrachtgevers te doen. Maar die zaten waarschijnlijk heel ver weg in het buitenland. In Tel Aviv, bijvoorbeeld. Of ergens in de Balkan.

'Jij bent de man van de cijfers, jij bent de boekhouder. Ga desnoods persoonlijk...' Hij hield zich in. 'Nee', bedacht hij zich. 'Jij gaat nergens naartoe. Je blijft hier en je belt de banken. Zorg dat het gebeurt.' Hij richtte zich tot Tony. 'En jij? Ben jij nog nuttig?'

'Ik help Tarik bij het bellen', zei ze.

Patrick liet Tarik los. Het vuur in zijn ogen verdween. Hij zette een stap achteruit. 'Het moet echt wel gebeuren', zei hij kalm, bijna alsof hij zich nu al verzoend had met de idee van een mislukking. En met de straf die daarbij hoorde.

Lena parkeerde haar auto op een oneffen stuk grond naast een betonnen muur. Arveladze had de zijne wat verderop gezet, bijna aan de kade. Ze wist bij benadering waar ze waren. Ze merkte dat iemand haar probeerde te bellen. Dan piepte haar gsm opnieuw. Het was Perseyn. 'Waar ben je?' vroeg hij. To the point, zoals altijd.

'Straatsburgkade', zei ze. 'Arveladze is hier gestopt.' Ze keek op. Zijn auto stond er nog, maar hij was nergens meer te bekennen. Shit, dacht ze. 'Ik ga op zoek,' zei ze in de telefoon, 'want het ziet ernaar uit dat hij verdwenen is.'

'Wacht op ons', zei Perseyn. 'Ga niet alleen. Hij loopt echt niet weg. Zonder auto kan hij nergens naartoe.'

'Ondertussen gebeuren er misschien belangrijke dingen.'

'Wacht op ons. We zijn er over vijf minuten.'

'Goed,' zei ze, 'ik wacht.'

Ze verbrak de verbinding en liet het mobieltje in de binnenzak van haar jas verdwijnen. Dan keek ze opnieuw naar de auto van Arveladze. De man was er niet meer. Hopelijk was hij niet ver. Maar waarom zou hij ver gaan?

Haar portier werd opengetrokken. Het harde, kille staal van een pistool porde in haar nek. 'Dag juffrouw,' zei een zware, onaangename stem naast haar. 'Opgelet, geen wapen, geen plotse bewegingen, of de auto moet een nieuw interieur krijgen.'

'Oké,' zei ze. Ze liet haar handen waar die waren en bewoog zelfs haar hoofd niet.

'Stap rustig uit, juffrouw, en hou je handen waar ik ze de hele tijd kan zien. Zo is het goed.' Hij klonk vaderlijk, vond Lena. Verwarrend vaderlijk, en verraderlijk ook. Ze had hem nooit zo zorgvuldig bekeken als nu, een man jonger dan haar stiefvader, maar oud, niettemin. Het pistool in zijn hand was een belediging.

Ze kroop achter het stuur vandaan en kwam overeind. Naast haar hield Arveladze het pistool op haar gericht. Aan de loop ervan zat een geluidsdemper. Achter hem passeerde een binnenschip, de schipper keek voor zich uit. Er hing een stank van dieselolie. Ze wilde niet sterven met de stank van dieselolie in haar neus.

'Jij bent een van de vriendjes van Thomas Verhaege', zei hij. 'Ik zag je daar op kantoor. Het snoesje. Vergeet ik niet gauw. Wel, leuk om je weer te zien. Waarom volg je me?' Hij greep naar haar, haalde haar pistool uit haar holster en stak het in de zak van zijn broek.

'Ik heb een wenstelegram voor je', zei ze. 'Om je een gelukkige verjaardag te wensen. Ik ben het telegrammeisje.' Ze was van plan om hem tot het laatste moment uit te dagen. Ze mocht niet laten zien dat ze bang was.

'Leuk', zei hij, met een grijns die geen goed nieuws beloofde. 'Hou het vooral zo vol.'

'En om je te zeggen dat je van hieruit direct weer naar een gevangenis gaat. Deze keer voor een langere tijd.'

Hij kneep zijn ogen samen en glimlachte. 'Ah, dat is een interessante ontwikkeling. Ga jij me in die gevangenis stoppen? Een klein meisje zoals jij? Dat geloof ik niet.'

'Toch wel. Ik ben er zeker van dat ik het kan.'

'Oké, genoeg onzin', zei Arveladze. Hij gebaarde met zijn wapen. 'Die richting uit.'

'Val dood, klootzak', zei ze op een rustige toon.

Hij richtte het wapen opnieuw op haar hoofd. 'De ongein eindigt hier nu wel. Hoe wil je eruitzien als ze je begraven? Hoe wil je eruitzien als ze je lijk vinden? Oompje Arveladze kent het een en ander van het verminken van lijken. Ik kan ook met verminken beginnen voordat je dood bent.' Hij liet zijn pistool zakken tot het op haar onderbuik wees. 'Dit lijkt een rustige buurt, waar ik niet gestoord zal worden. Niemand zal je horen krijsen.'

Ze ging de richting uit die hij aangegeven had. Hij volgde haar van een afstand. 'Dat is beter', zei hij.

'Mijn collega's vinden je toch', zei ze.

'Ja', zei hij, 'en jou vinden ze ook, maar daarom niet levend. Lopen nu.'

Thomas stuurde de auto tot voorbij het hek van een fabriek en hield dan halt. 'Is het hier?' vroeg hij. Iris boog zich voorover op de achterbank. 'Jep, dat is het. Als haar beschrijving klopt.'

Thomas zette de motor af. Perseyn toetste een nummer. 'Ik haal er versterking bij. We gaan dit niet alleen doen. Arveladze komt hier niet naartoe voor het uitzicht. Hij komt hier om met mensen af te spreken.'

Toen de deur van het kantoortje opengegooid werd, sprong Patrick op en greep naar het pistool dat onder zijn riem zat. Hij verstijfde toen hij merkte dat niet de politie maar een vrouw met haar handen op het hoofd naar binnen kwam, strompelend, met Arveladze achter zich aan, pistool in de hand. 'Hou je gedeisd', zei de Rus. 'Ik heb groot nieuws voor iedereen.'

'Wat doe jij hier?' zei Patrick, plots weer woedend. 'Jij hebt hier niks te zoeken.' Hij keek zenuwachtig naar het gezicht van de Rus, naar zijn wapen, naar Lena.

'Groeten van je vriendje Teo', zei Arveladze. Hij duwde Lena tegen haar schouder. Ze stapte verder het lokaal in. Ze keek even naar Tarik, die achter een van de bureaus zat en die erin slaagde alleen maar gealarmeerd te kijken.

'Waar is Teo?' vroeg Patrick.

'Dat is nu een theologische vraag geworden', zei Arveladze. 'Iets waar priesters en pausen en rabbijnen al eeuwen over discussiëren zonder ook maar in de buurt van de waarheid te komen.'

'Eh?'

'Hij is dood, sufferd', zei de Rus. 'Teo is dood. Hij is zo dood als iemand maar kan zijn als je hem een kogel door de nekbasis schiet.'

'Waarom?'

'Je bent vermoeiend, Patrick. Altijd die fundamentele vragen. Waar? Waarom? Dat is wat iedereen altijd vraagt. Dáárom! Ik kom hier niet om kennis uit te delen. Ik wil het geld. Is die boodschap eenvoudig genoeg voor jou?'

'Het geld?'

'Oh God! Zelfs dat begrijpt hij niet. Jouw opdrachtgevers willen hun geld. Meteen. Ze hebben onder andere een verkiezing te winnen. Hoe zit het?'

'Het geld is geblokkeerd bij de banken', zei Patrick.

'Ja, dat hoorde ik van onze overleden vriend. Het is onzin. Banken blokkeren niet zomaar geld.'

'Dat is wat er gebeurde.'

'Omdat ze opdracht kregen', vervolgde Arveladze. 'Waarom zouden ze dat zelf doen? De flikken zitten achter jullie aan en zij hebben de fondsen geblokkeerd.'

'Ja, dat weten wij ondertussen ook al. Ben jij nu het lokale genie of wat? Waarom zou ik met jou spreken?'

'Gooi om te beginnen je wapen op de tafel hier. Ik ben allergisch voor jouw slag volk wanneer dat ook nog met een pistool rondloopt. Hop, weg met die spuit.'

Patrick trok voorzichtig het wapen met twee vingers vanonder zijn broeksriem en schoof het op de tafel. Hij zette een stap achteruit.

'En jij hebt waarschijnlijk een schitterend plan', zei hij. 'Wie is die griet?'

'Een extraatje', zei Arveladze. 'We ruilen haar in.'

'Ruilen haar in? Waartegen?'

Arveladze antwoordde niet. Hij duwde Lena opzij. 'Wie zijn die twee andere jokers? Medewerkers?'

'Ja, ze regelen de financiën.'

'Ze zijn nutteloos geworden. De operatie is voorbij.'

Patrick keek even naar Tony en Tarik. 'Ze zijn onze grootste zorg niet.'

Arveladze pakte het wapen van Patrick op en stak het achter zijn riem. 'Daar beslis ik zelf wel over. Maar niet nu. Hoe houden jullie de verrichtingen op de rekeningen bij?'

Patrick schudde zijn hoofd in de richting van Tariks laptop. 'We hebben draadloze verbinding via onze hoofdbankier. Gewoon een commercieel programma.'

'Vooruitgang is mooi', zei Arveladze. Hij porde Lena aan. 'Hé, jij. Ik wil met je baas bellen. Die knappe jongen op kantoor. Regel dat even?'

'Dat is mijn baas niet', zei Lena.

'Maakt niks uit. De man die je baas is, dan.' Arveladze haalde een gsm uit zijn zak en stak die Lena toe. 'Hier, bel hem.'

'Waarom?'

'Hij gaat de fondsen vrijmaken. Anders ga jij dood. Dat is een eenvoudige boodschap die elke flik kan begrijpen. Een leven in ruil voor geld.'

'Welke garantie krijgen we daarna?'

'Garantie?' Arveladze grijnsde. 'Deze reis heeft geen garantie. Je doet dit gewoon, of anders knal ik je kop eraf. En je weet dat ik daar geen moment om zal treuren.'

'Is dat wat er met Teo gebeurde?' vroeg Patrick.

'Wat kan jou Teo schelen? Was hij jouw broer? Was hij familie?'

'Nee, helemaal niet.'

'Nou dan.' Tegen Lena: 'Vrijgeleide voor mij en deze knappe jongen hier.'

'Dat lukt nooit', zei Lena. 'Ze onderhandelen daar niet over. Je kent de routine. We onderhandelen niet met gijzelnemers.'

'Ze heeft gelijk', zei Patrick. 'We krijgen het geld wel weg, in het beste geval, maar wij zijn de pineut.'

'Godverdomme', zei Arveladze. 'Waarom moet iedereen de dingen zo ingewikkeld maken? In Rusland begrijpen de autoriteiten al meteen wat ze moeten doen. Neerknallen, die gijzelnemers. In een beschaafd land wordt er onderhandeld. Daar willen ze levens redden. Dat zal hier ook gebeuren.'

Lena begreep dat ze in een patstelling terechtgekomen waren. Arveladze wist dat ook, ondanks zijn bravoure. Hij zat in een moeilijk parket. Hij kon het geld niet vrijkrijgen én tegelijk wegkomen. Een van beide lukte. De twee samen niet. 'Droom maar verder', zei ze. 'Ze planten het SIE voor de deur en dan zitten we hier desnoods een week. Hou jij het hier een week vol?'

'Dan doen we het anders', zei hij.

'Alweer een intelligent plan?' zei Patrick ironisch.

'Jouw pygmeeënbrein kan dat niet bevatten, lul. Ik heb jullie niet meer nodig.' Hij richtte zijn pistool. De linkerzijde van Patricks hoofd spatte uiteen alsof het een meloen was die getroffen werd door grove hagel.

Toen Arveladze met Lena binnenkwam ging er maar één gedachte door het hoofd van Tarik: dat hijzelf geen wapen droeg. Natuurlijk droeg hij geen wapen. Patrick lette er wel op dat geen medewerker gewapend bij hem in de buurt kwam. Ook Tony was niet gewapend.

Terwijl Patricks lijk op de vloer viel wist Tarik dat zijn leven opeens in de uitverkoop was. En dat van Tony. Hij wist niet wat zij van plan was, maar hij zou zich niet ter plekke laten doodschieten. Maar wat hij ook deed, hij mocht het leven van Lena niet in gevaar brengen. Arveladze had Lena levend nodig, als gijzelaar. Maar Tarik noch Tony speelde een belangrijke rol in het plan van de Rus.

Arveladze keek plots hun richting uit. Tony, die geen rekening hoefde te houden met de veiligheid van een van de andere aanwezigen, dook weg achter een stalen tafel en rolde over de grond in de richting van de verste muur. Een geluidloze kogel boorde zich in een kartonnen doos. Het pistool in de hand van Arveladze bewoog zich vervolgens in de richting van Tarik. Die sprong opzij en holde gebogen zo ver van de Rus vandaan als hij maar kon. Hij kwam achter een oude archiefkast terecht. Vanuit zijn ooghoek zag hij Tony, gehurkt, en ze keek hem aan. Ze had een wapen in haar hand. Een jachtgeweer met afgezaagde loop en kolf. Waar ze dat vandaan had was Tarik een raadsel. Ze schudde haar hoofd naar een plek opzij van haar positie. Tarik zag een deur in de muur. Hij spurtte ernaartoe. Een kogel kletterde tegen de metalen muur. Tony kwam gedeeltelijk overeind en schoot in de richting van Arveladze. Tarik hoopte dat ze rekening hield met Lena. De knal was oorverdovend. Hij vond de deur en duwde ertegen, maar ze bewoog niet.

Thomas draaide zich met een ruk om. Vanuit het gebouwtje kwam een harde knal. ‘Shotgun’, zei hij. ‘Shit!’

‘We wachten niet op versterking’, zei Perseyn. ‘We gaan zo naar binnen.’

‘We zijn maar met z’n drieën’, zei Iris. ‘Te weinig om...’

‘Voordeur’, riep Perseyn, en hij kwam in beweging. Hij was

niet gracieus, niet op zijn leeftijd, maar hij bewoog snel. Iris en Thomas volgden hem. Ze stonden meteen met de rug tegen de buitenmuur van het gebouwtje, alle drie met het pistool in de hand. Perseyn stootte met zijn voet tegen de deur, die opendraaide.

'Arveladze!' riep hij. 'Het gebouw is omsingeld. Laat iedereen naar buiten komen en gooi je wapens weg.'

Maar Perseyn wist, net als de anderen, dat de Rus niet gek genoeg was om zijn gijzelaars te laten gaan en zijn wapens op te geven.

'Naar binnen?' vroeg Iris.

'Nee', zei Perseyn. Hij snoof. 'Ruik je dat? Dat is...'

'Er staat iets in brand!' fluisterde Tony tegen Tarik. Ze duwde zelf ook tegen de deur, maar die zat op slot. Ze richtte het geweer en schoot. Het was een pompgeweer en ze schoot de rest van het magazijn op de deur leeg. Er verschenen opeens grote gaten rondom het slot. Een nieuwe duw en de deur zwaaide open. 'Vooruit.'

'Hij heeft Lena', zei Tarik.

'Wat kan jou Lena schelen?' zei Tony terwijl ze naar buiten stapte.

'Ze is een collega', zei hij. Wat kon het hem nog schelen? De zaak was opgeblazen. Zijn prioriteit lag bij Lena, niet bij zijn dekmantel. 'Ik ga terug.'

Tony rukte aan zijn mouw. 'Godverdomme', zei ze, haar accent nu dik. 'Ik ben agent bij de Drug Enforcement Administration. Ik wil ook niet dat er een flik omkomt. Maar ik heb geen munitie meer.'

Als om het aanstormende gevaar duidelijk te maken knalden drie kogels om hen heen dwars door de muur van het gebouwtje. Tarik strompelde weg van de deur, Tony achter hem aan.

'Hij zal haar niet doden zolang hij haar nodig heeft!' riep

Tony naar hem. Ze sleurde aan hem en kreeg hem in dekking achter een rij houten pakkisten. Een dikke rook begon uit het gebouw te komen. 'Als ze daar tenminste levend uitkomen!'

Thomas probeerde naar binnen te kijken. Rook kwam naar buiten en sloeg in zijn gezicht. Hij zag vlammen. 'Lena!' riep hij. Er kwam geen antwoord. Hij wilde naar binnen, maar het een of andere spul explodeerde met een doffe knal. De hitte stroomde over hem heen en hij tuimelde achteruit. Iris grabbelde naar hem en trok hem van de deur weg. Hij stond op. Ze trokken zich alle drie terug. Perseyn was aan de telefoon met de hulpdiensten. Voor Thomas was het duidelijk dat al wie nog in het gebouw was zo dadelijk niet meer in leven zou zijn.

'Misschien is er een achteruitgang!' riep hij. Hij holde naar rechts. De buitenmuren smeulden. Vanuit de rook kwamen twee gestalten hen tegemoet. De ene was Tarik, de andere een jonge vrouw. Allebei zagen ze eruit alsof ze te lang in de buurt van een barbecue hadden gestaan.

'Shit, Thomas', riep Tarik naar hem. 'Ik weet niet waar Lena is. Ze is nog binnen, denk ik.'

Door de rook konden ze de achteruitgang niet meer zien. Naar binnen gaan was onmogelijk, ze zouden meteen stikken. Perseyn trok Tarik weg van de rook en de hitte. Ze zochten dekking naast een container. Vlammen kronkelden omhoog uit het dak, dat even later instortte. Sirenes kwamen dichterbij. Drie brandweerwagens kwamen tot stilstand voorbij het hek. De eerste spoot schuim in de richting van het gebouw terwijl brandweerlui slangen uitlaadden en ontrolden.

Lena had er geen idee van waar ze was of waar Arveladze wilde dat ze naartoe ging. Ze hadden net uit het gebouw kunnen ontsnappen, langs achteren, en hij sleurde haar onder dekking van de dikke rook mee langs de kade. Haar ogen traanden en haar keel voelde rauw aan. Haar vingers deden zeer, waarschijnlijk van de hitte. Hij was nog altijd gewapend, al was hij het pistool met de geluidsdemper kwijtgeraakt. Maar hij had nog haar pistool en dat van Patrick. En onderweg had hij koelbloedig de laptop van Tarik meegesleurd.

Ze was niet in staat zich los te rukken en weg te lopen. Dan zou hij haar doodschieten, ook al was ze zijn enige sleutel tot de vrijheid. Hij zou geen moment aarzelen. Ze hoopte dat Tarik uit het brandende gebouw had kunnen ontsnappen. En ze verwenste haar onvoorzichtigheid: ze was tijdens het schaduwen gepakt als de eerste de beste amateur.

Het was haar ook duidelijk dat Arveladze zijn plannen in elkaar zag storten. Op die manier werd de man alleen maar gevaarlijker. Zolang hij haar nodig had, bleef ze in leven. Misschien. Daarna was haar leven voor hem niets meer waard.

Hij sleurde haar tot bij een parkeerplaats waar een tiental auto's stonden. Hij duwde haar tegen de zijkant van een wat oudere sedan. Met de kolf van zijn pistool sloeg hij het raampje ervan in en opende de deur. Hij duwde haar ruw naar binnen. 'Schuif op', zei hij.

Ze schoof door naar de passagiersplaats. Hij gooide de laptop op de achterbank, haalde een mes tevoorschijn en morrelde onder het dashboard tot de motor aansloeg. Dan trok hij het portier dicht en reed achterwaarts de parkeerplaats af.

'Stop ermee, Arveladze', zei Lena. 'Je bent alles kwijt en je kunt nergens naartoe.'

'Hou je mond, stomme teef!' zei hij. 'Het is zo langzaamaan welletjes met jullie. Ik ben nog lang niet klaar. Jij en je stomme vrienden zullen nog raar opkijken. En denk erom: je leeft alleen maar zolang ik je kan gebruiken. Vertel me dus nuttige dingen.'

Ze vond het beter te zwijgen.

'Dacht ik al', zei hij en stuurde de auto naar het zuiden, in de richting van de stad.

De brandweercommandant zette zijn helm af en trok de kap van zijn hoofd. Hij had donkergrijs krullend haar en dikke wenkbrauwen. 'Het spijt me, hoofdcommissaris,' zei hij, 'maar we hebben menselijke resten gevonden.'

Iris draaide zich om. Perseyn zei: 'Hoeveel?'

'Eentje', zei de commandant.

'Is identificatie mogelijk?'

'Misschien wel, ja. Enfin, ik ben geen specialist. Het moet heel heet geweest zijn daarbinnen. Kijkt u maar naar die muren en dat dak.'

'Het is zelfs niet mogelijk te bepalen of het een man of een vrouw is?' vroeg Thomas.

'Nee, meneer, niet zo meteen', zei de commandant geduldig. 'Wilt u misschien een kijkje nemen?'

Thomas schudde het hoofd.

'Eentje maar?' vroeg Perseyn.

'Ja.'

'Kunt u uitsluiten dat er niet meer zijn?'

'Zo snel al? Nee. Het duurt makkelijk een paar dagen voor alle puin geruimd kan worden. Dit lijk lag dicht bij de ingang, waar het gebouw nog een beetje intact bleef. De rest is een grote rotzooi.' Hij slikte. 'Was het iemand van uw mensen?'

Perseyn fronste. 'Dat weten we nog niet, commandant. Alvast bedankt.'

De commandant knikte en liep terug naar zijn mannen, die nog nablusten.

'Wat denken jullie?' vroeg Perseyn.

'Ze is niet dood', zei Thomas. 'Kan niet.'

'Misschien Arveladze ook niet', zei Iris.

'Ik heb een paar vragen voor haar', zei Tarik, met zijn duim over zijn schouder wijzend in de richting van Tony, die een eindje verderop over de rivier stond te kijken. 'Een heleboel vragen zelfs.'

Perseyn wendde zich in haar richting. 'Miss Amundson?' zei hij luid.

De jonge vrouw draaide haar hoofd, zag dat de aandacht van

de vier rechercheurs op haar gericht was en kwam naar hen toe. 'Kan ik helpen?' vroeg ze.

'Ja, dat kunt u zéker. Met wat uitleg', zei Perseyn. 'Ik ben hoofdcommissaris Perseyn van de gerechtelijke politie, cel financiële en economische misdaden. Dit zijn de leden van mijn team. Met Tarik hebt u al kennisgemaakt.'

Tony keek even in de richting van Tarik maar zei niks.

'Het vijfde lid van mijn team was ook daarbinnen. Lena. Ze werd gegijzeld door Vadim Arveladze, die wij als uiterst gevaarlijk beschouwen. Wie bent u?'

Ze zuchtte. 'Ik ben een agent van de DEA, hoofdcommissaris, maar om redenen die u wel kunt begrijpen draag ik geen identificatie op mij. U zult contact moeten opnemen met het Europese bureau van de DEA in Parijs voor een bevestiging.'

'Bent u Amerikaanse?' vroeg Thomas.

'Ja, maar ik heb lang in Nederland gewoond, waar ik de taal leerde. Dat hoort u natuurlijk wel. De DEA wilde onderzoeken waar die ladingen ecstasy vandaan kwamen.'

'Dat wapen', vroeg Tarik.

'Daar in de loods?'

'Ja. Hoe kwam je daaraan?'

'Eerder al naar binnen gesmokkeld. Toen Johnny even niet oplette. Ik vermoedde dat het handig zou zijn om daar een wapen te hebben.' Ze keek Perseyn aan. 'Ik denk niet dat uw collega dood is. En Arveladze evenmin.'

'Waarom denkt u dat niet?'

'Omdat ze evengoed als wij door de achteruitgang konden vluchten. Ze hadden daar de tijd voor. En door de rook zagen we ze niet. We kennen Arveladze. De man heeft een sterk overlevingsinstinct...'

'Dat kun je wel zeggen', zei Iris.

'...en daarom denk ik dat hij ervandoor is, met uw Lena. Die gebruikt hij als ruilmiddel. U hoort gauw genoeg van hem.'

'Ruilmiddel? Waarvoor?' vroeg Tarik. 'We hebben al zijn operaties stopgezet. De stekker is eruit getrokken.'

'Precies daarom', zei Tony. 'Alleen weten we niet waar hij

zal opduiken. Waarschijnlijk doet hij iets totaal onvoorspelbaars.'

'Ik wil uw referenties graag zien', zei Perseyn, 'voordat wij met u verder werken.'

'Geen probleem', zei Tony. 'Hebt u een computer in de buurt?'

Perseyn draaide zich naar Iris. 'We gaan terug naar kantoor. Bel voor een nationaal alarm en geef de beschrijvingen van Arveladze en Lena door. Ik wil dat alle patrouilles naar hen uitkijken.' Dan richtte hij zich weer naar Tony. 'Op dit moment wil ik mijn medewerker terug. Levend en in één stuk. Dat is mijn prioriteit. Ik weet niks van een operatie van DEA in deze buurt, en als uw mensen verkiezen te handelen zonder ons daarin te kennen, pech dan. U beweegt dus geen vinger zonder dat ik daarvoor toestemming heb gegeven. Is dat duidelijk?'

'Helemaal duidelijk', zei Tony onbewogen.

'Goed, dat wilde ik toch even duidelijk maken', zei Perseyn. 'We rijden nu terug naar kantoor. U, juffrouw Amundson, bent welkom, en als u kunt helpen om Lena terug te vinden, dan zou ik dat zeker appreciëren.'

'Ik geef onze gegevens door aan de brandweercommandant', zei Thomas. 'Voor het geval dat...'

'Ja', zei Perseyn. Hij draaide zich om en stapte in de richting van de auto.

Lena zat vastgebonden op een stoel van stalen buizen en plastic in een kantoortje van wat haar een reisbureau leek. Buiten was het donker geworden. Arveladze had de auto naar een parkeergarage gestuurd, vlak bij de Groenplaats. Vervolgens was hij blijven zitten, het pistool op zijn schoot. Hij had de hele tijd niks gezegd. Ze hadden daar lang gezeten, tot de avond viel. Dan had hij haar uit de auto gehaald. 'We gaan een kleine wandeling maken. Ik heb de revolver onder mijn jas. Je weet wat je moet doen. Vooral geen gezeik of zo, want ik heb geen geduld met jou.'

Ze had gedaan wat hij van haar verwachtte. De straten in de buurt van de garage waren grotendeels verlaten. Ze wist dat ze niet kon ontsnappen, tenzij ze meteen een kogel in haar rug wilde. Er zouden dan ook omstanders gewond kunnen raken. Ze wilde in leven blijven om hem tegen te houden. Maar nu zat ze vastgebonden op een stoel en haar situatie was er duidelijk niet op verbeterd.

Wat had je verwacht, zei ze tegen zichzelf. Dat je hem kon ompraten?

In het kleine kantoortje stonden een telefoon, fax, computer, kopieermachine – de gebruikelijke spullen van een kleine middenstander. Als ze niet was vastgebonden kon ze makkelijk met de buitenwereld communiceren en om hulp roepen, maar niet nu. Aan de muren hingen posters van exotische locaties, met veel zon en gebruinde lijven. Er hing een geur van slechte deodorant en oude koffie. Arveladze had haar even alleen gelaten en was nu in het reisbureau, maar wat hij daar deed wist ze niet. Ze dacht dat ze hem zacht hoorde praten, maar was niet zeker. Misschien telefoneerde hij met iemand.

Hij grijnsde toen hij terug het kantoortje binnenstapte. 'Inlichtingen', zei hij. 'Interessante dienstverlening. Geven zonder meer het adres op als je een naam hebt. En ze doen niet eens moeilijk.'

Ze had er geen idee van wat hij van plan was. Maar dat het niet leuk zou worden, daar hoefde ze niet eens naar te raden. Ze dacht aan Thomas. Zou die in staat zijn haar te vinden? Zou hij veronderstellen dat ze dood was, achtergebleven in de brandende loods? Welk spoor kon hij volgen? De gestolen auto, misschien zou die opgegeven worden door de eigenaar. En ze zouden ook hun signalement verspreiden. Maar in de parkeergarage stonden ze in een donkere hoek, en ze was er bijna zeker van dat niemand hen tot nog toe had opgemerkt.

Ze keek opnieuw rond, zoekend naar iets wat voor haar nuttig kon zijn. In het hele verhaal rondom Arveladze had ze niks opgemerkt over een reisbureau. Had de man deze plek per toeval gevonden? Nee, hij had een sleutel van deze zaak. Dit kantoor was een onderdeel van zijn strategie.

Ze had honger. Ze had dorst. Hij had tape over haar mond gekleefd om niet de hele tijd bij haar te hoeven zijn en haar in de gaten te houden. Nu stond hij naast de deur en keek naar haar. Hij boog zich voorover en rukte de tape van haar mond weg. Dat deed pijn, maar ze gaf geen krimp. Dat gunde ze hem niet. Ze wist dat hij een sadist was als het hem uitkwam. Maar zijn profiel vertelde haar ook dat hij niet zomaar mensen vermoordde. Hij deed dat alleen als daar een goede reden voor was. Hij had haar niet meegenomen om haar hier voor zijn plezier te vermoorden.

Ze hoopte dat het profiel nog altijd aanleunde bij de werkelijkheid. Anders zag het er niet goed voor haar uit.

Hij opende een kleine koelkast en haalde er een flesje water uit. Hij schroefde de dop eraf en zette de fles aan haar mond. Ze dronk snel en gulzig. Water liep van haar kin en langs haar keel in haar blouse. Het kon haar niet schelen. Hij liet haar het hele flesje leegdrinken. Dan gooide hij het achteloos weg. Het stuiterde tot naast een archiefkast.

Ze zat met haar handen achter haar rug vastgebonden en met haar enkels vast aan de poten van de stoel. Haar bloed circuleerde niet naar behoren. Haar billen deden zeer.

'Duurt dit lang?' vroeg ze.

'Hou je bek', zei hij. 'Het duurt net zo lang als ik het wil.'

'Je gaat nergens heen, Vadim. Je komt het land niet eens uit.'

'Jullie zogenaamde grenzen houden niemand meer tegen, flik. Ik wandel van hieruit helemaal tot aan het andere eind van Europa, en niemand doet me wat.'

'Je staat geseind.' Net als ik, dacht ze, maar dat zei ze niet hardop. Ze gebruikte zijn voornaam, niet omdat ze hem leuk vond maar omdat dat een band tussen hen schiep, een onbewuste band, zo hoopte ze. Misschien zou hij haar niet vermoorden als ze hard genoeg werkte aan die band.

Ze hield hem in de gaten. Hij was kalm. Hij zag er niet uit alsof zonet al zijn plannen in rook waren opgegaan. Ze kende hem echter niet goed genoeg om zijn reacties correct te kunnen lezen. Arveladze was niet zomaar een koude kikker. Het was niet waar dat hij geen emoties had. Hij had andere emoties dan de meeste mensen en ging er op een heel eigen manier mee om. Thomas had over hem verteld, en Lena had zijn dossier gelezen. Thomas kende hem van vroeger en had hem de cel in gekregen. Je maakt geen normale mensen uit het schuim dat komt bovendrijven bij revoluties, oorlogen, moorden en georganiseerde misdaad, dat had Thomas haar gezegd. Mensen die daarbij betrokken zijn hebben geen menselijke context meer waarbinnen ze hun eigen daden kunnen afwegen. Ze wegen die af tegen de extreme context waarin ze moeten overleven. Dat helpt hen niet om geestelijk stabiel te blijven, wel om te blijven functioneren. De regels van de beschaving op hen toepassen is dan ook zinloos.

Maar ze wist dat zelfs een man als Arveladze primaire behoeften had in deze zaak. Hij werkte naar een bepaald doel toe. Als ze dat doel kende, kon ze ook zijn acties voorspellen. Ze maakte zich echter geen illusies: ze zou dat doel niet leren kennen. Of pas als het al aan haar was voorbijgegaan.

Tony Amundson, die aan de computer zat, leunde achterover tegen de rug van de stoel en keek Tarik aan. Die negeerde haar. Hij keek door het grote raam naar buiten, waar de lichtjes van de stad voor het spektakel zorgden. Tony liet de verbinding openstaan. Ze zag Perseyn. 'Dit is het antwoord van het DEA-kantoor in Parijs', zei ze. 'Volstaat dat?'

Perseyn boog zich voorover en bekeek de mail met het officiële zegel, en met de foto van een jonge, donkerharige vrouw die veel gelijkenis vertoonde met Tony. 'Dat kan dienen', zei hij. 'Voorlopig toch. Wat ga je nu doen?'

'Mijn werk', zei Tony.

'Jouw werk eindigde toen je dat kantoortje aan flarden en in brand schoot', zei Thomas. Zijn stem klonk nog altijd rauw. En hij klonk ook nog altijd boos. Hij zocht steun bij Tarik, die naar buiten bleef kijken. 'Tarik?'

'Ja', zei Tarik. 'Ik weet het. Ik wil haar ook terug. Maar niemand weet waar ze is.'

'Waar kan Arveladze naartoe?' vroeg Iris. Ze bestudeerde het smartboard, de verzameling foto's, de links met locaties en gebeurtenissen. Niets leidde naar de toekomst van Arveladze of die van Lena. Tarik had zonet nog via de computer een zwarte diagonaal getrokken over de foto van Patrick, wiens lijk was geïdentificeerd. 'De mogelijkheden zijn niet eindeloos. Zijn huis wordt constant in de gaten gehouden, en dat weet hij. We hebben alle politie-eenheden gewaarschuwd. In de luchthavens, de stations en de havens kan hij zich niet vertonen...'

'Hij gaat niet weg', zei Perseyn. 'Niet zonder het geld. Want dan komt hij met lege handen thuis, bij zijn opdrachtgevers.'

'Welk geld?' vroeg Thomas. 'We hebben alle fondsen geblokkeerd. Hij kan er niet bij.'

'Er is iets wat we over het hoofd zien', zei Perseyn. 'Zijn volgende stap, die hebben we over het hoofd gezien.'

'Hopelijk heeft hij een volgende stap. Want alleen dan is Lena nog in leven.'

Perseyn zei niks meer. Tony stond op. Ze kwam naast Tarik staan en keek samen met hem naar de stad, onder hen. 'Is dit jouw plek?' vroeg ze.

Hij schudde het hoofd. 'Ik ben hier maar een bezoeker.'

'Ja. Zoals ik.' Ze keek hem aan. 'Maar we zullen je vriendin vinden. Daar geloof ik in.'

'Iris', zei Perseyn.

'Ja, chef?'

'Ik wil dat je morgenochtend bij FabnaBank binnenvalt, zoals we gepland hadden, en dat je die dossiers ophaalt. Maak er een groot vertoon van...'

'Ik zou liever mee op zoek gaan naar Lena.'

'Ja, dat weet ik. Maar tenzij er nieuws is over Lena of Arveladze, wil ik dat er ook aan de andere dossiers wordt gewerkt. Het overvalteam is al gevraagd. Je weet wat je moet doen.'

Ze trok een verbaasd gezicht, maar zorgde er wel voor dat Perseyn het niet zag.

Hoofdstuk 23

Lena schrok wakker. Ze wist niet meteen waar ze was, maar wél dat haar hele lichaam tegen haar schreeuwde. Spieren deden pijn, gewrichten deden pijn, haar nek was verstijfd, haar mond was vies, niets was nog zoals het hoorde te zijn. Elektrische insecten kropen langs haar zenuwbanen. En er was niets wat ze kon doen tegen die invasie. Alleen afwachten tot het ophield – of tot ze dood was. Misschien was ze binnenkort dood.

Ze hing schuin in de stoel, tegen de touwen die haar overeind hielden, anders was ze waarschijnlijk op de vloer gevallen. Het was donker in het kantoortje, op een kleine streep vaag licht na vanachter de deur die op een kier stond. Waarschijnlijk had ze lawaai gemaakt, want Arveladze kwam naar binnen. Terwijl hij de deur helemaal opendeed zag ze dat het buiten nog donker was. Hoe lang had ze geslapen?

'Nog te vroeg voor het ontbijt', zei hij vlak, alsof hij hier toevallig voorbijkwam. Hij had de laptop in zijn hand en schoof hem in een tas die hij waarschijnlijk ergens in het kantoor had gevonden. Het was een dure computer, zag Lena. 'Maar we gaan zo meteen op stap.'

Ze probeerde iets te zeggen maar haar keel was droog.

Hij opende de koelkast en vond nog een flesje water. Dan knipte hij zijn mes open en sneed de touwen rond haar enkels en daarna die rond haar polsen open. Hij trok de tape van haar mond weg. 'Geen problemen maken', waarschuwde hij. Hij had het flesje op de tafel naast haar gezet en hield een pistool in de hand.

Ze kon niks doen, ook al had ze het gewild. Haar lichaam reageerde helemaal niet correct meer. Sommige delen ervan leken geamputeerd. Maar ze kende haar prioriteiten. Ze dronk het water op en haalde daarna diep adem. Een douche zou er niet inzitten. Het kamertje rook muf, maar dat lag aan haar. Ze bleef zitten en bewoog zachtjes haar benen en armen, om het bloed weer te laten circuleren.

'We vertrekken', zei hij. Hij pakte de tas op.

'Waarnaartoe?'

Hij schudde het hoofd. 'Jij bent alleen maar ballast. Dus niet te veel kapsones, of je wordt dode ballast. En vertel me niet dat er geen uitweg is, politiejuf. Daar houdt Arveladze niet van, van politiejuffen die het allemaal beter weten.'

Ze geloofde hem en hield haar mond. Ze was nu tenminste niet meer vastgebonden. Dat was een verbetering.

'Kom,' zei hij, 'overeind.'

Ze steunde op de stoel en probeerde de pijnscheuten te negeren. Pijnscheuten betekenden dat het bloed weer normaal stroomde. 'Eventjes', zei ze.

'De doden wachten niet', zei hij. Maar hij stak het pistool weg, pakte haar elleboog en leidde haar het grotere kantoor in, tussen stapels brochures door. Lena had de indruk dat het reisbureau niet meer operationeel was. 'Dezelfde routine als onderweg hier naartoe', zei hij. 'Geen gezeik met oom Vadim, of je bent dood.'

Ze stapte als eerste de straat op. Hij volgde. Haar benen tintelden heftig en ze had ze niet goed onder controle.

'Die kant op', wees hij. Op de hoek van de straat stond een andere auto, een middelgrote rode sportwagen. Ze vroeg zich af waarom hij zo'n opvallende auto gekozen had. Waarschijnlijk ging die erg snel en verkoos hij snelheid boven discretie.

Hij opende het portier aan de passagierskant voor haar en gaf haar een duw terwijl ze instapte, zodat ze onzacht op de zetel neerkwam. Hij sloeg het portier dicht. Toe maar, dacht ze, hij wordt ongeduldig. We naderen de een of andere ontknoping.

De auto was gestolen, en ook nu kreeg hij hem alleen maar aan de praat door onder het dashboard te knoeien. Ze vroeg zich af hoe het toch kwam dat auto's nog altijd zo'n zwakke plek hadden. Maar dit model was tien jaar oud, of ouder, en dus nog niet zo beveiligd als nieuwe modellen. Er waren natuurlijk apparaatjes om ook die nieuwe modellen aan de praat te krijgen.

Hij joeg de motor op en reed schokkend de straat door. Blijkbaar niet het type auto waaraan hij gewend was, merkte Lena.

'Kijk voor je', siste hij. En er volgde iets in het Russisch, wat waarschijnlijk geen compliment was.

Hij reed de Reyndersstraat door en links de Van Dijckkaai op, en volgde de Schelde stroomafwaarts. Dan sloeg hij de Scheldestraat in naar de Amerikalei. Even later bevonden ze zich op de Singel. Arveladze reed de Van Rijswijcklaan af – waarbij hij misschien onbewust het Ecofinkantoor passeerde – en even verderop nam hij een afrit. Hij reed richting Wilrijk, en ze waren ergens in de buurt van Den Brandt, veronderstelde Lena. Op het dashboard zag ze dat het bijna halfzes in de ochtend was, en de huizen die ze voorbijreden waren meestal nog donker. Ook de helft van de straatverlichting was gedoofd. De huizen werden groter en stonden verder uiteen, en uiteindelijk reed Arveladze traag een straat in van een royale villawijk. Hij parkeerde de auto aan de kant maar liet de motor draaien. Hij keek opnieuw op de kaart en op het papiertje, en reed dan langzaam de straat door, terwijl hij naar de rechterkant keek.

Hij zocht een huisnummer, besefte Lena.

Nu zijn aandacht elders was, kon ze naar buiten springen en weglopen. Ze voelde zich fit genoeg. Maar hij was nog altijd gewapend. Hij zou haar achtervolgen. Of misschien ook niet. Vooraleer ze de politie kon waarschuwen was hij waarschijnlijk al een heel eind verder. En misschien waren er dan al slachtoffers gevallen.

Waarom bracht hij haar naar deze wijk?

Wat had hij hier te zoeken?

Plots hield hij halt. Hij parkeerde de auto netjes tussen bomen voor een huis en zette de motor af. Hij schakelde ook meteen het binnenlichtje uit. 'Denk er niet aan', zei hij, voor zich uit kijkend.

'Wat?'

'Weglopen. Denk er niet aan. Je raakt geen tien meter ver. En op tien meter afstand mis ik niet.'

Ze zei niks. Ze geloofde hem. Spetznaz, dacht ze. Waarschijnlijk scherpschutter en expert in moorden. Dat was een tijdje geleden, maar zijn reflexen waren waarschijnlijk nog goed.

Hij bleef naar het huis kijken. Het was een grote villa die dateerde uit de jaren dertig, met veel raampjes en dakkapellen en witgeschilderde luiken, en een tuin ervoor die zelfs in het halfdonker er goed onderhouden uitzag.

Lena dacht aan Guy, haar adoptievader. Opeens dacht ze aan hem. Vanwege het huis.

Ze zou niet weglopen. Ze zou Arveladze niet de gelegenheid geven haar neer te schieten. Ze wilde niet doodgaan. Dat wilde ze Guy niet aandoen. Hij had haar nodig. Hij had zijn dochter nodig. Ze zou dus voorzichtig zijn.

'We gaan naar binnen', zei hij.

'Hier?' vroeg ze.

'Ja, hier.'

'Worden we verwacht?'

'Wat kan jou het schelen? Jij gaat aanbellen, dat is wat je gaat doen. Ze doen makkelijker open voor een politievrouw dan voor mij.'

'Ik ben een...'

'Je hebt je badge toch? Wel, dan ga je die gebruiken. Het kan ook anders. Ik schiet het slot uit hun deur en vermoord iedereen daarbinnen. Wil je dat? Nee. En dus ga je netjes doen wat ik je vraag. Vooruit, uitstappen.'

Weglopen was nu zelfs geen optie meer. Hij zou makkelijk nieuwe slachtoffers vinden. Maar waarom waren ze hier, in deze chique wijk?

Iris had maar enkele uren geslapen en was ook al vroeg op. Haar dochter Lizzy lag nog te slapen. Ze moest pas om acht uur naar school. Tijd zat dus. Maar Iris kon niet meer slapen, niet met al de dingen die door haar hoofd speelden. Ze ergerde zich omdat Perseyn haar uitgerekend vandaag naar die stomme bank wilde sturen om die stomme dossiers op te halen, met groot machtsvertoon dan nog. En dat allemaal in een zaak die niet bepaald dringend was. Hij had natuurlijk gelijk. Hij wilde opzettelijk machtsvertoon, om Van Steen uit te roken. Maar Iris dacht er anders over: waarom precies vandaag? Ze wist wel waaraan Perseyn dacht. Hij dacht binnen het kader van zijn ambt. Ook al bleven ze in het ongewisse over Lena, dan nog moest de dienst verdergaan. Zelfs als Lena dood teruggevonden werd, zou het rouwproces hun normale functioneren niet mogen hinderen. Dat was zijn verantwoordelijkheid.

Maar Iris was niettemin boos. Het had allemaal één dagje kunnen wachten. Die dossiers liepen niet weg. Ze lagen al maanden in de archieven van de bank. De bijbehorende arrestaties konden ook wachten.

Perseyn was echter degene die de bevelen gaf. Je kon met hem redeneren, maar als het om bevelen ging, dan deed je gewoon wat hij zei. Dat was de interne maar onuitgesproken afspraak. Thomas kon schipperen, als het daarop aankwam, maar Iris voelde zich daar niet toe geneigd. Meestal toch niet. En dus zou ze die voormiddag naar de FabnaBank op de De Keyserlei rijden, in gezelschap van een half dozijn gewapende politiemannen van de lokale recherche, en ze zou met haar huiszoekingsbevel zwaaien en meteen naar de juiste archiefkast toestappen.

Dat zou indruk maken op de directie van de bank. En precies dat was de bedoeling van Perseyn.

Iris vroeg zich af of hij hierover met Laplace gesproken had. Directeur Laplace, die als een diplomaat in de Antwerpse hoge kringen rondliep, Richelieu in hoogsteigen persoon, en die de grote ego's en de grote fortuinen moest beveiligen. Nee, ze wist stellig dat Perseyn de operatie van vandaag niet besproken had met directeur Richelieu. En misschien was het daarom dat Iris niet meer tegenstand bood toen ze die opdracht kreeg. Omdat ze wist dat Perseyn zijn nek uitstak. Omdat ze wist dat die gladde meneer Laplace daarna gezichtsverlies leed bij zijn vrienden. Maar Perseyn had de onderzoeksrechter mee, dat was zeker.

Ze had al koffie gezet, extra sterk. Ze dronk hem zwart. Aan slapen kwam ze in elk geval niet meer toe.

Perseyn en Thomas hadden de nacht doorgebracht op kantoor. Ze bleven in contact met de lokale politie en met de federale recherche, maar er kwam geen nieuws. Tarik was naar zijn flat gegaan, en zelfs Tony was verdwenen, al wist niemand waarheen. Niet dat Thomas zich daar zorgen om maakte. Plots opdagende agenten van andere organisaties waren niet zijn probleem, hooguit dat van Perseyn. Hij had Eva gebeld voordat ze ging slapen en haar op het hart gedrukt ramen en deuren goed dicht te doen. Hij verwachtte niet dat Arveladze op persoonlijke kruistocht ging, want de man had andere dingen te doen, maar je wist maar nooit.

Hij en Perseyn hingen de hele nacht in het kantoor rond, weigerden naar de klok te kijken, staarden over de stad die langzaamaan leegliep maar die nooit leeg of dood was, naar de voortdurend wisselende verlichting in gebouwen, naar de bewolkte hemel die alle sterren verstopte. Ze zetten koffie, praatten over zaken waar ze anders zelden de tijd voor hadden, over Eva en over Ruben, over boeken en films, maar niet over het huwelijk van Perseyn, en ze probeerden om beurten te slapen – ongemakkelijk – in een van de stoelen die er het meest aantrekkelijk uitzag. Dat slapen lukte niet. Perseyn opperde dat ze een apart kamertje met een bank moesten hebben, voor het geval dat, maar in dit deel van het gebouw was daar geen plaats voor.

Perseyn had Iris naar huis gestuurd om voor haar dochter te zorgen en om de ochtend erop naar de FabnaBank te rijden. 'We hoeven hier niet allemaal samen rond te hangen', zei hij. 'Ik bel wel als er nieuws is.'

Terwijl in het oosten de einder helder werd in afwachting van de flauwe herfstzon, zat Thomas met zijn zoveelste kop koffie in de stoel van Iris. Hij keek op een van de schermen naar het ochtendjournaal van de BBC, en vroeg zich af hoeveel mensen er 's nachts leefden. Het was in Londen nog een uur vroeger, maar toch waren die mensen daar al druk in de weer met leven en werken. We gaan naar een wereld die nooit slaapt, dacht hij, en in zekere zin was dat allang waar. De wereld van politiek, van de economie en van de misdaad sliep niet. Eén wereld, geen drie aparte.

Op de andere schermen, waar hij een bericht verwachtte van andere afdelingen van de politie, kwam er geen nieuws.

Perseyn stond achter hem. Hij probeerde zijn kapsel wat in de plooi te krijgen. 'Waar denk je aan, Thomas?'

'Politiek', zei Thomas. 'En waarom wij de strijd niet aan het winnen zijn.'

'De strijd? Tegen onrecht en zo?' Maar Perseyn wist natuurlijk wel wat hij bedoelde.

'Ja, die strijd. We winnen kleine gevechten en soms een veldslag, maar nooit de oorlog.'

'Dat is jammer genoeg juist. Er zijn altijd nieuwe vijanden, altijd nieuwe brandhaarden. Je verwacht toch niks anders? Mensen blijven dom en vooringenomen en hebberig en pervers. Snel geld verdienen is aantrekkelijk.'

'Jep', zei Thomas.

'Als we die oorlog willen winnen, moeten we de natuur van de mens veranderen. Grondig zelfs.'

Thomas antwoordde niet en dronk koffie.

'En dan zijn we misschien geen mensen meer', vervolgde Perseyn. 'Dan hebben we geen vrije wil meer. Je moet dus kiezen tussen de menselijke zwakheden of de onmenselijkheid.'

'Maar op deze manier kunnen we ook niet verder', zei Thomas. 'Ik bedoel maar: de macht van de misdaad wordt groter.'

'Nee, groter wordt hij niet. Hij verandert van gezicht, en verhuist van de ene plek naar de andere. We roeien het nooit uit, Thomas. Je bent bij de politie gekomen om een verschil te maken, niet om de mensheid te lobotomiseren. Hoop ik toch.'

'Lobotomiseren? Goh, meteen moeilijke woorden. Nee, natuurlijk niet.'

'Je zoon...'

'Ruben?'

'Ja, Ruben. Je wilt hem een betere wereld geven.'

'Tuurlijk.'

Perseyn knikte. 'Waarom ook niet. Je doet daarvoor je best. Om de kinderen te beschermen en ze een betere wereld na te laten. Daar moeten we allemaal ons leven aan wijden.'

'Nu word je filosofisch, Steven', zei Thomas.

'Ja. Dat is de leeftijd. En zo vroeg op de ochtend voel ik me filosofisch geïnspireerd. Maar wat ik wilde zeggen... Je hebt hem op de wereld gebracht, en dus is er opnieuw hoop. Je kunt de wereld maar verbeteren met één mens per keer, dat denk ik.'

'Dat wordt dan een hele klus.'

'Niet voor ons alleen.' Perseyn lachte kort. 'Ik word echt een ouwe zeur, niet? Ik ga maar eens kijken wanneer ik met pensioen kan.'

'Nog lang niet', zei Thomas. 'Nog heel lang niet.'

Arveladze duwde Lena voor zich uit, naar de voordeur van de villa toe. Ze hadden nog een halfuurtje gewacht tot er licht brandde in het huis. 'Het is beter dat ze net uit bed zijn', zei de Rus. 'Mensen kunnen niet goed nadenken als je ze uit hun bed licht.'

Lena zei niks.

'En ik wil hen wakker hebben. Dus: aanbellen', beval hij.

Lena drukte op de belknop. Achter de deur klonk een geklingel dat haar meteen een generatie terugvoerde, naar de huizen van goedbedoelende maar idiote pseudo-ouders. Enkele van die bellen hadden haar kortstondige bezoek niet overleefd.

Er gebeurde even niks. 'Opnieuw', zei Arveladze. 'En hou je politiekaart omhoog. Je bent hier voor een huiszoeking. Meteen naar binnen stappen! Geef ze niet de gelegenheid om te reageren.'

Ze belde opnieuw aan. De deur werd opengetrokken door een vrouw van rond de vijftig, gekleed in een onmogelijk roze ochtendjas, haar in alle richtingen, ogen verbaasd.

'Politie, mevrouw Van Steen', zei Lena, helemaal volgens het gedwongen scenario. 'Huiszoeking. Kunnen wij...'

Verder kwam ze niet. Arveladze duwde haar over de drempel en hield zijn pistool onder de neus van de vrouw. Terwijl iedereen een paar passen naar binnen zette sloot hij de deur achter zich.

Van achter in het huis kwam de stem van een man. 'Schat, wie is het?'

'Ssst!' waarschuwde Arveladze de vrouw. Hij maakte een gebaar met zijn wapen, en Lena en de vrouw stapten de gang door. Ze kwamen in de keuken terecht, een hopeloos verouderd overblijfsel van het tijdperk waarin het huis gebouwd werd. De vrouw zeeg neer op een stoel, woordeloos. Lena week achteruit tot tegen een kast.

Vanuit de woonkamer kwam opnieuw een mannenstem. 'Betty? Wie is er aan de deur?' De man die bij de stem hoorde stapte de keuken in en bleef meteen staan, de blik op Arveladze gericht.

'Goedemorgen, meneer Van Steen.'

Iris had Lizzy gewekt. Lizzy dronk geen koffie. Iris maakte voor haar een mok hete chocolademelk en een broodje kaas, en ze vroeg zich af waarom ze haar dochter verwende, zelfs nu nog.

Dat zou ze zich beklagen, zeker wanneer de dochter in kwestie vijfentwintig zou zijn en nog bij haar ouders zou inwonen.

Het zal mij niet gebeuren, dacht Iris. Maar ze wist beter. Ze zou Lizzy verwennen zolang ze kon. En niet alleen met hete chocolademelk en broodjes kaas.

'Wanneer komt papa terug?' vroeg Lizzy.

'Over een week', zei Iris. 'Gauw.'

'Hij belde gisterenmiddag, maar je was er niet.'

'Hoe gaat het met hem?'

Het was niet meer dan het gebruikelijke praatje tussen moeder en dochter, die het huis en het leven voor zich alleen hadden. Soms had Iris het gevoel dat ze weduwe was, of gescheiden. Wanneer Frederik dan weer opdaagde was het altijd aanpassen. Hij beloofde haar dat hij volgend jaar, of het jaar erop, minder zou gaan reizen, maar hij had dat zelf niet onder controle. Hij was meer een manager dan een ambtenaar, en had nog altijd energie genoeg. Ze verwachtte niet dat het reizen meteen zou ophouden. Dat hoefde voor haar ook niet.

'Nog iets gehoord van Lena?' vroeg Lizzy.

Ze hadden de avond ervoor over de ontvoering gepraat. Lizzy kende Lena alleen uit de verhalen van haar moeder. Zonder haar te kennen had ze er echter een soort eenzijdige band mee. Misschien omdat Lena de jongste vrouw van de groep was.

Nee, dacht Iris, mijn dochter gaat niet bij de politie.

Alsof ze daar ooit wat over te zeggen zou hebben.

'Nog altijd niks', zei ze. De telefoon lag klaar op het aanrecht, helemaal opgeladen. Ook onderweg of tijdens de inval mocht Perseyn haar bellen met nieuws over Lena.

Lizzy ruimde haar bord, glas en bestek op en omarmde haar moeder. 'Ze komt wel terecht', zei ze, met een optimisme dat eigen was aan degenen die nooit het ware kwaad in de ogen hebben gekeken.

'Natuurlijk', zei Iris. Lizzy trok haar jas aan, wuifde, en vertrok.

Iris ruimde op en keek naar de klok. Dan pakte ze haar pistool uit de kluis, haar jas uit de kast in de gang en vertrok. Ze wilde niet te laat zijn voor de afspraak met de lokale recherche.

Arveladze stond met het pistool tegen het voorhoofd van Betty van Steen. 'Pang', zei hij. Betty schokte heftig. Er vormde zich een plas op de vloer tussen haar voeten en de stoelpoten. Ze hield haar ogen stijf dicht, haar mond trilde.

'Laat haar met rust, Vadim', zei Lena kalm. 'Je bereikt hier niks mee.'

Hij keek haar aan. In zijn blik zag ze geen waanzin maar koele, zelfs afstandelijke berekening. Waar kon hij haar voor gebruiken? Had hij haar nog nodig? 'Oh jawel', zei hij. 'Je zult zien hoe snel meneer de directeur uit mijn hand eet.' Hij draaide zijn hoofd om in de richting van Van Steen. 'Nietwaar, meneer Van Steen?'

Van Steen, nog in pyjama, zat op een andere keukenstoel, de handen op de knieën, precies zoals Arveladze hem bevolen had. Hij zag er ziek uit. 'Ik doe alles wat u wilt', zei hij. Dat zei hij al twee keer, maar de Rus negeerde hem.

'Zo zacht en kneedbaar, dat vlees', prevelde Arveladze in het Russisch. 'En die geest dan.' Dan richtte hij zich op en schakelde weer over naar het Nederlands. 'Ik doe u een voorstel, directeur. Luister dus goed.'

Van Steen knikte.

'Eerst: wassen, scheren en aankleden. Het perfecte lichaam in het uniform van de zakenman. Dan naar de bank. Helemaal alleen. Ik blijf hier met de vrouwtjes. Je vertrouwt me toch wel met de vrouwtjes? Nee, natuurlijk doe je dat niet, en je hebt gelijk. Als je daar bent...' Arveladze pakte de tas en haalde daar met één hand een laptop uit. 'Als je daar bent zorg je ervoor dat ik weer rijk word.' Hij legde de laptop op de keukentafel en opende hem. Het scherm kwam meteen tot leven. Hij grijnsde in de richting van Lena. 'Leuk stukje speelgoed. Komt dus nog van pas, niet?'

'Wat moet ik doen?' vroeg Van Steen.

Arveladze legde het hem in detail uit.

Van Steen reed met zijn auto de garage van het bankgebouw binnen. Hij gebruikte zijn badge en de poort ging voor hem open. Er was niets aan de hand. Hij hield zich voor dat er niets aan de hand was, en dat zijn medewerkers niet mochten merken dat dit voor hem geen gewone werkdag was.

Het zou waarschijnlijk zijn laatste dag zijn in dit gebouw. Met alles wat er was gebeurd en met alles wat er nog aan het licht zou komen, zou hij hier niet meer werken. Hij zou misschien de gevangenis in moeten. Dat probeerde hij te vermijden, maar hij had geen keuze. Een goede advocaat kon hem helpen, en hij kende er wel een paar. Maar het leven van twee vrouwen stond op het spel. Hij was ervan overtuigd dat de Rus hen niet zou sparen als hij niet deed wat hem gevraagd was. Dus koos hij desnoods voor de gevangenis.

Hij parkeerde de auto op zijn eigen plaats en nam de lift naar boven. De lift was leeg. Dat viel mee, vond hij. In die nauwe ruimte wilde hij niet een bekende tegen het lijf lopen. Hij liep eerst naar zijn kantoor. Zijn secretaresse keek hem aan en stond op. 'Meneer Van Steen', zei ze, 'er is een dringende mail voor u binnengekomen van Van Gingelom...'

'Later, Maggy', zei Van Steen en hij stapte zijn kantoor binnen. Hij sloot meteen de deur achter zich en bleef midden in de kamer staan. Van Gingelom was de CEO van het hele commerciële netwerk. Zijn baas. Zijn erg grote baas. Die mailde niet zomaar. Ze waren er in Brussel achter gekomen dat er iets mis was met de kredieten. Of erger.

Nee, dacht hij. Niet erger. Want dan had de politie hem staan opwachten.

Hij stapte zijn kantoor weer uit. Maggy draaide haar hoofd naar hem om. 'Ik kom zo meteen terug, Maggy, maar nu moet ik dringend iemand sprcken.' Nog voordat ze kon antwoorden liep hij weer de lift in om naar de vierde verdieping te gaan. Daar zaten de medewerkers die zich met internationale transacties bezighielden. Hij stapte hun kantoorruimte binnen. Het was niet buitengewoon dat de regiodirecteur hier langskwam, en dus keek niemand echt op. 'Hermans!' riep hij naar een jongeman. 'Ik wil je even apart zien.'

De jongeman keek op van zijn scherm en bloosde. Hij kwam snel overeind. 'Ja, meneer Van Steen.'

Zo hoort dat, dacht Van Steen. Onmiddellijke gehoorzaamheid. Zijn reputatie zou nu voor hem werken. Hij zwaaide een deur van een kleine vergaderzaal open en stapte naar binnen. Hij ging zitten aan een van de tafels. Hermans kwam dichterbij. Van Steen kopiëerde een reeks cijfers van het papiertje dat de Rus hem gegeven had. 'Dit is een opdracht die je persoonlijk moet uitvoeren, Hermans. Ik zal de transfers tekenen. Je praat er met niemand over. Je geeft elektronisch toestemming, wat het scherm je ook vertelt. Is dat duidelijk?'

'Eh, ja meneer', zei de jongeman. 'Hoeveel?'

Van Steen gaf hem het papiertje. 'Alles staat daarop. Je doet dat nu meteen. Op mijn verantwoordelijkheid.'

Hermans pakte het papiertje aan en stapte weer naar buiten. Van Steen hield hem door de open deur in de gaten. Niemand twijfelde aan de regiodirecteur en zijn beslissingen. Niemand sprak hem tegen. Budtz was er niet meer. Er was geen andere manager in de buurt.

Hij merkte dat Hermans raar keek toen hij de toestand van de rekening zag. Maar hij deed precies wat zijn directeur hem opdroeg. Hij printte de opdracht en bracht het document terug in het kantoortje.

Van Steen tekende het papier en gaf het terug aan Hermans.

'Dat is alles, Hermans. Je praat er met niemand over, begrepen?'

'Ja, meneer', zei de jongeman.

Had hij een oudere medewerker gekozen, dan was het niet zo vlot verlopen. De oudere medewerkers wisten dat je geen geld overschrijft van een rekening die door het gerecht geblokkeerd werd. Ook al gaf de regiodirecteur de opdracht, handtekening en al. Daarom had Van Steen de jonge Hermans uitgekozen.

Hij verliet het zaaltje en nam de lift naar zijn eigen verdieping. Daar kruiste hij twee senior managers. Ze waren druk aan het praten. 'Wat is er aan de hand?' vroeg hij.

'De politie is hier, directeur. Ze hebben blijkbaar een bevel om een aantal dossiers van de kredietafdeling mee te nemen.'

Van Steen bleef staan. Hij wist dat hij iets moest doen, al was het maar om de indruk te geven dat hij met de zaak bezig was. Maar het maakte niks meer uit. Laat ze de dossiers maar opvragen, dacht hij. De politie zou er dagen of weken over doen om al die dossiers over de foutgelopen kredieten aan Kenia te analyseren. Weken, beslist. In de tussentijd was hij ontslagen, maar dan leefde Betty toch nog. En die politiedame. Die zou misschien iets voor hem kunnen doen. Ze kon getuigen dat hij onder druk handelde, en dan konden ze het daarna hebben over de hele historie van de Keniaanse dossiers.

Met een goede advocaat? Dat zou wel lukken. Hij zou zijn werk kwijt zijn, maar voor iemand met zijn capaciteiten was er altijd ergens gepast werk te vinden.

Hij liep naar de afdeling kredieten. Als directeur hoorde hij daar te zijn waar er problemen opgelost moesten worden. En daarna ging hij naar huis. Hij had alles gedaan wat hij kon.

Arveladze keek de hele tijd naar het scherm van de laptop. Hij negeerde Betty, die klaaglijke geluiden maakte. Hij negeerde Lena, die geen geluid maakte. Hij stond in verbinding met de bank, en wachtte tot de transactie die hij Van Steen bevolen had doorging. Daarna kon hij de hele boel in de steek laten en ervandoor gaan. Terug naar Israël was waarschijnlijk uitgesloten, maar zodra hij de grens over was, in Duitsland, vonden ze hem niet meer. Hij kende daar nog een paar mensen.

Maar voordat hij wegging moest hij zeker zijn dat de transfer in Tel Aviv was aangekomen. Die Van Steen leek voor geen cent te vertrouwen. Stel dat hij het geld wel overschreef maar op een andere rekening dan degene die hij van Arveladze had gekregen. Daar durfde de Rus niet aan te denken.

Hij haalde zijn gsm tevoorschijn en drukte een lang nummer. Het duurde even voordat er aan de andere kant opgenomen werd. Het overeengekomen bedrag was nu van de Belgische rekening verdwenen, zag hij op de laptop.

'Hallo', zei iemand aan de andere kant van de lijn.

'Vadim', zei de Rus. En in het Hebreeuws vervolgde hij: 'Ik heb dat deel van de fondsen dat ik kon recupereren zonet overgeschreven. Gelukkig is het het grootste deel. Kun jij aan jouw kant zien of het is aangekomen?'

Aan de andere kant was het stil. Dan zei de stem: 'Vadim?'

'Ja', zei Arveladze. 'Heb je me begrepen?'

'Ik heb je begrepen. Een ogenblik.'

'Meneer Van Steen,' zei Iris, 'u hebt het bevelschrift gezien. Wij nemen deze dossiers mee. Daar wordt niet over onderhandeld.' Ze stonden tegenover elkaar en zij was net iets groter.

'Het zijn vertrouwelijke dossiers', zei Van Steen hardvochtig, niet bereid tot zoiets lulligs als een compromis.

'Inderdaad. Precies daarom nemen we ze mee.'

'U was hier al eerder', zei Van Steen. Hij wilde tijd rekken. Ook al betekende het dat hij niet meteen terug naar huis kon.

'Ja, vanwege de moord op uw collega Budtz.'

Van Steen knikte bedachtzaam. 'Heeft dit iets met deze dossiers te maken?'

'Inderdaad.'

'U hebt de moordenaar nog niet gevonden.'

Iris schudde het hoofd terwijl ze eventjes haar ogen sloot. 'Het onderzoek loopt nog. Als u me toestaat... Het is echt wel druk vandaag.'

Ik zeg het haar, dacht hij plots. Ik zeg het haar gewoon. Van de Rus die mijn vrouw en een rechercheur gevangen houdt in mijn huis. En dan komen ze met grof geschut en schieten ze die Rus neer, maar zoiets loopt altijd slecht af en de gijzelaars gaan allemaal dood.

Nee, dat zou hij niet doen. God, waar haalde hij dat idee vandaan? Hoe kwam hij ertoe daar zelfs maar aan te denken! Hij zag tot de tanden gewapende politiemannen zijn huis bestormen, granaten gooien, nietsontziend op de gevel en de ramen schieten. Het liep niet goed af met Betty. Hij was gek zelfs maar over een bekentenis na te denken.

'Is er verder nog iets, meneer Van Steen?' vroeg Iris. 'Is er een verklaring die u wilt afleggen? Is er iets wat ik moet weten?'

Ik zeg het haar, dacht hij. Omdat ik weet dat ik het niet meer aankan. Omdat ik niet geschikt ben voor complotten en moorden en gijzelingen en politie en verraad en grove misdaad. Omdat ik keer op keer verkeerde beslissingen nam, en nu zijn er mensen dood en misschien zijn er binnen enkele ogenblikken nog meer mensen dood. Allemaal mijn schuld. Ik vertel haar gewoon dat die Rus bij mij thuis is.

Maar dan zou hij zijn vrouw misschien niet meer in leven zien. En anders? Kon hij de Rus vertrouwen? Zou die het leven van Betty sparen?

'Meneer Van Steen?' herhaalde ze, omdat ze in de gaten had dat hij afwezig was.

'Kunt u garanderen dat ze daar levend uitkomt?' zei hij.

Iris keek hem verbaasd aan. 'Waar hebt u het over, meneer Van Steen? Wilt u duidelijk zijn?'

Ik zeg het haar, dacht hij. Daarna is het uit mijn handen. Daarna is het niet meer mijn schuld. Want als ik het haar niet zeg, dan schiet die Rus mijn vrouw en die agente dood, en dan heb ik ook dat nog op mijn geweten.

Hij pakte haar arm vast en schoof haar in een leeg kantoor. Meteen sloot hij de deur. Een van de politiemannen duwde de deur weer open en probeerde naar binnen te komen.

'Ik wil mevrouw even alleen spreken!' riep Van Steen.

'Laat ons alleen', zei Iris tegen de agent. Die knikte en sloot de deur weer.

'Er is een man in mijn huis', zei Van Steen. Hij zou het er gewoon allemaal uit gooien. Dan was hij vrij. Dan kon hij gewoon weer helder denken. Hij zou gewoon alles opbiechten, om daarna vrij te zijn. 'Een gewapende man. Mijn vrouw is thuis. En een vrouwelijke rechercheur.'

Iris verstijfde. 'Is die man een Rus? Praat hij met een accent?'

'Ja', zei Van Steen. 'Hij heet Arveladze. Vadim Arveladze.'

'Jezus', zei Iris. En ze greep naar haar mobieltje.

❧

Tarik beantwoordde de telefoon. Hij luisterde. Tony kwam het eiland binnen en bleef staan toen ze de uitdrukking op zijn gezicht zag. Ze kende hem nog niet zo goed, maar ze zag meteen dat er iets ernstigs aan de hand was. Tarik schreef snel iets op een velletje papier. Hij zei: 'Blijf jij gewoon daar, Iris. Wij doen het nodige. Ja, meteen.'

Hij verbrak de verbinding. Hij keek naar Tony. 'We hebben hem', zei hij.

Hij holde naar het kantoor van Perseyn. Die keek op. 'We hebben de plek waar Arveladze zich schuilhoudt', zei hij.

Perseyn bekeek het velletje met het adres. 'Ik heb meteen een auto, vesten en wapens nodig. Back-up, drie teams. Bel ze vanuit de auto. Laat die buurt afzetten. Maar geen sirenes en geen kabaal. Hij heeft gijzelaars en zal die gebruiken.'

Thomas kwam net binnen en Tarik bracht hem op de hoogte. Even later waren ze onderweg.

❧

'Ben je een man van je woord, Vadim?' vroeg Lena. Hij had de telefoon neergelegd. 'Is het geld er? Laat ons dan gaan.'

'Zo eenvoudig is het niet, juffie. Juffie Weetbeter. Jouw vrienden zijn op zoek naar mij. En naar jou ook, maar dat is minder belangrijk. De vraag is ook wat ik met deze dame doe. Ik kan haar niet meenemen. Twee vrouwen, dat is wat te veel. Maar wat doe ik dan met haar, hè?'

'Haar man heeft gedaan wat je vroeg. Laat haar hier. Neem mij alleen mee en laat haar leven.'

‘Ik zou geneigd zijn dat te doen, lieve Lena,’ zei Arveladze, ‘maar wat win ik erbij? Ik heb een regel gebroken. Ik heb zelf iemand doodgeschoten. Misschien is het niet te bewijzen, maar het was een vergissing. Een tweede moord, komt me dat duurder te staan dan één enkele moord? Denk je?’

‘Ja’, zei ze. ‘Twee moorden zijn veel erger dan één. Zeker als het tweede slachtoffer een weerloze, vastgebonden vrouw is.’

‘Ik laat haar los in de tuin en maak jacht op haar’, stelde hij voor. Hij schudde het hoofd. ‘Nee. De tuin is te klein, te veel buren, en ze is te traag. Mmm, wat doe ik met haar?’

‘Ze heeft in haar broek geplast’, zei Lena. ‘Ze is doodsbang. Je bent erin geslaagd haar doodsbang te maken. Er is geen sport meer aan haar nu nog dood te schieten.’

‘Een zinnig argument, beste Lena. Een zinnig argument.’ Arveladze stond op. ‘Hoor je dat, trut?’ zei hij tegen Betty, opeens brutaal en bedreigend. ‘Ze wil jouw leven redden. Ze is een flik, daarom wil ze jouw leven redden. Maar ben ik daar wel voor te vinden?’

Het gekerm van Betty werd luider. Ze kon geen verstaanbaar woord meer uitbrengen.

Arveladze leek opeens zijn interesse in haar te verliezen. Hij keek naar de laptop. ‘Denk je dat ik mijn deel krijg?’ zei hij. Hij sprak niet tot Lena maar ze wist dat hij haar aansprak.

‘Natuurlijk’, zei ze.

‘Dat is niet waarschijnlijk. Die Joden zijn dieven. Ik kan het weten, ik ben zelf ook een Jood.’

‘Nauwelijks’, zei Lena.

‘Tuurlijk wel. Ik ben een... Godverdomme, je doet me mijn tijd verliezen.’ Hij richtte zijn pistool plots op Betty en haalde de trekker over. De knal galmde door het huis. Dan trok hij Lena overeind en sleurde haar de keuken uit, de gang door en in de richting van de voordeur.

Iris trok directeur Van Steen langs een discrete zijdeur naar buiten en duwde hem meteen achter in een van de auto’s waarmee zij en het team waren gekomen. De dossiers gingen in de koffer. Ze was gekomen voor papieren en nu bracht ze een verdachte mee, die meteen bereid was een paar lelijke verhalen op te biechten. Ze vermoedde dat Perseyn best tevreden zou zijn.

Zelf hield ze de hele tijd haar gsm in de hand. Perseyn zou haar meteen bellen als ze Lena hadden gevonden. Dat was hij aan haar verplicht. Hij zou haar niet laten wachten op nieuws.

Maar het nieuws liet enige tijd op zich wachten. Ze reden in de richting van de Stynenbuilding en nog kwam er geen bericht. Ze begon het ergste te vrezen. Het allerergste.

Aan beide uiteinden van de straat waren twee zware personenwagens geparkeerd met agenten in burger erbij. Aan de overkant van het huis trokken zes zwaarbewapende leden van het SIE de wacht op bij twee grote terreinwagens. Twintig meter de straat in stond een andere vierdeurs personenwagen, waarachter rechercheurs in burger gehurkt zaten. En Arveladze vermoedde dat de achterzijde van het huis, de tuin, de naburige huizen en tuinen en de hele buurt een ongeziene invasie kende van stevig gewapende politiemensen, die allemaal maar één doel hadden: hem in handen te krijgen. Levend, als het kon. Maar niet noodzakelijk.

Hij had ook een paar troeven. Hij had een politievrouw als gijzelaar, en twee pistolen met een handvol munitie.

Hij vermoedde dat hij niet veel indruk maakte op de aanwezige ordediensten. Ook niet met die ene gijzelaar. Hij vroeg zich zelfs af of het zinnig was terug het huis in te stappen en zich daar te barricaderen. Een belegering, dat zag hij niet zitten. Als het SIE erbij was maakte je geen kans. En omdat zijn ene gijzelaar een politievrouw was, zouden ze niet veel moeite doen om hem faciliteiten ter beschikking te stellen. Wat de andere gijzelaar betrof...

'Vadim Arveladze,' klonk een stem uit een luidspreker, 'dit is hoofdcommissaris Perseyn van de gerechtelijke politie. Het huis is omsingeld. Gooi je wapens op het trottoir en laat de gijzelaars gaan. Nu meteen.'

Hij stond waarschijnlijk in het vizier van een paar scherpschutters. Hij schatte zijn kansen in. Hij stond twee meter van de open voordeur vandaan. Als hij snel bewoog was hij zo weer binnen. Jammer genoeg had hij zonet, toen hij samen met Lena naar buiten stapte, even niet opgelet, en de politiemacht een seconde of zo te laat opgemerkt. Anders was hij helemaal niet naar buiten gekomen. Pech. Hij werd oud. En traag. En daar betaalde hij nu de prijs voor.

'Laatste waarschuwing, Arveladze!' schetterde de stem van Perseyn.

Hij liet de schouders zakken. Wat konden ze hem ten laste leggen? Niet heel veel. De meeste sporen waren verloren gegaan. Patrick, Johnny, Teo. Gijzeling, de transactie, valse documenten. Een paar van die dingen. Was hij iets vergeten?

Met een goede advocaat... Weckx, bijvoorbeeld. Een uitstekend advocaat, die man. Absoluut zijn geld waard. Kon hem erdoorheen krijgen met een paar jaar cel, hooguit.

Hij gooide het pistool dat hij in de hand hield in het gras, pakte het andere van achter zijn riem en gooide ook dat weg. Dan hield hij zijn handen omhoog.

Lena rukte zich uit zijn nabijheid los en spurtte terug het huis in. 'Medisch team', riep ze en verdween naar binnen.

Een heleboel mensen kwamen tegelijk in beweging. Twee rechercheurs hielden Arveladze onder schot, een assistent van het technische team stopte zijn wapens in plastic zakken, terwijl de Rus werd geboeid en afgevoerd. Perseyn en Tarik volgden vervolgens Lena naar binnen.

Ze stond stil bij Betty. Die bloedde een beetje aan haar wang vanwege de splinters die haar geraakt hadden. De kogel die Arveladze had afgevuurd, had het hout tien centimeter naast haar hoofd geraakt. Ze was in shock. Maar Lena was ervan overtuigd dat Arveladze niet had gemist. Hij had een statement willen maken. Voor Lena. En voor de politie. Dat hij kon doden wanneer hij wilde. Wie hij wilde.

Het zou een interessante ondervraging worden, dacht ze.

Epiloog

Thomas leunde achterover op de achterste poten van de stoel, het soort stoel dat een toevallige passant veeleer zou plaatsen in een toonzaal van designmeubelen dan in de verhoorkamer van een politiepost. Hij had vier dagen ondervraging achter de rug, en wat Arveladze betrof was hij niet veel wijzer geworden. De Rus zweeg, en als hij praatte zei hij niets waar een rechtszaak aan kon worden vastgeknoopt.

Van Steen, daarentegen, legde een volledige verklaring af. Hij had daar ook alle belang bij. Hij werd apart gehouden, en niemand mocht hem zien of spreken, ook zijn vrouw niet. Perseyn leidde die ondervragingen. Iris ging nog twee keer terug naar de FabnaBank om daar nog meer documenten op te halen en er met medewerkers te praten. Het zag er niet goed uit voor Van Steen. In afwachting van een uitspraak had zijn werkgever hem op non-actief gezet, maar Perseyn en Thomas waren ervan overtuigd dat hij niet meer naar die werkgever terugging. Niet meer om daar nog te werken.

Veel andere getuigen of deelnemers aan het complot waren er niet meer. De lokale politie ontdekte lijken in kleine flats, en identificeerde Johnny en Teo. Thomas gooide Arveladze de moorden in de schoot, en die wenste hem in het Russisch een kort en verwoest leven toe. Het geld dat naar Tel Aviv was vertrokken kon niet meer worden gerecupereerd, omdat het allang bij andere banken zat. Dat van Kenia werd door de FabnaBank afgeschreven als een verlies. Ook daarover kreeg Van Steen een rechtszaak over zich heen.

De assistent die naast Thomas zat, schoof een document

naar Arveladze toe. Die boog voorover, keek een ogenblik lang naar het vel en gebruikte ten slotte de pen die tussen hen op tafel lag om een slordige handtekening te plaatsen op de laatste pagina, onderaan.

'Zo,' zei Thomas met een sarcastisch lachje dat hij zich meende te kunnen veroorloven, 'dat is het dan. Ik denk dat uw bedje in de Begijnenstraat al gespreid is. Er zijn een paar vaste gasten die u daar zullen verwelkomen. En wij zullen u er met plezier naartoe brengen.' Maar hij wist dat het bedje niet lang gespreid zou zijn. Er waren te veel vraagtekens in het dossier, en dat wist Weckx ook.

Als een veer die zich plots ontspande sprong de Rus rechtop en voor een van beide politiemannen kon reageren had hij zich naar de muur van de kamer gericht en sloeg hij hard met zijn vuist op het beton. Thomas bleef verstomd staan. Arveladze hield zijn vuist in zijn richting, de geschaafde en bloedende knokkels vooruit. In het Russisch zei hij: 'Kijk maar eens goed, vriend. Zo zul jij er binnenkort ook uitzien, dat zweer ik.'

Thomas begreep het Russisch niet, maar het was duidelijk genoeg dat Arveladze hem geen prettige dag of een goede gezondheid toewenste. Dat zag hij aan de ogen van de man, en niet voor de eerste keer begreep hij waarom hij Vadim de Verschrikkelijke werd genoemd.

De deur ging open en twee cipiers kwamen binnen, alsof iemand een afgesproken teken had gegeven. Thomas pakte het dossier van Arveladze op en zag dat er een dikke bloeddruppel op terechtgekomen was. Hij nam een doekje uit de doos die op de tafel stond en veegde de druppel weg, wat alleen maar voor een nog grotere veeg zorgde.

Hij keek op. Achter de twee cipiers kwam Weckx binnenwandelen. Onwillekeurig gingen de haartjes in de nek van Thomas overeind staan.

Weckx keek de commissaris aan. Hij glimlachte op een innemende manier, maar het was alleen zijn mond die meespeelde. Zijn ogen bleven uitdrukkingsloos, alsof hij daar al een tijdje dood was. 'Mijn beste commissaris Verhaege', zei hij met gespeelde uitbundigheid. 'Wat een hoop moeite voor niks. U weet toch dat mijn cliënt voor dit dossier hooguit twee jaar voorwaardelijk krijgt, meer niet. Voor u het beseft loopt hij weer vrij rond.'

Thomas liet zich niet van zijn stuk brengen. 'We zien wel, meester', zei hij. 'We zien wel. De prijzen worden altijd aan het eind van de rit uitgedeeld.' Maar natuurlijk had de advocaat gelijk. Het probleem met Weckx was dat hij veel te vaak gelijk had. Hij kende alle gaten in het net van justitie en in de wet.

'Niks prijzen, commissaris', hield Weckx aan. 'Jullie methodes laten zoveel te wensen over dat ik makkelijk een paar procedurefouten kan vinden. Dan staat deze man nog sneller buiten.'

Thomas was niet van plan daarop in te gaan. Hij won niks bij een twistgesprek met de advocaat. Daar was die te glad voor. En ergerlijk. De afrekening kwam later nog wel, dat beloofde hij zichzelf.

Hij gaf een teken aan de twee cipiers. Die namen Arveladze elk bij een arm vast en maakten aanstalten om hem naar buiten te begeleiden. Maar in de deuropening draaide de Rus zich weer om en keek naar Thomas. In het Nederlands zei hij: 'En wanneer ik vrijkom, mijn beste Thomas, dan hoef je niet de moeite te doen om mij op te wachten aan de poort van de gevangenis. Ik zal jou wel komen opzoeken. Ik weet waar je woont.'

En daarmee verdween hij. Weckx keek nog even naar Thomas, met een triomfantelijke grijns om zijn mond, en de commissaris weerstond de aandrang om de man door de kamer te meppen.

Niet de grijns van Weckx baarde hem zorgen, wel de uitspraak van de Rus. Wat bedoelde die? Hem opzoeken? Adressen van politiemensen werden zorgvuldig geheim gehouden, om evidente redenen. Hoe wist de man waar hij woonde?

Dankwoord

Dit boek is gebaseerd op de opzet en personages ontwikkeld door de scenaristen van de tv-serie Wolven en de film *Wolf*. Aan hen en in het bijzonder aan Stef Wouters is de auteur veel dank verschuldigd voor de inspiratie, de uitdaging en voor het geduld dat nodig was om mij op het goede pad te houden.

Dank zoals altijd aan het uitgeversteam en de marketingafdeling van Manteau en van Standaard Uitgeverij, en in het bijzonder aan uitgever Leen Van Troys, wier enthousiasme en goede humeur dit hele project ten goede kwamen.

Guido Eekhaut

Uit het volgende boek Wolven

Douglas

Proloog

Niemand kon zich precies herinneren waarom de villa de naam van de Monegaskische prinselijke familie droeg, maar daar hing het: een ietwat verweerd houten bord met de letters *Villa Grimaldi*. Misschien had een vorige bezoeker zich met de beruchte heersers van Monaco willen identificeren, of had hij te weinig inspiratie gehad om een gepaste naam te vinden voor zijn uit de kluiten gewassen stulp. Die stulp lag op het grondgebied van de gemeente Boka Sint-Michiel, aan de westkust van Curaçao.

De huidige en tijdelijke bewoners ervan hadden echter geen interesse voor dat soort geschiedenissen. Zeker niet de onverstoorbare lijfwachten die met de handen over elkaar gevouwen oplettend op het terras achteraan stonden, en evenmin de kirrende meisjes in het zwembad.

Wie zich ook niets aantrok van dergelijke details, was een

man die alleen onder de naam Douglas bekend was, een keurig geklede dertiger die onder andere omstandigheden kon doorgaan voor een betrekkelijk succesvol zakenman of voor een verkoper van nieuwe luxe-auto's. Hij was geen van beide. In zijn rechterhand hield hij een komboloi, waarvan hij de kralen een voor een door zijn vingers liet glijden. Hij wist dat mensen de komboloi vaak zagen als een hulp bij het bidden, zoals een rozenkrans, maar dat was het niet. Sommigen gebruikten hem om stress te verlichten. Anderen om de tijd te verdrijven. Het hielp, zo werd zelfs gezegd, rokers van hun verslaving af. Niemand zou aan Douglas vragen waarom hij de komboloi gebruikte. Hij was niet het soort man aan wie je dergelijke oppervlakkige vragen stelde.

Naast het zwembad zaten twee mannen aan een tafel. Ze droegen beide een zomerpak en een wit hemd zonder das. Ze dronken uit grote ijsgekoelde glazen. Ze waren dronken en goed op weg om nog méér dronken te worden, maar voorlopig hadden ze zichzelf onder controle. Ze bekeken de twee meisjes in het zwembad en wierpen even geile blikken op drie andere meisjes die bij een ander tafeltje zaten, vol aandacht coke snuivend. Een van de zakenmannen hield zijn glas omhoog en riep in de richting van de cokemeisjes: '*Yes! We are going to rule the world!*' Geen van de meisjes keek op, de twee in het water wentelden zich bedaard om en lieten het door de ondergaande zon rossig gekleurde vocht van hun diepbruine lijven glijden.

Douglas observeerde. Dat was zijn taak. Hij hield voornamelijk de twee zakenlui in de gaten. Vooral die ene luidruchtige was het onderwerp van afkeurende blikken.

Een van de meisjes, een donkere schoonheid van Caraïbische afkomst, kwam dichterbij. Ze boog zich voorover en hield haar hoofd naast het zijne. Ze fluisterde wat in zijn oor. Hij schudde gedecideerd het hoofd.

'U weet niet wat u mist', zei ze, in zangerig maar afkeurend Engels.

Hij keek op, keek haar een ogenblik lang in de ogen. 'Seks', zei hij, in dezelfde taal, 'is voor de dieren.'

Ze richtte zich weer op, haalde demonstratief haar schouders op en wandelde weg. Haar heupen dansten een vergeefse verleiding, die niet meer voor hem bestemd was.

Een andere man, Robert Luyten, kwam de villa uit. Hij paste helemaal niet in deze omgeving: saai en burgerlijk, een boekhouder, bleek van huid daarenboven. Hij knipperde tegen de ondergaande zon, liet zijn blik op een van de meisjes vallen die net uit het zwembad kroop en zich afdroogde met een overmaatse handdoek. Hij wist dat ze Joyce heette. En dat zij, net als de anderen, hier niet was voor een cursus sterrenkunde of boekhouden. Hij greep haar hand vast en trok haar, nog vochtig, naar zich toe. Ze glimlachte kunstmatig, maar dat kon Luyten niets schelen. Ze kronkelde tegen hem aan. De lijfwachten stonden erbij als stenen beelden. De enige die reageerde was Douglas. Hij maakte zich los van zijn schaduw en klapte in zijn handen, gevolgd door een kort teken in de richting van Luyten. Die keek plots sip en liet zijn prooi los.

Douglas stapte naar de deur van de villa. De vrouwen en de twee zakenmannen met de glazen volgden, maar toen de tweede, die zonet Engels sprak, samen met de rest naar binnen wilde, hielden de lijfwachten hem tegen. Hij keek verbaasd maar wachtte af. Hij fronste toen Douglas zich naar hem keerde. Hij zag onraad in de ogen van de man.

De eerste klap vloerde hem meteen. De vuist van Douglas had hem net tussen zijn onderste ribben geraakt. De man tuimelde tegen de grond zonder geluid te maken. De rest van het gezelschap, die al binnen was, had niks gemerkt. Douglas maakte een gebaar naar de lijfwachten. Die raapten hun slachtoffer op en sleepten hem aan de armen naar het zwembad. Daar lieten ze hem achteloos vallen. Douglas hurkte neer bij de man, pakte hem vast bij zijn haar en tilde zijn hoofd op.

'*Don't think this is personal*,' zei hij zacht, bijna eerbiedig, '*but you simply talk too much.*'

Dan kwam Douglas weer overeind. Hij knikte naar de lijfwachten. Die pakten de man vast en duwden zijn hoofd onder water.

In de ruime en luxueus ingerichte woonkamer van de villa voegde Douglas zich bij de andere gasten. De temperatuur was er aangenaam, hoewel de airco niet werkte. Dat hoefde ook niet. De ramen en deuren stonden al een tijdje open en lieten vochtige maar koele oceaanlucht binnen. Maar nu was alles weer afgesloten, kwestie van privacy te hebben.

Aan het ene eind van de woonkamer zat een man die niet had deelgenomen aan de festiviteiten buiten. Hij zat in een ruime fauteuil, grotendeels in de schaduwen. Alleen zijn handen waren zichtbaar. Toen Douglas en de lijfwachten weer binnen waren, gaf hij een teken in de richting van Luyten. Die pakte een zwart koffertje op, legde het op een tafeltje en klikte het open. Voorzichtig haalde hij er een klein, subtiel zwart voorwerp uit. Het was een holografisch plaatje, een wonder van techniek, dat hij als een hostie behandelde. Niet omdat hij technologie verafgoodde, maar omdat hij de prijs van het kleinood kende.

Hij wierp een blik op een van de lijfwachten. Die zette twee schakelaars om van een apparaat dat aan de andere kant van het salon stond. Luyten schoof het plaatje in een iPodachtig gadget dat op de salontafel lag en meteen verscheen, als een geest opgeroepen bij een seance, de virtuele maquette van een gebouw boven de tafel, perfect driedimensionaal.

De deur aan de andere kant van de woonkamer ging plots open en Joyce, een koelemmer met een fles champagne torsend, verscheen in de deuropening. Vanwaar ze stond kon ze de man in de fauteuil niet zien, maar Luyten wel, en die beantwoordde haar blik: begerig, hongerig. 'Oh', zei ze. 'Sorry hoor. Ik ben zo meteen weer weg.'

'Ga je gang', zei Douglas.

Joyce vulde de glazen van de aanwezigen bij. Toen ze zich tot Luyten wendde, boog ze zich wat meer voorover. Ze wist wat voor gunstig effect de zwaartekracht op haar anatomie had. Hij zag het ook meteen. Van haar kant kon er een kort, plagend glimlachje af.

'Dank u', zei Douglas, met een zweem van ongeduld in zijn stem. 'Dat volstaat.'

Wanneer Joyce het salon verliet wierp ze nog een laatste blik op Luyten, die zich geen houding wist te geven. Hij verloor er zijn concentratie bij.

'Meneer Luyten', zei Douglas gebiedend.

'Eh, ja', zei Luyten. 'Goed. Dit hier is een overzicht van alle beleggingsfondsen waarin we participeren.' Hij manipuleerde een remote, en het holografische beeld vervormde, wentelde en vertoonde kolommen van cijfers. 'Als gevolg van de... van de actie die georganiseerd wordt, zullen we ons in de toekomst vooral concentreren op funding en refunding.'

De zakenman, die het ontbreken van zijn partner niet leek te willen registreren, vroeg kalm: 'En hoeveel zal dat kosten?'

'Ongeveer tien miljoen dollar', zei Luyten.

'Oh', zei de zakenman. 'En hoeveel brengt het op? Na die actie?'

Robert manipuleerde opnieuw de remote. Een nieuw en onwaarschijnlijk groot getal verscheen, met een pervers aantal nullen. 'Het duizendvoudige, zo ongeveer.'

Er viel een diepe stilte in de kamer. De zakenman ging achteroverzitten. '*We're gonna make history*', zei hij.

Hoofdstuk 1

Commissaris Thomas Verhaege stond op de daketage van de Stynenbuilding aan de Van Rijswijcklaan, tussen de stalen gebinten die het hele gebouw overeind hielden. Hij had geen oog voor al dat architectonische vernuft. Als hij hier kwam was het om na te denken over een zaak, over de werking van het

Ecofinteam, en over zichzelf. Vandaag deed hij de drie onderwerpen eer aan.

Hij keek omlaag. In het parkje, waar decennia geleden de paviljoenen van de Wereldtentoonstelling gestaan hadden en waar nu nog alleen twee bruggen aan dat evenement herinnerden, liep een eenzame gestalte. Thomas kende haar. Het was zijn collega, inspecteur Lena Beckers, die al joggend de spinnenwebben uit haar hoofd verdreef. Hij wilde niet weten waar zij aan dacht. Ze maakte een rechtse bocht naar het gebouw toe, liep het parkeerterrein over en verdween ergens om de hoek, waar hij haar niet meer kon zien.

Hij bleef een tijdje op het dak wachten. Van daaruit bekeken lag Antwerpen aan zijn voeten. Letterlijk. Het uitzicht was overweldigend, en vanwege de heldere lucht kon hij de hele stad zien, en verderop de haven. Onder hem probeerde de ochtendfile zich over de Ring een weg te banen naar het werk, naar de school, naar de crèche. Binnen anderhalf uur zou het ergste daarvan voorbij zijn. In dit kleine en dichtbevolkte land waren files onoverkomelijk. Ze werden ook steeds meer een probleem. Hij slaagde er doorgaans in het ergste daarvan voor te zijn. Hij had ook onregelmatige uren, zodat hij zich vaak niks van die file hoefde aan te trekken.

Lena stapte achter hem het dak op. Ze had snel een douche genomen en andere kleren aangetrokken. Lena leefde min of meer op kantoor. In diverse laden en kasten lagen zoveel van haar persoonlijke eigendommen dat Thomas zich afvroeg waarom ze nog een flat huurde. Hoewel, alles welbeschouwd, Lena het leven doorkwam met erg weinig spullen. Wat kleren, enkele verzorgingsproducten, een pistool. Dat was Lena. Vrijgevochten en vrij, in vele opzichten. Maar zelden bevrijd van zichzelf.

'Thomas?' zei ze.

'Mmm?'

'Het is tijd om Tarik af te lossen. Hij zal die observatie nu wel beu zijn. Tot nog toe heeft hij niks speciaals te melden.'

Hij richtte zijn blik weer op de stad, maar zijn woorden waren voor haar bestemd. ‘Geduld. Ze moeten zich veilig voelen. Pas dan maken ze fouten.’ Hij duwde zich weg van de balustrade. ‘Kom, we gaan ervandoor. Kom je mee?’

Ze sjokte achter hem aan.

Niet zoveel later zaten ze samen in een anonieme wagen, tegenover een kleermaker. Thomas had zonet twee koffie gehaald in een broodjeszaak even verderop, en de hete drank verjoeg het maandaggevoel dat ze beiden hadden. Op de schoot van Lena lag een fototoestel, een heuse reflexcamera met een compacte zoomlens. Thomas had een kleine verrekijker in de hand.

Allebei hielden ze Glenn Depretere in de gaten, een man van midden dertig die bij de kleermaker in de winkel stond en een pak paste. De kleermaker duidde met een vetkrijt nog enkele te maken retouches aan. Depretere zag er kunstmatig gezond uit. Zijn bruine huid kwam van onder de zonnebank en zijn donkere haar werd stijf in de plooi gehouden met gel.

‘Onze meneer Depretere heeft verdomd smaak’, zei Lena. ‘Het is alleen spijtig dat hij de kop van een oplichter heeft, anders zou het kostuum hem goed staan.’

Thomas keek door de kijker. ‘Als we het goed aanpakken draagt hij binnenkort zo’n oranje overall, in de gevangenis. Dat pak zal hij dan niet nodig hebben.’

‘Ja, en dat is dan ook alles, zeker? Of mogen we méér verwachten?’

Thomas antwoordde niet. Hij wist wat Lena wilde zeggen. Hij bleef door de kijker de verdachte in de gaten houden.

‘Hij is een kleine garnaal, Thomas’, zei Lena ongeduldig. ‘Een prutser. We verliezen hier onze tijd.’

‘Mmm’, zei Thomas. ‘Vijfentwintig procent winstprognose na twee weken, dat betekent toch al iets? Hij kan toch wat, onze vriend, niet?’ Hij liet de verrekijker zakken.

‘We moeten de grote klootzakken hebben, die drugsgeld witwassen en een btw-carrousel in elkaar steken.’

Zo kende hij haar. Ongeduldig, en altijd klaar om de correcte prioriteiten onder woorden te brengen. De grote garnalen eerst. Dat was haar motto. Maar ze wist zelf goed hoe dat in de praktijk ging. Ook grote garnalen kwamen er vaak af met één of twee jaar in de bak, en daarna konden ze makkelijk terugvallen op het geld dat ze al die tijd geparkeerd hadden.

'Te veel sportdrank zo vroeg op de ochtend is niet goed, Beckers', zei hij. Want terwijl ze uit het parkje was komen lopen had hij het flesje gezien. Hij vermoedde dat die sportdrank haar enige ontbijt was. 'Maar', vervolgde hij, 'weet je waarmee ik het meeste plezier zou beleven? Als we hun jachten en hun dure sportauto's en hun villa's kunnen afpakken. Daar doen we hen echt pijn mee.'

'Oh, zoals dat kantoorgebouw in Gent dat we ooit geplukt hebben.' Ze merkte dat Thomas niet meer naar haar luisterde. Zijn aandacht was ergens anders. Ze volgde zijn blik. Ze zag een man door de straat wandelen. Een vijftiger, gedrongen, krachtig, kaal. Je zag dat soort mannen wel vaker in Antwerpen. En elders. Deze was speciaal. Deze kende ze maar al te goed.

'Godverdomme!' zei Thomas. 'De klootzak.'

Vadim Arveladze stapte tot bij de kleermaker. Lena begreep waarom Thomas zo reageerde. Toen ze Arveladze oppakten, bij een vorige zaak, had die gedreigd Thomas en zijn familie te komen opzoeken wanneer hij weer vrij was. Dankzij de *medewerking* van zijn advocaat, Weckx, was Arveladze in het bezit gekomen van het privéadres van Thomas. Arveladze was nu vrij, na een veel te kort bezoek aan de Begijnenstraat. En Thomas had reden te over om zich zorgen te maken, want de gewelddadigheid van de Rus was alom bekend.

'Een jaar', zei Thomas. 'Zijn advocaat heeft gelijk gekregen. Hij heeft een jaar gezeten. Ik snap het niet meer.'